三國志 演義

6

천하통일

나관중 지음 김민수 옮김

천하통일

三國

志

演義 제**6**권

Romance of the Three Kingdoms

솔과학

삼국지연의 인물 소개

유비劉備

161-223

자는 현덕玄德이며 탁현涿縣 출신이다. 소열황제昭烈皇帝로 촉한을 건국했다. 황건적의 난이 일어나자 관우·장비와 함께 도원결의를 맺고 군사를 일으켜 공을 세우고 서주목, 예주목, 좌장군 의성정후에 봉해졌으나 세력이 약해 각지를 전전하다 삼고초려 끝에 제갈량을 얻은 뒤 뜻을 펼치며 촉을 유장에게 빼앗고 한중 땅을 차지한 뒤 황제가 되어 국호를 촉한蜀漢이라 했다. 관우의 복수를 위해 오나라를 치러 갔다가 이릉전투에서 패하고 백제성에서 죽었다.

관우關羽

?-219

자는 운장雲長이며 하동 해량解良 출신으로 충의忠義와 무용武勇의 상징으로 현재도 관성제군關聖帝君으로 숭배되고 있다. 술이 식기 전에 화웅을 베고 원소의 명장 안량과 문추를 죽였으며, 조조의 온갖 회유에도 유비를 찾아 다섯 관을 지나며 여섯 장수를 베었다. 적벽대전에서 의리 때문에 조조를 살려 보내 주었으며 형주를 지키던 중 자신을 너무 과신하다 결국 죽음을 맞고 말았다.

장비張飛

?-221

자는 익덕翼德. 축군逐郡 출신으로 유비·관우와 함께 의형제를 맺고 평생 의리를 저버리지 않았다. 성격이 괄괄하고 술을 좋아해 여포에게 성을 빼앗긴 적도 있지만 장판교 다리 위해서 기개 하나로 홀로 조조의 백만 대군을 물리친 적도 있다. 관우의 복수를 위해 오를 칠 준비를 하다가 불같은 성정을 못 이기고 결국 부하에게 암살되었다.

제갈량諸葛亮

181-234

자는 공명孔明이며 낭야 양도현陽都縣 출신이다. 별호는 와룡臥龍, 시호는 충무忠武, 작위는 무향후武鄕侯이다.
유비의 삼고초려로 초야에서 나와 손권과 연합하여 적벽대전을 승리로 이끌어 천하삼분지계의 기초를 닦았다. 유비를 촉한의 황제로 만들고 승상이 되었으며 유비가 죽은 뒤에도 남만정벌을 한 뒤, 출사표를 내고 여러 차례 위를 공격했지만 성공하지 못하고 결국 오장원에서 병사하였다.

조운趙雲

자는 자룡子龍이며 상산군 진정현眞定縣 출신이다. 처음 원소의 휘하에 들어갔다가 원소의 그릇이 크지 않음을 알고 공손찬에게 갔다가 다시 유비의 휘하로 들어갔다. 그는 당양 장판 전투에서 조조의 백만 대군 사이에서 유비의 아들을 구하는 등 수많은 전투에서 혁혁한 공을 세워 관우나 장비와 동등한 대우를 받았다. 조운은 무예는 물론 학식과 통찰력까지 갖춘 인물로 무모한 전투에는 서슴지 않고 간언했다. 제갈량의 북벌 시에는 70세가 넘는 나이에도 출정하여 적장을 다섯이나 베었다.

황충黃忠

?-220

자는 한승漢升이며 형주 남양군南陽郡 출신이다. 원래 유표의 장수였으나 장사에서 관우와 싸우다 유비 휘하로 들어갔다. 유비가 촉으로 들어갈 때 늘 선봉에 서서 큰 공을 세웠으며 정군산에서 하후연을 무찔렀다. 관우·장비·조운·마초와 함께 오호대장이다. 222년 이릉전투에참가 중 나이 먹은 노장이라는 말에 무모하게 적진 깊숙이 들어갔다가 마충의 화살에 맞아 죽었다.

마초馬招

176-222

자는 맹기孟起이며 우부풍 무릉현茂陵縣 출신이다. 복파장군伏波將軍 마원馬援의 후예이며 서량 태수 마등의 아들로 장비나 허저 등과 며칠을 싸워도 승부가 나지 않을 정도로 무예가 뛰어나다. 이회의 설득으로 유비에 귀순하여 서촉의 유장을 치는 싸움에서 큰 공을 세웠다. 유비가 한중왕이 된 후 그는 좌장군이 되었다가 나중에 표기장군으로 승진했다.

강유姜維

202-264

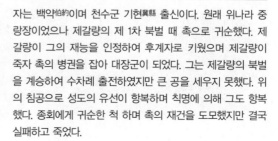

자는 백약伯約이며 천수군 기현冀縣 출신이다. 원래 위나라 중랑장이었으나 제갈량의 제 1차 북벌 때 촉으로 귀순했다. 제갈량이 그의 재능을 인정하여 후계자로 키웠으며 제갈량이 죽자 촉의 병권을 잡아 대장군이 되었다. 그는 제갈량의 북벌을 계승하여 수차례 출전하였지만 큰 공을 세우지 못했다. 위의 침공으로 성도의 유선이 항복하며 칙명에 의해 그도 항복했다. 종회에게 귀순한 척 하며 촉의 재건을 도모했지만 결국 실패하고 죽었다.

조조曹操

본성은 하후夏候이며 자는 맹덕孟德이고 패국沛國 초현譙縣 출신이다. 황건적의 난을 진압하며 공을 세우고 동탁을 제거하기 위해 원소 등과 제휴하여 대권을 장악했다. 이후 수많은 전투에 참가하여 여러 차례 죽을 고비를 넘기며 여포·원소·유표 등을 차례로 평정하여 중국 북부를 통일했다. 난세의 간웅으로서 문무를 모두 겸비했으며 상황 판단과 결단력이 빠르고 휘하에 유능한 모사와 장수들이 많아 위나라를 세울 기틀을 마련했다.

장료張遼

169-222

자는 문원文遠이며 안문군 마읍현馬邑縣 출신이다. 원래 여포의 부장이었으나 여포가 패하고 죽을 때 조조에게 귀순한다. 서주에서 유비가 조조에게 지고 달아나고 관우가 고립무원이 되었을 때 장료가 세 가지 죄를 들어 관우를 설득하여 항복하게 한다. 관우가 유비를 찾아 나서며 오관참육장을 하고 하후돈과 싸우려 할 때 조조의 명을 알리며 싸움을 말린다. 장료는 주로 동오와의 싸움에서 수많은 공을 세웠다.

사마의司馬懿

179-251

자는 중달仲達이며 하내군 온현溫縣 출신이다. 경조윤京兆尹을 지낸 사마방의 둘째 아들로 태어난 그는 조조뿐만 아니라 조비, 조예, 조방 등 4대에 걸쳐 보필하며 공을 세워 무양후에 봉해졌다. 위의 대장군이 되어 수차례 촉군과 맞서 싸우며 제갈량과 맞섰다. 한때 조상이 그의 군권을 빼앗으려 하자 병이 든 것처럼 위장하여 정변을 일으켜 조상을 살해하고 군권을 장악했다. 손자인 사마염이 진나라를 세운 뒤 선제先帝로 추존되었다.

등애鄧艾

197-264

자는 사재士載이며 의양군 극양현棘陽縣 출신이다. 어릴 때 시골에서 송아지를 기르며 지형을 살피고 그림을 그리며 군사작전을 연구했다. 말더듬이로 주위의 비웃음도 받았지만 사마의에게 발탁되어 상서령이 되었다. 강유가 이끈 촉군을 수차례 패퇴시켜 진서장군으로 승진한 뒤 종회와 함께 서촉 정벌에 나서 먼저 성도로 들어가 유선의 항복을 받아 냈다. 종회의 모함으로 압송되다가 억울하게 죽음을 맞이했다.

손권孫權

182-252

자는 중모仲謀이며 오군 부춘富春 출신으로 오나라 초대 황제이다. 손견의 둘째 아들로 형 손책이 죽자 그 뒤를 이어 주유 등의 보좌를 받아 강남을 경영했다. 조조가 형주를 장악하고 압력을 가하자 주유의 건의에 따라 유비와 손잡고 조조의 대군을 맞아 적벽대전에서 대승을 거두었다. 그 뒤 형주의 귀속 문제로 유비와 대립하다 다시 조조와 결탁하여 관우의 목을 베어 조조에게 보냈다.

육손陸遜

183-245

자는 백언伯言이며 오군 오현吳縣 출신이다. 소패왕 손책의 사위로 어려서부터 지략이 뛰어나 여몽과 함께 공안을 함락하고 관우를 사로잡아 죽였다. 유비가 복수하러 왔을 때 어린 나이에 대도독이 되어 노장들의 반대를 무릅쓰고 침착하게 작전을 수행하여 7백리 영채를 불바다로 만들어 승리로 이끌었다. 후에 형주목을 거쳐 승상까지 지냈으며, 유비 사후에는 촉의 사신 등지의 의견을 받아들여 우호 관계를 회복하고 위에 함께 대항했다.

맹획孟獲

?-?

남만족의 지도자로 남만왕으로 불렸으나 실존 여부는 확실하지 않다. 다만 본 책에서는 위나라 조비의 권유로 촉한을 공격했다가 제갈량의 계략에 빠져 패배하여 남만으로 퇴각한다. 그 뒤 건녕 태수 옹개와 합세하여 반란을 일으키지만 곧 평정되고 본격적으로 제갈량의 남만정벌이 시작된다. 일곱 번 사로잡혔다가 일곱 번 풀어 주는 이른바 칠종칠금 뒤에 비로소 제갈량에게 항복한다.

화타華佗

?-208

자는 원화元化이며 패국 초현譙縣 출신이다. 동한 말 의사로 편작과 더불어 명의를 상징하는 인물로 꼽힌다. 그는 손권의 부탁으로 생명이 위독한 주태를 수술하여 살리고, 독화살이 박힌 관우의 어깨를 칼로 째고 뼈에 스며든 독을 긁어내어 치료했다. 잦은 편두통을 호소하던 조조에게 뇌수술을 권했다가 도리어 살해하려는 의도로 의심을 받아 목숨을 잃었다.

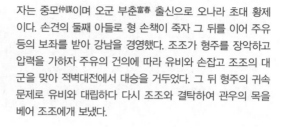
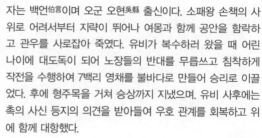

차례

Contents

삼국시대 행정 지도

서기 250년 삼국 전성시대

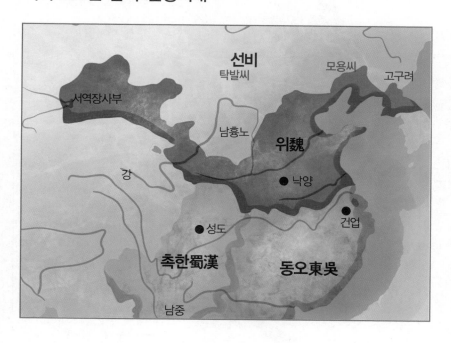

제갈량 북벌도(서기 227~234년)

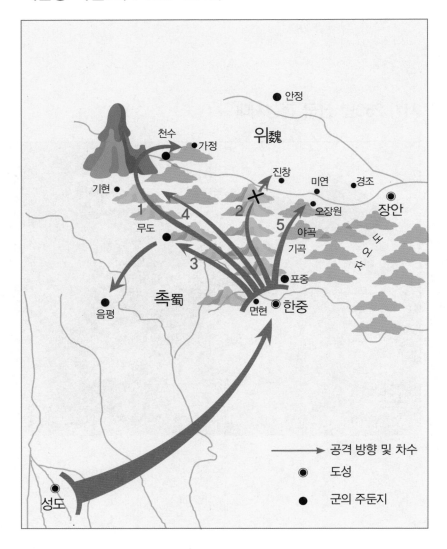

위의 멸촉 진군도(서기 263년)

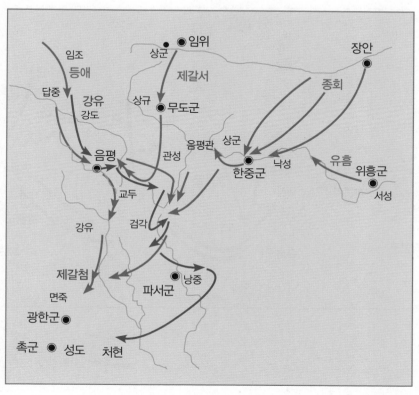

제 1 단계

제 2 단계

진의 동오 정벌도(서기 279년)

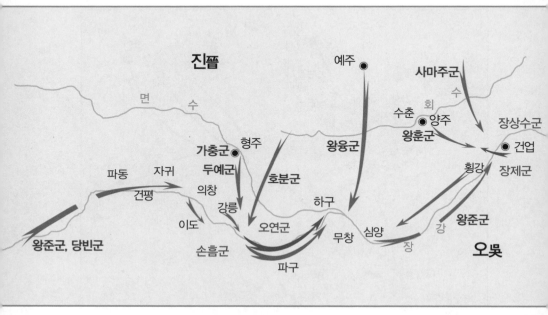

진晉

예주

사마주군

수춘 회 수
양주
장상수군
왕훈군
건업

면 수

가충군 형주
두예군
왕융군
호분군
횡강 장제군

파동 자귀
건평 의창
강릉
하구

이도 오연군
무창 심양
왕준군
손흠군
파구 장 강

왕준군, 당빈군

오吳

⟶ 진의 공격 노선

⟶ 오의 방어 노선

천하통일 天下統一

촉을 합병하여 진왕의 지위를 물려받은 사마염은 위 왕제
조환으로부터 강제로 선위를 받아 진의 황제가 되었다.
그리고 오를 정벌하여 손호를 항복시키니 삼국은 마침내 진晉으로 통일이 되었다.

16

제 101 회

공명은 농상으로 나가 귀신으로 꾸미고
장합은 검각으로 달려가 계략에 빠지다

出隴上諸葛妝神

奔劍閣張郃中計

공명이 군사의 수는 줄이고 아궁이 수는 늘이는
계책(減兵添灶之法)으로 군사를 물려 한중으로 돌아
왔다. 사마의는 복병이 있을까 두려워 감히 추격하지
못하고 군사를 거두어 장안으로 돌아갔기 때문에 촉군은 군사 한 명도
다치지 않았다.

공명은 전군에 후한 상을 내리고 성도로 돌아가 후주를 뵙고 알현하
기를: "노신(老臣)이 기산으로 나아가 장안을 취하려고 하는데 갑자기 폐
하께서 조서를 내리시어 돌아오라고 부르셨는데 무슨 큰 일이 있는지 모
르겠사옵니다."

할 말이 없어 한참을 망설이던 후주가 마침내 입을 열기를: "짐이 오
랫동안 승상의 얼굴을 보지 못해 사모하는 마음이 사무쳐 부른 것이지
다른 일이 있는 것은 아니오."

공명 曰: "이는 폐하께서 본심으로 하신 일이 아니십니다. 틀림없이
어떤 간신이 신이 다른 뜻을 품었다고 참소했기 때문입니다."

그 말을 들은 후주는 정말로 할 말이 없었다.

공명 曰: "일찍이 선제의 두터운 은혜를 입은 노신은 이미 목숨을 바쳐 보답하기로 맹세했사옵니다. 하오나 만약 궁중에 간신이 있다면 신이 어떻게 마음 놓고 역적을 칠 수 있겠사옵니까?"

후주 曰: "짐이 환관의 말만 믿고 그만 승상을 불러들이고 말았소. 이제야 짐의 우둔함을 깨우치고 나니 후회막급이오."

공명이 곧바로 환관들을 불러 추궁하고 나서야 비로소 구안이 유언비어를 퍼뜨린 것임을 알아내고 급히 체포 명령을 내렸으나 그는 이미 위나라로 도망간 뒤였다. 공명은 그런 유언비어를 함부로 후주에게 상주한 환관은 죽이고 그와 조금이라도 연루된 환관은 모두 궁 밖으로 쫓아버렸다. 또한 장완(張琬)과 비의(費禕)에게 그런 간사한 말을 깨닫지 못하고 후주께 간하지 못한 잘못을 엄하게 꾸짖었다. 두 사람은 연신 자신들의 잘못을 인정했다.

후주에게 하직 인사를 하고 다시 한중으로 돌아온 공명은 이엄에게 격문을 보내 군량과 마초를 보내도록 하는 한편 다시 출병 계획을 의논했다.

양의 曰: "지금까지 수차례 출병하느라 병사들이 매우 피폐해 있는 데다 군량 보급 또한 원활하지 못하니, 군사를 두 반으로 나누어 3개월 단위로 교대하는 것이 좋겠습니다. 즉 20만 명의 군사 가운데 10만 명만 거느리고 기산으로 나가서 3개월간 머무르다가 다음 10만 명과 교대시키는 방식으로 서로 돌아가며 순환시키는 것입니다. 이렇게 하면 군사의 전력 손실도 없을 것이니 그런 다음 천천히 진군하면 중원을 도모할 수 있을 것입니다."

공명 曰: "그대의 말이 바로 내 뜻과 같구려. 중원을 정벌하는 일은 하루아침에 끝날 일이 아니니, 이처럼 마땅히 멀리 내다보는 계책을 세워야 하네."

마침내 공명은 명을 내려 군사를 두 반(班)으로 나누어 한 번의 기한을 1백일로 정하여 돌아가면서 서로 교대하기로 하고 기한을 어기는 자는 군법에 따라 처리하겠다고 했다.

건흥 9년(서기 231년) 봄 2월, 공명이 다시 위를 정벌하기 위해 출병했으니 이때 위나라로는 태화 5년이었다. 위주 조예는 공명이 다시 중원 정벌에 나섰다는 소식을 듣고 급히 사마의를 불러 상의했다.

사마의 曰: "이제 자단(子丹: 조진)도 죽고 없으니 신이 혼자서 이 한 몸 다 바쳐 침범해 온 역적을 섬멸하여 폐하의 은혜에 보답하겠습니다."

조예는 매우 기뻐하며 연회를 베풀어 그를 대접했다.

다음 날 촉군이 급하게 쳐들어온다는 보고가 들어왔다. 조예는 즉시 사마의에게 출병하여 적을 막도록 명하고 친히 어가를 타고 성 밖에까지 나가 사마의를 전송했다.

위주에게 하직 인사를 마친 사마의는 곧바로 장안으로 달려가 여러 방면의 군사를 모두 모아 촉군을 쳐부술 계책을 논의했다.

장합 曰: "제가 군사를 이끌고 가서 옹성과 미성을 지키며 촉군을 막겠습니다."

사마의 曰: "우리의 선두 부대가 단독으로 공명의 군사를 막을 수는 없을 것이오. 그렇다고 우리의 군사를 전후 두 부대로 나누는 것 또한 승산이 있는 것이 아니오. 차라리 일부 군사를 남겨 상규(上邽)를 지키게 하고 나머지 군사를 모두 이끌고 기산으로 가는 것이 좋을 것 같은데 공이 선봉이 되어 주시겠소?"

장합이 매우 기뻐하며 말하기를: "저는 평소 충의를 마음속에 품고 나라에 보답하고 싶었지만 아쉽게도 지금까지 나를 알아주는 사람을 만나지 못했는데 도독께서 이제 저에게 중임을 맡겨주시니 저는 비록 만

번 죽는 한이 있더라도 사양하지 않을 것입니다."

이리하여 사마의는 장합을 선봉으로 삼아 군사를 총지휘하도록 했다. 그리고 곽희에게 농서의 여러 군을 지키게 하고 나머지 여러 장수들은 각기 길을 나누어 기산을 향하여 전진하게 했다.

전군의 정탐꾼이 보고하기를: "공명이 대군을 거느리고 기산을 향해 출발했는데 선두 부대의 선봉 왕평과 장억은 곧바로 진창으로 나와 검각을 지나 산관을 거쳐 야곡을 향해 오고 있습니다."

사마의가 장합에게 말하기를: "공명이 이처럼 거침없이 쳐들어오는 것은 농서 지방의 익어가는 밀을 군량으로 삼으려는 속셈이오. 그대는 기산에 영채를 세우고 지키시오. 나는 곽희와 함께 천수(天水)의 여러 군을 돌면서 촉군들이 밀을 벨 수 없도록 막을 것이오."

이에 장합은 4만 명의 군사를 이끌고 기산을 지키러 가고, 사마의는 군사를 거느리고 농서를 향해 길을 떠났다.

한편 공명의 군사는 기산에 도착하여 영채를 세운 다음 위수 쪽을 바라보니 위군들이 방비하고 있었다.

공명이 여러 장수들에게 말하기를: "저곳은 틀림없이 사마의가 지키고 있을 것이다. 지금 우리 군영에는 군량이 부족하여 이엄에게 여러 차례 사람을 보내 독촉했는데도 아직 군량이 도착하지 않고 있네. 지금 농서 지방에는 밀이 익었을 것이니 몰래 군사를 이끌고 가서 베어 와야겠소."

공명은 왕평·장억·오반·오의 등 네 장수에게 기산의 영채를 지키게 하고, 자신은 강유·위연 등 여러 장수들과 함께 노성(鹵城)으로 갔다. 노성 태수는 평소 공명에 대해 너무나 잘 알고 있는 터라 황급히 성문을 열고 나와 항복했다.

공명은 그를 위로한 뒤 묻기를: "지금 어느 곳의 밀이 익었는가?"

태수가 아뢰기를: "농상(隴上)의 밀이 익었습니다."

공명은 장익과 마충을 노성에 남겨 두어 그곳을 지키게 하고 자신은 여러 장수들과 함께 전군을 이끌고 농상으로 갔다.

그때 전군의 정탐꾼이 돌아와 보고하기를: "사마의가 군사를 이끌고 이곳에 와 있습니다."

공명이 놀라며 말하기를: "이 사람이 내가 이곳으로 밀을 베러 오리라는 것을 미리 알고 있다니!"

즉시 목욕을 하고 옷을 갈아입은 공명은 사륜거 세 대를 끌고 오게 했다. 이 수레는 공명이 촉에 있을 때 미리 만들어 두었던 것으로 수레의 모양과 장식이 모두 동일했다.

공명은 곧바로 강유에게 군사 1천 명을 이끌고 수레 한 대를 호위하도록 하고, 5백 명의 군사에게 북을 치게 하며 상규의 뒤에 매복시켰다. 또한 마대는 왼쪽에서, 위연은 오른쪽에서 각기 군사 1천 명씩을 이끌고 수레 한 대씩을 호위하도록 하고, 역시 북을 칠 군사 5백 명을 데려가게 했다.

그리고 각 수레마다 맨발의 검은 옷에 머리카락은 풀어 헤치고 칼을 찬 군사 24명이 한 손에는 북두칠성을 수놓은 검은색 깃발을 들고 좌우에서 수레를 밀고 나가도록 했다.

각자 계책을 받은 강유 등 세 사람은 군사를 이끌고 수레를 밀고 나아갔다.

공명은 또 3만 명의 군사에게 모두 낫과 밀을 묶을 새끼줄을 가지고 밀을 밸 준비를 하도록 하고 힘센 군사 24명을 골라 그들에게도 각자 맨발의 검은 옷에 산발 머리를 하고 칼을 차고 사륜거를 에워싸고 밀도록 했다.

또한 관흥에게는 천봉(天蓬)[1]처럼 몸치장을 하도록 하고 손에는 북두 칠성이 그려진 검은 깃발을 들고 수레 앞에서 걸어가게 했다. 그리고 공명 자신은 수레 위에 단정히 앉아서 위군의 영채를 향해 나아갔다.

이런 괴상한 모습을 본 위의 정탐꾼은 깜짝 놀랐다. 도대체 사람인지 귀신인지 알 수 없어 황급히 사마의에게 보고했다.

사마의가 직접 영채 밖으로 나와 살펴보니, 공명이 비녀를 꽂은 관을 쓰고 학창을 입고 손에는 우선을 들고 흔들며 사륜거 위에 단정히 앉아 있다. 좌우에 24명이 머리를 풀어 헤친 채 손에 칼을 들고 있고 맨 앞에 한 사람은 검은 깃발을 들고 있는데 은은한 모습이 마치 천신(天神)과 같다.

사마의 曰: "공명이 또 괴상한 장난을 하고 있구나!"

그러고는 군사 2천 명을 뽑아 분부하기를: "너희들은 즉시 달려가서 수레와 사람들을 모조리 잡아 오너라."

명을 받은 위군들이 일제히 추격했다. 위군들이 쫓아오는 것을 본 공명이 곧바로 수레를 돌려 촉군 진영으로 천천히 움직였다. 위군들이 말을 몰아 그 뒤를 급히 추격하는데 갑자기 음산한 바람이 불어오면서 차가운 안개가 자욱이 피어오르기 시작했다. 위군들이 말을 달려 전력 질주하며 한참을 추격했으나 따라잡을 수가 없었다.

위군들은 저마다 깜짝 놀라 말을 멈추고 말하기를: "참으로 괴이하다. 우리가 족히 30리나 쫓아왔는데 바로 눈앞에 빤히 보면서도 따라잡을 수가 없으니 어찌 된 일인가!"

공명은 위군들이 뒤쫓지 않은 것을 보고 다시 수레를 밀고 나와 위군

---

1 신화에 나오는 하늘의 신. 역자 주.

들을 바라보며 멈춰섰다. 한참을 주저하던 위군들이 다시 말을 몰아 쫓아왔다. 그러자 공명은 또 수레를 돌려 천천히 나아갔다. 위군들이 또다시 20여 리를 쫓아갔으나 수레는 잡힐 듯 눈앞에 보이면서도 따라잡을 수 없으니 위군은 모두 얼이 빠져 말을 세우고 멍하니 서 있었다.

공명이 수레를 다시 돌려 위군을 쳐다보며 밀고 나왔다. 위군들이 또다시 쫓으려는 순간 뒤에서 사마의가 군사를 이끌고 달려와 명을 전하기를: "공명은 팔문둔갑(八門遁甲)을 잘하고 육정육갑(六丁六甲)[2]의 신을 잘 부린다. 이것은 바로 육갑천서(六甲天書)에 나오는 축지법(縮地法)이니 군사들은 더 이상 그를 쫓지 말라."

위군들이 막 말을 돌리려는 순간 왼쪽에서 북소리가 크게 진동하면서 한 무리의 군사들이 쳐들어왔다. 사마의가 급히 군사들에게 그들을 막으라고 명령하자 촉의 군사들 속에서 산발을 한 채 맨발에 검은 옷을 입고 손에 칼을 든 24명이 사륜거 한 대를 에워싸고 나왔는데, 수레 위에는 비녀를 꽂은 관을 쓰고 학창을 입고 손에 우선을 흔들면서 공명이 단정히 앉아 있는 것이 아닌가!

사마의가 깜짝 놀라 말하기를: "방금 전 저 수레 위에 앉아 있는 공명을 50여 리나 쫓아갔지만 따라잡지 못했는데, 어떻게 이곳에 공명이 나타날 수 있단 말인가? 괴이해도 너무나 괴이한 일이로다!"

그 말이 채 끝나기도 전에 이번에는 오른쪽에서 북소리가 울리면서 한 무리의 군사들이 쳐들어왔는데, 사륜거 위에는 또 공명이 앉아 있다. 좌우에는 역시 24명이 맨발에 검은 옷을 입고 산발한 채, 칼을 들고 수레를 에워싸고 나왔다.

공명이 단지 축지법 정도 쓰는 줄로만 여겼던 사마의도 이런 모습을

2　둔갑술을 할 때 부르는 신장(神將)의 이름. 역자 주.

보고 어찌 놀라지 않을 수 있겠는가!

사마의가 여러 장수들을 돌아보며 말하기를: "이는 신병(神兵)임이 틀림없다!"

혼이 나간 위군들은 감히 촉군과 싸울 엄두를 내지 못하고 각자 도망치기 바빴다. 한창 달아나고 있을 때 갑자기 또 북소리가 천지를 진동하면서 또 한 무리의 군사들이 쳐들어왔는데 맨 앞의 사륜거에는 공명이 단정히 앉아 있고 수레의 전후좌우에 앞서 본 것과 똑같은 모습을 한 수레를 미는 자들이 있었다. 이 모습에 놀라지 않을 위군이 어디 있겠는가!

사마의 역시 이것이 사람인지 귀신인지 도무지 모르겠고, 촉군이 얼마나 되는지는 더더욱 알 수 없어, 놀라고 두려운 나머지 황급히 군사를 이끌고 달아나 상규성 안으로 들어가 성문을 닫아걸고 나오지 않았다.

이 틈을 이용해 공명은 3만 명의 군사를 동원해 농상의 밀을 모조리 베어 노성(鹵城)으로 운반해 햇볕에 말리게 했다.

상규성 안에 틀어박혀 사흘 동안이나 감히 밖으로 나가지 못한 사마의는 촉군이 물러갔다는 말을 듣고 비로소 군사를 보내 정탐을 하도록 했다. 정탐꾼은 길에서 촉군 한 명을 붙잡아서 사마의에게 데리고 왔다.

사마의가 어쩌다 붙잡혔는지 묻자 그가 대답하기를: "저는 밀을 베던 군사인데 말을 잃어버리고 길을 찾아 헤매다 붙잡히게 되었습니다."

사마의 曰: "이번에 나타난 신병(神兵)은 어찌된 것이냐?"

그자가 대답하기를: "세 방면에서 매복하다 나온 군사를 이끈 사람은 공명이 아니라 강유·마대·위연이었습니다. 각 방면마다 수레를 호위하는 군사 1천 명과 북을 치는 군사 5백 명만 있었습니다. 처음에 나와 싸움을 유인한 수레에 탄 사람만이 공명입니다."

사마의가 하늘을 쳐다보며 길게 탄식하기를: "공명은 역시 신출귀몰한 계책을 가졌구나!"

그때 부도독 곽회가 왔다는 보고가 들어왔다. 사마의가 그를 맞아들여 인사를 마치자 곽회가 말하기를: "내 듣기로 촉군은 지금 노성에서 밀을 타작하고 있는데 그 수가 많지 않다고 하니 이틈에 저들을 공격하면 어떻겠습니까?"

사마의가 앞서 일어난 일을 자세히 설명해 주었다.

곽회가 웃으며 말하기를: "공명이 우리를 잠시 속여 넘겼지만, 이제는 우리가 이미 알아버렸는데 다시 말해 무엇하겠습니까? 제가 한 무리의 군사를 이끌고 가서 저들의 후미를 치고, 공께서는 한 무리의 군사를 이끌고 그 앞을 치시면 노성을 쳐부술 수 있고 공명도 사로잡을 수 있습니다."

사마의는 그의 말에 따라 군사를 두 방면으로 나누어 노성을 치러 갔다. 군사를 이끌고 노성으로 들어가 햇볕에 밀을 말리고 있던 공명은 장수들을 불러 명령을 내리기를: "오늘 밤 사마의가 반드시 성을 공격하러 올 것이네. 내가 보니 노성의 동쪽과 서쪽의 밀밭 속에 군사를 매복시킬 만한데, 누가 가겠는가?"

강유·유연·마충·마대 등 네 장수가 일제히 나서며 말하기를: "저희들이 가겠습니다."

공명은 매우 기뻐하며 강유·유연에게 각기 군사 2천 명을 이끌고 동남과 서북쪽 두 곳에 매복해 있게 하고, 마충·마대에게도 각각 군사 2천 명씩을 이끌고 서남과 동북쪽 두 곳에 매복해 있으면서 포성이 울리거든 사방에서 일제히 쳐들어오라고 지시했다. 계책을 받은 네 장수가 군사를 이끌고 떠났다.

공명 자신은 화포를 지닌 군사 1백 명만 데리고 성을 나와 밀밭 속에 매복하면서 적군이 오기를 기다렸다.

사마의가 군사를 이끌고 노성 아래에 이르렀을 때, 날은 이미 어두워지기 시작했다.

그는 여러 장수에게 말하기를: "만약 대낮에 왔다면 저들이 성 안에서 틀림없이 대비를 했을 것이니 이렇게 밤 틈타 쳐들어온 것이다. 이 성은 성곽도 낮고 해자도 그리 깊지 않으니 쉽게 쳐부술 수 있을 것이다."

사마의는 군사를 성 밖에 주둔시켜 놓았다.

초경(初更: 저녁 7시에서 9시) 무렵이 되자 곽회 역시 군사를 이끌고 도착했다. 두 군사를 하나로 합친 다음 북소리를 신호로 위군이 노성을 철통같이 에워쌌다. 그러자 기다렸다는 듯이 성 위에서 수많은 쇠뇌들이 일제히 발사되며 화살과 돌들이 비 오듯 쏟아지니 위군들은 감히 앞으로 나아가지 못했다. 그때 갑자기 위군 속에서 신호포가 연달아 터지자 위군 진영의 모든 군사들은 깜짝 놀랐지만, 어디에서 적들이 쳐들어오는지 알 수가 없으니 당황할 수밖에 없었다.

곽회가 군사를 시켜 밀밭을 수색하라고 지시하자 갑자기 사방에서 불길이 하늘 높이 치솟으며 함성이 천지를 진동하며 사방에서 촉군들이 일제히 쳐들어왔다. 동시에 노성의 네 개의 성문도 활짝 열리면서 성 안의 군사들까지 쏟아져 나왔다.

이처럼 촉군들이 안팎으로 호응하여 위군을 크게 무찌르니 위군 가운데 죽은 자가 무수히 많았다. 사마의는 패잔병을 이끌고 죽기로 싸워 겹겹의 포위망을 간신이 뚫고 나가 산꼭대기에 군사를 주둔시켰으며, 곽회 또한 패한 군사를 이끌고 산 뒤로 달아나 주둔했다.

공명은 다시 성 안으로 들어가 네 장수에게 각기 네 모퉁이에 영채를 세우게 했다.

곽회가 사마의에게 말하기를: "우리가 촉군과 서로 대치한 지 오래 되었지만 저들을 물리칠 마땅한 계책이 없고 이번에 패하여 잃은 군사가 3천 명이나 됩니다. 서둘러 대책을 세우지 않으면 우리가 물러가기도 어려울 것입니다."

사마의 曰: "그럼 어떻게 하면 좋겠는가?"

곽회 曰: "격문을 띄워 옹주(雍州)와 양주(凉州)의 군사를 동원하여 힘을 합쳐 촉군을 무찌르는 것이 좋겠습니다. 제가 군사를 이끌고 가서 검각을 습격하여 저들의 퇴로를 끊어 군량과 마초의 운송을 차단하겠습니다. 그러면 적은 틀림없이 혼란에 빠질 것이고 우리는 그 틈을 노려서 공격을 하면 적을 섬멸할 수 있을 것입니다."

사마의는 그의 말에 따라 즉시 격문을 띄워 옹주와 양주의 군사를 동원하게 하니 하루도 지나지 않아 손례(孫禮)가 옹주와 양주의 군사를 이끌고 당도했다. 사마의는 즉시 손례에게 명하여 곽회와 만날 약속을 하여 함께 검각을 습격하게 했다.

한편 노성에서 위군과 대치하고 있는 공명은 시일이 오래 지나도록 위군이 싸우러 오지를 않자 강유와 마대를 성 안으로 불러 명령하기를: "지금 위군이 험한 산에 의지한 채 싸우러 나오지 않고 있는데, 그 첫 번째 이유는 우리가 먹고 있는 밀이 다 떨어지기를 기다리는 것이고, 두 번째는 군사를 이끌고 가서 검각을 습격하여 우리의 군량 보급로를 끊으려는 속셈이오. 그러니 그대 둘이서 각기 군사 1만 명씩을 이끌고 가서 요충지를 잘 지키도록 하게. 위군들은 우리가 철저히 방비하고 있는 것을 알면 저절로 물러갈 것이네."

그때 장사(長史) 양의(楊儀)가 막사 안으로 들어와 아뢰기를: "전에 승상께서 전체 군사들을 1백일마다 교대시키기로 했는데 이제 그 기한이다 되어 양쪽 군사들이 교대하기를 기다리고 있다는 공문이 도착했습니다. 한중의 군사들이 이미 서천 어귀를 떠났다고 하니, 현재 있는 8만 명의 군사 가운데 4만 명은 교대를 해야 합니다.”

공명 曰: “이미 그렇게 하기로 영을 내렸으니 속히 시행하게.”

많은 군사들은 그 소식을 듣고 돌아갈 준비를 했다. 그때 갑자기 손례가 옹주와 양주의 군사 20만 명을 이끌고 싸움을 도우러 와서 이미 검각을 습격하러 갔으며 사마의는 직접 군사를 이끌고 노성을 치러 온다는 급보가 들어왔다. 돌아갈 채비를 하고 있던 촉군들에게는 너무나 뜻밖의 소식이었으니 어찌 놀라지 않겠는가!

양의가 다시 들어가 공명에게 보고하기를: “위군들이 쳐들어오는 형세가 너무나 위급하니 이번에 교대하기로 한 군사들을 잠시 머물게 하여 우선 적을 물리친 뒤에 새로 오는 군사들이 도착하기를 기다려, 교대를 함이 좋을 것 같습니다.”

공명 曰: “안 될 말이오. 나는 용병을 하고 장수들에게 명령을 내릴 때 여태껏 믿음을 근본으로 삼아 왔소. 이미 내린 명령인데 이제 와서 어찌 믿음을 저버린단 말인가! 게다가 이번에 가기로 되어 있는 군사들은 이미 돌아갈 채비를 마쳤을 것이고 그들의 부모와 처자들은 날마다 사립문에 기대어 돌아올 날만 손꼽아 기다리고 있을 터인데, 내 지금 큰 어려움을 당할지언정 절대로 그들을 남아 있도록 하지 않을 것이네.”

공명은 즉시 명을 내려 이번에 가기로 되어 있는 군사는 모두 당일로 떠나라고 했다. 이 소식을 들은 많은 군사들은 모두 큰 소리로 외치기를: “승상께서 이토록 우리에게 은혜를 베푸시는데, 저희들은 잠시 돌아가는 것을 멈추고 각기 죽을 각오로 위군을 크게 무찔러 승상의 은혜에 보답하겠습니다.”

공명 曰: “너희들은 마땅히 집으로 돌아가야 한다. 어찌 여기에 다시

검문각 전경

검문도 잔도

머물러 있을 수 있겠느냐?"

모든 군사들이 싸우기를 원하며 집으로 돌아가지 않겠다고 했다.

공명 曰: "너희들이 기왕에 나와 함께 싸우겠다니 성 밖에 나가서 영채를 세우고 위병이 오기를 기다렸다가 저들이 당도하면 숨 돌릴 틈도 주지 말고 즉시 공격하라. 이것이 바로 편히 앉아서 지친 군사를 상대한다(以逸待勞)는 병법이니라."

모든 군사들은 각기 병장기를 들고 기꺼이 성을 나가 진을 치고 적군이 오기만을 기다렸다.

한편 서량의 군사들은 행군 속도를 평소 보다 두 배로 빨리 달려오느라 지칠 대로 지쳐 있었다. 막 영채를 세우고 쉬려고 하는데 촉군들이 덮쳐 왔다. 촉군은 장수와 군사들이 하나같이 용맹을 떨치고 사기가 왕성하니 옹주와 양주에서 온 위군들이 그들을 감당할 수 없어 달아나기 시작했다. 촉군들이 그 뒤를 휩쓸고 지나가자 옹주와 양주의 군사들의 시체가 들판에 가득하고 피가 흘러 도랑을 이루었다.

공명은 성을 나가 승리한 군사들을 거두어 성 안으로 들어와 후하게 상을 내리고 군사를 위로했다. 그때 갑자기 영안(永安)을 지키던 이엄(李嚴)에게서 급한 서신이 왔다는 보고가 들어왔다. 몹시 놀란 공명이 서신을 열어 보니 그 글의 내용은:

"근자에 들으니 동오에서 낙양에 사람을 보내 위와 화친을 맺었으며 위가 동오에게 촉을 치라고 했는데, 다행히 동오에서 아직 군사를 일으키지 않았습니다. 지금 제가 탐지한 소식을 전해드리니 부디 승상께서 서둘러 좋은 계책을 세우십시오."

글을 다 읽고 난 공명이 몹시 놀라고 의아해하며 곧바로 장수들을 불러 모아 말하기를: "만약 동오에서 군사를 일으켜 촉으로 쳐들어온다면 나는 속히 돌아가야만 한다."

그러고는 즉시 명을 내리기를: "기산 본채의 군사들은 일단 서천으로 물러가도록 하라. 사마의는 내가 이곳에 군사를 주둔하고 있는 것을 안 이상 감히 추격하지 못할 것이다."

이리하여 왕평·장억·오반·오의 등 네 장수는 군사를 두 방면으로 나누어 서서히 군사를 뒤로 물리며 서천으로 돌아갔다.

촉군들이 물러가는 것을 본 장합은 혹시 무슨 계책이 숨어있는 것이 아닌가 두려워 감히 추격하지 못하고 군사를 이끌고 사마의에게 달려가 말하기를: "지금 촉군들이 물러가고 있는데 무슨 일인지 모르겠습니다."

사마의 曰: "공명은 속임수가 워낙 많으니 절대 가볍게 움직이지 말고 굳게 지켜야 하네. 저들이 군량미가 떨어지면 저절로 물러갈 것이네."

대장 위평(魏平)이 나서며 말하기를: "촉군들이 기산의 영채를 거두어 돌아가고 있으니 지금이 그들을 추격할 때입니다. 그런데 도독께서는 군사를 눌러놓고 움직이려 하지 않으시면서 촉을 마치 범보다 더 무서워하고 계시니 이를 두고 천하의 사람들이 어찌 비웃지 않겠습니까?"

하지만 사마의는 끝내 고집을 부리며 그의 말을 들어주지 않았다.

한편 공명은 기산의 군사들이 모두 무사히 퇴각했다는 보고를 받고 양의와 마충을 막사 안으로 불러 비밀 계책을 주면서 먼저 궁노수 1만 명을 이끌고 검각의 목문도(木門道)로 가서 양쪽에 매복하라고 하면서 분부하기를: "만약 위군이 쫓아오면 내가 포성을 울릴 테니 그때 곧바로 나무와 돌들로 퇴로를 차단하고 양쪽에서 일제히 쇠뇌를 발사하라."

두 사람이 군사를 이끌고 떠났다.

공명은 또 위연과 관흥을 불러 군사를 이끌고 가서 적의 뒤를 끊도록 했다. 성 위엔 사면에 두루 깃발을 꽂아놓고 성 안에는 여기저기에 마른 장작과 건초를 쌓아 놓고 군사들이 많이 있는 것처럼 연기와 불을 피우게 하고 대군을 모두 이끌고 목문도로 향했다.

위군 영채의 정탐꾼이 사마의에게 보고하기를: "촉군의 본부 부대는 이미 물러간 것 같은데, 성 안에 군사가 얼마나 남아있는지는 잘 모르겠습니다."

사마의가 직접 가서 성을 살펴보니 성 위에는 사방에 깃발들이 꽂혀 있고 성 안에서는 연기가 피어오르고 있었다.

사마의가 웃으며 말하기를: "이 성은 비어있다."

군사를 보내 확인해 보니 과연 빈 성이었다.

사마의가 매우 기뻐하며 말하기를: "공명은 이미 달아났다. 누가 감히 쫓아가겠는가?"

선봉인 장합이 말하기를: "제가 가겠습니다."

사마의가 그를 제지하며 말하기를: "그대는 성미가 너무 급하여 안 되네."

장합 曰: "도독께서 관을 나올 때 나를 선봉으로 삼으셨소. 오늘 비로소 공을 세울 기회인데 도리어 나를 쓰지 않으려는 이유가 뭡니까?"

사마의 曰: "촉군들은 물러가면서 험한 요새에는 반드시 매복을 하고 있을 것이니 극히 신중하게 추격해야 하기 때문이오."

장합 曰: "그런 것은 저도 이미 알고 있으니 너무 염려하실 필요 없습니다."

사마의 曰: "그대가 굳이 가겠다고 했으니 나중에 후회는 하지 마시오."

장합 曰: "대장부로서 몸을 바쳐 나라에 보답하려는 것인데 설령 만 번을 죽더라도 여한이 있겠습니까?"

　사마의 曰: "그대 생각이 정 그러하다면 군사 5천 명을 이끌고 먼저 출발하시오. 위평으로 하여금 기병과 보병 2만 명을 이끌고 그 뒤를 따라가 적의 매복 기습에 대비하게 할 것이오. 나는 그 다음에 직접 군사 3천 명을 이끌고 따라가서 지원하겠소."

　명을 받은 장합이 군사를 이끌고 화급히 적을 추격하러 떠났다.

　장합이 30여 리를 달려가는데 갑자기 등 뒤에서 함성이 일면서 숲속에서 한 무리의 군사들이 뛰쳐나왔다. 앞장 선 장수가 칼을 비껴들고 말을 세우며 큰 소리로 외치기를: "적장은 군사를 이끌고 어디를 가려느냐?"

　장합이 고개를 돌려보니 위연이었다. 장합이 매우 화를 내며 말을 돌려 그를 맞아 싸웠다. 서로 싸우기를 10합도 되지 않아 위연은 짐짓 패한 척하고 달아났다. 장합이 그 뒤를 30여 리 쫓아가다가 잠시 말을 세우고 사방을 둘러보았지만, 복병은 보이지 않자 다시 박차를 가해 뒤를 쫓기 시작했다.

　막 산모퉁이를 돌아서는데 갑자기 함성이 크게 일면서 한 무리의 군사가 뛰쳐나왔는데 앞장선 장수는 관흥이었다. 그는 칼을 비껴들고 말을 세우며 큰 소리로 외치기를: "장합은 어딜 가느냐! 네 여기서 너를 기다리고 있었다!"

　장합이 이번에는 관흥에게 달려가 서로 어울려 겨루는데 10합도 안되어 관흥 역시 말머리를 돌려 달아나기 시작했다. 장합이 그 뒤를 추격하는데 관흥은 나무가 무성한 숲속으로 달아났다. 의심이 든 장합은 군사를 시켜 사방을 정탐해 보았지만, 매복한 군사는 없었다. 마음을 놓은 장합이 계속 추격을 하는데 뜻밖에 위연이 앞을 가로막았다. 장합은 위연과 다시 10여 합을 겨루는데 위연이 또 패하고 달아났다. 화가 잔뜩 난 장합이 계속 쫓아가는데 이번에는 관흥이 다시 나타나 길을 막았다.

장합이 크게 화를 내며 말에 박차를 가해 달려가 관흥과 다시 싸웠다. 서로 어우러져 10여 합을 싸우고 있는데 촉군들이 갑자기 갑옷과 병장기 등을 모조리 내버려 길을 메우니 위군들은 말에서 내려 그것들을 줍느라 서로 다투었다.

위연과 관흥이 장합에게 번갈아 달려들었지만 장합이 용맹을 떨치니 당해내지 못하고 달아나고 장합은 그 뒤를 계속 쫓아갔다.

어느덧 날이 저물 무렵 장합이 목문도(木門道) 어귀까지 쫓아가자 위연이 비로소 말머리를 돌리면서 소리 높여 외치기를: "장합 이 역적 놈아! 나는 너와 싸우고 싶지 않은데 너는 끝까지 쫓아오니 내 더 이상을 못 참겠다. 이제는 죽기 살기로 싸워보겠다!"

잔뜩 화가 난 장합이 창을 꼬나들고 말을 몰아 곧바로 위연에게 달려들었다. 위연이 칼을 휘두르며 장합을 맞아 싸웠지만 역시 10합도 싸우지 못하고 크게 패하여 갑옷과 투구 등도 모두 버리고 패한 병사들을 데리고 목문도 안으로 달아났다.

화가 머리끝까지 치민 장합이 앞뒤 생각할 겨를도 없이 말을 몰아 뒤를 쫓았다. 이때 날은 이미 어둑해졌는데 갑자기 포성이 울리면서 산 위에서 불길이 하늘 높이 치솟으며 큰 돌과 나무토막 등이 어지럽게 굴러와 길을 막아 버렸다.

장합이 깜짝 놀라며 말하기를: "내가 계책에 걸리고 말았구나!"

급히 말을 돌리려 했지만, 등 뒤에는 이미 나무와 돌들이 돌아갈 길을 모두 막아 버렸고 그 중간에 작은 공터만 남아있을 뿐 양쪽은 모두 깎아지른 절벽이니 장합은 이제 나아갈 수도 물러설 수도 없는 신세가 되었다.

그때 갑자기 딱따기 소리가 한 번 울리면서 양쪽에서 수많은 쇠뇌들이 일제히 발사되니 장합과 수하 장수 1백여 명은 모조리 목문도 안에서 화살에 맞아 죽고 말았다.

후세 사람이 이를 두고 지은 시가 있으니:

쇠뇌 매복시켜 일제히 불화살 날려	伏弩齊飛萬點星
목문도에서 강한 적군 쏘아 죽였지	木門道上射雄兵
지금도 행인들 검각을 지나갈 때면	至今劍閣行人過
그 옛날 제갈공명의 명성 말하누나	猶說軍師舊日名

한편 장합이 이미 죽었음에도 그 사실을 모르고 계속 뒤를 쫓아오던 위군들은 길이 막힌 것을 보고 비로소 장합이 적의 계략에 걸려든 줄 알았다. 위군들이 말머리를 돌려 급히 돌아가려고 할 때 갑자기 산꼭대기에서 큰 소리로 외치기를: "제갈 승상이 이곳에 계시느니라!"

위군들이 그곳을 쳐다보니 공명이 불빛 속에서 서 있는 모습이 보였는데 그가 자신들을 손으로 가리키며 말하기를: "내 오늘 사냥을 나와 말 한 마리를 쏘아서 잡으려고 했는데 그만 잘못하여 노루 한 마리를 잡고 말았구나.[3] 너희는 죽이지 않을 것이니 안심하고 돌아가서 중달에게 전하여라. 머지않아 내 손에 반드시 사로잡히게 될 것이라고!"

위군들이 돌아가서 사마의에게 이 일을 자세히 보고했다.

사마의는 비통해 마지않으며 하늘을 보며 탄식하기를: "장준예(張儁乂: 장합)가 죽은 것은 다 내 잘못이다!"

사마의는 군사를 거두어 낙양으로 돌아갔다.

장합이 죽었다는 소식을 들은 위주는 눈물을 흘리며 탄식하고 그의 시신을 거두어 후하게 장례를 치러주게 했다.

---

3 여기서 말은 사마의(司馬懿)의 성에 마가 들어 있으니 사마의를 가리키고 노루는 노루(獐)자와 장합의 장(張)이 음이 같으니 장합을 가리킴. 역자 주.

奔劍閣張郃中計

　한편 한중으로 돌아온 공명은 성도로 가서 후주를 뵈려고 했다. 그런데 도호(都護) 이엄(李嚴)이 그보다 앞서 먼저 성도로 가서 후주에게 망령스레 거짓으로 아뢰기를: "신이 군량을 준비해 곧 승상에게 보내려고 했는데 승상께서 무슨 이유인지 몰라도 갑자기 회군해 왔습니다."

　그 말을 들은 후주는 즉시 상서(尙書) 비의(費禕)를 한중으로 보내 공명이 회군한 까닭을 알아보게 했다. 한중에 간 비의가 후주의 뜻을 전했다.

　공명이 깜짝 놀라 말하기를: "이엄이 글을 보내 위급함을 알리기를 동오에서 군사를 일으켜 서천을 침범하려 한다고 하여 어쩔 수 없이 군사를 돌린 것이오."

　비의 曰: "이엄이 군량을 이미 마련해 놓았는데 승상께서 아무런 까닭 없이 회군했다고 상주하여 천자께서 저에게 가서 무슨 일로 돌아왔는지 물어보라고 하셨습니다."

　공명이 크게 노하여 사람을 보내 진상을 알아보니 실은 기한 내에 군량을 보내지 못한 이엄이 혹시 승상에게 문책당할까 두려워 거짓 글을 보내 돌아오게 해놓고, 천자에게 망령되이 거짓으로 고해 자신의 허물을 감추려 했음이 드러났다.

　보고를 받은 공명이 매우 화를 내며 말하기를: "그 하찮은 놈이 제 한 몸을 위해 나라의 대사를 망쳤구나!"

　공명은 사람을 보내 그를 불러다가 목을 베려고 했다.

　비의가 만류하기를: "선제께서 일찍이 승상과 그에게 어린 황제를 부탁하신 뜻을 고려하시어 승상께서는 이번만은 용서해 주십시오."(제 85회 참고)

　공명은 그의 말에 따랐다. 비의는 즉시 표문을 올려 후주에게 이 사실을 아뢰었다. 표문을 본 후주는 몹시 화를 내며 무사에게 이엄을 끌어내 목을 베라고 명했다.

이때 참군 장완이 반열에서 나와 아뢰기를: "이엄은 바로 선제께서 주상을 잘 보필해 달라고 부탁하신 신하이오니 폐하께서는 부디 은혜를 베푸시어 너그러이 용서해 주시옵소서."

후주는 장완의 말에 따라 죽음은 면해 주고 이엄의 관직을 폐하여 서인으로 만들어 재동군(梓潼郡)으로 귀양을 보냈다.

성도로 돌아온 공명은 이엄의 아들 이풍(李豊)을 장사(長史)로 임명했다. 공명은 군량과 마초를 비축하고 진법 등 군사 훈련에 매진했다. 또한 싸움에 필요한 장비를 만들고 장수와 군사들의 사기를 올려주며 3년 뒤에 다시 출정할 것이라고 했다. 이에 서천과 동천의 군사와 백성들은 모두 그의 은덕에 칭송했다.

세월은 빠르게 흘러, 가는 줄 모르게 어느덧 3년이 지났다.

건흥 12년(서기 234년) 봄 2월, 공명은 조정에 들어가 아뢰기를: "신이 군사를 돌본지 어느덧 3년이 지났습니다. 군량과 마초는 풍족하고 병장기도 완벽히 갖추었으며, 군사는 씩씩하며 말들은 튼튼하니 이제는 위를 정벌할 수 있습니다. 이번에 만약 간사한 무리를 말끔히 제거하여 중원을 회복하지 못한다면 맹세코 폐하를 뵙지 않을 것이옵니다!"

후주 曰: "이제 비로소 세 나라가 솥의 세 발처럼 안정된 형세(鼎足之勢)를 이루어 동오와 위도 침범해 온 적도 없는데, 상부(相父)께서는 어찌하여 편안히 태평세월을 누리려 하지 않으십니까?"

공명 曰: "신은 선제께서 저를 알아주신 은혜(知遇之恩)를 입은 이래 꿈속에서도 위를 정벌할 계책을 생각하지 않은 적이 없사옵니다. 저의 힘을 다 바쳐 폐하께 충성하여 중원을 회복하고 한 황실을 다시 일으키는 것이 신의 소원이옵니다."

공명의 말이 미처 끝나기도 전에 반열에서 한 사람이 나서며 말하기를: "승상께서 군사를 일으키는 것은 불가하옵니다."

사람들이 보니 그는 바로 초주(譙周)였다.

이야말로:

무후가 모든 것 바쳐 나라 걱정하는데	武侯盡瘁惟憂國
태사는 천기 안다고 또 천문을 논하네	太史知機又論天

초주가 무엇을 논하려 하는지 궁금하거든 다음 회를 기대하시라.

제 102 회

사마의는 북원 위교를 점거해 주둔하고
제갈량은 운반용 목우와 유마를 만들다

司馬懿占北原渭橋

諸葛亮造木牛流馬

 태사(太史)로 있는 초주는 천문에 아주 밝았다.

그는 공명이 또 출정하려고 하자 후주에게 아뢰기를: "사천대(司天臺)의 직무를 보고 있는 신에게 화(禍)와 복(福)이 빤히 보이는데 어찌 이를 아뢰지 않을 수 있겠사옵니까?

근자에 수만 마리의 새 떼가 남쪽에서 날아와 한수(漢水)에 떨어져 죽었는데, 이는 상서롭지 못한 조짐입니다. 신이 또한 천문을 살펴보니 규성(奎星)[4]이 태백(太白: 금성)의 운행을 방해하고 있어 왕성한 기운이 북쪽에 있으니 위를 치는 것은 이롭지 못하옵니다. 또한 성도의 백성들은 밤에 잣나무가 우는 소리를 들었습니다. 이런 몇 가지 이상한 재앙이 있으니 승상께서는 함부로 군사를 움직이지 마시고 신중히 지키셔야만 하옵니다."

공명 曰: "나는 어리신 황제를 잘 보필하라는 선제의 무거운 부탁을 받은 몸으로 마땅히 있는 힘을 다해 역적을 쳐야 하는데 어찌 그런 허망

---

4 이십팔수 중 열다섯째 별자리의 별. 역자 주.

한 재앙 분위기로 나라의 대사를 망치려 드는가!"

공명은 곧바로 제사를 관리하는 관원에게 명해 소열황제(昭熱皇帝: 유비)의 사당에 소·양·돼지 등을 제물로 바치는 큰 제사(太牢)를 지내고 공명은 엎드려 울면서 절을 하며 고하기를: "신 량(亮)은 다섯 번이나 기산으로 나갔지만 한 치의 땅도 얻지 못했으니 그 죄가 가볍지 않사옵니다! 이제 신은 모든 군사를 거느리고 다시 기산으로 나아가, 힘을 다하고 마음을 다하여 한의 역적을 섬멸할 것을 맹세하오며, 몸을 굽혀 정성을 다하여 죽을 때까지 중원을 회복하는 일을 그만두지 않겠나이다."

제사를 마친 공명은 후주에게 하직 인사를 하고 밤낮으로 달려 한중에 이르러 여러 장수들을 모아 놓고 출병할 일을 상의했다. 그때 갑자기 관흥이 병으로 죽었다는 보고가 들어왔다. 너무나 뜻밖의 놀라운 소식에 공명은 대성통곡을 하다 그만 정신을 잃고 땅에 쓰러지고 말았다. 한참 후에 깨어나니 여러 장수들이 거듭 위로했다.

공명이 탄식하며 말하기를: "참으로 가련하다! 충의로운 사람에게는 하늘이 긴 목숨을 주지 않으시는구나! 내 이번 출정에 믿음직스러운 대장을 또 한 명 잃다니!"

후세 사람이 이를 탄식하여 지은 시가 있으니:

태어나 죽는 것이 인생 이치라지만	生死人常理
하루살이와 마찬가지로 허망하더라	蜉蝣一樣空
충효로써 절개만 지키면 될 뿐이지	但存忠孝節
굳이 소나무처럼 장수할 필요 있나	何必壽喬松

공명은 34만 명의 군사를 거느리고 강유와 위연을 선봉으로 삼아 다섯 방면으로 나누어 나아가 기산에서 모두 합류하도록 했다. 이에 앞서

이회(李恢)로 하여금 야곡 어귀에 군량과 마초를 운반해 놓고 기다리게 했다.

한편 위에서는 지난해 마파정(摩坡井)에서 청룡 한 마리가 하늘로 날아올랐다고 하여 연호를 청룡(靑龍) 원년(元年)으로 바꾸었으니 이때는 곧 청룡(서기 234년) 봄 2월이었다.

근신이 아뢰기를: "변경을 지키는 관원이 급히 보고를 올렸는데 촉군 30여만 명이 다섯 방면으로 나뉘어 다시 기산으로 나오고 있다고 하옵니다."

위주 조예는 몹시 놀라 급히 사마의를 불러오게 하여 묻기를: "촉은 지난 3년 동안 국경을 침범한 적이 없었는데 지금 또 제갈량이 기산으로 나왔으니 어찌하면 좋겠소?"

사마의가 아뢰기를: "신이 밤에 천문을 살펴보았는데 중원의 왕성한 기운이 한창 성하고 있으며, 규성이 태백의 운행을 방해하고 있으니 서천에 불리하옵니다.

지금 공명은 자신의 재주와 지혜를 맹신한 나머지, 하늘의 뜻을 거스르고 나왔으니 이는 스스로 패망의 길로 들어선 것이옵니다. 신이 폐하의 홍복에 힘입어 마땅히 나아가 쳐부술 것이오니 부디 저에게 네 사람을 천거하여 함께 가도록 하여 주시옵소서."

조예 曰: "경이 천거하겠다는 네 사람은 누구시오?"

사마의 曰: "하후연(夏候淵)의 네 아들입니다. 첫째는 이름을 패(覇), 자는 중권(仲權)이라 하오며, 둘째의 이름은 위(威), 자를 계권(季權), 셋째의 이름은 혜(惠), 자는 아권(雅權), 넷째 이름은 화(和), 자를 의권(義權)이라 하옵니다.

이들 중 패와 위 두 사람은 활쏘기와 말타기를 잘하고, 혜와 화 두 사람은 병법에 능하옵니다. 이들 네 명의 아들은 늘 아비의 원수를 갚으려 하고 있으니, 신은 이번에 하후패와 하후위를 좌우 선봉으로 삼고, 하후혜·하후화를 행군사마로 삼아 군사 전략을 의논하여 촉군을 물리치려고 하옵니다.”

조예 曰: “지난번 하후무 부마가 군사 전략을 잘못 세워 그만 수많은 군사와 말들을 잃어버리고 면목이 없어 여태껏 돌아오지도 못하고 있는데, 이 네 사람도 하후무와 같은 사람들 아니오?”

사마의 曰: “이 네 사람은 하후무와는 비교할 사람들이 아니옵니다.”

조예는 그의 청을 모두 받아들여 즉시 사마의를 대도독을 삼아 모든 장수들을 그의 재능을 가늠하여 사마의에게 재량껏 임용할 뿐만 아니라 각처의 모든 군사를 지휘 통제할 수 있는 권한까지 부여했다.

이런 권한을 부여받은 사마의는 조정에 하직 인사를 하고 성을 나섰다. 조예는 또 사마의에게 별도로 조서를 내렸는데 그 내용은:

“경이 위수에 이르거든 성벽을 튼튼히 쌓아 지키기만 하고 저들과 맞붙어 싸우려 하지 말라. 촉군은 우리가 상대해 주지 않으면 반드시 물러나는 척하면서 우리를 유인하려 들 것이니, 경은 절대로 그 뒤를 쫓지 말고 그들의 군량이 떨어질 때까지 기다렸다가 그 빈틈을 타서 공격한다면 승리를 하는 것이 어렵지 않을 것이며, 군사들이 지치거나 고생하지 않을 것이다. 이보다 더 나은 계책은 없을 것이다.”

사마의는 머리를 조아리며 그 조서를 받아 그날로 장안에 도착하여 각 처의 군사를 모으니 40만 명이었다. 그들을 거느리고 위수가로 와서 영채를 세운 사마의는 군사 5만 명을 파견하여 위수 위에 부교(浮橋) 9개를 설치하고 선봉 하후패와 하후위로 하여금 위수를 건너가 영채를 세우게 했다. 사마의는 또 본채 뒤의 동원(東原)에 큰 성을 쌓아 만일의 사태에 대비하게 했다.

사마의가 여러 장수들과 한창 상의를 하고 있는데 곽회와 손례가 왔다는 보고가 들어왔다. 사마의가 그들을 맞아들여 서로 인사를 마치자 곽회가 말하기를: "촉의 군사들은 지금 기산에 있는데, 저들이 만일 위수를 건너 들판에 이르면 그곳은 바로 북쪽의 산과 연결됩니다. 저들이 만약 농상으로 가는 길을 끊으면 실로 큰일입니다."

사마의 曰: "지당한 말씀이오. 그대는 곧바로 농서의 군사를 총지휘하여 북원에 영채를 세우고 해자를 깊이 파고 보루를 높게 쌓아 단단히 지키기만 하면서 저들의 식량이 바닥나기만을 기다렸다가 공격하시오."

명을 받은 곽회와 손례는 군사를 이끌고 영채를 세우러 떠났다.

한편 다시 기산에 이른 공명은 큰 영채 다섯 개를 세웠다. 중앙에 큰 영채를 세운 뒤 좌우와 앞뒤에 각각 한 채씩 세운 것이다. 그리고 야곡에서 검각에 이르는 길에 연달아 14개의 큰 영채를 세우고 군사를 나누어 주둔시켜 놓고 장기전에 대비했다. 그리고 매일 군사를 보내 순찰을 하도록 했는데 곽회와 손례가 농서의 군사를 이끌고 와서 북원에 영채를 세우고 있다고 보고를 했다.

공명이 여러 장수들에게 말하기를: "위군들이 북원에 영채를 세우는 것은 우리가 이 길을 취하여 농서로 가는 길을 끊을까 두렵기 때문이네. 우리는 이제 북원을 치는 척하면서 역으로 은밀히 위수를 점령하려고 한다. 속히 군사들로 하여금 뗏목 1백여 개를 만들게 하여 그 위에 마른 풀을 싣고 물에 익숙한 군사 5천 명을 뽑아 뗏목을 젓게 할 것이네. 내가 한밤중에 북원을 공격하면 사마의는 틀림없이 그들을 지원하러 올 것이다. 저들이 조금이라도 밀리는 기미가 보이면 우리의 후군은 먼저 위수를 건너가 강기슭으로 올라가고 전군은 뗏목을 저어 강기슭으로 올라가지 말고 물을 따라 내려가 부교를 모두 불태워 다리를 끊어 버리고 적의 배후를 칠 것이다.

나는 직접 한 무리의 군사를 이끌고 가서 앞쪽의 영채를 칠 것이다. 그리하여 위수 남쪽만 얻으면 진군하는데 어렵지 않을 것이다."

명을 받은 장수들이 각자 움직였다.

이런 정보는 순찰을 하던 위군 정탐꾼들에 의해 이미 사마의에게 보고되었다. 사마의는 여러 장수들을 불러 모아 상의하기를: "공명이 이처럼 움직이는 데에는 분명히 계책이 숨어있다. 저들은 북원을 치는 것처럼 하면서 물길을 따라 내려와 부교를 태워 우리의 후방을 어지럽게 하여 놓고 실제로는 우리의 전방을 치려는 속셈이다."

사마의는 즉시 하후패와 하후위에게 명령을 내리기를: "북원에서 함성이 들리면 너희는 곧 군사를 이끌고 위수의 남쪽 산속으로 가서 촉군이 오기를 기다렸다가 그들을 공격하라."

또한 장호(張虎)와 악침(樂綝)에게는 궁노수 2천 명을 이끌고 위수 부교 북쪽 강기슭에 매복해 있으라고 명령하면서 지시하기를: "만약 촉군이 뗏목을 타고 물을 따라 내려오거든 일제히 화살을 쏘아 다리에 접근하지 못하게 하라."

다시 곽회와 손례에게 명을 전하기를: "공명이 북원으로 오면 은밀히 위수를 건널 것이다. 너희가 세운 영채에는 군사가 그리 많지 않을 것이니 그들을 모두 중간에 매복시켜라. 만약 촉군이 오후에 위수를 건너오면 황혼 무렵 틀림없이 너희 영채를 기습하러 올 것이다. 너희가 패한 척하고 달아나면 촉군이 그 뒤를 추격할 것이니 그때 일제히 활을 쏘며 공격하라.

나는 군사를 이끌고 수륙 양로로 동시에 나아갈 것이다. 촉군이 만약 대규모로 쳐들어오면 나의 지시를 받아 공격하라."

각 처에 명령을 내린 사마의는 마지막으로 자신의 아들 사마사(司馬師)와 사마소(司馬昭)에게 군사를 이끌고 전면에 있는 영채를 지원하도록 하고 자신은 한 무리의 군사를 이끌고 북원을 지원하러 갔다.

한편 공명은 위연과 마대에게 군사를 이끌고 위수를 건너 북원을 공격하게 하고 오반과 오의에게는 뗏목을 타고 내려가 부교를 불태우도록 했다. 그리고 왕평과 장억을 전군으로, 강유와 마충을 중군으로, 요화와 장익을 후군으로 각각 삼아 군사를 세 방면으로 나누어 위수 강변의 위의 영채를 치도록 했다.

이날 오시(午時: 오전 11시에서 오후 1시)에 촉의 군사들은 큰 영채를 떠나 모두 위수를 건너 진세를 이루고 천천히 전진했다.

위연과 마대가 이끄는 군사가 북원 가까이 이르렀을 때 날이 이미 저물고 있었다. 사전에 정탐꾼을 보내 이런 사실을 미리 탐지한 손례는 곧바로 영채를 비우고 달아났다.

위연은 위군이 미리 알고 대비하고 있음을 눈치채고 급히 군사를 돌리려고 하는데 사방에서 함성이 진동하면서 왼쪽에서는 사마의가, 오른쪽에서는 곽회가 군사를 이끌고 양쪽에서 쳐들어왔다.

위연과 마대는 힘을 다해 싸웠지만 촉군은 절반 이상이 물에 빠지고 나머지 군사들은 달아나려 해도 길이 없었다. 바로 그때 다행히 오의가 군사를 이끌고 달려와 패한 군사를 구해서 건너편 강기슭으로 건너가서 적을 막았다.

오반은 군사를 반으로 나누어 뗏목을 저어 물을 따라가서 부교를 불태우려고 했는데, 장호와 악침이 강기슭에서 화살을 비 오듯 날리니 촉군은 부교 근처에 갈 수도 없었고 오히려 오반은 화살에 맞아 강물에 떨어져 죽고 말았다. 그러자 나머지 병사들은 모두 살기 위해 물속으로 뛰어들어 도망치니, 뗏목은 모조리 위군에게 빼앗기고 말았다.

이때 왕평과 장억은 촉군이 북원에서 패한 줄도 모르고 곧바로 위군 영채를 기습하러 달려갔는데, 때는 이미 이경(二更: 밤 9시에서 11시)인데 갑자기 사방에서 함성이 터져 나왔다.

왕평이 장억에게 말하기를: "북원을 치러간 군사들의 승부가 어찌 되었는지 모르겠소. 위수 남쪽의 영채는 이제 코앞에 있는데 왜 위군은 하나도 보이지 않는지 이상하오. 혹시 사마의가 미리 알고 대비하고 있는 것이 아닐까요? 아무래도 우리는 부교가 불타는 것을 본 다음에 기습하는 것이 좋을 듯하오."

두 사람은 군사를 멈춰 세웠다. 그때 갑자기 뒤에서 기마병 한 명이 급히 달려오더니 보고하기를: "승상께서 군사를 급히 돌리라고 하셨습니다. 북원에 갔던 군사와 부교를 불태우러 갔던 군사들이 모두 패했습니다."

몹시 당황한 왕평과 장억이 급히 군사를 돌리려 하는데, 한 발의 포성 소리와 함께 위병들이 등 뒤에서 일제히 쳐들어오면서 불길이 하늘 높이 치솟았다.

왕평과 장억은 군사를 이끌고 그들을 맞아 한바탕 크게 싸웠다. 두 사람이 힘을 떨치며 죽기로 싸워 길을 뚫고 나갔지만 촉군들은 태반이 죽거나 부상당했다.

기산의 본채로 돌아온 공명이 패한 군사를 수습했는데 죽은 자가 거의 1만 명이나 되니 마음이 몹시 아프고 우울했다.

그때 갑자기 성도에서 비의가 승상을 뵈러 왔다는 보고가 들어왔다. 공명이 그를 맞이하여 비의가 인사를 마치자 공명이 말하기를: "그렇지 않아도 내 그대에게 부탁하려던 참이었는데 마침 잘 오셨소. 내 동오에

서신을 보내고자 하는데 수고스럽겠지만 그대가 다녀올 수 있겠소?"

비의 曰: "승상의 명을 어찌 감히 마다하겠습니까?"

공명은 즉시 글을 써서 비의에게 주어 동오로 떠나보냈다.

서신을 가지고 곧장 건업(建業)으로 간 비의는 오주(吳主) 손권을 보고 공명의 서신을 바쳤다. 손권이 그 편지를 뜯어보니 그 내용은:

"한 황실이 불행하여 나라의 기강이 무너지고 역적 조조가 나라를 빼앗아 지금에 이르렀나이다. 이 량(亮)은 소열황제로부터 무거운 부탁을 받았으니 어찌 힘을 다하고 충성을 다하지 않겠나이까. 이제 우리의 대군은 기산에 모여 있으니 머지않아 미친 도적들은 위수에서 망할 것이옵니다.

엎드려 바라건대 폐하께서 우리와 맺은 동맹의 의리를 생각하시어 장수들에게 북벌을 명하시어 중원을 친다면 천하를 함께 나누겠사옵니다. 글로는 말을 다 못하겠으니 굽어살피시기를 바라옵니다."

글을 다 읽고 난 손권이 매우 기뻐하며 비의에게 말하기를: "짐이 오래전부터 군사를 일으키고 싶었지만, 공명과 뜻을 합칠 기회가 없었소. 이제 공명의 제안을 받았으니 즉시 짐이 직접 정벌에 나서서 거소문(居巢門)으로 들어가 위의 신성(新城)을 취할 것이오. 그리고 곧바로 육손과 제갈근 등으로 하여금 군사를 강하(江夏)와 면구(沔口)에 주둔시키고 양양(襄陽)을 취하도록 하고 손소(孫韶)와 장승(張承) 등에게 군사를 이끌고 광릉(廣陵)으로 나가 회음(淮陰) 등을 취하게 할 것이오. 세 곳에서 일제히 진군할 것이며 군사는 모두 30만 명으로 날짜를 정해 군사를 일으키겠소."

비의는 고맙다고 절을 하며 말하기를: "그렇게만 해 주시면 중원은 머지않아 저절로 무너질 것입니다!"

손권이 연회를 베풀어 비의를 후하게 대접했다.

술을 마시던 손권이 비의에게 묻기를: "승상의 군대는 적을 쳐부술 선봉으로 누구를 쓰고 있소?"

비의 曰: "위연이 선봉을 맡고 있습니다."

손권이 웃으며 말하기를: "그 사람은 용맹하지만, 마음이 바르지 못하오. 그자는 공명만 없으면 언제든지 화를 일으킬 사람인데, 공명은 어찌 그것을 모른단 말이오?"

비의 曰: "폐하의 말씀이 지극히 옳으십니다. 신이 돌아가면 즉시 이 말씀을 공명에게 전하겠습니다."

손권에게 하직 인사를 하고 기산으로 돌아온 비의는 공명에게 오주(吳主)가 30만 명의 대군을 일으켜 자신이 직접 정벌에 나설 것이며 군사를 세 방면으로 나누어 일제히 진군할 것이라고 자세히 말했다.

공명이 묻기를: "오주가 다른 말씀은 없었소?"

비의는 손권이 위연에 대해 한 말을 그대로 전하자 공명이 탄식하며 말하기를: "참으로 총명한 임금이로다! 나 역시 위연의 사람됨을 모르는 게 아니라 그저 그의 용맹이 아까워 쓰고 있을 뿐이오."

비의 曰: "승상께서 속히 적절히 처리하십시오."

공명 曰: "내게 다 생각이 있으니 너무 걱정하지 마시오."

비의는 공명에게 하직 인사를 하고 성도로 돌아갔다.

공명이 여러 장수들과 정벌에 관한 일을 상의하고 있을 때 위에서 장수 한 명이 투항해 왔다는 보고가 들어왔다. 공명이 그를 불러들여 물어보니 그가 답하기를: "저는 위의 편장군(偏將軍) 정문(鄭文)이라 하옵니다. 저는 진랑(秦朗)과 함께 군사를 이끌며 사마의의 지휘를 받고 있는데 뜻밖에 사마의는 인사를 사사로운 정에 매어 진랑에게는 전장군으로 벼슬을 높여주면서 저는 마치 초개(草芥)처럼 여겨 이에 불만을 품고 승상께 투항하러 온 것입니다. 부디 저를 거두어 주십시오."

말이 미처 끝나기도 전에 진랑이 군사를 이끌고 영채 밖에 와서 정문과 단독으로 결투를 벌이자고 싸움을 걸고 있다는 보고가 들어왔다.

공명 曰: "진랑의 무예가 그대와 비교하면 어떠한가?"

정문 曰: "제가 당장 나가 베어 버리겠습니다."

공명 曰: "그대가 만약 먼저 진랑을 죽이면 내 그대를 의심하지 않겠네."

정문은 흔쾌히 말을 타고 영채를 나섰다. 공명은 직접 영채를 나와 그들이 싸우는 모습을 지켜보았다. 진랑이 먼저 창을 꼬나들고 큰 소리로 욕설을 퍼붓기를: "반역한 도적놈이 내 말을 훔쳐 이곳으로 오다니! 속히 말을 돌려주지 못하겠느냐!"

그러고는 곧바로 정문에게 달려들었다. 정문이 칼을 휘두르며 말에 박차를 가해 달려 나갔다. 두 말이 어우러져 싸우는데 단 한 합 만에 정문이 진랑을 베어 말 아래 떨어뜨리니 나머지 위군들은 모두 도망쳐 달아나버렸다. 정문은 진랑의 수급을 들고 영채로 돌아왔다.

공명이 막사 안으로 들어와 자리에 앉은 다음 정문을 불러들여 버럭 화를 내며 좌우에 호령하기를: "저놈을 끌고 나가 당장 목을 베어라!"

정문 曰: "소장이 무슨 죄가 있다고 그러십니까?"

공명 曰: "나는 예전부터 진랑을 잘 알고 있느니라. 네가 방금 벤 자는 진랑이 아니다. 네놈이 감히 나를 속이려 들다니!"

정문이 절을 하며 고하기를: "그자는 실은 진랑의 아우 진명(秦明)입니다."

공명이 웃으며 말하기를: "사마의가 너에게 거짓 항복을 시키고 무슨 수작을 부리려 했지만, 어찌 나를 속여 넘길 수 있겠느냐? 바른대로 실토하지 않으면 이 자리에서 당장 목을 베어 버릴 것이다!"

정문은 어쩔 수 없이 거짓 항복했음을 실토하며 제발 목숨만은 살려 달라고 애걸했다.

공명 曰: "네놈이 정녕 살고 싶다면 사마의가 직접 군사를 이끌고 영채를 습격하러 오도록 편지를 보내거라. 그러면 네 목숨을 살려 주겠다. 만약 사마의를 사로잡게 되면 그것은 너의 공이니, 그때는 마땅히 너를 중용할 것이다."

정문은 어쩔 수 없이 편지를 써서 공명에게 바쳤다. 공명은 정문을 가두어 두게 했다.

번건이 묻기를: "승상은 그자가 거짓 항복한 줄 어찌 아셨습니까?"

공명 曰: "사마의는 결코 사람을 가벼이 쓰지 않네. 만약 진랑을 전장군으로 올려주었다면 틀림없이 진랑의 무예가 높고 강했기 때문이네. 그런데 정문에게 단칼에 베어 죽을 정도면 그런 자가 어찌 진랑이겠는가? 그래서 나는 그가 거짓으로 항복한 줄 알았네."

그 말을 들은 여러 장수들은 모두 탄복했다.

공명은 말솜씨가 좋은 군사 한 명을 골라 여차여차하라고 분부했다. 명을 받은 군사는 편지를 가지고 위군 영채로 달려가 사마의 뵙기를 청했다.

사마의가 그를 불러들여 편지를 다 읽어본 뒤 묻기를: "너는 어디 출신이냐?"

그가 답하기를: "저는 중원 사람으로 촉에 흘러가 살고 있는데 정문과는 동향 사람입니다. 이제 공명은 정문의 공을 인정하여 그를 선봉으로 삼았는데, 정문이 특별히 저에게 글을 전해달라고 부탁하여 온 것입니다. 내일 밤 불길이 오르는 것을 신호로 도독께서 대군을 이끌고 영채를 습격하러 오면 정문이 안에서 호응한다고 했습니다."

사마의는 미덥지 않아 몇 번이나 꼬치꼬치 캐묻고 또 가져온 글을 세심히 훑어보았지만, 거짓이란 꼬투리를 잡을 수 없었다.

사마의는 즉시 그 군사에게 술과 고기를 주며 분부하기를: "오늘 밤 이경(二更: 밤 9시에서 11시) 내가 직접 영채를 습격하러 갈 것이다. 만일 대사를 이룬다면 내 너를 중히 쓸 것이다."

그 군사는 하직 인사를 하고 촉의 영채로 돌아와 공명에게 보고 들은 대로 보고했다. 공명은 손에 칼을 들고 보강답두(步罡踏斗)[5]의 의식을 마치고 왕평과 장악을 불러 여차여차하라고 분부하고 또 위연을 불러 여차여차하라고 했다. 그런 다음 공명 자신은 수십 명의 군사만 데리고 높은 산 위에 앉아 군사를 지휘하기로 했다.

사마의는 정문의 편지를 믿고 두 아들을 데리고 대군을 거느리고 촉의 영채를 습격하러 가려고 했다.

큰아들 사마사가 간하기를: "아버님께서는 어찌하여 편지 한 장만 믿고 적진 깊숙이 들어가려 하십니까? 만약 일이 잘못되기라도 하시면 어찌시려고요. 차라리 다른 장수에게 선봉을 맡기시고 아버님은 뒤에서 후원하시는 것이 좋을 듯합니다."

사마의는 그의 말에 따라 진랑에게 군사 1만 명을 이끌고 가서 촉군의 영채를 기습하게 하고 자신은 그 뒤를 따랐다. 초경 무렵에는 달이 밝고 바람도 불지 않았는데 이경쯤 되자 느닷없이 검은 구름이 사방에서 몰려오더니 하늘에 검은 기운이 가득 차 마주 본 사람의 얼굴조차 분간하기 힘들었다.

---

5 고대 도교에서 도사들이 북두칠성에 제사를 지내며 신령을 부르는 일종의 동작으로 마치 걷는 모습이 북두칠성 별자리 위를 밟는 것과 같다고 해서 붙여진 명칭. 여기서 강(罡)은 북두칠성의 손잡이 부분을 가리키며 두(斗)는 북두성을 말함. 역자 주.

사마의는 매우 기뻐하며 말하기를: "하늘도 나에게 공을 이루도록 돕는구나!"

모든 군사들은 입에 하무(銜枚)를 물고 말에는 재갈을 물리고 거침없이 앞으로 나아갔다. 진량이 1만 명의 군사를 이끌고 앞장을 서서 촉군의 영채를 덮쳤는데 촉군은 한 명도 보이지 않았다.

계책에 빠진 것을 안 진량이 급히 퇴군하라고 소리쳤다. 바로 그때 사방에서 횃불이 밝혀지면서 함성이 땅을 흔들었다. 이어서 왼쪽에서 왕평과 장억이, 오른쪽에서는 마대와 마충이, 양쪽에서 군사가 협공을 하여 덮쳐왔다. 진량은 죽기로 싸웠지만 빠져나갈 수가 없었다. 진량의 뒤를 따라오던 사마의는 촉의 영채에서 불길이 하늘을 치솟고 함성이 끊이지 않은 것을 보고 더구나 위군의 승패를 가늠할 수 없어 진량을 후원하기 위해 불빛이 비치는 곳을 향해 군사를 재촉하여 말을 달렸다.

그때 다시 함성과 함께 북소리·나팔 소리가 하늘을 울리고 화포 소리가 땅을 진동하며, 왼쪽에서는 위연이, 오른쪽에서는 강유가 양쪽에서 일시에 덮쳐왔다.

크게 패한 위군은 죽거나, 부상당한 자가 열에 여덟아홉이나 되었으며 나머지는 모두 사방으로 흩어져 달아났다. 이때 진량이 이끄는 군사 1만 명은 모두 촉군에 포위를 당해 화살이 마치 메뚜기 떼처럼 날아오니 진량은 혼전 중에 화살에 맞아 죽고 말았다. 사마의는 패한 군사를 수습하여 간신히 본채로 돌아갔다.

삼경(三更: 밤 11시에서 새벽 1시)이 지나자 하늘은 거짓말처럼 다시 맑게 개었다. 공명은 산 위에서 징을 쳐서 군사를 거두었다. 이경쯤 온 하늘이 갑자기 검은 구름에 뒤덮인 것은 사실 공명이 둔갑술을 썼기 때문이고 군사를 거두고 나서 날이 다시 갠 것 역시 공명이 육정육갑(六丁六甲)을 부려 구름을 흩어버렸기 때문이다.

　승리를 거둔 공명은 영채로 돌아오자마자 가두어 두었던 정문의 목을 베라고 하고 다시 위수 남쪽의 영채를 칠 계책을 상의했다.

　공명은 매일 군사를 보내 싸움을 걸었으나 위군들은 도무지 싸우러 나오지를 않았다. 공명은 작은 수레를 타고 직접 기산으로 나와 위수의 동서 양쪽의 지형을 답사하다가 문득 한 골짜기 어귀를 발견했다. 그 어귀는 마치 형세가 표주박처럼 생겼는데 그 안에 1천여 명은 들어갈 수 있는 넓이였다.

　그 안으로 들어가 보니 두 산이 합쳐져 골짜기를 또 하나 이루었는데 그 안에 또 4~5백 명은 수용할 만했다. 맨 뒤쪽은 두 산이 둘러싸고 있어서 한 번에 겨우 사람 하나 말 한 필 지날 수 있었다. 공명은 그 지형을 두루 살핀 뒤 내심 쾌재를 부르며 길잡이 관원에게 묻기를: "이곳의 지명이 무엇이냐?"

　그가 답하기를: "이곳은 상방곡(上方谷)인데 호로곡(葫蘆谷)이라고도 부릅니다."

　막사로 돌아온 공명은 즉시 비장(裨將) 두예(杜叡)와 호충(胡忠) 두 사람을 불러 귓속말로 비밀 계책을 알려주고 군에 소속된 목공 1천여 명을 뽑아 호로곡 안에 들어가서 목우(木牛)와 유마(流馬)를 만들도록 하고 마대에게 군사 5백 명을 데리고 가서 골짜기 입구를 지키게 했다.

　그리고 마대에게 당부하기를: "목공들을 밖으로 내보내지 말고 외부인도 절대 안으로 들여보내지 말라. 내가 수시로 불시에 점검할 것이다. 사마의를 잡을 계책이 그 안에서 이루어지고 있으니 절대 이 사실이 밖으로 새어 나가서는 안 된다."

　명을 받은 마대가 떠났다. 두예 등 두 사람은 호로곡 안에서 목공들을 감독하며 설계도대로 만들었다. 공명은 매일 그곳을 오가며 작업 상황을 살폈다.

하루는 장사 양의가 들어와 아뢰기를: "지금 군량은 모두 검각에 있는데 인부나 우마차로 운반하기가 쉽지 않으니 어떻게 하면 좋겠습니까?"

공명이 웃으며 말하기를: "내 이미 운반하는 방법을 생각해 놓았네. 전에 이곳에 쌓아 놓았던 목재와 서천에서 사들인 큰 나무들로 목우와 유마를 만들게 했으니 그것으로 아주 쉽게 군량을 운반할 수 있을 것이네. 그 소와 말들은 먹지도 마시지도 않은 채 밤낮으로 쉬지 않고 군량을 가볍게 운반할 수 있을 것이네."

모두들 놀라서 말하기를: "예로부터 지금까지 '목우'와 '유마'라는 말조차 들어본 적이 없는데 승상께서는 어떤 묘한 방법이 있기에 그런 기이한 물건을 만드십니까?"

공명 曰: "나는 이미 목공들에게 설계도를 주며 만들도록 했는데 아직 완성되지 않았네. 내가 목우와 유마 만드는 법을 알려주겠네. 치수며 둥글고 모난 것, 그리고 길고 짧고 좁고 너른 곳 등을 알기 쉽게 그려줄 것이니 그대들이 한번 보도록 하게."

여러 장수들이 모두 관심을 가지고 지켜보는 가운데 공명은 설명을 하며 손으로 종이 한 장에 그림을 그리고 장수들은 빙 둘러서서 보고 있었다.

먼저 목우(木牛) 제조법[6]은:

"배는 모가 나고 머리는 굽었으며 네 발이 달려있다. 머리는 목 속에 들어가 있고 혀는 배에 붙어 있다. 짐을 많이 실을 수 있지만 멀리 가지는 못하여 홀로 가면 수십 리를 가지만 무리를 지어 가면 20리를 갈 수

---

6 목우와 유마에 관한 내용은 정사 삼국지에도 나오고 남송시대 배송지(裵松之)가 쓴 삼국지주(注)에도 상세히 소개되어 있으며 삼국연의에 실린 내용도 원문 자체가 각 판본마다 다양함. 목우와 유마에 대한 제조법이 설명되어 있기는 하나 실제 그림이나 실물이 존재하지 않고 이 설명을 완전히 이해할 수 없어 아직 이를 바탕으로 당시의 목우와 유마를 재현하지 못하고 있음을 아쉽게 생각함. 역자 주.

있다.

굽은 것은 소의 머리가 되고 쌍을 이루는 것은 다리가 되며, 가로로 된 것은 목이고 구르게 되어 있는 것은 발이며 위에 덮인 것은 등이며, 네모난 것은 배 부분이며 아래로 드리워져 있는 것은 혀이다. 굽은 것은 옆구리이고 새긴 것은 이빨이며, 세워진 것은 뿔이고 가는 것은 멍에(牛鞅)이며 잡아맨 것은 안장끈이다.

소는 끌채 둘로 끄는데 사람이 한 걸음(6尺)을 갈 때 소는 네 걸음 거리를 간다. 소 한 마리가 사람 열 명의 한 달 치 군량미를 싣고 하루에 20리를 가도 사람은 그리 지치지 않고 소는 물과 음식을 먹지 않는다.”

유마(流馬) 제조법은:

“유마의 갈빗대는 길이가 3자 5치, 폭은 3치, 두께는 2치 5푼으로 좌우가 같다. 앞의 축 구멍은 머리에서 4치 떨어져 있고 구멍의 지름은 2치이다. 앞발의 구멍은 2치로 앞의 축 구멍에서 4치 5푼 떨어져 있고 폭은 1치이다. 앞채(前杠)의 구멍은 앞다리 구멍으로부터 2치 7푼 떨어져 있고, 그 구멍의 길이는 2치이고 너비는 1치이다. 뒤채(後杠)의 구멍은 앞채로부터 1자 5푼 떨어져 있고, 그 크기는 앞의 축 구멍과 같다. 뒷다리의 구멍은 뒤축의 구멍으로부터 3치 5푼 떨어져 있으며 그 크기는 앞다리 구멍과 같다. 뒤채의 구멍은 뒷다리 구멍으로부터 2치 7푼 떨어져 있으며, 뒤 짐받이는 뒤채 구멍에서 4치 5푼 떨어져 있다.

앞채는 길이가 1자 8치, 폭이 2치, 두께가 1치 5푼이다. 뒤채는 앞채와 같다. 판자로 만든 네모난 상자 두 개는 두께가 8푼, 길이는 2자 7치, 높이는 1자 6치 5푼, 너비는 1자 6치이다. 한 상자에 양곡을 두 섬 세말을 담을 수 있다. 상채(上杠) 구멍에서 갈빗대 아래까지 7치 떨어져 있으

며 앞뒤가 같다. 윗채 구멍은 하채(下杠) 구멍으로부터 1자 3치 떨어져 있
는데 구멍의 길이는 1치 5푼, 폭은 7푼으로 구멍 8개가 똑같다. 앞뒤로
있는 다리 4개는 폭은 2치, 두께는 1치 5푼이다.

그 모양은 코끼리와 비슷하며 가죽 끈의 길이는 4치, 직경은 4치 3푼
이다. 구멍에 끼우는 발 막대기(脚杠)가 세 개 있으며 그 길이는 2자 1치,
폭이 1치 5푼, 두께가 1치 4푼으로 세 개 모두 같다.”

지켜보던 장수들이 엎드려 절하며 말하기를: “승상은 참으로 신과 같
은 분이십니다.”

며칠 뒤 목우와 유마가 완성되었는데 마치 실제의 소나 말처럼 살아
있는 것 같았으며 산이나 고개를 오르내리는 데 전혀 불편함이 없었다.
그것을 본 군사들 가운데 좋아하지 않은 사람이 없었다.

공명은 우장군(右將軍) 고상(高翔)에게 군사 1천 명을 이끌고 목우와
유마를 몰고 검각과 기산 본채를 왕래하며 군량과 마초를 운반하여 촉
군에게 공급하게 했다.

후세 사람이 이를 찬탄하여 지은 시가 있으니:

검각 관문 험준해도 유마 몰아 달리고	劍關險峻驅流馬
야곡의 가파른 길 목우 몰아 달려가네	斜谷崎嶇駕木牛
후세에도 이 방법대로 쓸 수만 있다면	後世若能行此法
운반하는 일로 무슨 근심할 필요 있나	輸將安得使人愁

한편 싸움에 크게 패한 사마의가 한참을 고민하고 있을 때 정탐꾼이
보고하기를: “촉군들이 목우와 유마를 이용하여 군량과 마초를 운반하
고 있는데, 군사들은 힘을 들이지 않고 소와 말들은 먹지도 않습니다.”

그 말을 들은 사마의는 깜짝 놀라서 말하기를: "내가 여태껏 지키기만 하고 싸우러 나가지 않았던 것은 촉군의 군량과 마초의 공급이 끊겨 자멸하기만을 기다린 것인데, 지금 저들이 그런 방법을 쓰고 있다면 장기전을 계획하고 물러갈 생각이 없다는 것이다. 이를 어찌하면 좋겠는가?"

그는 곧바로 장호와 악침을 불러 분부하기를: "너희 두 사람은 각기 군사 5백 명씩을 데리고 야곡의 샛길로 질러가서 촉군이 목우와 유마를 몰고 지나기를 기다렸다가 그들을 모두 지나가게 한 뒤 일제히 덮쳐라. 많이 빼앗아 올 필요는 없다. 그저 서너 필만 빼앗아 오너라."

명을 받은 두 사람은 각기 군사 5백 명씩을 이끌고 촉군으로 분장하여 야간에 샛길로 은밀히 나가 골짜기 안에서 매복하고 있었다. 과연 고상이 군사를 이끌고 목우와 유마를 몰고 나타났다. 그들이 거의 지나가려는 순간 계곡 양쪽에서 일제히 북을 치고 함성을 지르며 뛰쳐나가니 촉군들은 미처 손도 써보지 못하고 목우와 유마 몇 필을 버리고 달아났다. 장호와 악침은 매우 만족해하며 그것을 몰고 본채로 돌아왔다.

사마의가 그것을 보니 과연 앞으로 나아가고 뒤로 물러나는 것이 마치 살아있는 소나 말과 다름없었다.

사마의가 매우 좋아하며 말하기를: "네가 이런 방법을 쓰는데, 나라고 못 쓸 것 같은가?"

사마의는 곧바로 목공 기술자 1백여 명을 뽑아 그들로 하여금 눈앞에서 그것들을 해체하여 그 치수와 길이 두께 등을 자로 재서 그것과 똑같이 만들라고 명령했다.

보름도 채 안 되어 사마의는 목우와 유마 2천여 개를 만들었다. 공명이 만든 것을 해체하여 똑같은 방법으로 만들었으니 역시 잘 달릴 수 있었다. 사마의는 진원장군(鎭遠將軍) 잠위(岑威)에게 군사 1천 명을 이끌고 목우와 유마를 몰고 농서를 오가며 군량과 마초를 실어 나르도록 했다.

위군 영채의 군사와 장수들도 모두 기뻐해 마지않았다.

한편 고상은 돌아가서 공명에게 목우와 유마 서너 필을 위군에게 빼앗겼다고 보고했다.

공명이 웃으며 말하기를: "나는 마침 그들이 빼앗아 가기를 바라고 있었네. 우리가 빼앗긴 건 고작 목우와 유마 몇 필이지만 머지않아 그로 인해 우리 군중에 수많은 군량과 물자를 공급 받게 될 것이네."

여러 장수들이 묻기를: "승상은 그것을 어찌 아십니까?"

공명 曰: "사마의가 그것을 보면 똑같이 만들지 않겠는가. 그때는 내게 좋은 계책이 있다네."

며칠 후 과연 위군들도 목우와 유마를 만들어 농서에서 군량과 마초를 운반해 오고 있다는 보고가 들어왔다.

공명은 매우 기뻐하며 말하기를: "역시 내 짐작대로군!"

곧바로 왕평을 불러 분부하기를: "그대는 군사 1천 명을 위군으로 변장하여 이끌고 가서 오늘 밤 은밀히 북원을 지나가도록 하게. 가다가 혹시 누가 물으면 군량 운반을 순찰하는 군사라고 둘러대고 적들의 군량 운반 군사들 틈에 끼어 들어가 군량 운송을 호위하는 군사들을 모조리 죽이고 목우와 유마를 몰고 곧바로 북원을 지나 돌아오도록 하게. 북원을 지날 때 틀림없이 위군들이 뒤를 추격해올 것이니 그때 그대들은 곧바로 목우와 유마의 입 안에 있는 혀를 반대로 돌려놓은 뒤 달아나도록 하게. 그리하면 목우와 유마는 더 이상 움직일 수가 없네.

등 뒤에서 위군들이 쫓아와 그것들을 제아무리 잡아끌어도 꼼짝도 하지 않을 것이네. 그렇다고 그들이 그 무거운 것들을 떠메고 갈 수도 없을 것 아닌가!

그때 우리 군사들이 당도하면 그대들은 다시 돌아가서 목우와 유마의

혀를 원래대로 다시 돌려놓고 기세등등하게 끌고 오면 되네. 그러면 위
군들은 틀림없이 그대들을 요괴로 생각할 것이네."

계책을 받은 왕평은 군사를 이끌고 떠났다.

공명은 또 장억을 불러 분부하기를: "그대는 군사 5백 명을 육정육갑
(六丁六甲)의 신병(神兵)으로 분장시키게. 귀신 머리에 짐승 몸통을 만들고
얼굴은 오색을 칠하여 각종 괴상한 모습으로 분장하고, 한 손에는 수놓
은 깃발을 들고 또 한 손에는 보검을 들고, 허리에는 호로병을 차고 그
속에는 연기와 불을 피우는 물건을 담아 산 옆에 매복해 있게. 목우와
유마가 지나가기를 기다렸다가 연기와 불을 피우며 일제히 몰려 나가 목
우와 유마를 몰고 오게. 그 광경을 본 위군들은 틀림없이 그대들을 귀신
으로 의심하여 감히 추격하지 못할 것이네."

장억 역시 계책을 받고 군사를 이끌고 떠났다.

공명은 이어서 위연과 강유를 불러 분부하기를: "그대 두 사람은 함께
군사 1만 명을 이끌고 복원의 영채 입구에 가서 목우와 유마를 몰고 오
는 군사를 지원하고 쫓아오는 적을 맞아 싸우라."

공명은 또 요화와 장익을 불러 분부하기를: "그대 두 사람은 군사 5천
명을 이끌고 가서 사마의가 오는 길을 차단하라."

마지막으로 마충과 마대를 불러 분부하기를: "그대 두 사람은 군사 2
천 명을 이끌고 위수 남쪽으로 가서 싸움을 걸게."

이렇게 여섯 장수들은 계책을 받고 각자 위치로 떠났다.

한편 위의 장수 잠위가 군사를 이끌고 군량과 마초를 실은 목우와
유마를 몰고 한창 가고 있을 때 앞쪽에 군사들이 군량미를 운송하는
길을 순찰하고 있다는 보고가 들어왔다. 잠위가 사람을 보내 알아보니
정말 위군들이라 하여 안심하고 계속 앞으로 나아가 두 군사를 하나로

합쳤다.

그때 갑자기 군사들 속에서 함성이 일면서 촉군들이 부대 안에서 들고 일어나며 큰 소리로 외치기를: "촉의 대장 왕평이 여기 있느니라!"

위군들은 미처 손을 써보지도 못하고 촉군들에 의해 대부분 죽었다. 잠위는 남은 군사를 이끌고 맞아 싸우다 왕평이 휘두른 칼에 맞아 죽으니 나머지 군사들은 모두 흩어져 달아났다. 왕평은 군사를 이끌고 목우와 유마를 몰고 돌아갔다.

도망간 위군 병사가 나는 듯이 달려가 북원의 영채에 이 소식을 알렸다. 군량을 빼앗겼다는 소식을 들은 곽회가 황급히 군사를 이끌고 쫓아왔다. 왕평은 군사들에게 목우와 유마의 혀를 반대로 돌려놓게 한 다음 모두 길 위에 버리고 달아나다 싸우기를 반복했다. 곽회는 적의 추격을 멈추고 목우와 유마를 몰고 돌아가라고 지시했다. 군사들이 일제히 목우와 유마를 몰고 가려고 했지만 어찌된 일인지 끄떡도 하지 않았다. 곽회는 내심 괴이쩍어했지만 어찌할 도리가 없었다.

그때 갑자기 북소리 나팔 소리가 요란하게 울리고 사방에서 함성이 터져 나오면서 양쪽에서 군사들이 쳐들어왔다. 바로 위연과 강유가 이끄는 군사였다. 그러자 왕평도 다시 군사를 이끌고 돌아와 싸웠다. 세 방면으로부터 협공을 받은 곽회는 크게 패하고 달아났다. 왕평은 군사들에게 목우와 유마의 혀를 다시 돌려놓게 하고 몰고 갔다.

멀리서 이 광경을 바라보고 있던 곽회가 군사를 돌려 다시 추격을 하려다가 문득 보니, 산 뒤에서 연기가 솟아오르면서 한 무리의 신병(神兵)들이 나타났는데, 모두 하나같이 손에는 깃발과 검을 들고 있고 귀신과 같은 괴이한 형상들을 하고 있었다. 그들은 목우와 유마를 에워싸고 바람처럼 사라져버렸다.

몹시 놀란 곽회가 말하기를: "저들은 필시 신령이 돕고 있음이야!"

이 광경을 본 위군들은 모두 두려움에 떨며 감히 추격할 엄두를 내지 못했다.

한편 북원의 군사들이 패했다는 소식을 들은 사마의는 급히 직접 군사를 이끌고 구원하러 달려갔다. 그러나 도중에 갑자기 포성이 울리면서 험준한 산속의 양쪽에서 군사들이 뛰쳐나오며 함성이 땅을 진동하는데, 깃발 위에는 큰 글씨로 각각 '한나라 장수 장익(漢將 張翼)·한나라 장수 요화(漢將 寥化)'라고 씌어 있었다.

그 깃발을 본 사마의는 깜짝 놀랐으며 당황한 위군들은 달아나기 바빴다.

이야말로:

길에서 신의 장수 만나서 군량 빼앗기고	路逢神將糧遭劫
또 기이한 군사 만나니 목숨도 위태롭네	身遇奇兵命又危

사마의가 적을 어찌 감당할지 궁금하거든 다음 회를 기대하시라.

제 103 회

사마의는 상방곡에 들어가 죽을 뻔하고
제갈량은 오장원에서 별에 목숨을 빌다

上方谷司馬受困

五丈原諸葛禳星

사마의는 장익·요화와 한바탕 싸웠지만 그만 크게 패하고 필마단창으로 밀림 속으로 달아났다. 장익은 후군을 수습하는 사이 요화는 사마의의 뒤를 추격했다.

요화가 사마의를 거의 따라잡아 칼로 내리치려는 순간 당황한 사마의가 나무를 끼고 돌며 피하니 요화의 칼은 그만 나무를 찍고 말았다. 요화가 나무에 박힌 칼을 빼는 사이에 사마의는 이미 숲 밖으로 달아났다.

요화가 그 뒤를 추격했지만 어디로 갔는지 보이지 않고 숲 동쪽에 황금 투구 한 개가 떨어져 있는 것을 발견하고 요화는 그 투구를 집어 말 위에 묶어놓고 곧바로 동쪽을 향해 말을 달렸다. 실은 사마의는 황금 투구를 동쪽에 던져 버리고 자신은 서쪽으로 달아나고 있었다.

한참을 쫓아가던 요화는 결국 사마의를 발견하지 못하고 골짜기 어귀로 달려갔는데 그곳에서 뜻밖에 강유를 만나 함께 영채로 돌아와 공명을 뵈었다. 이때 장익은 목우와 유마를 몰고 영채로 돌아와 이미 인계까지 마친 뒤였는데 노획한 군량이 1만 석이나 되었다. 게다가 황금 투구까지 바치니 요화는 이번 싸움에서 으뜸 공으로 기록되었다. 이를 본 위연은 내심 불쾌하게 여기며 원망의 말까지 내뱉었지만, 공명은 짐짓 모른 척했다.

한편 겨우 목숨을 건져 자신의 영채로 돌아온 사마의는 마음이 매우 우울했다. 그때 갑자기 천자가 보낸 사자가 조서를 가지고 와서 말하기를, 동오에서 세 방면으로 쳐들어왔는데, 조정에서 장수들로 하여금 그들을 막으라고 의논하고 있으니, 사마의에게는 굳게 지키고 나가 싸우지는 말라고 했다.

조서를 받은 사마의는 해자를 더 깊이 파고 보루를 더 높이 쌓아 굳게 지키기만 하고 싸우러 나가지 않았다.

한편 손권이 세 방면으로 군사를 나누어 쳐들어오고 있다는 보고를 받은 조예는 즉시 군사를 일으켜 적들을 맞이하기로 하고, 유소(劉劭)로 하여금 강하를 구하게 하고, 전예(田豫)에게 양양을, 그리고 조예 자신은 만총(滿寵)과 함께 대군을 거느리고 합비를 구하러 가기로 했다.

만총이 먼저 한 무리의 군사를 이끌고 소호구(巢湖口)에 이르러 바라보니, 동쪽 기슭에 전선들이 무수히 많고 깃발들도 매우 정연했다.

군중으로 돌아온 만총이 천자에게 아뢰기를: "동오의 군사들은 필시 우리가 먼 길을 왔으니 지쳐 있으리라 얕보고 방비를 하지 않을 것입니다. 그러니 오늘 밤 그 빈틈을 타서 저들의 수채(水寨)를 친다면 완전한 승리를 거둘 수 있을 것입니다."

위주 曰: "그대 말이 짐의 뜻과 같소."

조예는 즉시 효장(驍將) 장구(張球)로 하여금 군사 5천 명을 이끌고 각자 불을 지를 수 있는 기구들을 가지고 호수 어귀로 가서 기습하도록 했다. 그리고 만총에게는 군사 5천 명을 이끌고 동쪽 강기슭으로 가서 공격하도록 했다.

그날 밤 이경 무렵 장구와 만총은 각기 군사들을 이끌고 은밀히 호수 어귀를 향해 다가가서 수채 가까이에 이르자 일제히 함성을 지르며 쳐들어갔다. 당황한 동오의 군사들은 싸워 볼 엄두도 내지 못하고 그저 달아나기 바빴다.

위군들은 사방에 불을 질렀다. 불에 탄 전선을 비롯한 군량과 마초 및 군장비 등이 셀 수 없이 많았다.

제갈근은 패한 군사를 수습하여 면구(沔口)로 달아났고 위군들은 대승을 거두고 돌아갔다.

다음 날 정탐꾼이 이 소식을 육손에게 보고했다.

육손이 여러 장수를 모아 놓고 의논하기를: "나는 주상께 표문을 올려 신성을 포위하고 있는 군사들을 철수하여 그 군사들로 하여금 위군의 퇴로를 차단하게 하고 나는 직접 군사를 거느리고 위군의 정면을 공격할 것이네. 그러면 저들은 앞뒤로 공격을 받을 것이니 단 한 번의 공격으로 저들을 무찌를 수 있을 것이네."

모든 장수들이 그 의견에 동의했다. 육손은 즉시 표문을 만들어 한 장교를 시켜 은밀히 신성으로 전하게 했다. 그런데 육손의 표문을 지니고 길을 떠난 그 장교는 나루터에 이르렀을 때 뜻밖에 그곳에 매복해 있던 위군에게 붙잡히고 말았다. 그는 군중으로 압송되어 위주 조예에게 끌려갔다.

조예는 그의 몸을 수색하게 하여 육손이 올리는 표문을 찾아냈다. 그 표문을 읽고 난 조예는 감탄하며 말하기를: "동오 육손의 계책이 참으로 교묘하구나!"

조예는 그를 감금해 두라고 지시하고 유소(劉邵)로 하여금 손권의 후군을 철저히 막도록 지시했다.

한편 제갈근은 싸움에 크게 패한데다 마침 더위 때문에 남은 군사들 가운데 병에 걸린 자들이 많았다. 고민 끝에 제갈근은 군대를 철수하여 돌아가는 문제를 상의하려고 글을 써서 사람을 시켜 육손에게 전달했다.

글을 읽어 본 육손이 찾아온 사람에게 말하기를: "돌아가서 장군께 내게 이미 생각이 있다고 전하라."

사자가 돌아가서 그대로 보고하니 제갈근이 묻기를: "육 장군은 어떻게 지내시더냐?"

사자 曰: "육 장군은 많은 군사들에게 영문 밖에 콩을 심게 하고 자신은 장수들과 함께 원문(轅門) 밖에서 활쏘기를 즐기고 계셨습니다."

그 말을 들은 제갈근은 깜짝 놀라며 직접 육손의 영채로 가서 그를 만나 묻기를: "지금 조예가 친히 군사를 거느리고 내려와 그들의 사기가 매우 사나운데 도독은 그들을 어찌 막으려 하십니까?"

육손 曰: "내가 얼마 전 사람을 보내 주상께 표문을 올렸는데 뜻밖에 그 사람이 적의 손에 잡히고 말았소. 계책이 이미 탄로 났으니 그들은 반드시 방비하고 있을 것이오. 지금은 그들과 싸워 봐야 큰 승산이 없으니 차라리 물러나 있는 것이 나을 듯하오. 그래서 다시 주상께 표문을 올려 서서히 군사를 물리겠다고 말씀을 드렸소."

제갈근 曰: "도독께서 기왕에 그리 마음먹었다면 마땅히 속히 퇴군하실 일이지 어찌 또 시일을 끌고 있습니까?"

육손 曰: "우리가 군사를 물리더라도 서서히 움직여야지 만약 곧바로 물러가면 위군들은 틀림없이 승세를 타고 추격해 올 것이니 그렇게 되면 바로 패배의 지름길이 아니겠소? 그대는 돌아가서 우선 전선들을 독려하여 짐짓 적에 대항하는 척하시오. 나는 군사를 거느리고 양양으로 진격하는 것처럼 하여 적을 속일 것이오. 그런 연후에 서서히 군사를 물려 강동으로 돌아가면 위군들은 감히 쫓아오지는 못할 것이오."

제갈근은 그 계책에 따라 육손과 하직하고 본채로 돌아와 전선들을 정비하여 출발할 준비를 했다. 육손은 대오를 정비하고 허장성세를 하며 양양으로 진군했다.

정탐꾼이 이미 이런 사실을 탐지해 조예에게 보고하며 동오의 군사가 이미 움직였으니 반드시 이에 대비해야 한다고 말했다. 그 말을 들은 위의 장수들은 서로 나가서 싸우겠다고 나섰다. 그러나 누구보다 육손의 재주를 잘 알고 있는 조예는 장수들을 타이르며 말하기를: "육손은 꽤가 많은 자이다. 틀림없이 우리를 유인하는 계책일지 모른다. 섣불리 나아가서는 안 된다."

그 말에 위의 장수들은 싸우러 나가기를 멈추었다.

며칠 후 정탐꾼이 와서 보고하기를: "세 방면으로 쳐들어왔던 동오의 군사들이 모두 물러갔습니다."

조예는 그 말을 믿을 수 없어 다시 사람을 보내 알아보도록 했다. 그들이 돌아와서 말하기를 과연 모조리 물러가고 없다고 했다.

위주 曰: "육손의 용병술이 손자(孫子)나 오자(吳子)에 못지않으니 동오는 평정하지 못하겠구나!"

위주는 여러 장수로 하여금 각 요충지를 지키도록 하고 자신은 대군을 거느리고 합비에 주둔해 있으면서 상황의 변화를 지켜보기로 했다.

한편 기산에 있는 공명은 장기간 주둔할 계획으로 촉의 군사들과 위의 백성들이 함께 어울려 농사를 짓도록 했다. 수확한 곡식의 3분의 1은 촉의 군사들이, 나머지 3분의 2는 위의 백성들이 갖도록 하며 결코 백성들의 농작물을 침범하지 못하게 하니 위의 백성들은 안심하고 즐겁게 농사를 지었다.

어느 날 사마사가 그의 부친 사마의에게 고하기를: "촉군들은 우리에게서 많은 군량미를 빼앗아 간데다 이제는 촉군들이 우리 백성들과 힘께 위수 가에서 둔전을 경작하며 장기 계획을 도모하고 있는데 이는 나라의 큰 우환거리가 아닐 수 없습니다. 부친께서는 어찌하여 날짜를 정하여 한번 크게 싸워 자웅을 가려보려고 하지 않으십니까?"

사마의 曰: "나는 천자의 성지를 받들어 굳게 지키고 있어야 한다. 함부로 움직일 수 없느니라."

이때 갑자기 보고가 들어오기를: "위연이 지난날 원수께서 잃어버린 황금 투구를 가지고 와서 욕설을 퍼부으며 싸움을 걸고 있습니다."

여러 장수들이 화가 치밀어 막 나가서 싸우려고 했다

사마의가 웃으며 말하기를: "성인께서 말씀하시기를 '작은 일을 참지 못하면 큰 계책을 그르친다(小不忍則亂大謀).'고 하셨느니라. 지금은 굳게 지키고 있는 것이 상책이다."

장수들은 그 명에 따라 싸우러 나가지 않았다. 한동안 욕설을 퍼붓던 위연은 결국 돌아갔다.

공명은 아무리 싸움을 걸어도 사마의가 응할 기미를 보이지 않자 마대에게 은밀히 목책을 만들고 영채 안에 도랑을 깊이 파고 마른 나무 등불에 잘 붙는 물건을 잔뜩 쌓아 놓고, 주변의 산 위에는 마른 풀 등으로 가짜 초막들을 지어놓고 안팎에 지뢰를 매설해 놓도록 했다.

모든 준비가 끝나자 공명은 마대에게 귓속말로 분부하기를: "호로곡의 뒷길을 차단하고 골짜기에 군사를 매복시켜 놓게. 사마의가 추격해 오면 골짜기 안으로 들어오도록 내버려 두고, 곧바로 지뢰와 마른 풀 등에 일제히 불을 지르게."

또 군사들에게는 낮에는 골짜기 어귀에 칠성기를 드는 것으로, 야간에는 산 위에 등불 일곱 개를 밝히는 것을 암호로 정했다.

마대는 계책을 받고 군사를 이끌고 떠났다.

공명은 또 위연을 불러 분부하기를: "그대는 군사 5백 명만 데리고 위군 영채로 가서 싸움을 걸어 사마의가 반드시 나오도록 만들게. 사마의가 나오면 이겨서는 안 되네. 그저 패한 척하고 달아나게. 그러면 사마의는 틀림없이 쫓아올 것이네. 그럼 그대는 낮이면 칠성기가 있는 곳으로 들어가고 밤이 되면 산 위에 등불 7개가 있는 곳으로 달아나게. 사마의를 호로곡 안으로 끌어들이기만 하면 내게 따로 그를 사로잡을 계책이 준비되어 있네."

계책을 받은 위연도 군사를 이끌고 떠났다.

공명은 다시 고상을 불러 분부하기를: "그대는 목우와 유마를 2~30마리, 혹은 4~50마리씩 무리를 지어 군량을 가득 싣고 산길을 왔다 갔다 하게. 만일 위군들이 달려들어 그것을 빼앗아 간다면 그것은 자네의 공일세."

고상 역시 계책을 받고 목우와 유마를 몰고 떠났다.

공명은 기산의 군사를 차례로 내보내며 그저 둔전을 경작하러 간다는 핑계를 대라고 하며 분부하기를: "만약 위군들이 싸우러 오면 모두 패한 척하고 달아나라. 오직 사마의가 왔을 때만 힘을 합쳐 위수 남쪽을 공격하여 그가 돌아갈 길을 차단해야 한다."

군사 배치를 마친 공명은 직접 한 무리의 군사를 이끌고 상방곡 근처로 가서 영채를 세웠다.

한편 하후혜와 하후화 두 사람은 사마의의 영채로 들어가 아뢰기를: "지금 촉군들은 사방으로 흩어져 영채를 세우고 곳곳에서 둔전을 경작하며 장기전을 준비하고 있습니다. 이 기회에 저들을 없애지 않고 그들이 편하게 있도록 내버려 둔다면 깊이 뿌리가 박혀 흔들기 어려워집니다."

사마의 曰: "이 또한 필시 공명의 계책일 것이다"

두 사람이 말하기를: "도독께서 이처럼 의심만 하시고 주저하고 계시면 도적들을 언제 소탕할 수 있겠습니까? 우리 두 형제가 힘을 떨쳐 죽기로 싸워 나라의 은혜에 보답하겠습니다."

사마의 曰: "정 그렇다면 너희 둘이 군사를 나누어 나가 싸우도록 해라."

사마의는 하후혜와 하후화에게 각기 군사 5천 명씩을 이끌고 나가도록 한 뒤 자신은 막사 안에 앉아서 소식을 기다렸다.

하후혜와 하후화 두 사람이 군사를 나누어 길을 재촉하는데 촉군이 목우와 유마를 몰고 나왔다. 두 사람이 일제히 쳐들어가니 촉군은 크게 패하고 달아났다. 위군들은 목우와 유마를 빼앗아 사마의의 영채로 끌고 갔다.

다음 날 두 사람은 또 촉군 1백여 명을 사로잡아 역사 사마의의 영채로 보냈다. 사마의는 잡혀 온 촉군에게 촉군의 허와 실을 캐물었다.

촉군이 대답하기를: "공명은 도독께서 굳게 지키기만 하고 싸우러 나오지 않으리라고 예상하여 저희들을 모두 사방에 흩어 보내 둔전을 경작하게 하여 장기전에 대비하려고 하십니다. 그런데 이렇게 붙잡힐 줄은 생각도 하지 못했습니다."

사마의는 즉시 촉군들을 풀어 주어 돌아가게 했다.

하후화 曰: "어찌하여 저들을 죽이지 않으시고 돌려보내시는 것입니까?"

사마의 曰: "저런 졸개들쯤이야 죽인들 무슨 이득이 있겠느냐. 차라리 돌려보내 주어 그들로 하여금 위군 대장은 너그럽고 인자하다는 것을 알려 저들의 전의를 상실하게 하는 것이 나을 것이다. 이는 바로 동오의 여몽(呂蒙)이 형주(荊州)를 취할 때 썼던 계책이니라."(제 75회 참고)

이어서 명을 내리기를: "앞으로 사로잡은 촉군들은 모두 돌려보내 주거라. 공을 세운 군사들에게는 큰 상을 내릴 것이다."

장수들은 모두 명을 받고 떠나갔다.

한편 공명이 고상에게 군량을 운반하는 척하며 목우와 유마를 몰고 상방곡 안에서 왔다 갔다 하도록 한 결과, 하후혜의 군사들에게 기습을 받아 보름동안 여러 차례 목우와 유마는 물론 군량미까지 빼앗겼다.

촉군들이 여러 차례 패한 것을 본 사마의는 내심 쾌재를 불렀다. 하루는 또 촉군 수십 명을 사로잡아 왔다.

사마의는 그들을 막사 안으로 불러들여 묻기를: "공명은 지금 어디 있느냐?"

촉군들이 고하기를: "제갈 승상께서는 지금 기산에 계시지 않고 상방곡 서쪽 10여리 떨어진 곳에 영채를 세우고 그곳에 계시면서 매일 그곳으로 군량을 운반하여 쌓고 계십니다."

사마의는 군사들에게 더 꼬치꼬치 캐물은 뒤 촉군들을 놓아 보내고 여러 장수들을 불러 분부하기를: "공명은 지금 기산에 있는 것이 아니라 상방곡에 영채를 세우고 그곳에 있다. 너희는 내일 일제히 힘을 합쳐 기산의 본채를 공격하여 빼앗아라. 나도 직접 군사를 이끌고 가서 지원할 것이다."

장수들이 명을 받고 각자 싸우러 갈 채비를 했다.

사마사 曰: "아버님께서는 어찌하여 상방곡을 치지 않고 기산을 치려고 하십니까?"

사마의 曰: "기산은 촉군의 본거지다. 만약 우리 군사가 그곳을 치면 여러 곳에 흩어져 있던 적들은 모두 틀림없이 기산을 구하러 올 것이다. 그때 나는 역으로 상방곡을 쳐서 그곳의 군량과 마초를 모조리 불태워 버림으로써 저들의 머리와 꼬리가 서로 돌보지 못하게 하면 적은 크게 패하지 않겠느냐?"

부친의 말을 들은 사마사는 탄복했다.

사마의는 즉시 군사를 일으켜 출발하면서 장호와 악침으로 하여금 각기 군사 5천 명을 이끌고 뒤에서 지원하도록 했다.

공명은 이때 산 위에 올라가서 멀리 위군들이 3~4천 명, 혹은 1~2천 명씩 무리 지어 서로 앞뒤를 살피느라 대오도 짓지 않고 몰려가는 것을 보고, 틀림없이 기산의 본채를 공격하러 가는 것임을 알고 곧바로 여러 장수들에게 은밀히 명을 내리기를: "만약 사마의가 직접 오면 그대들은 곧바로 위군의 영채를 급습하여 위수 남쪽을 빼앗도록 하게."

장수들은 각각 그 명령에 따랐다.

한편 위군들이 모두 기산의 영채로 달려가자 촉군들은 사방에서 일제히 함성을 지르며 짐짓 기산을 도우러 가는 척했다.

촉군들이 모두 기산의 영채를 구하러 가는 것을 본 사마의는 곧바로 두 아들과 중군을 호위하는 군사를 이끌고 상방곡을 쳐들어갔다. 상방곡 어귀에서 사마의가 오기만을 기다리고 있던 위연은 갑자기 한 무리의 위군이 쳐들어오는 것을 보고 앞으로 말을 달려 나가보니 과연 사마의가 오는 것이 아닌가!

위연이 큰 소리로 외치기를: "사마의는 게 섯거라!"

그러고는 곧바로 칼을 휘두르며 달려갔다. 사마의가 창을 꼬나들고 그와 맞붙어 싸웠다. 그러나 3 합도 겨루지 못하고 위연은 말머리를 돌려 달아나기 시작했다. 사마의가 그 뒤를 쫓았다. 위연은 그저 칠성기가 있는 쪽만 바라보고 달아났다. 사마의는 장수는 위연 한 사람뿐이고 군사의 수도 많지 않은 것을 보고 안심하고 그 뒤를 추격했다.

사마의는 왼쪽에는 사마사를, 오른쪽에는 사마소를 따르게 하고 삼부자가 함께 쳐들어가니 위연은 군사 5백 명을 이끌고 계곡 안으로 들어가 버렸다. 계곡 입구에 이른 사마의는 먼저 군사를 보내 계곡 안을 정탐하게 했다. 그가 돌아와서 보고하기를 골짜기 안에는 복병들은 전혀 보이지 않고 산 위에 초가집만 보인다고 했다.

사마의 曰: "그곳은 군량을 보관해 놓은 곳임에 틀림이 없다."

그러고는 군사들을 휘몰아 계곡 안으로 쳐들어갔다. 그때 사마의가 문득 초가집을 자세히 보니 모두 마른 나무들만 쌓여 있고 앞서 달아난 위연의 군사들도 보이지 않았다.

의심이 든 사마의가 두 아들을 돌아보며 말하기를: "만약 촉군들이 골짜기 입구를 막아 버리면 큰일 아니냐?"

미처 말이 끝나기도 전에 함성이 천지를 진동하며 산 위에서 일제히 횃불을 내던지니 순식간에 골짜기 입구는 불길에 막혀 버렸다. 위군은 이제 도망가려고 해도 길이 없었다. 산 위에서는 불화살들이 날아오고 땅에서는 지뢰들이 한꺼번에 터졌다.

초가 움막의 마른 장작들에 모두 불이 붙어 화르르 탁탁 튀며 활활 타오르는 기세가 하늘을 찌를 듯했다. 사마의는 당황하여 어찌할 바를 모르다가 얼마나 놀랐으면 말에서 내려 두 아들을 끌어안고 대성통곡을 하며 말하기를: "우리 부자 셋이 모두 이곳에서 죽는단 말인가!"

한참 통곡을 하고 있던 그 순간 갑자기 광풍이 크게 불면서 검은 먹구름이 하늘을 뒤덮더니 뇌성벽력까지 치면서 소낙비가 마치 대야로 퍼붓듯이 쏟아졌다. 그러자 골짜기 안에 가득했던 불길이 순식간에 꺼져 버리는 것이 아닌가!

이제 지뢰는 더 이상 터지지 않고 화공 무기도 무용지물이 되었다.

사마의는 뛸 듯이 기뻐하며 말하기를: "지금 빠져나가지 않고 다시 어느 때를 기다리겠느냐?"

즉시 군사를 이끌고 힘을 떨쳐 골짜기 밖으로 뛰쳐나갔다. 그때 마침 장호와 악침이 군사를 이끌고 지원하러 왔다. 군사의 수가 적은 마대는 감히 그들을 추격하지 못했다.

사마의 세 부자는 장호·악침과 군사를 하나로 합쳐 함께 위수 남쪽 의 영채로 돌아갔다. 그런데 뜻밖에 영채는 이미 촉군의 손에 들어가 있었다.

곽회와 손례는 마침 위수의 부교 위에서 촉군과 접전을 벌이고 있었 는데, 사마의 등이 군사를 이끌고 달려가니 촉군들은 물러갔다. 사마의 는 부교를 불태워 버리고 북쪽 기슭에 군사를 주둔시켰다.

한편 기산에서 촉의 영채를 공격하고 있던 위군들은 사마의가 크게 패하고 위수 남쪽의 영채가 촉의 손에 들어갔다는 소식을 듣고 당황한 나머지 급히 물러가려고 했는데 바로 그때 사방에서 촉군들이 쳐들어와 무찌르니 위군은 크게 패하여 열에 여덟아홉은 부상당하거나 죽었다. 겨우 살아남은 군사들은 위수 북쪽 언덕으로 달아나 목숨을 구했다.

공명은 산 위에서 위연이 사마의를 유인하여 상방곡 안으로 들어가면 서 삽시간에 불길이 크게 치솟는 것을 보고 내심 쾌재를 부르며 이번에 야말로 반드시 사마의를 죽일 수 있을 것이라고 여겼다. 그런데 뜻밖에 하늘에서 큰비가 쏟아져 불이 더 이상 붙지 못하고 정탐꾼이 달려와 사 마의 부자들이 모두 도망쳐 달아났다고 보고하자 공명은 탄식하며 말하 기를: "'일을 꾸미는 것은 인간이지만, 일을 이루는 것은 하늘에 달렸다 謀事在人, 成事在天).'고 하더니 억지로 되는 일이 아니로다!"

후세 사람이 이 일을 두고 한탄하여 지은 시가 있으니:

골짜기에 광풍이 불어 불길이 치솟았는데	谷口風狂烈焰飄
맑은 하늘에서 어이하여 소낙비 내렸던가	何期驟雨降青霄
무후의 묘한 계책 이곳에서 이루어졌다면	武侯妙計如能就
천하가 어찌 진나라에 예속이 되었겠는가	安得山河屬晉朝

한편 위수 북쪽의 영채에 머물던 사마의가 명을 내리기를: "위수 남쪽의 영채는 이미 빼앗겼다. 장수들 가운데 다시는 나가서 싸우자고 하는 자는 바로 목을 벨 것이다."

장수들은 명을 받고 굳게 지키면서 싸우러 나가지 않았다.

그때 곽회가 들어와서 보고하기를: "요즘 공명은 군사를 이끌고 이곳 저곳 돌아다니며 정탐하고 있는데 이는 영채를 세울 곳을 물색하러 다니는 것 같습니다."

사마의 曰: "공명이 만약 무공산(武功山)으로 나와 동쪽으로 간다면 우리는 모두 위태로울 것이고, 위수 남쪽으로 가서 서쪽의 오장원(五丈原)에 주둔한다면 그때는 무사할 것이다."

그러고는 군사를 보내 정탐을 시켰는데 그들이 돌아와서 보고하기를, 공명은 과연 오장원에 군사를 주둔해 놓았다고 했다.

사마의는 너무 기뻐 손으로 이마를 치며 말하기를: "이는 바로 대위(大魏) 황제의 홍복(洪福)이로다!"

그러고는 장수들에게 명을 내리기를: "굳게 지키기만 하고 절대 나가서 싸우지 마라. 머지않아 저들은 틀림없이 변고가 생길 것이다."

한편 오장원에 주둔하고 있는 공명은 직접 한 무리의 군사를 이끌고 가서 사람을 보내 여러 차례 싸움을 걸게 했지만 위군은 끔쩍도 하지 않았다. 이에 공명은 부녀자들이 쓰는 두건(巾幗)과 여인들이 입는 상복(縞素)을 큰 상자에 넣어 거기에 글을 한 통 써서 사람을 시켜 위군의 영채로 보냈다.

장수들은 그것을 감히 숨길 수 없어 사자를 사마의에게 데리고 갔다. 사마의가 여러 사람이 보는 앞에서 그 함을 열어 보니 그 안에는 부녀자들이 쓰는 두건과 부인의 상복 그리고 편지 한 통이 들어 있었다. 사마의가 그 편지를 뜯어서 읽어 보니 그 내용은:

"중달 그대가 기왕에 대장으로써 중원의 군사를 거느리며 갑옷에 무기 들고 자웅을 겨룰 생각은 하지 않고, 토굴 속만 지키며 칼과 화살을 피하려고만 하니 부녀자와 무엇이 다른가?

내 이제 사람을 시켜 부녀자가 쓰는 두건과 흰옷을 보내니 끝내 싸우러 나오지 않겠다면 두 번 절을 하고 받도록 하라. 만약 사내로서 수치스러운 마음이 조금이라도 남아있다면 기일을 정해 싸우러 나오겠다는 답을 보내라!"

글을 보고 난 사마의는 내심 화가 치밀었지만, 짐짓 태연한 척 웃으며 말하기를: "공명은 나를 부녀자로 여기는구나!"

하고 그 물건을 받아 두고 그것을 들고 온 사자를 후하게 대접해 주라고 지시했다.

그리고 묻기를: "공명은 요즘 잘 먹고 잠도 잘 자는가? 일 처리도 예전처럼 꼼꼼히 하는가?"

사자 曰: "승상께서는 늘 일찍 일어나서 늦게 주무십니다. 그리고 곤장 20대 이상에 해당하는 일은 자신이 직접 챙기십니다. 식사는 하루에 겨우 몇 홉 드십니다."

사마의는 장수들을 돌아보며 말하기를: "공명이 식사는 적게 하며 하는 일은 많으니 오래 살 수 있겠는가?"

하직 인사를 하고 오장원으로 돌아간 사자가 공명에게 자세히 보고하기를: "사마의가 두건과 여자 옷을 받았으며 서신도 읽어 보았지만, 화를 내지 않았습니다. 다만 승상께서 침식은 어떻게 하시는지, 무슨 일을 얼마나 하시는지 따위만 물었으며 군사에 관한 일은 전혀 묻지 않았습니다. 제가 이러이러하다고 대답하니 그가 말하기를, '식사는 그리 적게 하는데 오래 살 수 있겠나?'라고 했습니다."

공명이 탄식하기를: "그가 나를 깊이 알고 있구나!"

주부(主簿) 양옹(楊顒)이 말하기를: "저도 평소 승상께서 모든 장부를 직접 살피시는 것을 보고 꼭 저렇게까지 하실 필요가 있을까 하고 생각하고 있었습니다. 무릇 다스림의 근본은 바로 위아래가 서로 침범해서는 안 된다는 것입니다. 비유해서 말하자면, 집안을 다스림에 있어서 밭을 가는 일은 남자 종에게 시키고, 밥을 짓는 일은 여자 종에게 맡겨야 집안일이 구석구석 잘 처리되어 필요한 것들이 잘 충족되며 그 주인은 여유롭게 베개를 높이 베고, 먹고 마시며 편히 쉴 수 있습니다.

만약 모든 일을 주인이 직접 다 챙기려 한다면 몸과 마음이 지치고 고달파서 결국 아무것도 이루지 못합니다. 이것이 어찌 주인의 지혜가 노비들만 못해서이겠습니까? 주인으로서 할 도리를 잃었기 때문이지요. 그래서 옛사람이 이르기를, '앉아서 천하를 다스리는 도리를 논하는 사람은 삼공(三公)이요, 몸을 움직여 일하는 사람은 사대부(士大夫)다.'라고 했습니다.

옛날 승상 병길(丙吉)은 헐떡거리는 소를 보고는 근심을 하였지만, 길가에 쓰러져 죽어 있는 사람을 보고는 아무것도 묻지 않았습니다[7]. 또한

---

7 서한(西漢)시대 승상 병길은 어느 봄날 길가를 지나다 패싸움을 하다 죽은 사람을 보고는 그냥 지나쳤지만 소가 숨을 헐떡거리는 것을 보고 소가 얼마나 걸었느냐고 걱정을 했음. 이에 아랫사람이 이상히 여겨 그 이유를 물으니 '싸우다 사람이 죽은 일은 치안 책임자가 처리 할 일이나 날씨가 덥지 않음에도 소가 헐떡거리는 것은 천시(天時)가 바르지 못해 농사에 영향을 주지 않을까 염려해야 하니 이는 승상이 해야 할 일이다.' 라고 했음. 역자 주.

승상 진평(陳平)은 돈과 식량이 얼마나 있느냐는 황제의 물음에 태연히 모른다고 하면서 그런 일은 따로 주관하는 자가 있다[8]고 대답했습니다.

지금 승상께서는 세세한 일까지 직접 챙기시며 하루 종일 땀을 흘리시니 어찌 수고스럽지 않으시겠습니까? 사마의의 말은 참으로 지당한 말입니다."

공명이 눈물을 흘리며 말하기를: "내가 어찌 그것을 모르겠소. 다만 선제로부터 어린 황제를 잘 보필하라는 막중한 부탁을 받았으니, 다른 사람이 나처럼 마음을 다하지 않을까 두려울 뿐이오!"

그 말을 들은 모든 신하들이 눈물을 흘렸다. 그때부터 공명 자신은 스스로 정신이 맑지 못함을 느꼈으니 그로 인해 장수들도 감히 군사를 이끌고 나아가지 못했다.

한편 위의 장수들은 모두 공명이 부녀자의 두건과 흰옷으로 사마의를 모욕한 일을 알고 있었다. 사마의가 그런 수모를 당하면서도 싸우려 하지 않자 장수들은 분통을 터뜨리며 막사 안으로 들어가 사마의에게 아뢰기를: "우리는 모두 대위(大魏)의 명장들인데 촉군에게 그런 모욕을 당하고도 어찌 참고만 있어야 한단 말입니까? 부디 출전하여 자웅을 겨루도록 허락해 주십시오."

사마의 曰: "난들 싸우기 싫어 이런 모욕을 당하고 있는 줄 아느냐? 천자께서 친히 조서를 내리시어 굳게 지키고 움직이지 말라고 하셨으니 어쩌겠느냐? 지금 함부로 나가 싸우면 이는 군왕의 명을 어기는 것이다."

---

8 서한의 한문제(漢文帝) 유항(劉恒)이 승상 주발(周勃)에게 1년에 전국에서 거두어들이는 돈과 양식이 얼마나 되냐고 묻자 주발이 대답을 하지 못했다. 그러자 다시 진평에게 같은 질문을 하자 진평도 모른다고 하면서 기지를 발휘해 그런 일은 주관하는 자가 따로 있다고 대답했다. 주발은 자신의 재주가 진평보다 못함을 깨닫고 그 자리를 양보했음. 역자 주.

그래도 분이 풀리지 않은 장수들은 여전히 씩씩거렸다.

사마의 曰: "너희들이 굳이 싸우러 나가겠다니 내 천자께 아뢰어 허가 받은 다음 힘을 합쳐 적을 쳐부수러 가면 어떻겠느냐?"

장수들이 모두 그렇게 하자고 했다. 사마의는 표문을 지어 사자로 보내 곧바로 합비에 있는 부대로 가서 위주 조예에게 아뢰게 했다. 조예가 표문을 읽어 보니 그 내용은:

"여러모로 부족한 신이 중책을 맡아 신에게 굳게 지키고 나가서 싸우지 말고 촉군이 스스로 망하기를 기다리라고 하신 폐하의 분명한 교지를 받들고 있나이다. 하오나 근자에 제갈량은 신에게 여인이 쓰는 두건을 보내면서 신을 마치 부녀자 취급을 하는 심한 모욕을 했습니다.

신은 삼가 폐하께 먼저 아뢰고 조만간 죽기를 무릅쓰고 결전을 벌여 조정의 은혜에 보답하고 전군이 당한 수치를 씻고자 하옵니다. 신은 끓어오르는 분노를 참을 수 없나이다!"

표문을 다 읽고 난 조예가 여러 관원들에게 말하기를: "사마의가 여태 굳게 지키며 나가지 않았는데 갑자기 이제 표문을 올리고 나가서 싸우겠다는 연유가 무엇인가?"

위위(衛尉) 신비(辛毗)가 말하기를: "사마의의 본심은 나가서 싸울 마음이 없습니다. 이는 필시 제갈량에게 모욕을 당한 여러 장수들이 분을 참지 못하고 싸우러 나가자고 주장을 하니, 특별히 표문을 올려 폐하의 분명한 성지를 다시 받들어 장수들의 마음을 누르기 위함입니다."

조예는 그의 말에 따라 곧바로 신비로 하여금 부절을 가지고 위수 북쪽의 영채로 가서 나가 싸우지 말라는 성지를 전하게 했다. 사마의가 조서를 가지고 온 신비를 막사 안으로 청해 들어가자 신비가 여러 장수들

앞에서 천자의 뜻을 전하며 타이르기를: "만약 다시 나가서 싸우자고 하는 자가 있다면 천자의 조서를 어긴 죄로 다스릴 것이다!"

장수들은 조서를 받들지 않을 수 없었다.

사마의가 은밀히 신비에게 말하기를: "공은 참으로 내 마음을 알아주시는구려!"

이에 군중에 영을 전파하기를: "위주께서 신비로 하여금 부절을 보내 사마의에게 나가서 싸우지 말라는 조서를 다시 내리셨다."

촉의 장수가 이 소식을 듣고 공명에게 보고했다.

공명이 웃으며 말하기를: "그것은 사마의가 전군의 동요된 마음을 안정시키기 위해 꾸민 일이네."

강유 曰: "승상은 어찌 그리 생각하십니까?"

공명 曰: "그는 본래 싸울 마음이 없으면서도 표문을 올려 싸우겠다고 한 것은 장수들에게 자신의 무위를 보여 주기 위함이네. 자네는 '외지에 있는 장수는 임금의 명령도 듣지 않는 경우가 있다(將在外, 君命有所不受).'는 말도 들어 보지 못했는가? 천리 밖에 있는 장수가 어찌 싸우게 해 달라고 청한단 말인가? 이는 곧 장수와 군사들의 불만을 잠재우기 위해 사마의가 조예의 뜻을 빌려 군사들을 제압하려는 것이네. 그리고 이런 말을 전파하여 우리 군사의 마음을 흩트려 놓으려는 속셈이네."

한창 이런 논의를 하고 있을 때 갑자기 성도에서 비의가 왔다는 보고가 들어왔다. 공명이 그를 맞이하여 무슨 일이냐고 물었다.

비의 曰: "동오가 세 방면으로 위로 쳐들어가자 위주 조예가 직접 군사를 거느리고 합비로 내려와 만총(滿寵) · 전예(田豫) · 유소(劉劭)로 하여금 군사를 세 방면으로 나누어 적을 맞도록 했습니다. 만총이 계책을 써서 동오의 군량과 마초 및 군 장비를 모조리 불태워 버렸고 동오의 군사는 병에 걸린 자도 많았습니다. 육손이 오왕께 표문을 올려 위군을 앞뒤로 협공하려고 했는데 뜻밖에 표문을 가지고 가던 자가 위군에게 사로잡히는 바람에 기밀이 누설되고 말았습니다. 그래서 동오군은 어떠한 성과도 없이 물러갔다고 합니다."

이 소식을 들은 공명은 길게 탄식을 한 번 하더니 정신을 잃고 땅에 쓰러지고 말았다. 장수들이 급히 구해 한참 후에 겨우 정신을 차린 공명이 탄식하며 말하기를: "내가 마음이 혼란하니 옛 병이 다시 도지고 말았네. 아무래도 오래 살지는 못할 것 같네."

그날 밤 병든 몸을 이끌고 막사를 나와 하늘을 바라보던 공명은 매우 놀라고 당황한 모습으로 막사 안으로 들어와 강유에게 말하기를: "내 명이 이제 얼마 남지 않았네!"

강유 曰: "승상께서는 어찌 그런 약한 말씀을 하십니까?"

공명 曰: "내 천문을 보니 삼태성(三台星) 가운데 객성(客星)이 평소보다 두 배나 밝아지고 주성(主星)은 그윽하지만, 그 빛이 어두웠으며 보좌하는 뭇별들도 그 빛이 어두웠소. 천상(天象)이 이러하니 내 운명을 알 수 있네."

강유 曰: "천상이 비록 그렇다 치더라도 승상께서는 어찌하여 기양지법(祈禳之法)[9]으로 그것을 되돌려보려고 하지 않으십니까?"

공명 曰: "내 예전부터 기양법을 알고는 있지만, 하늘의 뜻이 어떠한지는 알지 못하네. 그대는 무장 군사 49명을 데려와 모두 검은 옷을 입고 각자의 손에 검은 깃발을 들게 하고 막사 주위에 빙 둘러 세우게. 나는 막사 안에서 북두칠성에게 명을 늘려 달라고 빌어 보겠네. 만약 7일 이내에 주등이 꺼지지 않는다면 내 수명은 12년 연장되겠지만, 만약 등불이 꺼진

---

9 액운을 막기 위해 기도하는 술법. 역자 주.

다면 나는 틀림없이 죽게 될 것이네. 이제부터 어느 누구도 들이지 말 것이며 꼭 필요한 물건만 어린 동자 두 명을 시켜 나르도록 하게."

명을 받은 강유는 직접 준비하러 갔다.

때는 8월 추석, 이날 밤 은하수는 유난히 밝게 빛났고 구슬 같은 가을 이슬이 뚝뚝 떨어지는 가운데 깃발이 미동도 하지 않을 정도로 바람 한 점 불지 않았으며 조두(刁斗)[10] 두드리는 소리마저 없는 적막이 흐르는 밤이었다.

강유는 막사 밖에서 무장 군사 49명을 데리고 호위하는 동안 공명은 막사 안에서 향과 꽃 그리고 재물을 차린 뒤 땅에는 76개의 큰 등불을 밝혀 놓고 바깥쪽에는 49개의 작은 등을 늘여 세우고 그 한가운데 자신의 목숨을 상징하는 본명등(本命燈)을 안치해 놓았다.

공명은 절을 하며 빌기를:

"난세에 태어난 이 량(亮)은 기꺼이 초야에 묻혀 여생을 보내고자 했었나이다. 하지만 소열황제께서 세 번이나 찾아주시는 은혜를 입었고 또 어린 황제를 잘 보필해 달라는 막중한 임무를 맡아 감히 견마지로(犬馬之勞)를 다하여 맹세코 나라의 역적을 토벌하지 않을 수 없었나이다. 그런데 뜻하지 않게 장성(將星)이 떨어지려고 하고 제 목숨이 다하려 하고 있나이다. 이에 삼가 한 자 길이의 비단에 글을 써서(謹書尺素) 푸른 하늘에 고하옵나이다(上告穹蒼)!

자비로운 하늘이시어! 엎드려 비옵나니, 굽어살피시어 신의 수명을 조금만 늘려 주시옵소서. 그리하여 위로는 군주의 은혜에 보답하게 하고

---

10 야전용 가마솥으로 낮에는 밥 짓는데 사용하고 야간에는 경보나 시간을 알리는데 사용함. 역자 주.

아래로는 백성을 구원케 하시고 옛 문물과 제도를 회복하게 하시어 한 황실의 제사를 영원히 이어갈 수 있도록 하여 주시옵소서. 감히 망령되이 비는 것이 아니옵고 진실로 간절히 비옵나이다."

축원을 마친 공명은 막사 안에서 날이 새도록 엎드려 있었다.

다음 날 병든 몸을 무릅쓰고 예전과 다름없이 업무를 처리하는데 쉴 새 없이 피를 토했다. 이처럼 낮에는 군사 기밀(軍機)을 처리하고 밤에는 북두칠성 모양을 걸음으로 걷는 의식인 보강답두(步罡踏斗)를 계속했다.

한편 영채를 굳게 지키고 있던 사마의는 어느 날 밤 문득 천문을 살피더니 매우 기뻐하며 하후패에게 말하기를: "내가 천문을 보니 장성(將星)이 제 위치를 잃었다. 공명은 틀림없이 머지않아 병이 들어 죽을 것이다. 너는 즉시 군사 1천 명을 이끌고 오장원으로 가서 정탐해 보아라. 만약 촉군이 어수선하여 싸우러 나오지 않는다면 그것은 틀림없이 공명이 병을 앓고 있기 때문이니 내 마땅히 이 기회를 이용해 그들을 공격할 것이다."

하후패가 군사를 이끌고 떠났다.

공명은 막사 안에서 기도를 드린 지 여섯 밤이 지나도록 주등은 여전히 환하게 비추고 있는 것을 보고 내심 기뻤다. 강유가 마침 막사 안으로 들어가 보니 공명은 머리를 풀고 칼을 잡고 보강답두를 하며 장수별(將星)을 누르고 있었다.

그때 갑자기 영채 밖에서 고함 소리가 들렸다. 강유가 막 사람을 보내 무슨 일인지 알아보려고 하는데 위연이 나는 듯이 달려와 소리치기를: "위군이 쳐들어왔습니다!"

급하게 뛰어들어오던 위연은 그만 주등을 발로 차서 넘어뜨려 그동안

五丈原諸葛禳星

밝게 빛나고 있던 주등이 꺼지고 말았다.

공명은 손에 잡고 있던 칼을 내던지며 탄식하기를: "죽고 사는 운명은 이미 정해져 있으니 빈다고 될 일이 아니로다!"

위연은 황공해서 땅에 엎드려 죄를 청했다. 화가 머리끝까지 치민 강유가 칼을 뽑아 위연을 죽이려 했다.

이야말로:

세상만사 사람 뜻대로 되지 않으니	萬事不由人就主
마음을 다해도 운명 바꾸기 어렵네	一心難與命爭衡

위연의 목숨이 어찌 될지 궁금하거든 다음 회를 기대하시라.

제 104 회

큰 별 떨어져 한 승상 하늘로 돌아가고
위 도독은 목각 인형에 놀라 넋을 잃다

隕大星漢丞相歸天

見木像魏都督喪膽

강유는 위연이 주등을 발로 차서 꺼트려 버린 것을 보고 분노가 치밀어 칼을 빼서 그를 죽이려고 했다.

공명이 그를 말리며 말하기를: "이는 내 명이 다했기 때문이지 문장(文長: 위연)의 잘못이 아니네!"

강유는 어쩔 수 없이 칼을 거두었다.

공명은 피를 몇 번 토하더니 침상 위에 드러누우며 위연에게 말하기를: "이는 사마의가 내가 병이 났을 것이라고 짐작하고 사람을 보내 그 허와 실을 탐지해보려는 것이네. 그대는 급히 군사를 이끌고 나가 적을 맞아 싸우도록 하게."

명을 받은 위연이 막사를 나가 말에 올라 군사를 이끌고 위군을 맞으러 달려갔다. 위연을 본 하후패는 급히 군사를 돌려 달아났다. 위연은 그 뒤를 30여리 쫓아가다 돌아왔다. 공명은 위연으로 하여금 영채로 돌아가서 굳게 지키고 있으라 했다.

강유가 막사 안으로 들어와 공명이 누워있는 침상 앞으로 와서 안부를 물었다.

　공명 曰: "나는 최선을 다해 충성하며 중원을 회복하여서 한 황실을 부흥시키려 했지만, 하늘의 뜻이 이러하니 내 목숨은 이제 조석에 달렸네.

　내가 평생 공부한 것을 이미 24편으로 써놓았는데 모두 10만 4천 백 열두 자로 되어 있네. 그 안에는 힘을 써 행해야 할 것 여덟 개(八務), 경계해야 할 것 일곱 개(七戒), 두려워해야 할 것 여섯 개(六恐), 겁을 내야 할 것 다섯 개(五懼) 등의 병법이 들어 있네.

　내가 여러 장수들을 두루 살펴보았지만 자네 말고는 이 책을 전수해 줄 만한 사람이 없네. 결코 가벼이 여기거나 소홀히 대하지 말게!"

　강유가 울면서 절하고 받았다.

　공명이 또 말하기를: "내가 쇠뇌를 연달아 쏘는 연노법(連弩法)을 고안했는데 아직 실전에 써보지는 못했네. 이것은 화살의 길이를 여덟 치로, 쇠뇌 한 발에 화살 열 개를 쏘도록 설계되어 있네. 모두 그림을 그려 놓았으니 자네가 설계도대로 만들어 쓰도록 하게."

　강유는 역시 엎드려 그 그림을 받았다.

　공명이 다시 말하기를: "촉으로 들어오는 모든 길은 크게 염려할 필요는 없네. 다만 음평으로 들어오는 길은 자세히 살필 필요가 있네. 그곳은 비록 험준하기는 하지만 오래 지나면 반드시 잃을 것이네."

　공명은 이어 마대를 막사 안으로 불러 귓속말로 은밀히 계책을 전하며 당부하기를: "내가 죽은 후에 자네는 그 계책대로 해야 하네."

　마대가 계책을 받고 나갔다.

　잠시 후 양의가 들어왔다. 공명은 그를 침상 앞으로 불러 비단 주머니 한 개를 주면서 은밀히 당부하기를: "내가 죽으면 위연은 반드시 반기를 들 것이네. 만약 그런 상황이 발생하여 그대가 위연과 맞서 싸울 상황이 되면 싸움에 앞서 이 주머니를 열어 보시게. 그러면 위연의 목을 벨 사람이 저절로 나올 것이네."

일일이 뒷일의 당부를 마친 공명은 정신을 잃고 쓰러졌다. 밤이 되어서 겨우 정신이 돌아온 공명은 표문을 지어 사람을 시켜 밤낮으로 달려 후주에게 올리도록 했다. 공명의 소식을 들은 후주는 깜짝 놀라서 급히 상서(尙書) 이복(李福)에게 밤낮으로 군중으로 달려가 병문안을 하고 뒷일을 어찌 감당해야 하는지 묻게 했다. 명을 받은 이복이 밤새 오장원으로 달려가 공명을 문병하고 후주의 명을 전했다.

공명이 눈물을 흘리며 말하기를: "내가 불행하게 중도에 죽게 되어 나라의 대사를 망치게 되었으니 천하에 이보다 더 큰 죄가 어디 있겠소. 내가 죽은 뒤에도 공 등은 부디 충성을 다해 주군을 보좌해 주시오.

옛 제도를 함부로 고치지 말 것이며 내가 등용한 인재를 가벼이 내치지 마시오. 나의 병법은 모두 강유에게 전수해 주었으니 그가 스스로 내 뜻을 이어서 나라를 위해 힘을 쓸 것이오. 나의 목숨은 이제 조석에 달렸으니 즉시 표문을 써서 천자께 상주하겠소."

이복은 그 말을 받들어 공명에게 하직 인사를 하고 성도로 돌아갔다.

공명은 병든 몸을 억지로 일으켜 좌우에서 부축하게 하고 작은 수레에 올라 본채를 나가 각 영채를 두루 돌아보았다. 차가운 가을바람이 얼굴을 스치니 냉기가 뼛속까지 스며드는 것을 스스로 느끼고 길게 탄식하며 말하기를: "이제 다시는 싸움터에 나가 역적을 토벌할 수 없다니! 아득하게 먼 푸른 하늘이시여! 어찌 이리 끝나게 하시나이까!"

공명은 한참을 탄식하고 나서야 비로소 막사 안으로 돌아왔다. 이제 병세는 더욱 심각해졌다.

그는 양의를 불러 분부하기를: "왕평·요화·장억·장익·오의 등은 모두 충성스럽고 의로운 장수들로 오랫동안 싸움터를 돌아다니며 고생하며 공을 세운 자들이니 믿고 일을 맡길 수 있네. 내가 죽은 뒤에도 무슨 일이든지 지금까지 시행해 온 법에 따라 처리하게. 이번에 군사를 물릴

때는 급하게 서두르지 말고 천천히 물리게. 자네는 지략이 뛰어나니 더 이상 당부하지 않겠네. 강백약(姜伯約: 강유)은 지모와 용맹을 모두 갖추고 있으니 군사를 물리는 동안 그에게 맨 뒤에서 적의 추격을 막도록 하시게."

양의는 울면서 절하며 명을 받았다. 공명은 문방사보(文房四寶: 종이·붓·벼루·먹)를 가져오라고 하여 침상 위에서 직접 표문을 작성하여 후주에게 전하도록 했다. 그 표문의 내용은 대략 이런 내용이었다.

"엎드려 듣자오니 '삶과 죽음은 항상 있는 일이고 정해진 운명은 피할 수 없다.' 하였나이다. 이제 죽음을 앞두고 우둔한 충성을 바치고자 하옵니다.

신 량(亮)은 천성이 어리석고 졸렬함에도 어려운 때를 만나 폐하로부터 모든 병권을 위임받고 승상의 직을 맡았나이다. 그리하여 군사를 일으켜 북으로 정벌에 나섰으나 공을 이루지 못한 채 뜻밖에 골수에 병이 들어 목숨이 조석에 달렸으니, 오직 폐하를 끝까지 모시지 못함이 한스럽기 그지없사옵나이다.

엎드려 바라오니 폐하께서는 부디 마음을 맑게 하시며 욕심을 적게 하시고, 몸가짐을 바르게 하시며 백성을 사랑하시고, 선제께 효도를 다하시며 인자하신 은혜를 천하에 널리 펴시옵소서. 또한 숨은 인재를 발탁하시고 어질고 현명한 인재를 아끼시며 간사한 무리를 물리치시어 풍속을 두텁게 하시옵소서.

성도의 신의 집에는 뽕나무 8백 그루와 메마른 밭 15경(頃)이 있어 제 자식들이 먹고사는 데는 넉넉할 것이옵니다. 신이 밖에 나와 있는 동안에는 제게 필요한 물건들은 모두 관에서 지급해 주었으니 조금도 재산을 늘리지 않았사옵니다. 신이 죽는 날, 집안에 남은 비단 한 조각 없고,

집 밖에 남아도는 재물이 없게 하여 폐하의 믿음을 저버리지 않도록 하겠나이다."

표문을 다 쓰고 난 공명은 또 양의에게 당부하기를: "내가 죽더라도 나의 죽음을 알리지 마라. 큰 감실(龕室)을 만들어 내 시신을 그 안에 안치한 다음 쌀 일곱 알을 내 입 안에 넣고, 발밑에는 등잔불을 하나 밝혀 놓게. 군중에서는 평상시처럼 조용히 지내고 결코 곡을 하지 못하게 하게. 그리하면 하늘의 장수별이 떨어지지 않을 것이며 내 넋이 스스로 일어나서 그 장수별을 그 자리에 계속 눌러 앉힐 것이네.

사마의는 장수별이 떨어지지 않는 것을 보고 필시 놀라고 의아해할 것이니 우리 군사들은 뒤쪽의 영채부터 먼저 떠나고 이어서 각 영채들을 하나씩 천천히 물러가도록 하게.

만약 사마의가 추격해 오면 자네는 군사를 돌려서 진세를 펼치고 깃발을 돌려세우고 북을 치게. 사마의가 오는 것을 기다렸다가 전에 새겨 놓은 나무 조각상을 수레 위에 앉혀 놓고 군사들 앞으로 밀고 나가면서 여러 장수들로 하여금 좌우에 서서 호위하도록 하게. 사마의는 그 모습을 보면 틀림없이 놀라서 달아날 것이네."

양의는 공명이 지시할 때마다 일일이 그리하겠다고 대답했다.

공명은 그날 밤 사람들의 부축을 받아 밖으로 나가 하늘의 북두칠성을 우러러보다가 손으로 멀리 별 하나를 가리키며 말하기를: "저것이 나의 장수별(將星)이니라!"

사람들이 보니 그 별은 점점 빛을 잃어가며 흔들거리는 모습이 금방이라도 떨어질 듯했다. 공명이 칼을 들어 그 별을 가리키며 입속으로 주문을 외우기 시작했다. 주문을 마친 공명이 막사 안으로 돌아오자마자 정신을 잃고 말았다. 장수들이 당황하여 어쩔 줄 모르고 있을 때 갑자기 성도로부터 상서 이복이 다시 와서 공명이 혼절하여 말도 하지 못하는 것을 보고 목 놓아 큰 소리로 울면서 말하기를: "내가 나라의 큰일을 그르치고 말았소!"

잠시 후 정신이 다시 돌아온 공명이 눈을 뜨고 주위를 돌아보더니 침상 앞에 서 있는 이복을 보고 말하기를: "나는 공이 다시 올 줄 알고 있었소."

이복이 고맙다고 하며 말하기를: "저 복(福)은 천자의 명을 받들어 승상이 돌아가신 뒤 대사(大事)를 누구에게 맡겨야 좋을지 여쭈라고 하셨는데 일전에 너무 경황이 없어 그만 여쭤보지 못했기에 다시 왔습니다."

공명 曰: "내가 죽은 후에 나라의 대사를 맡길 만한 사람은 장공염(蔣公琰: 장완)이 적합하오."

이복 曰: "공염의 뒤는 또 누가이어야 합니까?"

공명 曰: "비문위(費文偉: 비의)가 이어야겠지요."

이복이 다시 묻기를: "그럼 문위 다음에는 누가 마땅합니까?"

공명은 대답하지 않았다. 장수들이 침상 앞으로 다가가 보니 그는 이미 돌아가셨다. 때는 건흥 12년(234년) 8월 23일 그의 나이 54세였다.

후에 두공부(杜工部: 두보)가 공명의 죽음을 애도하여 지은 시가 있으니:

지난밤 군영 앞에 장수별이 떨어지더니	將星昨夜墜前營
선생이 돌아가셨다는 부음 이날 들었네	訃報先生此日傾
장막에선 더 이상 호령 소리 안 들리고	虎帳不聞施號令
기린대에는 공훈 세긴 이름만 걸리었네	麒台惟懸著勳名
선생 문하의 3천 객은 헛되이 남아돌고	空餘門下三千客
가슴속 10만 군사의 기대를 져버리셨네	辜負胸中十萬兵

근사한 대낮의 푸르른 그늘 아래에서도　　好看綠陰淸晝裏
이제는 고상한 노래 다시 들을 수 없네　　於今無復雅歌聲

백락천(白樂天: 백거이) 역시 시를 지었으니:

선생께서 산속에 종적 감추었는데　　先生晦跡臥山林
어진 군주 세 번이나 찾아 오셨네　　三顧那逢聖主尋
물고기 남양 가서 비로소 물 얻어　　魚到南陽方得水
용이 하늘 높이 올라 비를 뿌리네　　龍飛天漢便爲霖

어린 후사 부탁 받아 최선 다하고　　托孤旣盡殷勤禮
나라에 보답하려 충의를 기울였지　　報國還傾忠義心
출정하며 남기신 앞뒤의 출사표는　　前後出師遺表在
읽는 사람 다 눈물로 옷깃 적시네　　令人一覽淚沾襟

　전에 촉에서 장수교위(長水校尉)를 지낸 요립(廖立)은 자신의 재능과 명성이 공명에 버금가는데 자신의 직위가 낮은 것을 불평하며 원망과 비방을 일삼았다. 이에 공명은 그를 파직하여 서인으로 만들어 문산(汶山)으로 귀양을 보냈다. 공명이 죽었다는 소식을 들은 요립은 눈물을 흘리며 말하기를: "나는 끝내 이곳에서 오랑캐로 살다 죽게 되는구나!"
　이엄(李嚴) 역시 공명이 죽었다는 소식을 듣고 대성통곡을 하다 병이 들어 그만 죽고 말았다. 이엄은 늘 공명이 자신을 다시 거두어 주어 자신이 과거에 저지른 과오를 만회할 수 있기를 바라고 있었는데 공명조차 죽었으니, 이제는 자신을 불러줄 사람이 없을 것으로 생각했기 때문이다.

후에 원미지(元微之: 원진)도 공명을 찬양한 시를 지었으니:

난리 바로잡고 위기에 빠진 주인 도와	撥亂扶危主
어린 임금 보좌 부탁받아 최선 다했네	殷勤受托孤
그의 뛰어난 재주 관중 악의보다 낫고	英才過管樂
교묘한 계책 손자와 오기를 더 앞서네	妙策勝孫吳

늠름하고 늠름하여라 출사표(出師表)여	凜凜出師表
당당하고 또 당당하다 팔진도(八陣圖)	堂堂八陣圖
공처럼 온전히 성대한 덕을 지닌 분이	如公全盛德
예나 지금이나 다시없음을 한탄하노라	應嘆古今無

그날 밤, 하늘과 땅이 모두 처량하고 달도 그 빛을 잃은 가운데 공명은 조용히 하늘로 돌아갔다.

강유와 양의는 공명의 유명(遺命)을 받들어 감히 곡도 하지 못하고 법도에 따라 염습을 마치고 감실 안에 안치한 다음 심복 군사 3백 명으로 하여금 지키게 했다. 그리고 곧바로 은밀히 명을 전파하여 위연으로 하여금 후미를 막게 하고 각처의 영채를 하나하나 물리게 했다.

한편 밤에 천문을 살펴본 사마의는 광채에 뿔이 돋은 적색의 큰 별 하나가 동북쪽으로부터 서남쪽으로 흐르다가 촉의 영채로 떨어지는 것을 보았다. 그런데 그 별은 다시 두세 번을 솟구쳐 솟아오르며 은은한 소리를 내는 것이 아닌가!

사마의는 놀라면서도 좋아하며 말하기를: "공명이 드디어 죽었구나!"

사마의는 곧바로 전군을 일으켜 공격하라고 명령했다. 막 영채 문을 나서려던 사마의는 문득 다시 의문이 생겨 주저하며 말하기를: "공명은 육정육갑(六丁六甲)의 둔갑술을 잘 쓰고 있다. 지금까지 내가 오랫동안 싸우러 나오지 않으니 이런 술법을 써서 거짓으로 죽은 척하고 나를 싸우러 나오게 유인하는 것인지도 모른다. 지금 그들을 추격하면 틀림없이 공명의 계책에 걸려드는 것이다."

결국 사마의는 말을 다시 멈추고 영채로 돌아가서 나가지 않았다. 대신에 하후패를 시켜 은밀히 기병 수십 명을 데리고 오장원의 산속으로 들어가 소식을 정탐하게 했다.

한편 위연은 본채에서 밤에 잠을 자다가 난데없이 머리에 뿔이 두 개 돋은 꿈을 꾸었다. 난생처음 그런 괴이한 꿈을 꾼 위연은 다음 날 행군사마(行軍司馬) 조직(趙直)이 찾아오자 그를 들어오게 하여 묻기를: "그대는 주역에 아주 밝다는 말을 오래전부터 들었소. 내가 지난밤 머리에 두 개의 뿔이 돋아난 꿈을 꾸었는데 그것이 길조인지 흉조인지 모르겠소. 그대는 어찌 생각하시오?"

한참을 생각하던 조직이 대답하기를: "이는 크게 길할 징조입니다. 기린의 머리에도 뿔이 있고 창룡(蒼龍)의 머리에도 뿔이 있으니 이는 장군께 큰 변화가 있어 높이 날아오를 징조입니다."

그 말을 들은 위연은 매우 기뻐하며 말하기를: "만약 공의 말대로 된다면 내 마땅히 후하게 사례하겠소."

조직은 하직 인사를 하고 돌아가다가 얼마 못 가서 우연히 상서 비의를 만났다.

비의가 어디서 오느냐고 물으니 조직이 대답하기를: "방금 위문장(魏文長: 위연)의 영채에 갔었는데 그가 머리에 뿔이 돋은 꿈을 꿨다고 하면서 나에게 그 꿈의 길흉을 물었습니다. 그 꿈은 원래 길조가 아닙니다. 하지만 바른대로 말하면 이상하게 생각할 것 같아서 기린과 창룡의 예를 들면서 그 꿈을 길몽으로 해석해 주었습니다."

비의 曰: "자네는 그 꿈이 길조가 아님을 어찌 아는가?"

조직 曰: "각(角: 뿔)이라는 글자 모양은 바로 도(刀: 칼) 아래 용(用: 쓰다)이 있는 모양입니다. 지금 머리 위에 칼이 있으니 그보다 흉한 꿈이 어디 있겠습니까?"

비의 曰: "자네는 당분간 그 말을 남에게 하지 마시오."

조직은 그와 작별하고 떠났다.

위연의 영채로 간 비의는 주위를 물리게 하고 말하기를: "어젯밤 삼경(三更: 밤 11시에서 새벽 1시)에 승상께서 돌아가셨소. 임종 시 거듭 당부하신 일이 있으신데, 군사를 서서히 물리되 장군으로 하여금 뒤를 끊어 사마의를 막도록 하고 자신의 죽음을 알리지 말라고 하셨소. 여기 병부(兵符)를 가져왔으니 즉시 군사를 일으키시오."

위연 曰: "지금 승상의 임무는 누가 대신하고 있소?"

비의 曰: "승상께서는 국가의 모든 대사(大事)를 양의에게 위임하셨소. 그리고 용병에 관한 비법은 모두 강백약(姜伯約)에게 전수하셨소. 이 병부는 양의의 명령이오."

위연 曰: "승상께서 비록 돌아가셨지만 지금 내가 있지 않소이까? 양의는 일개 장사(長史)에 불과한데 어찌 그런 큰일을 감당할 수 있겠소. 그에게는 그저 영구나 잘 모시고 서천으로 가서 장사나 잘 지내라고 하시오. 나는 직접 대군을 거느리고 사마의를 쳐서 공을 이루고야 말 것이오. 어찌 승상 한 사람 때문에 나라의 대사를 그르친단 말이오?"

비의 曰: "승상께서 유언으로 남기신 명령이오. 어겨서는 안 되오."

위연이 버럭 화를 내며 말하기를: "승상께서 그때 만약 나의 계책대로 했다면 벌써 장안을 취하고도 남았을 것이오. 나는 지금 전장군(前將軍)에 정서대장군(征西大將軍)·남정후(南鄭侯)의 지위에 있는 사람이오. 어찌

한낱 장사(長史) 따위가 감히 나에게 안전하게 물러나게 하려고 뒤에서 쫓아오는 적이나 막으라고 지시한단 말인가?"

비의 曰: "듣고 보니 장군의 말씀도 틀린 말이 아니오. 하지만 지금 경솔하게 군사를 움직여 적의 비웃음거리가 되게 할 수는 없습니다. 내가 가서 양의를 만나 이해관계로 따져서 장군께 병권을 양보하도록 설득할 것이니 그때까지 기다려 보시는 게 어떻겠소?"

위연은 그의 제안을 따랐다.

위연과 하직을 하고 영채를 나온 비의가 급히 대체로 가서 양의에게 위연이 한 말을 자세히 전했다.

양의 曰: "승상께서 임종 시 나에게 은밀히 당부하기를 위연은 틀림 없이 딴마음을 품고 있을 것이라고 하셨소. 이번에 내가 병부를 가지고 가라고 했던 것은 실은 그의 속마음을 떠보기 위함이었소. 역시 승상의 말씀이 맞았소. 내 뒤를 끊는 일은 백약에게 맡길 것이오."

양의는 군사를 거느리고 영구를 호송하여 먼저 떠나면서 강유에게 뒤에 남아 적의 공격을 차단하게 하고 공명의 유명대로 서서히 군사를 물렸다.

위연은 영채에서 비의가 다시 돌아오기를 기다렸으나 아무 소식이 없자 의심이 들어 마대로 하여금 기병 십여 명을 데리고 가서 소식을 알아보게 했다.

마대가 돌아와서 말하기를: "후군은 강유가 총지휘를 하고 있고 선두 부대의 태반은 이미 골짜기 안으로 물러갔습니다."

위연이 버럭 화를 내며 말하기를: "이 하찮은 유생 놈이 감히 나를 속이다니! 내 반드시 그놈을 죽여 버리고 말테다!"

위연이 마대를 돌아보며 말하기를: "공은 나를 도와주겠소?"

마대 曰: "나 역시 평소 양의에게 원한이 있었는데 기꺼이 장군을 도와 그놈을 칠 것입니다."

위연은 아주 기뻐하며 즉시 영채를 거두어 군사를 이끌고 남쪽으로 향했다.

한편 하후패가 군사를 이끌고 오장원에 이르러 살펴보니 한 명의 촉군도 보이지 않았다. 급히 돌아가 사마의에게 보고하기를: "촉군들은 이미 모두 물러갔습니다."

사마의가 발을 구르며 말하기를: "공명이 죽은 게 분명하다. 속히 추격하라!"

하후패 曰: "도독께서 함부로 쫓아가서는 안 됩니다. 먼저 편장(偏將) 한 사람을 보내십시오."

사마의 曰: "이번에야말로 내가 직접 가야 한다."

사마의는 군사를 이끌고 두 아들과 함께 일제히 오장원으로 달려갔다. 함성을 지르고 깃발을 흔들며 촉의 영채로 쳐들어갔으나 과연 한 사람도 보이지 않았다.

사마의는 두 아들을 돌아보며 말하기를: "내 먼저 군사를 이끌고 앞으로 나갈 것이니 너희는 군사를 재촉하여 내 뒤를 따라오너라."

사마사·사마소는 뒤에서 군사를 재촉하고, 사마의는 직접 앞장서서 군사를 이끌고 추격하여 산기슭에 이르러 바라보니 그리 멀지 않은 곳에 촉군이 있었다. 사마의는 더욱 힘을 떨쳐 쫓아갔다.

그때 갑자기 산 뒤에서 한 발의 포성 신호와 함께 함성이 크게 진동하면서 촉군들이 깃발을 휘날리고 북을 치면서 쳐들어왔다. 그런데 나무 그늘 속에서 중군의 큰 깃발이 펄럭이며 나타났다. 그 깃발 위에는 큰 글씨가 한 줄로 쓰여 있는데 '한승상 무향후 제갈량(漢丞相 武鄉侯 諸葛亮)'

이라고 쓰여져 있는 것이 아닌가!

사마의는 그만 대경실색을 하고 말았다. 정신을 차려 자세히 보니 중군(中軍)에서 수십 명의 상장(上將)들이 사륜거 한 대를 에워싸고 나오는데 수레 위에는 공명이 단정히 앉아 있었다. 그는 예전에 늘 보이는 모습대로 머리에는 윤건을 쓰고 손에는 우선(羽扇)을 들고 몸에는 학창의(鶴氅衣)를 입고 허리에는 검은 띠를 두른 틀림없는 공명이었다.

사마의가 매우 놀라며 말하기를: "공명이 아직 살아 있다니! 내가 경솔하게 적진 깊숙이 들어와 그의 계책에 빠져버렸구나!"

사마의는 급히 말을 돌려 달아났다.

그때 등 뒤에서 강유가 큰 소리로 외치기를: "역적 장수놈은 달아나지 마라! 네놈은 우리 승상의 계책에 걸려들었느니라!"

혼비백산한 위군들은 갑옷과 투구는 물론 병장기도 모두 버리고 살기 위해 도망가느라 서로 짓밟혀 죽은 자만도 그 수를 셀 수가 없었다.

사마의가 뒤도 돌아보지 않고 50여 리나 달아났을 때, 등 뒤에서 위군 장수 둘이 달려와서 말고삐를 잡으며 큰 소리로 외치기를: "도독께서는 정신을 차리십시오!"

사마의는 손으로 머리를 만지며 말하기를: "내 머리가 아직 붙어 있느냐?"

두 장수가 말하기를: "그만 놀라십시오. 촉군들은 이미 멀리 가고 없습니다."

한참 가쁜 숨을 쉬던 사마의가 겨우 안색이 돌아와 눈을 크게 뜨고 보니 그 두 명의 장수는 바로 하후패와 하후혜였다.

그제야 사마의는 천천히 말고삐를 다시 잡고 두 장수와 함께 샛길을 찾아서 본채로 돌아왔다. 그리고 여러 장수들에게 군사를 이끌고 사방으로 흩어져 정탐을 하도록 했다.

이틀 후 그 고을 사람이 찾아와 사마의에게 고하기를: "촉군들이 물러나 계곡 안으로 들어간 뒤 곡을 하는 소리가 땅을 진동했으며 군중에는 흰 깃발이 세워졌습니다. 공명은 정말 죽었고 강유가 1천여 명의 군사를 이끌고 뒤에 남아 추격을 막게 했습니다. 전날 수레 위에 앉아 있던 것은 공명이 아니라 나무를 깎아 만든 나무 인형(木人)이었습니다."

사마의가 탄식하며 말하기를: "나는 공명이 살아있을 것으로만 생각했지, 그가 죽었으리라고는 짐작도 못 했구나!"

이 일이 있은 후 촉의 사람들은 '죽은 제갈량이 산 사마중달을 달아나게 했다(死諸葛能走生仲達).'는 속담을 만들어 냈다.

후세 사람이 이를 탄식하여 시를 지었으니:

한밤중에 하늘에서 큰 별이 떨어졌건만	長星半夜落天樞
달아나며 제갈량이 살아 있다 의심했네	奔走還疑亮未殂
촉땅 사람들은 지금도 사마의를 비웃어	關外至今人冷笑
아직 머리가 붙어 있느냐고 물어본다네	頭顱猶問有和無

사마의는 공명이 확실히 죽었음을 알고 다시 군사를 이끌고 추격하러 갔다. 그러나 적안파(赤岸坡)까지 쫓아갔지만 촉군들은 이미 멀리 가 버린 것을 안 사마의는 군사를 이끌고 돌아가려고 여러 장수들에게 말하기를: "공명이 죽었으니 이제 우리는 아무 걱정 없이 편히 지낼 수 있다."

사마의는 마침내 회군하여 돌아갔다. 돌아오는 길에 공명이 영채를 세웠던 곳을 살펴보니 전후좌우가 정연하고 법도가 있다.

사마의는 한탄하며 말하기를: "공명은 진정으로 천하의 기재였도다!"

사마의는 군사를 이끌고 장안으로 돌아가 여러 장수들로 하여금 각처의 요충지를 지키게 하고 자신은 위주를 뵈러 낙양으로 갔다.

한편 계속 긴장 상태를 유지하며 천천히 물러간 양의와 강유는 포곡(褒谷)의 잔도(棧道) 어귀에 이르러서야 비로소 상복으로 갈아입고 공명이 죽었음을 공식적으로 알리고 조기(弔旗)를 올리고 곡을 했다. 그제야 공명이 돌아가셨다는 소식을 들은 군사들은 비통함에 머리를 땅에 짓찧으며 통곡하다 죽는 자도 있었다.

촉군의 선두 부대가 막 잔도로 들어서려는데 갑자기 앞에서 불길이 하늘 높이 치솟더니 함성이 지축을 뒤흔들며 한 무리의 군사들이 길을 막았다. 깜짝 놀란 장수들이 급히 양의에게 보고했다.

이야말로:

위의 장수들은 이미 모두 물러갔거늘	已見魏營諸將去
촉땅에 무슨 군사가 왔는지 모르겠네	不知蜀地甚兵來

이곳에 온 군사들이 어떤 자들인지 궁금하거든 다음 회를 기대하시라.

제 105 회

제갈량은 미리 비단주머니를 남겨 주고
위주 조예는 승로반을 뜯어서 옮겨가다
武侯預伏錦囊計
魏主拆取承露盤

양의는 앞에 군사들이 길을 막고 있다는 보고를 받고 급히 군사를 보내 정탐하게 했다. 정탐꾼이 돌아와 보고하기를 위연이 잔도를 불태워 끊어 버리고 군사를 이끌고 길을 막고 있다고 했다.

양의는 매우 놀라서 말하기를: "승상께서 살아계실 때 이 사람은 후에 반드시 반란을 일으키실 것이라 하시더니 오늘 과연 이런 일이 벌어지고 말았구나! 이제 우리의 돌아갈 길이 끊겼으니 어찌해야 좋단 말인가?"

비의 曰: "그는 틀림없이 먼저 천자께 도리어 우리가 모반을 했다고 거짓으로 상주하여 무고를 한 뒤 잔도를 불태워 끊음으로써 우리가 돌아가지 못하게 길을 막으려는 것입니다. 그러니 우리도 천자께 표문을 올려 위연이 모반한 사실을 아뢴 뒤에 그를 공격하는 것이 좋겠습니다."

강유 曰: "이곳에 사산(槎山)이라는 작은 샛길이 하나 있습니다. 비록 험준하기는 해도 잔도 뒤로 빠져나갈 수는 있습니다."

양의는 천자께 표문을 올리는 한편 군사를 이끌고 사산의 샛길로 출

포곡잔도 전경 1

포곡잔도 전경 2

발했다.

이때 성도에 있는 후주는 잠자리에 누워도 잠을 편히 잘 수 없고 산해진미를 먹어도 맛을 몰랐으며 몸을 움직이는 것조차 불편했다. 하루는 간신히 잠이 들었는데 성도의 금병산(錦屛山)이 무너지는 꿈을 꾸고 깜짝 놀라 깨어났다. 더 이상 잠을 잘 수 없어 앉아서 날이 새기를 기다렸다가 문무 관원을 불러 꿈의 해몽을 부탁했다.

초주 曰: "신이 지난밤 천문을 보니 한 붉은 별이 뿔 같은 광채를 내뿜으며 동북쪽에서 서남쪽으로 떨어졌는데 이는 승상께 아주 흉한 일이 생길 조짐이옵니다. 지금 폐하께서 산이 무너지는 꿈을 꾸신 것도 바로 그 징조에 상응하는 것이옵니다."

그 말을 들은 후주는 더욱 놀라서 겁이 났다. 이때 마침 이복(李福)이 돌아왔다는 보고가 들어왔다. 후주가 급히 그를 불러 물어보니 이복은 머리를 조아리고 울면서 승상께서 이미 돌아가셨다고 아뢰었다. 그러고는 승상께서 임종하면서 남긴 말씀을 자세히 아뢰었다.

후주는 대성통곡을 하면서 말하기를: "하늘이 정녕 나를 버리시는가!"

울던 후주는 그만 용상에서 쓰러지고 말았다. 가까이 모시는 신하들이 후주를 부축하여 후궁으로 모시었다.

공명의 사망 소식을 전해 들은 오 태후(吳太后) 역시 목 놓아 통곡하기를 그치지 않았으며 관원들 가운데서 애통해하지 않은 자가 없었으며 백성들도 모두 눈물을 흘렸다. 후주는 연일 슬픔에 잠겨 조회조차 열 수 없었다.

그때 갑자기 양의가 반란을 일으켰다는 표문이 위연에게서 보내왔다. 신하들이 깜짝 놀라 궁으로 들어가서 후주에게 아뢰었다. 이때 마침 오 태후도 궁에 있었다. 보고를 받은 후주가 깜짝 놀라 근신에게 그 표문을 읽게 했다.

그 내용은:

"정서대장군 남정후 신 위연은 황공하옵게 머리를 조아리며 아뢰나이다. 양의가 제멋대로 병권을 잡고 군사를 거느리고 반란을 일으켜 승상의 영구를 겁탈하고 적을 끌어들여 지경을 침범하려 하고 있사옵니다. 이에 신은 먼저 잔도를 불태워 끊어 놓고 군사를 동원하여 길목을 지키고 있사옵니다. 이에 삼가 표문을 올려 아뢰옵나이다."

표문을 듣고 나서 후주가 말하기를: "위연은 용맹한 장수이니 충분히 양의의 무리를 막을 수 있을 텐데 어찌하여 잔도를 태워 끊어 놓았단 말인가?"

오 태후 曰: "선제께서 일찍이 하신 말씀을 들은 적이 있는데, 공명은 위연의 뒤통수에 반골의 기질이 있음을 알고 여러 차례 그를 베어 죽이려고 했지만, 그의 용맹함이 아까워 잠시 쓰고 있을 뿐이라고 하였소. 그는 지금 양의 등이 반란을 일으켰다고 상주하였지만, 가벼이 그의 말을 믿어서는 안 되오. 양의는 문인이오. 승상께서 그에게 장사(長史) 임무를 맡긴 것은 그 사람을 믿고 쓸 수 있는 사람이라 여겼기 때문일 것이오. 오늘 만약 한쪽의 말만 듣고 일을 처리하면 양의 등은 틀림없이 위에 투항할지도 모르니 이 일은 마땅히 깊이 생각하고 멀리 내다보고 결정해야지 성급하게 처리해서는 안 되오."

여러 관원들이 한참 의논하고 있는데, 때마침 장사 양의가 올린 표문이 당도했다는 보고가 들어왔다.

근신이 표문을 펼치고 읽었는데 그 내용은:

"장사(長史) 수군장군(綏軍將軍) 신 양의는 황공하옵게도 머리를 조아리며 삼가 표문을 올리나이다.

승상께서 임종하실 때 신에게 대사(大事)를 맡기셨는데 옛 제도에 따라 처리하되 감히 바꾸지 말라 하셨으며, 위연에게 뒤를 맡겨 쫓아오는 적을 막고 강유를 그 바로 앞에 세우라고 하셨나이다. 하지만 위연은 승상의 명을 거역하고 제멋대로 휘하 군사를 이끌고 먼저 한중으로 돌아온 뒤 잔도를 불태워 끊어 버리고 승상의 영구를 겁탈하여 반란을 꾀하고 있사옵니다. 미처 어찌할 수 없이 급작스레(倉卒間) 이루어진 일이라 삼가 표문을 올려 아뢰나이다."

다 듣고 난 오 태후가 묻기를: "경들의 소견은 어떠한가?"

장완이 아뢰기를: "신의 어리석은 소견으로는 양의는 비록 타고난 성질이 너무 급해 남을 잘 포용하지는 못하지만, 군량과 마초의 조달 계획을 세우고 군사 작전에 참여하며 오랫동안 승상을 보필하였으며 더구나 승상께서 임종 시 대사를 맡기셨으니 결코 배반할 사람이 아니옵니다.

위연은 평소 자신이 세운 공만 믿고 으스대니 사람들이 모두 자신을 낮추어 그에게 양보했지만 유독 양의만은 그의 우쭐댐을 인정해 주지 않으니 위연은 평소 양의에게 한을 품고 있었사옵니다. 이제 양의가 군권을 잡고 군사를 총지휘하게 되자 이에 불만을 품고 잔도를 불태운 다음 양의의 돌아오는 길을 끊어 버리고 또 그를 무고하여 해치려고 하는 것입니다. 신은 이제 온 집안 가솔과 종들을 담보로 양의가 반란을 꾀하지 않았음을 보증하지만, 위연은 감히 보증할 수 없사옵나이다."

동윤(董允) 역시 아뢰기를: "위연은 자신의 공이 많음을 믿고 늘 불평을 하며 원망의 말을 자주 내뱉었습니다. 하지만 지금까지 감히 배반하지 못했던 것은 승상을 두려워했기 때문입니다. 이제 승상께서 세상을 뜨시자마자 이 기회를 틈타 반란을 일으킨 것은, 형세로 보아 필연일 것입니다. 하오나 양의로 말씀드리면 재능이 뛰어나고 민첩하며 승상의 신임을 받고 있는데 그가 무슨 이유로 반란을 일으키겠사옵니까?"

후주 曰: "만약 위연이 반란을 일으킨 것이라면 어떤 계책으로 그를 막을 것인가?"

장완 曰: "승상께서 평소 위연을 의심하고 있었느니 틀림없이 양의에게 무슨 계책을 남겼을 것입니다. 만약 양의가 믿는 구석이 없었다면 어찌 군사를 이끌고 골짜기 입구로 들어갈 수 있겠습니까? 위연은 틀림없이 양의의 계책에 걸리고 말 것이니 폐하께서는 너무 걱정하지 마시옵소서."

얼마 지나지 않아 위연이 다시 표문을 올려 양의가 반란을 일으켰다고 고발했다. 한창 표문을 읽고 있는데 이번에는 양의의 표문이 도착하여 위연이 배반했다고 아뢰었다.

두 사람이 연달아 표문을 올려 각자 자신이 옳다고 주장을 하고 있는데, 갑자기 비의가 돌아왔다는 보고가 들어왔다. 후주가 비의를 불러들이자 비의가 위연이 반란을 일으킨 사정을 자세히 아뢰었다.

후주 曰: "만약 그렇다면 우선 동윤으로 하여금 절(節)을 가지고 위연에게 가서 짐짓 좋은 말로 달래는 척하여 그를 안심시켜라."

동윤은 조서를 가지고 떠났다.

이때 위연은 잔도를 불태워 어렵게 만들었던 길을 끊어 버리고 군사를 남곡(南谷)에 주둔하면서 각 요충지를 지키며 이렇게 하는 것이 가장 좋은 계책이라 여기고 있었다. 그런데 뜻밖에 양의와 강유가 야음을 틈타 군사를 이끌고 남곡의 뒤로 돌아 나왔다. 양의는 한중을 잃을까 염려되어 선봉장인 하평(何平)으로 하여금 군사 3천 명을 이끌고 먼저 보낸 뒤에 자신은 강유 등과 함께 군사를 이끌고 영구를 모시고 한중을 향해 갔다.

하평은 군사를 이끌고 곧바로 남곡 뒤로 가서 북을 치고 함성을 질렀다. 초병이 이 사실을 급히 위연에게 보고하며 양의가 선봉 하평에게 군사를 이끌고 사산의 샛길을 가로질러 와서 싸움을 걸고 있다고 했다.

위연이 매우 화를 내며 급히 갑옷을 입고 말에 올라 칼을 들고 군사를 이끌고 그를 맞아 싸우러 나갔다.

양쪽 진영이 둥그렇게 마주 보고 진을 친 가운데 하평이 말을 타고 나가 큰 소리로 꾸짖기를: "역적 위연은 어디 있느냐?"

위연 역시 욕을 하며 소리치기를: "네놈이야말로 양의를 도와 역적질을 하는 주제에 어디 감히 나에게 역적이라고 떠드느냐?"

하평이 다시 꾸짖기를: "승상께서 막 돌아가시어 아직 뼈와 살이 식지도 않았는데 네가 어찌 감히 배반을 한단 말인가?"

그러고는 채찍을 들어 위연 휘하의 촉군을 가리키며 소리치기를: "너희들은 모두 서천 사람으로 서천에 모두 부모처자는 물론 형제와 친구가 있지않느냐? 승상께서 살아 계실 때 너희에게 조금도 박대하신 일이 없거늘 어찌하여 지금 반역한 역적을 돕는단 말인가? 마땅히 각자 고향으로 돌아가 상이 내리기를 기다리고 있거라!"

이 말을 들은 군사들이 일제히 함성을 지르며 흩어져 달아나니 그 수가 태반이 넘었다. 매우 화가 난 위연이 칼을 휘두르며 말을 달려 곧바로 하평에게 달려들었다. 하평은 창을 꼬나들고 그를 맞아 싸우러 나갔다. 그러나 몇 합 싸우지 않아 하평은 짐짓 패한 척하고 달아나기 시작했다.

위연이 그 뒤를 바짝 쫓으니 하평의 군사들이 일제히 활과 쇠뇌를 쐈다. 위연이 말머리를 돌려 돌아가면서 보니 많은 군사들이 흩어져 달아나고 있었다. 몹시 화가 난 위연이 그들을 쫓아가서 몇 명을 죽였지만 그런다고 도망치는 것을 멈추게 할 수는 없었다. 다행히 마대가 거느린 군사 3백여 명은 달아나지 않았다.

위연이 마대에게 말하기를: "공은 진심으로 나를 도와주는구려! 일을 성공시킨 뒤 내 결코 그대의 공을 저버리지 않을 것이오."

그러고는 마대와 함께 하평의 뒤를 쫓았다. 그러나 하평이 군사를 이끌고 나는 듯이 달아나자 위연은 남은 군사를 수습하여 마대에게 상의하며 말하기를: "우리가 위에 투항하면 어떻겠소?"

마대 曰: "장군께서는 어찌 그리 지혜롭지 못한 말씀을 하십니까? 대장부가 스스로 폐업을 도모하려 하지 않으시고 가벼이 남에게 무릎을 꿇는단 말이오? 내 보기에 장군은 지모와 용맹을 충분히 갖추었으니, 촉의 장수들 가운데 어느 누가 감히 장군을 대적할 수 있겠습니까? 내 맹세코 장군을 도와 한중을 취하고 이어서 서천으로 쳐들어갈 것입니다."

위연은 몹시 기뻐하며 마대와 함께 군사를 이끌고 남정을 취하러 달려갔다.

남정의 성 위에 올라가 있던 강유는 위연과 마대가 위용을 뽐내며 바람처럼 몰려오는 것을 보고 급히 조교를 들어 올리라고 지시했다.

위연과 마대가 큰 소리로 외치기를: "어서 항복하라!"

강유는 사람을 보내 양의를 청해 상의하기를: "위연은 촉의 장수 가운데 가장 용맹한데 게다가 마대까지 돕고 있으니 비록 군사 수는 적지만 무슨 수로 저들을 물리치겠소?"

양의 曰: "승상께서 임종 시 저에게 비단 주머니 하나를 주시면서 당부하시기를 '만약 위연이 모반을 일으켜 성에서 그와 대치하는 상황이 생기면 그때 열어 보라. 그 안에 위연을 벨 계책이 있느니라.'고 하시었소. 이제 그 비단 주머니를 열어 봐야겠소."

마침내 양의가 그 비단 주머니를 열어 보니 봉투 겉면에 '위연을 맞이

하여 서로 대치할 때 말 위에서 열어 보라!'

강유는 매우 기뻐하며 말하기를: "기왕 승상께서 그런 계책을 남기셨으니 일단 그 계책은 장사(長史: 양의)께서 보관하고 계시오. 내 먼저 군사를 이끌고 성을 나가 진을 펼쳐 놓을 테니 공은 뒤따라 나오시오."

강유가 갑옷에 투구를 쓰고 말에 올라 창을 들고 군사 3천 명을 이끌고 성문을 열고 일제히 뛰쳐나와 북소리를 크게 울리며 전투 대형을 갖추었다.

강유가 창을 꼬나들고 문기 아래에서 말을 세우고 큰 소리로 꾸짖기를: "반역을 한 위연은 듣거라! 승상께서 너를 저버리신 적이 없는데 어찌하여 너는 배반을 하였느냐?"

위연이 칼을 번쩍 들고 말을 멈추면서 대답하기를: "백약(伯約: 강유)! 이는 네가 상관할 일이 아니다. 양의더러 나오라고 하거라!"

그때 양의가 문기의 그늘에서 비단 주머니를 열어 보니 여차여차하라고 씌어 있었다. 양의는 매우 기뻐하며 갑옷도 입지 않은 채 나가서 진 앞에 말을 세우고 손가락으로 위연을 가리키며 비웃으며 말하기를: "승상께서 살아계실 때 네놈이 후일 반드시 배반할 것이라고 하시면서 나에게 대비해야 한다고 말씀하셨는데 이제 보니 과연 그 말씀이 틀림이 없구나. 네가 말 위에서 '누가 감히 나를 죽이겠느냐(誰敢殺我)!'고 세 번 큰 소리로 외친다면 그대는 진정 대장부이니 내 곧바로 한중의 성들을 너에게 바칠 것이다."

위연이 껄껄 웃으며 말하기를: "양의 이 못난 놈 듣거라! 공명이 만약 살아있다면 내가 조금이라도 겁을 내겠지만 그가 이미 죽고 없는 마당에 천하에 누가 나를 대적한단 말이냐? 세 번이 아니라 삼만 번을 외치라고 한들 그게 어려울 게 뭐 있겠느냐?"

그러고는 한 손에 칼을 들고 다른 한 손은 말고삐를 잡고 말 위에서

큰 소리로 외치기를: "누가 감히 나를 죽이겠느냐?"

세 번이 아니라 첫 번째 외침도 채 끝나기 전에 그의 뒤에서 한 사람이 소리 높여 대답하기를: "내가 감히 너를 죽일 것이다!"

말이 떨어지기가 무섭게 손이 번쩍 들리면서 칼을 내리치니 위연의 목이 말 아래로 떨어지고 말았다. 많은 사람들이 놀라서 바라보니 위연의 목을 벤 사람은 다름 아닌 마대였다.

원래 공명은 임종 시 마대를 불러 비밀 계책을 주면서 위연이 그 소리를 외치는 순간을 기다렸다가 그를 베라고 지시했던 것이다.

양의는 비단 주머니 속에 든 계책을 볼 때 이미 저쪽에 마대가 위연 옆에 숨어있다는 사실을 알고 그 계책에 따라 움직였을 따름이다.

후세 사람이 이를 두고 지은 시가 있으니:

공명은 이미 위연을 알아보았으니	諸葛先機識魏延
훗날 서천 배반할 줄 알고 있었네	已知日後反西川
금낭 속의 비책 아무도 알지 못해	錦囊遺計人難料
그저 말 앞에서 그의 죽음만 보네	却見成功在前馬

동윤이 조서를 가지고 미처 남정에 이르기 전에 마대는 이미 위연을 베고 강유와 군사를 하나로 합쳤다. 양의는 표문을 지어 사자를 보내 밤낮으로 성도로 달려가서 후주에게 아뢰게 했다.

후주는 성지를 내리며 말하기를: "이미 그의 죄상이 밝혀졌고 처벌도 이루어졌도다. 그러니 이전의 공로를 고려하여 관을 내려주어 장사 지내주도록 하라."

양의 등이 공명의 영구를 모시고 성도에 이르자 후주는 모든 문무 관료들에게 상복을 입게 하고 성 밖 20리까지 데리고 나가 영구를 영접했다.

영구 앞에서 후주가 대성통곡을 하니, 위로는 공경대부(公卿大夫)로부터 아래로는 산속에 숨어 사는 백성에 이르기까지, 남녀노소 불문하고 통곡하지 않은 이가 없었고, 슬피 우는 소리가 땅을 흔들었다.

후주는 영구를 성 안으로 운구하여 승상부에 안치한 뒤 그의 아들 제갈첨(諸葛瞻)에게 상을 치르게 했다.

후주가 조정으로 돌아오니 양의가 스스로 몸을 결박한 채 죄를 청하고 있었다.

후주는 근신들에게 그의 결박을 풀어 주게 하고 말하기를: "만일 경이 승상의 유언대로 하지 않았다면 영구는 어느 세월에 돌아오며 위연은 어떻게 죽일 수 있었겠는가? 큰일을 온전하게 처리할 수 있게 된 것은 모두 경의 힘이로다."

후주는 오히려 양의의 벼슬을 올려서 중군사(中軍師)로 삼았다. 마대에게는 역적을 토벌한 공을 인정하여 위연의 벼슬과 작위를 모두 주었다. 양의는 공명이 남긴 표문을 올렸다. 그것을 읽어 본 후주는 목놓아 울더니 성지를 내려 명당을 골라 안장을 하게 했다.

비의가 아뢰기를: "승상께서 임종하실 때 유언하시기를 정군산(定軍山)에 묻되 담장이나 벽돌, 석상은 물론 모든 제물도 사용하지 말라고 하셨나이다."

후주는 그 유언에 따라 그해 시월 길일을 택하여 후주가 몸소 영구를 모시고 정군산으로 가서 안장했다. 후주는 조서를 내려 제사를 지내고 충무후(忠武侯)라는 시호(諡號)를 내리고 면양(沔陽)에 사당을 지어 철마다 제사를 지내도록 했다.

후에 두공부(杜工部: 두보)가 시를 지었으니:

승상의 사당을 어디 가서 찾으리오	丞相祠堂何處尋
금관성 밖 잣나무가 울창한 숲이라	錦官城外栢森森
섬돌에 비친 풀빛은 봄기운이 일고	映階碧草自春色
잎새 사이 꾀꼬리소리 마냥 곱구나	隔葉黃鸝空好音

세 번 찾아 천하 계책 거듭 물으니	三顧頻煩天下計
두 대 걸쳐 늙은 신하 마음 바쳤네	兩朝開濟老臣心
출병해 이기지 못하고 먼저 죽으니	出師未捷身先死
길이 영웅들의 옷깃 눈물로 적시네	長使英雄淚滿襟

두공부는 또 이런 시도 읊었다

제갈량의 큰 이름 우주에 드리웠고	諸葛大名垂宇宙
명재상 초상의 모습 엄하고 맑아라	宗臣遺像肅淸高
삼국 정립 할거하게 책략을 만드니	三分割據紆籌策
만고에 없는 인물 하늘의 봉황이네	萬古雲宵一羽毛

그와 비교할 인물은 이윤과 여망뿐	伯仲之間見伊呂
용병술은 소하 조참도 그만 못했지	指揮若定失蕭曹
천수 다한 한나라 되돌리기 어려워	運移漢祚終難復
뜻 정하고 군무에 지쳐 돌아가셨네	志決身殲軍務勞

후주가 성도로 돌아오자 신하들이 급히 아뢰기를: "변방에서 보고가 올라왔는데 동오의 전종(全琮)이 수만 명의 군사를 이끌고 와서 파구 경계에 주둔하고 있는데 무슨 의도인지 알 수 없습니다."

후주가 놀라며 말하기를: "승상께서 세상을 떠나자마자 동오가 동맹을 깨고 경계를 침범하려 하니, 이를 어찌하면 좋겠소?"

장완이 아뢰기를: "신이 왕평과 장억에게 군사 수만 명을 이끌고 가서 영안(永安)에 주둔하면서 만일의 사태에 대비하도록 하겠사옵니다. 폐하께서는 동오에 사자를 보내 승상의 부고를 알리면서 저들의 동정을 살피게 하시옵소서."

후주 曰: "아무래도 언변이 뛰어난 사람을 보내는 것이 좋겠소."

한 사람이 나서며 말하기를: "미천한 신하를 보내 주십시오."

사람들이 보니 그는 남양(南陽) 안중(安衆) 사람으로 성은 종(宗), 이름은 예(預), 자는 덕염(德艶)이라는 사람으로 현재 참군(參軍) 우중랑장(右中郎將)을 맡고 있었다.

후주는 매우 기뻐하며 곧바로 종예에게 동오로 가서 승상의 부고를 전하고 그들의 내막을 살펴보게 했다.

명을 받은 종예가 곧바로 금릉(金陵)으로 가서 오주 손권을 뵈었다. 손권에게 예를 마치고 주위를 둘러보니 그곳의 신하들이 모두 흰옷을 입고 있는 것이 아닌가!

그런데 손권은 화난 얼굴로 말하기를: "오와 촉은 이미 한집안이 되었거늘 경의 주인은 무엇 때문에 백제성을 지키는 군사를 늘렸단 말인가?"

종예 曰: "신의 생각에 이는 동에서 먼저 파구에 군사를 늘리니 서에서 백제성을 지키는 군사를 늘리는 것은 형세로 보아 당연한 일이옵니다. 굳이 서로 따져 물을 일이 아니라고 생각됩니다."

손권이 껄껄 웃으며 말하기를: "경은 등지(鄧芝)와 못지않구려!"(제 86회 참고)

그러고는 종예에게 다시 말하기를: "짐은 제갈 승상이 세상을 떠났다는 소식을 듣고 매일 눈물을 흘렸으며 모든 관원들에게도 상복을 입게 했소. 짐은 위(魏)에서 이 틈을 타서 혹시 촉을 취하려 하지 않을까 염려되어 파구를 지키는 군사를 1만 명이나 늘려서 필요시 즉시 촉을 도와주려고 했던 것이지 다른 뜻은 전혀 없소이다.”

종예가 머리를 조아리며 연신 고맙다고 절을 했다.

손권 曰: “짐은 이미 촉과 동맹을 맺었는데 어찌 의리를 저버릴 수 있겠는가?”

조예 曰: “천자께서는 승상께서 돌아가시자 특별히 신에게 직접 가서 부고를 알리게 하셨습니다.”

손권은 황금 비전(鈚箭)¹¹ 한 개를 꺼내서 그것을 꺾으며 맹세하기를: “짐이 만일 전날의 맹세를 어기면 내 후손이 끊어질 것이오!”

그러고는 촉에 조문단을 보내며 향과 비단 그리고 제단에 바칠 예물을 가지고 가서 제사를 지내도록 했다.

종예는 오주(吳主)에게 하직 인사를 하고 동오의 조문단과 함께 성도로 돌아와 후주를 뵙고 아뢰기를: “오주께서는 승상이 돌아가셨다는 소식을 이미 알고 계셨으며 눈물을 흘리면서 신하들에게 모두 상복을 입게 하셨습니다. 동오에서 파구에 군사를 늘린 것은 위(魏)에서 우리의 혼란한 틈을 타서 혹시 쳐들어오지 않을까 염려되어 우리를 도와주려고 대비한 것이지 다른 뜻은 없었사옵니다. 이번에 오주는 신 앞에서 화살을 꺾어 보이면서 결코 동맹을 저버리지 않겠다고 다시 한번 맹세했사옵니다.”

후주는 매우 기뻐하며 종예에게 후한 상을 내리고 또한 동오의 사신들도 후하게 대접해 돌려보냈다. 그리고 공명의 유언에 따라 장완을 승

---

11 화살촉에 금을 박은 대가 긴 화살. 역자 주.

118

상 겸 대장군·녹상서사(錄尙書事)로 삼고 비의를 상서령(尙書令)으로 삼아 장완과 함께 승상의 일을 보도록 했다.

또한 오의의 벼슬도 올려 거기장군(車騎將軍)으로 삼고 절월(節鉞)을 내려 한중을 지키게 했다. 강유는 보한장군(輔漢將軍) 평양후(平陽侯)에 봉하여 각 처의 군사와 말들을 총감독하도록 하고, 오의와 함께 한중으로 나가 주둔하면서 위군을 방비하도록 했다. 나머지 장수들은 이전의 직위를 그대로 두었다.

그러자 양의의 불만이 가장 컸다. 양의는 자신이 장완보다 나이와 벼슬 경력이 앞서는데도 그 지위가 장완의 아래인데다 이번에 세운 공로도 장완보다 크다고 자부하고 있었는데 후한 상을 받지 못하자, 원망의 말을 내뱉으며 비의에게 불만을 토로하기를: "지난날 승상께서 돌아가셨을 때 만약 내가 전군을 거느리고 위로 투항했더라면 이처럼 쓸쓸하지는 않았을 것이오."

비의는 곧바로 양의가 한 말을 표문을 지어 은밀히 후주에게 아뢰었다. 크게 노한 후주는 당장 양의를 옥에 가두고 심문하여 그의 목을 베려했다.

장완이 아뢰기를: "양의가 비록 죄를 지었지만, 전에 승상을 따라다니며 많은 공을 세운 것도 사실이옵니다. 그러니 그를 죽이지는 마시고 관직을 박탈하여 서인(庶人)으로 삼으시옵소서."

후주는 그의 말에 따라 양의의 벼슬을 박탈하고 한가군(漢嘉郡)으로 보내 평민으로 지내게 했다. 그러자 부끄러움을 이기지 못한 양의는 스스로 목을 찔러 자결하고 말았다.

촉한의 건흥(建興) 13년(서기 235년)은 위주(魏主) 조예의 청룡(靑龍) 3년, 오주(吳主) 손권의 가화(嘉禾) 4년이다. 그 해에는 삼국이 모두 군사를 일으키지 않았다.

그 무렵 위주 조예는 사마의를 태위(太尉)로 삼아 군사를 총감독하게 하여 모든 변경을 안정시키도록 했다. 사마의는 조예에게 작별 인사를 하고 낙양으로 돌아갔다. 위주는 허창(許昌)에서 대규모로 토목 사업을 벌여 궁전을 새로 지었으며, 낙양에다 조양전(朝陽殿)·태극전(太極殿)을 짓고 총장관(總章觀)을 쌓았는데 모두 그 높이가 열 장(丈)이나 되었다.

또 숭화전(崇華殿)·청소각(靑宵閣)·봉황루(鳳凰樓)를 세우고 구룡지(九龍池)도 만들었다. 이런 모든 공사는 박사(博士) 마균(馬均)에게 총감독을 맡겼다. 대들보에 조각을 하고 기둥에는 그림을 그렸으며 푸른 기와와 금빛 벽돌을 사용하여 햇빛 아래에서는 눈을 뜰 수 없을 정도였으니, 그야말로 화려함의 극치였다.

전국에서 솜씨 좋은 장인 3만 명을 뽑고 인부 30만 명을 동원하여 밤낮으로 일을 시켰으니 피로에 지친 백성들의 원성이 그칠 줄을 몰랐다.

조예는 또 조서를 내려 방림원(芳林園)에도 토목 공사를 벌였는데 그곳에는 신하들까지 동원하여 흙을 지고 나무를 나르게 했다. 그러자 사도(司徒) 동심(董尋)이 표문을 올려 통렬하게 간하기를:

"엎드려 아뢰옵니다. 건안(建安: 서기 196년~220년) 이래 수많은 백성들이 전장에서 싸우다 죽어 온 식구가 다 없어진 경우가 많으며 비록 살아남아 있다 하더라도 고아나 노약자들뿐이옵니다. 만약 지금 궁실이 너무 협소하여 꼭 확대할 필요가 있다고 해도 계절에 따라 편리할 때를 가려서 농사에 지장이 없도록 해야 할 터인데, 하물며 전혀 무익한 것들을 짓는 데야 더 말할 나위가 있겠나이까?

폐하께서 신하들을 높여주기 위해 관을 씌워주시고 무늬 옷을 입혀주시고, 화려한 가마를 타게 하심은 신하와 백성을 구별하기 위해서입니

다. 그런데 지금 신하들에게 나무를 메고 흙을 나르게 하여 몸과 발에
먼지와 흙을 뒤집어쓰게 하시니, 이는 나라의 체면을 훼손시키면서 아무
런 이익이 없는 일을 벌이시는 것으로 실로 부당한 처사가 아닐 수 없사
옵니다.

공자께서 말씀하시기를, '임금은 예로써 신하를 대하고 신하는 충성
을 바쳐 임금을 섬긴다(君使臣以禮, 臣事君以忠).'고 하셨나이다. 충성이 없
고 예의가 없다면 나라가 어찌 존립할 수 있겠나이까? 신이 이 말씀을
올리면 반드시 죽을 것이라는 것을 알고 있나이다. 하지만 지금 저 자신
을 황소의 몸에 있는 털 하나로 여기고 있어, 살아 있음이 아무런 의미
가 없으니 죽은들 무슨 손해가 있겠나이까?

붓을 잡고 눈물을 흘리며 마음은 이미 세상과 하직을 고했나이다. 신
에게 아들 여덟이 있으니 폐하께 누를 끼치게 되었나이다. 떨리는 몸을
이기지 못하며 하명을 기다리고 있겠나이다."

표문을 다 읽은 조예가 버럭 화를 내며 말하기를: "동심 이놈은 죽는
것을 겁내지 않는구나!"

좌우에서도 그를 참하라고 주청했다.

조예 曰: "이 자는 평소 충의가 있던 사람이니 벼슬만 폐하여 서인(庶
人)으로 만들라. 또 다시 이런 망언을 하는 자는 반드시 참할 것이다."

그때 태자궁의 태자사인(太子舍人)으로 있는 장무(張茂)라는 사람이 있
었는데 그의 자는 언재(彦材)였다. 그 역시 표문을 올려 간절하게 간하자
조예는 즉시 그를 참하라고 했다. 그리고 그날로 박사 마균을 불러 묻기
를: "짐은 높은 대(臺)와 가파른 누각을 지어 신선들과 왕래하며 불로장
생하는 방도를 찾고자 하는데 어찌하면 되겠는가?"

마균이 아뢰기를: "한(漢) 왕조 스물네 황제 가운데 오직 무제(武帝)만

이 가장 나라를 오래 다스렸으며 장수하셨는데, 이는 하늘의 해와 달의 정기(精氣)를 복용하셨기 때문이옵니다.

그는 일찍이 장안의 궁 안에 백량대(柏梁臺)를 쌓고 대 위에 구리로 만든 동상을 세우고 동상의 손에 승로반(承露盤)이라는 쟁반을 들게 하였사옵니다. 그 쟁반으로 삼경(三更: 밤 11시에서 새벽 1시)에 북두에서 내려주는 이슬 즉, 항해수(沆瀣水)를 받았는데 그것을 천장(天漿) 또는 감로(甘露)라 부르옵니다. 이 물에 미옥(美玉) 가루를 타서 늘 적당히 복용하면 노인도 다시 어린아이로 돌아갈 수 있사옵니다."

조예는 매우 기뻐하며 말하기를: "너는 당장 인부들을 이끌고 밤낮없이 장안으로 달려가 그 동상을 방림원으로 옮겨 오너라."

명을 받은 마균은 인부 1만 명을 이끌고 장안으로 가서 백량대 주위에 나무로 비계를 설치하고 백량대로 올라가게 했다. 잠깐 사이 5천 명의 인부들이 밧줄을 연결하여 빙빙 돌면서 올라갔다. 백량대의 높이는 20장(丈)이고 구리 기둥은 둘레가 열 아름이나 되었다.

마균은 먼저 구리 동상부터 철거하라고 지시했다. 많은 사람들이 힘을 합쳐 구리 동상을 떼어 내리는데 그 동상의 눈에서 눈물이 줄줄 흘러내리는 것이 아닌가!

사람들이 모두 깜짝 놀라고 있던 그 순간 갑자기 백량대 옆에서 한바탕 광풍이 불면서 돌과 모래가 날리기 시작하는데 마치 소낙비 쏟아지듯 했다. 동시에 하늘이 무너지고 땅이 꺼지는 듯한 소리가 울리면서 백량대가 한쪽으로 기울면서 기둥이 넘어져 1천여 명이 깔려 죽고 말았다.

마균은 구리 동상과 황금 쟁반을 가지고 낙양으로 돌아와 위주에게 바쳤다.

조예가 묻기를: "구리 기둥은 가져왔느냐?"

마균이 아뢰기를: "기둥의 무게가 백만 근이나 되어 가져올 수 없었나

魏主折觸承露盤

이다."

조예는 그 구리 기둥을 부수어 낙양으로 가져오게 하여 녹여서 구리 동상 두 개를 만들게 하고 그 동상을 '옹중(翁仲)'이라 이름 지어 사마문(司馬門) 밖에 나란히 세웠다. 또한 구리로 용과 봉황을 만들게 했는데 용은 높이가 4장(丈), 봉황은 3장(丈) 남짓으로 어전 앞에 세우도록 했다.

조예는 또 상림원(上林苑) 안에 온갖 기이한 꽃과 나무를 가져다 심고 진귀하고 괴상한 새와 동물들을 길렀다.

소부(少府) 양부(陽阜)가 표문을 올려 간하기를:

"신이 듣자 오니, 요(堯) 임금이 초가에 기거하자 온 백성이 편안히 지냈고, 우(禹) 임금이 궁에서 검소하게 지내니 천하 사람들이 즐거이 일했다 하옵니다. 은(殷)·주(周)나라에 이르러서도 당(堂)의 높이는 석자(尺: 1자는 30.3센티)에 지나지 않았고 길이도 9연(筵: 1연은 9자)을 넘지 않았사옵니다.

예로부터 위대한 황제나 임금은 궁실을 높고 화려하게 지어 백성의 재력(財力)을 탐내지 않았사옵니다. 그러나 하(夏)의 걸왕(桀王)은 옥으로 궁실을 짓고 상아로 복도를 만들었으며 은(殷)의 주왕(紂王)은 탄복할만한 궁전과 재물을 저장하는 녹대(鹿臺)를 세웠지만, 결국 그로 인해 종묘사직을 잃었사옵니다. 초(楚)의 영왕(靈王)은 화려한 장화대(章華臺)를 쌓았지만, 그 때문에 화를 입었고, 진시황은 아방궁(阿房宮)을 지었지만, 재앙이 그의 아들에 미쳐 천하 사람들이 반란을 일으켜 겨우 2대 만에 멸망하고 말았나이다. 무릇 만백성의 힘을 헤아리지 못하고 자신의 눈과 귀의 욕망만 추구하려다 망하지 않은 자가 없사옵니다.

폐하께서는 마땅히 요(堯)·순(舜)·우(禹)·탕(湯)·문(文)·무(武) 임금들을 본받으시되, 걸왕·주왕·영왕·진시황을 경계하셔야 하거늘 스스로

안일함과 향락에 빠지시어 오로지 궁실과 대(臺)만 꾸미시는데 정신이
팔려 있으니, 반드시 나라가 멸망의 위기에 봉착하는 화를 입을 것이옵
니다.

임금은 머리요 신하는 팔다리이니 살고 죽음도 한 몸이며 얻고 잃음
도 함께 하옵니다. 신이 비록 어리석고 겁도 많지만, 왕의 잘못을 바른
말로 간하는 신하(諍臣)로서의 도리를 망각하겠사옵니까? 신이 드린 말
씀이 절절하지 못하고 지극하지도 못해 폐하를 충분히 감동시킬 수 없
는 것이 유감이오며 삼가 관(棺)을 준비해 놓고 목욕재계하고 죽음을 기
다리고 있겠나이다.”

이런 표문을 올렸지만 조예는 깨닫지 못하고 오히려 마균을 더 독촉
하여 높은 누대를 짓고 구리 동상과 승로반을 안치하게 했다. 또한 조
서를 내려 천하의 미녀들을 뽑아 방림원에 두고 향락만 즐겼다. 많은
신하들이 연이어 표문을 올리고 죽기를 각오하고 간했지만 들으려 하지
않았다.

한편 조예의 황후 모씨(毛氏)는 하내(河內) 사람으로 조예가 평원왕(平
原王)으로 있을 때는 서로 정이 깊어 조예가 황제에 즉위하며 황후가 되
었다. 그러나 후에 조예가 곽 부인에게 빠지면서 모 황후는 그만 총애를
잃었다.

곽 부인은 미모가 빼어날 뿐만 아니라 지혜롭기까지 하니, 조예는 그
녀에게 푹 빠져 매일 그녀랑 즐기느라 한 달이 넘도록 후궁 문밖을 나오
지 않았다.

때는 바로 춘삼월, 방림원에는 온갖 진귀한 꽃들이 앞다투어 피니 조
예는 곽 부인과 함께 동산으로 들어가 시간 가는 줄 모르고 음주를 즐

졌다.

곽 부인 曰: "어찌하여 황후를 청해 함께 즐기지 않으십니까?"

조예 曰: "그 여자가 곁에 있으면 짐은 술 한 방울도 목구멍으로 넘길 수가 없구나."

그러고는 궁녀들에게 그곳에서 즐기는 일을 황후의 귀에 들어가지 않도록 분부했다. 이때 모 황후는 황제가 한 달이 넘도록 자신이 거처하는 정궁(正宮)에는 눈길조차 주지 않자, 궁녀 10여 명을 데리고 취화루(翠花樓)를 거닐며 한가한 시간을 보내고 있었다. 그런데 어디선가 맑고 고운 풍악 소리가 들려 묻기를: "이 풍악 소리는 어디에서 들려오는 것이냐?"

한 궁인이 아뢰기를: "성상께서 곽 부인과 함께 어화원(御花園)에서 꽃구경을 하며 술을 들고 계십니다."

이 말을 들은 모 황후는 기분이 언짢아 궁으로 돌아가 버렸다. 다음 날 모 황후는 작은 수레를 타고 궁을 나와 거닐다가 마침 구불구불 이어지는 복도에서 조예와 마주쳤다. 그러자 황후는 웃으면서 말하기를: "폐하께서 어제 북원(北園)에서 노시느라 어지간히 즐거우셨나 봅니다."

그 말을 들은 조예는 매우 화를 내며 즉시 어제 시중을 들었던 자들을 모조리 잡아 오라고 하여 꾸짖기를: "어제 북원에서 놀았던 일을 모후가 알게 해서는 안 된다고 일렀거늘 어찌하여 모후가 그 사실을 알고 있느냐?"

조예는 궁의 관원에게 호령하여 시중들었던 자들을 모조리 목을 베라고 했다. 그 말을 들은 모 황후는 깜짝 놀라 곧바로 수레를 돌려 궁으로 돌아갔다.

조예는 곧바로 조서를 내려 모 황후에게 사약을 내리고 곽 부인을 황후로 세웠다. 하지만 조정 신하 가운데 어느 누구도 이에 대해 간하는 자가 없었다.

　어느 날 갑자기 유주 자사 관구검(毌丘儉)이 표문을 올려 요동(遼東)의
공손연(公孫淵)이 반란을 일으켜 스스로 연왕(燕王)이라 칭하고 연호를 소
한(紹漢) 원년으로 고쳤으며, 궁전을 세우고 관직을 세우는가 하면, 군사
를 일으켜 쳐들어와 북방을 통째로 흔들고 있다는 보고가 들어왔다.

　조예는 깜짝 놀라 즉시 문무 관료들을 불러 모아 군사를 일으켜 공손
연을 물리칠 계책을 상의했다.

　이야말로:

토목공사로 온백성 못 살게 굴더니	才將土木勞中國
이제 또 변방에서 싸움이 시작되네	又見干戈起外方

그를 어떻게 막아낼지 궁금하거든 다음 회를 기대하시라.

제 106 회

공손연은 싸움에 패하여 양평에서 죽고
사마의는 와병을 핑계로 조상을 속이다
公孫淵兵敗死襄平

司馬懿詐病賺曹爽

공손연은 대대로 요동에서 권력을 이어온 공손도(公孫度)의 손자이자 공손강(公孫康)의 아들이다.

건안 12년(서기 207년), 조조에게 쫓기던 원상이 요동으로 달아났다. 공손강이 조조가 요동에 이르기 전에 이미 원상의 수급을 베어 조조에게 바치니 조조는 그를 양평후(襄平侯)에 봉했다.(제 33회 참고)

공손강에게는 황(晃)과 연(淵) 두 아들이 있었다. 공손강이 죽을 때 그들은 모두 나이가 어려 공손강의 동생 공손공(公孫恭)이 형님의 자리를 이어받았다. 조비가 황제이던 당시 공손공을 거기장군 양평후에 봉했다.

태화(太和) 2년(서기 228년), 어엿한 청년으로 장성한 공손연은 문무를 겸비하고 천성이 굳세고 남과 싸우기를 좋아했는데 결국 자신의 숙부 공손공의 자리를 빼앗아 버렸다. 그러자 조예는 공손연을 양렬장군(揚烈將軍) 겸 요동태수로 봉했다.

얼마 뒤 동오의 손권이 장미(張彌)와 허안(許晏)에게 황금과 구슬 등 진기한 보물을 가지고 요동으로 가서 공손연을 연왕(燕王)으로 봉하겠다고 했다. 하지만 공손연은 중원을 두려워한 나머지 장미와 허완의 목을 베어 그 수급을 조예에게 보냈다. 이에 조예는 그를 대사마(大司馬) 낙랑공(樂浪公)에 봉했다. 그러나 이에 만족하지 못한 공손연은 여러 사람들과 논의한 끝에 결국 스스로를 연왕이라 칭하고 연호도 한을 계승한다는 의미의 소한(紹漢) 원년으로 고친 것이다.

부장(副將) 가범(賈範)이 간하기를: "중원에서 주공을 상공(上公)의 벼슬로 대우해 주는데 이는 결코 낮은 벼슬이 아닙니다. 지금 조예를 배반하는 것은 순리가 아닙니다. 더구나 사마의는 용병술이 뛰어나 서촉의 제갈무후조차 당해내지 못했는데 하물며 주공께서 어찌 그를 대적하려 하십니까?"

몹시 화가 난 공손연은 좌우에 호령하여 당장 가범을 결박하고 그의 목을 베려고 했다.

참군(參軍) 윤직(倫直)이 간하기를: "가범의 말이 맞습니다. 성인께서도 말씀하시기를 '나라가 망하려면 반드시 괴이한 일이 일어난다(國家將亡, 必有妖孼).'라고 하셨습니다. 지금 나라 안에서는 괴이한 일들이 연달아 일어나고 있습니다. 근래에는 개가 머리에 두건을 쓰고 몸에는 붉은 옷을 입고 지붕 위에 올라가서 사람 행세를 했으며, 성 남쪽의 한 백성은 밥을 짓는데 밥솥 안에서 난데없이 쪄 죽은 어린애가 나왔다고 합니다.

또 양평(襄平) 북쪽의 저잣거리에서는 갑자기 땅이 꺼지면서 커다란 구덩이가 생기더니 그 속에서 고깃덩이가 솟아 나왔는데 그 고기의 둘레가 몇 자나 되고 머리와 얼굴에는 눈 귀 입 코가 다 있었으나 손발만이 없었습니다. 칼과 화살로도 그 고기를 손상시킬 수 없었으니 그것이 무슨 물건인지도 모른다고 합니다.

점쟁이가 점을 쳐보고 말하기를 '모양은 갖추었으되 완전하지는 못하고(有形不成), 입은 있으되, 말은 못하니(有口無聲) 나라가 망하려면 그런

요상한 것이 나타난다(國家亡滅, 故現其形).'라고 했다고 합니다. 이 세 가지는 모두 상서롭지 못한 징조이니 주공께서는 마땅히 흉한 일은 피하고 길한 것만 행하셔야 하며 경거망동해서는 안 됩니다."

공손연은 버럭 화를 내며 무사를 불러 윤직도 묶어 가범과 함께 저잣거리로 끌고 가서 목을 베도록 했다. 그러고는 대장군 비연(卑衍)을 원수로 삼고 양조(楊祚)를 선봉으로 삼아 요동 군사 15만 명을 일으켜 중원으로 쳐들어갔다.

변방의 관리가 이 사실을 조예에게 보고하자 조예가 깜짝 놀라 사마의를 급히 조정으로 불러 상의했다.

사마의가 아뢰기를: "신이 거느리고 있는 군사 기병과 보병 4만 명이면 능히 적을 쳐부술 수 있사옵니다."

조예 曰: "먼 길을 가야 하는데 그렇게 적은 군사로 요동 땅을 회복할 수 있겠소?"

사마의 曰: "싸움의 승패는 군사의 많고 적음에 달려있는 것이 아니라 뛰어난 계책과 용병술에 달려있습니다. 게다가 신에게는 폐하의 홍복이 있으니 반드시 공손연을 사로잡아 폐하께 바치겠나이다."

조예 曰: "경은 공손연이 어찌 나올 것으로 생각하오?"

사마의 曰: "공손연이 만약 신이 가기 전에 성을 버리고 달아난다면 이것이 그에게는 상책이 될 것이며 요동을 지키며 우리의 대군을 막는다면 중책이며 앉아서 양평을 지키겠다면 그것은 바로 하책일 것입니다. 그가 어찌하든 반드시 신에게 사로잡힐 것입니다."

조예 曰: "이번에 떠나면 왕복 시간은 얼마나 예상하시오?"

사마의 曰: "이곳에서 4천 리 떨어진 곳이니 가고 오는 데 각각 백일, 공격하는 데 백일, 쉬는 데 60일 잡으면 대략 1년이면 충분합니다."

조예 曰: "그 사이에 동오나 서촉이 쳐들어오면 어찌하지요?"

사마의 曰: "신이 이미 그들을 방어할 계책을 세워 놓았으니 폐하께서는 심려하지 마시옵소서."

조예는 매우 흡족해하며 즉시 사마의에게 군사를 일으켜 공손연을 토벌할 것을 명령했다.

조정에 하직 인사를 하고 성을 나온 사마의는 호준(胡遵)을 선봉으로 삼아 선두 부대를 이끌고 먼저 요동으로 떠나 영채를 세우도록 했다. 정탐꾼이 이 소식을 나는 듯이 달려가 공손연에게 보고했다.

공손연은 비연(卑衍)과 양조(楊祚)에게 8만 명의 군사를 나누어 요수에 주둔하며 주위 20여 리에 걸쳐 참호를 파고 녹각을 빙 둘러쳐서 방비를 철저히 하도록 했다. 호준이 사람을 보내 이 사실을 사마의에게 보고하니 사마의가 웃으며 말하기를: "역적 놈들이 우리와 싸울 생각은 하지 않고 그저 우리 군사를 지치게 하려는 수작이로구나. 내 생각에 적군의 대부분은 이곳에 있을 것이고 저들의 본거지는 텅 비어 있을 것이다. 그러니 이곳은 내버려 두고 바로 양평으로 쳐들어가면 틀림없이 이곳에 있는 적들이 양평을 구하러 갈 것이다. 그때 우리는 도중에서 기다리고 있다가 저들을 기습하면 반드시 완전한 승리를 거둘 수 있을 것이다."

사마의는 군사를 재촉해 샛길로 나아가 양평으로 진군했다.

한편 비연은 양조와 상의하기를: "만약 위군들이 쳐들어온다 해도 우리는 나가서 맞서 싸우면 안 된다. 저들은 천 리 먼 길을 왔으니 군량과 마초의 공급이 원활하지 못해 오래 버티지 못할 것이며 군량이 떨어지면 반드시 물러날 수밖에 없다. 우리는 그때를 기다려 기습 공격을 한다면 사마의를 사로잡을 수 있을 것이다.

지난날 사마의가 촉군과 서로 대치하고 있을 때 나가 싸우지 않고 위수 남쪽을 굳게 지키고만 있자 공명은 결국 군중에서 죽고 말았으니, 이제 우리도 그들의 작전을 그대로 써야 한다."

두 사람이 한창 이런 상의를 하고 있을 때 갑자기 위군들이 모두 남쪽으로 갔다는 보고가 들어왔다.

비연이 깜짝 놀라서 말하기를: "저들은 양평을 지키는 우리의 군사가 적음을 알고 본영을 습격하러 간 것이다. 만약 양평을 잃으면 우리가 이 곳을 지킨들 무슨 소용이 있겠는가?"

비연과 양조는 곧바로 영채를 거두어 양평을 도우러 떠났다.

그러자 이 사실이 정탐꾼에 의해 곧바로 사마의의 귀에 들어갔다.

사마의가 껄껄 웃으며 말하기를: "드디어 내 계책에 걸려들었군!"

곧바로 하후패와 하후위에게 명령하기를: "각기 한 무리의 군사를 이끌고 요수(遼水) 강변에 매복해 있다가 요동의 군사들이 이르거든 양쪽에서 일제히 덮쳐라."

계책을 받은 두 사람이 군사를 이끌고 떠났다. 두 장수가 매복을 하자마자 비연과 양조가 군사를 끌고 오는 것이 아닌가!

그들은 곧바로 포성을 쏘아 올림과 동시에 하후패는 왼쪽에서, 하후휘는 오른쪽에서 각각 군사를 이끌고 북을 치고 함성을 지르며 깃발을 흔들면서 일제히 쳐들어갔다.

깜짝 놀란 비연과 양조는 감히 싸워볼 엄두도 내지 못하고 길을 뚫고 달아났다. 그들이 수산(首山)이 이르렀을 때 마침 오고 있던 공손연의 군사를 만나 군사를 하나로 합쳐 말머리를 돌려 다시 위군을 맞아 싸우러 갔다.

비연이 말을 달려 나가 꾸짖기를: "적장은 간사한 계책을 쓰지 말고 감히 나와 맞서 싸워 보지 않겠느냐?"

하후패가 칼을 휘두르며 말을 달려 나갔다. 그러나 두 사람이 어우러져 맞서 싸운 지 불과 몇 합 되지도 않아 하후패의 칼에 비연의 목이 베이면서 말에서 굴러떨어지니 요동의 군사들은 큰 혼란에 빠지고 말았다. 하후패는 군사들을 휘몰아 쳐들어갔다.

공손연은 패한 군사를 이끌고 달아나 양평성 안으로 들어가 성문을 굳게 닫고 다시는 싸우러 나오지 않았다. 위군은 성을 사방으로 에워 쌌다.

이때는 가을이었는데 가을비가 내리기 시작하더니 한 달 내내 쉬지 않고 내렸다. 물이 평지에도 석 자나 고이니 군량을 운반하는 배가 요하(遼河) 어귀에서 곧바로 양평성 아래까지 곧바로 올 수 있었다. 수중에서 성을 포위하고 있는 위군들은 이제 걸어 다니기도 앉기도 불편한 상황이었다.

좌도독(左都督) 배경(裵景)이 막사 안으로 들어와 아뢰기를: "계속 내린 비로 막사 안이 온통 진흙탕으로 변해 머물러 있을 수가 없으니 영채를 앞에 있는 산 위로 옮겨야겠습니다."

사마의가 화를 내며 말하기를: "이제 곧 공손연을 잡을 판인데 어찌 영채를 옮긴단 말인가? 누구든 다시 영채를 옮기자고 하는 자는 목을 벨 것이다!"

배경은 그저 '네, 네,' 하고 물러갔다.

잠시 후 우도독 구련(仇連)이 또 와서 아뢰기를: "군사들이 물 때문에 고생이 너무 많으니 태위께서는 부디 영채를 높은 곳으로 옮기게 해 주십시오."

사마의가 버럭 화를 내며 말하기를: "내 이미 군령을 내렸거늘 네가 어찌 감히 일부러 어기려 한단 말인가!"

즉시 그를 끌어내 목을 치고 그 수급을 원문 밖에 내걸도록 했다. 이를 본 군사들은 모두 두려워 벌벌 떨며 감히 입을 연 사람이 없었다.

사마의는 남쪽 영채의 군사들만 20여 리 가량 뒤로 물리게 하여 성 안의 적군들과 백성이 성 밖으로 나가 땔나무를 하고 소와 말을 놓아 먹이는 것을 허락했다.

사마(司馬) 진군(陳群)이 와서 묻기를: "지난날 태위께서 상용(上庸)을 치실 때 군사를 여덟 방면으로 나누어 8일 만에 성 아래까지 추격하여 마침내 맹달(孟達)을 사로잡아 큰 공을 세우셨습니다. 그런데 지금은 4만 명의 군사를 거느리고 수 천리 먼 길을 와서 성을 공격하라는 명은 내리지 않으시고 군사들을 이처럼 진흙탕 속에서 고생시키며 또 역적의 무리들에게 땔나무를 하고 소와 말을 방목하도록 내버려 두시니 저는 정말로 태위님의 의도를 알 수 없습니다."

사마의가 껄껄 웃으며 말하기를: "공은 아직 병법을 제대로 모르시는구먼. 지난날 맹달은 군량은 많고 군사들은 적은 데 비하여, 우리는 군량은 적고 군사들은 많았으니 속전속결을 하지 않을 수 없었소. 그래서 적들이 생각지도 못한 틈을 타서 공격해야 이길 수 있었소. 하지만 지금은 요동의 군사는 많으나 군량미가 적어 굶주리고 있지만 우리는 군량이 넉넉하여 배부르니 애써 공격할 필요가 어디 있겠소? 저들이 배고픔을 못 이기고 스스로 달아나기를 기다렸다가 기회를 봐서 치려는 것이오.

내가 지금 저들에게 땔나무를 하고 소와 말들을 방목하게 하는 것은 저들로 하여금 스스로 달아나도록 길을 터주는 것이오."

진군은 탄복했다. 그런 다음 사마의는 사람을 낙양으로 보내 군량미를 속히 보내줄 것을 독촉했다. 이 문제를 논의하기 위해 조예가 조회를 열자 많은 신하들이 아뢰기를: "근래 그곳에 가을비가 한 달 동안이나 계속 내려 군사들이 지칠 대로 지쳐있으니 사마의를 불러들이고 당분간 진압을 멈추심이 옳은 줄로 아옵니다."

조예 曰: "사마 태위는 용병을 잘할 뿐만 아니라 위기에 임기응변에도 능하며 계책도 많아 머지않아 공손연을 사로잡을 것인데 경들은 무엇을 걱정하는가?"

조예는 신하들의 간언을 듣지 않고 사마의에게 군량미를 보내 주었다. 사마의는 영채 안에서 또 며칠을 보냈다. 마침내 비가 그치고 날이 개었다. 그날 밤 막사 밖으로 나온 사마의가 하늘을 우러러 천문을 살피는데 갑자기 북두별 만한 별 하나가 몇 길이나 되는 긴 꼬리를 그리며 수산(首山) 동북쪽으로부터 양평 동남쪽으로 떨어지는 것이 아닌가! 이를 본 모든 영채의 장병들 중에서 놀라지 않은 자가 없었다.

사마의는 몹시 기뻐하며 여러 장수들에게 말하기를: "닷새 후에 별이 떨어진 곳에서 반드시 공손연의 목을 베게 될 것이다. 내일부터 성을 총공격하라!"

명을 받은 장수들은 다음 날 새벽 군사를 이끌고 양평성을 사방으로 포위하고 토산을 쌓고 땅굴을 파며 포대를 세우고 구름다리를 가설하여 밤낮없이 공격했다. 화살이 소낙비처럼 성 안으로 쏟아져 들어갔다.

성 안의 공손연의 군사들은 양식이 떨어지자 소나 말을 잡아먹고 있었다. 이런 상황에서 집중적인 공격을 받으니 어찌 성을 지키고 싶은 마음이 있겠는가! 공손연에 대한 불만만 쌓여 다들 차라리 공손연의 목을 베어 위군에 투항하고 싶어 했다. 이러한 민심을 파악한 공손연은 몹시 놀라고 걱정이 되어 서둘러 상국(相國) 왕건(王建)과 어사대부(御史大夫) 유보(柳甫)를 위군 영채로 보내 항복을 청하게 했다.

두 사람은 성 위에서 줄을 타고 내려가 사마의에게 가서 아뢰기를: "태위께서 20리만 물러나시면 저희 군신들이 직접 찾아가 항복할 것입니다."

사마의가 몹시 화를 내며 말하기를: "어찌 공손연이 직접 오지 않았는가! 무례하기 짝이 없구나!"

무사에게 그들을 끌고 나가 목을 베게 하고 그 수급을 따라온 사람들에게 주어 돌려보냈다.

따라온 사람이 성으로 돌아가 그 사실을 보고하자 공손연은 크게 놀라 다시 시중(侍中) 위연(衛演)을 위군의 영채로 보냈다.

사마의는 막사 안 높은 자리에 올라 여러 장수를 불러 양쪽에 늘어세웠다. 위연은 막사 입구부터 기어서 앞으로 나아가 사마의 앞에 무릎을 꿇고 아뢰기를: "부디 태위께서는 우레 같은 노여움을 푸시기를 바랍니다. 날짜를 정해 먼저 세자 공손수(公孫修)를 인질로 보낼 것이며 그 다음 군신들이 스스로 몸을 묶고 와서 항복하겠습니다."

사마의 曰: "싸움에 있어 중요한 다섯 가지 원칙이 있느니라. 싸울 수 있을 때는 마땅히 싸우되 싸울 수 없으면 지켜야 하고, 지킬 수도 없으면 달아나고, 달아날 수 없으면 항복해야 하며 항복할 수도 없으면 마땅히 죽어야 한다. 어찌하여 구차하게 자식을 인질로 보낸단 말이냐?"

사마의는 위연에게 호통을 치며 돌아가서 공손연에게 그대로 보고하라고 했다. 위연은 머리를 감싸 쥐고 놀란 쥐새끼처럼 달아나 공손연에게 보고했다.

공손연은 깜짝 놀라 아들 공손수와 은밀히 의논하여 날렵한 군사 1천 명을 뽑아 그날 밤 이경(二更) 무렵 남문을 열고 동남쪽을 향해 달아났다. 공손연은 위군들이 보이지 않자 내심 기뻐했다. 그러나 10리도 채 가지 못해 갑자기 산 위에서 포성이 한 번 울리더니 북소리·나팔 소리가 일제히 울리면서 한 무리의 군사들이 앞길을 막아서는데 가운데 서 있는 자는 바로 사마의였고 그 양옆에는 두 아들 사마사와 사마소가 있었다.

두 사람이 큰 소리로 외치기를: "역적은 달아나지 마라!"

깜짝 놀란 공손연이 급히 말머리를 돌려 길을 찾아 달아나려고 했다.

그대 마침 호준이 군사를 이끌고 달려왔다. 왼쪽에는 하후패와 하후휘, 오른쪽에는 장호와 악침이었다. 사방을 철통처럼 에워싸니 결국 공손연 부자는 말에서 내려 항복했다.

시마의가 말 위에서 장수들을 돌아보며 말하기를: "내가 며칠 전 병인일(丙寅日) 밤에 큰 별이 이곳에 떨어진 것을 보았는데 오늘 임신일(壬申日) 밤에 그대로 되지 않았느냐?"

장수들이 입을 모아 칭송하며 말하기를: "태위의 기략은 참으로 신묘합니다."

시마의가 목을 베라고 명하니 공손연 부자는 서로 얼굴을 마주보고 앉아서 칼을 받았다.

시마의는 곧바로 군사를 수습하여 양평을 취하러 갔다. 그가 성에 당도하기 전에 호준이 이미 군사를 이끌고 성 안으로 들어갔다. 성 안의 백성들은 향을 피우고 절을 하며 위군들을 맞이했다. 위군들이 모두 성 안으로 들어오자 시마의는 관아의 대청 위에 앉아 공손연의 종족은 물론 공모에 가담한 관료들을 모조리 색출해 죽였으니, 그들의 수급이 70여 개나 되었다.

그리고 방문을 걸어 백성을 안심시키고 나자 누군가 시마의에게 고하기를: "가범(賈範)과 윤직(倫直)은 공손연에게 모반을 일으켜서는 안 된다고 극력 간하다 결국 죽임을 당하고 말았습니다."

시마의는 곧바로 그들의 무덤을 찾아 봉분을 쌓아 주도록 하고 그 자손의 영예를 높여 주었다. 그리고 창고 안의 재물을 풀어 전군에 상을 내리고 위로한 다음 낙양으로 돌아왔다.

한편 궁중에 있던 조예는 어느 날 밤 삼경 무렵, 잠을 자는데 갑자기 음산한 바람이 한바탕 불면서 등불이 꺼지더니 모(毛) 황후가 수십 명의 궁녀들을 데리고 옥자 앞에 몰려와 자신의 목숨을 내놓으라고 울부짖는 것이 아닌가!

위주 조예는 그 후 깊은 병이 들었다.

병이 점점 깊어지자 그는 시중광록대부(侍中光祿大夫) 유방(劉放)과 손자(孫資)에게 추밀원(樞密院)의 모든 사무를 맡기고 또 문제(文帝: 조비)의 아들 연왕(燕王) 조우(曹宇)를 불러들여 대장군으로 삼아 태자 조방(曹芳)을 보좌하여 섭정(攝政)하도록 했다. 하지만 평소 사람됨이 공손하고 검소하며 성격이 온화한 조우는 그러한 큰 책임을 맡을 수 없다며 한사코 사양하며 받지 않았다.

조예는 유방과 손자를 불러 묻기를: "종친들 가운데 누구에게 대임을 맡기면 좋겠는가?"

마침 두 사람 모두 오랫동안 조진(曹眞)의 은혜를 입어온 터라 동시에 아뢰기를: "오직 조자단(曹子丹)의 아들 조상(曹爽)밖에 없사옵니다."

조예는 그들의 의견을 받아들였다.

두 사람은 다시 아뢰기를: "조상을 쓰려면 연왕은 마땅히 제후국인 연(燕)으로 돌려보내셔야 하옵니다."

조예는 그 말 역시 옳게 여겼다. 두 사람은 곧 조예에게 조서를 내려 달라고 청하여 그 조서를 가지고 연왕에게 가서 말하기를: "천자께서 손수 조서를 내리시어 연왕께 제후국으로 돌아가라고 명령하시면서 오늘 중으로 길을 떠나되 돌아오라는 조서 없이는 조정에 들어오는 것을 허락하지 않는다고 하셨습니다."

연왕은 울면서 떠났으며 마침내 조상은 대장군이 되어 조정의 모든 정사를 대신 다스리게 되었다.

조예는 병이 갈수록 위중해지자 급히 사자에게 부절을 가지고 가서 사마의를 조정으로 들어오라는 조서를 내렸다. 사마의는 명을 받들어 곧바로 허창으로 달려와 위주를 뵈었다.

조예 曰: "짐이 경을 보지 못하고 세상을 떠날까 걱정했는데 이제 이렇게 볼 수 있게 되었으니 죽어도 한이 없도다."

사마의가 머리를 조아리며 아뢰기를: "신은 오는 길에 폐하의 성체(聖體)가 편치 못하다는 말을 듣고 겨드랑이에 날개가 없어 궁궐로 날아오지 못하는 것이 한스러웠사옵니다. 그런데 이제 용안(龍顏)을 뵙게 되었으니 신으로서는 얼마나 다행인지 모르겠사옵니다."

조예는 태자 조방과 함께 대장군 조상·시중 유방·손자 등을 모두 침상 앞으로 불렀다.

그리고 사마의의 손을 잡고 말하기를: "지난날 유현덕은 백제성(白帝城)에서 병이 위중할 때 어린 아들 유선(劉禪)의 훗날을 제갈공명에게 부탁했는데(제 85회 참고) 공명은 죽을 때까지 그 뜻을 받들어 충성을 다 바쳤다고 하오. 변방의 작은 나라에서도 그러하였거늘 하물며 대국에서야 더 말할 나위가 있겠소?

짐의 어린 자식 방(芳)은 이제 겨우 여덟 살이니 사직을 다스리기에는 너무 어리오. 다행히 태위와 종형(宗兄)·원훈(元勳)·구신(舊臣)들이 힘을 다해 보필해 주어 짐의 뜻을 저버리지 말아 주시오!"

마지막으로 태자 조방을 불러 말하기를: "중달(仲達)은 짐과는 한 몸과 같으니 너는 그를 예(禮)로써 공경해야 하느니라."

그러고는 사마의에게 조방을 데리고 가까이 오라고 했다. 순간 조방이 사마의의 목을 끌어안고 놓으려 하지 않았다.

조예 曰: "태위는 부디 지금 태자가 보인 애틋한 정을 잊지 마시오."

말을 마친 조예의 얼굴에 눈물이 줄줄 흘러내렸다. 사마의 역시 머리를 조아리며 눈물을 흘렸다. 정신이 혼미해진 조예는 더 이상 말을 잇지 못하고 손으로 잠시 태자를 가리키더니 숨을 거두었다.

13년 동안 황제의 자리를 누렸던 조예의 그때 나이 36세였다. 때는 위(魏) 경초(景初) 3년(서기 239년) 봄 정월 하순이었다.

사마의와 조상은 태자 조방을 떠받들어 황제의 자리에 올렸다. 조방의 자는 난경(蘭卿)으로 조예의 친자식이 아닌 양자(養子)이다. 하지만 비밀리에 궁중에 데려와 키웠으니 그 내력을 아는 이는 아무도 없었다. 조방은 조예에게 명제(明帝)라는 시호를 올리고 고평릉(高平陵)에 모셨다. 또한 곽 황후를 황태후로 높이고 정시(正始) 원년으로 고쳤다.

사마의는 조상과 함께 정사를 맡아보았는데 조상 역시 사마의를 깍듯이 예우하여 중요한 일들은 모두 반드시 그에게 먼저 알렸다.

조상의 자는 소백(昭伯)으로 어릴 때부터 궁중을 출입했다. 명제(明帝: 조예)는 조상의 행동거지가 언제나 신중한 것을 보고 매우 아끼고 존경했다.

조상의 집에는 5백 명이나 되는 빈객들이 드나들었는데 그중의 다섯 사람은 실속 없이 겉만 화려한 말로 서로를 치켜세웠다. 먼저 하안(何晏)이라는 사람은 자를 평숙(平叔)이라 했으며 두 번째 사람은 등양(鄧颺)으로 자를 현무(玄茂)라고 했는데 그는 등우(鄧禹)의 후예이다. 세 번째 사람은 이승(李勝)이라 하는 사람으로 그의 자는 공소(公昭)라 했고, 네 번째 사람은 정밀(丁謐)인데 자를 언정(彦靜)이라 했으며, 마지막 다섯 번째 사람은 필궤(畢軌)로 자를 소선(昭先)이라고 했다.

그의 문하에는 또 대사농(大司農) 환범(桓範)이 있었으니 그의 자는 원칙(元則)으로 지모가 뛰어나서 사람들은 그를 '꾀주머니(智囊)'라고 불렀다.

이들 몇 사람은 모두 조상의 신임을 받고 있었다.

어느 날 하안이 조상에게 고하기를: "주공께서는 대권을 남에게 맡겨서는 안 됩니다. 훗날 후환이 생길까 봐 두렵습니다."

조상 曰: "사마공은 나와 더불어 선제로부터 어린 황제를 잘 보필하라는 당부를 받은 사람인데 어찌 차마 그를 멀리할 수 있겠는가?"

하안 曰: "지난날 주공의 선친께서는 중달과 함께 촉군을 쳐부술 때 여러 차례 그 사람에게 수모를 당해 그로 인해 돌아가셨는데 주공께서는 어찌하여 그 일을 살피지 않으십니까?"

그 말을 들은 조상은 정신이 번쩍 들었다. 즉시 여러 관료들과 의논한 끝에 궁으로 들어가 위주 조방에게 아뢰기를: "사마의는 공이 많고 덕이 높으니 태부(太傅)로 관직을 올리시옵소서."

어린 조방은 당연히 그의 말을 따랐다. 이로부터 모든 병권(兵權)은 조상에게 돌아갔다.

조상은 자신의 아우 조희(曹義)를 중령군(中領軍)으로, 조훈(曹訓)은 무위장군(武衛將軍)으로, 조언(曹彦)을 산가상시(散騎常侍)로 삼아 각각 3천 명의 어림군(御林軍)을 거느리게 하고 마음대로 황궁을 드나들게 했다.

조상은 또한 하안·등양·정밀을 상서(尚書)로 삼고 필궤를 사예교위(司隷校尉), 이승을 하남윤(河南尹)으로 각각 삼았다. 이 다섯 사람은 밤낮으로 조상과 더불어 나랏일을 의논했다. 이리하여 조상의 문하에는 빈객들이 갈수록 많아졌다.

조상이 자신의 관직을 올려준 이유를 모를 리 없는 사마의는 이때부터 병을 핑계로 바깥출입을 일절 하지 않았으며 두 아들 역시 모두 관직에서 물러나 한가하게 지내고 있었다.

조상은 매일 하안 등과 술을 마시며 즐겼으며 집에서 입는 옷이나 물건들은 황궁의 것과 다름이 없었다. 전국에서 바치는 공물과 진귀한 물건들은 자신이 먼저 좋은 것을 챙기고 궁중에 들여보냈으며 그의 부원(府院)에는 가인(佳人)과 미녀들로 가득 찼다. 게다가 환관 장당(張當)은 조상에게 아첨하느라 선제(先帝: 조예)를 모시던 시첩 7~8명을 그의 부원으로 들여보내기까지 했다. 조상은 또 가무에 뛰어난 양갓집 자녀 3~40명을 뽑아 집안의 악단을 만들었으며, 복층의 화려한 누각을 세우고 금과 은으로 그릇을 만들고자 솜씨가 뛰어난 장인 수백 명을 모아 밤낮으로 일하게 했다.

한편 하안은 평원(平原) 사람 관로(管輅)가 음양 등의 이치에 밝다는 소문을 듣고 그를 청해 더불어 주역(周易)을 논했다. 그 자리에 함께 있던 등양이 관로에게 묻기를: "그대는 자칭 주역을 통달했다고 하면서 주역에 나오는 단어의 의미에 대해서는 언급하지 않는데 그 이유가 무엇이오?"

관로 曰: "원래 주역을 잘 아는 사람은 주역을 말하지 않지요."

하안이 껄껄 웃으며 그를 칭찬하기를: "역시 간단명료해서 좋군!"

그러고는 관료에게 말하기를: "내 점을 한번 쳐보시오. 내가 삼공(三公)까지 올라갈 수 있겠소?"

그리고 또 묻기를: "근래 꿈에 몇 번이나 쇠파리 수십 마리가 내 콧잔등에 모이는 꿈을 꿨는데 이것은 대체 무슨 징조인가?"

관로 曰: "옛날 순(舜) 임금을 보좌한 팔원(八元)[12] 팔개(八愷)[13]와 주(周) 성왕(成王)을 보좌한 주공(周公)은 모두 조화롭고 은혜를 베풀며 겸손하고 공경함으로써 많은 복을 누렸지요. 지금 군후(君侯)께서는 지위는 높고 권세가 무겁지만 따르는 자들은 덕을 품은 자는 적고 위엄을 두려워

---

12 순(舜) 임금시절 고신씨(高辛氏) 밑에 있었던 선량한 여덟 재자(才子). 백분(伯奮)·중감(仲堪)·숙헌(叔獻)·계중(季仲)·백호(伯虎)·중웅(仲熊)·숙표(叔豹)·계리(季狸). 역자 주.
13 순 임금시절 고양씨(高阳氏) 밑에 있던 자애로운 여덟 재자(才子): 창서(苍舒)·외계(隤敱)·도인(檮戭)·대림(大临)·인강(尨降)·정견(庭坚)·중용(仲容)·숙달(叔达). 역자 주.

하는 자는 많으니 이는 조심하여 복을 구하는 도리가 아니지요.

또한 코는 곧 산입니다. 산은 높지만 위태롭지 않아 오래 귀함을 지킬 수 있지요. 그런데 지금 쇠파리들이 악취를 맡고 모여들어 지위 높은 자를 무너뜨리니 어찌 두렵지 않겠소이까?

부디 군후께서는 많은 것은 덜어내고 부족한 것은 채우며 예(禮)가 아니면 행하지 마시오. 그런 뒤에 비로소 삼공이 될 수 있고 쇠파리도 쫓을 수 있을 것이오."

등양이 버럭 화를 내며 말하기를: "이 늙은 놈이 무슨 헛소리를 하는 것이냐?"

관로 曰: "늙은이는 살지 못하는 것을 보고 늘 말을 하는 자는 말하지 못하는 것을 보는 법이오."

그러고는 곧바로 소매를 털고 일어나 가 버렸다.

두 사람은 껄껄 웃으며 말하기를: "저런 미친 늙은이를 보았나!"

집으로 돌아온 관로가 외삼촌에게 등양의 집에 갔던 일을 이야기하자 외삼촌은 깜짝 놀라며 말하기를: "하안과 등양 두 사람의 권세가 어느 정도인지 몰라 함부로 그런 말을 했단 말이냐?"

관로 曰: "나는 죽은 사람과 이야기했는데 겁낼 게 뭐 있겠습니까?"

외삼촌이 그 까닭을 물으니 관로가 말하기를: "등양의 걸음걸이를 보니 힘줄이 뼈를 잡아매지 못하고 맥이 살을 제어하지 못하며, 일어서면 몸이 기울어 마치 손발이 없는 것처럼 보였는데, 이는 머지않아 귀신이 될 상(相)입니다.

그리고 하안은 넋이 집을 지키지 못하고 핏기가 없으며, 정신이 연기처럼 떠다니고 용모는 마른 나무처럼 야위니, 이는 귀신이 그 안에 숨어 있는 상입니다. 두 사람은 조만간 죽을 텐데 무엇을 겁내겠습니까?"

그 말을 들은 외삼촌 역시 관로를 미친놈이라고 욕하고 가 버렸다.

한편 조상은 하안·등양 등과 사냥을 즐기곤 했다.

그의 아우 조희(曹羲)가 간하기를: "형님의 권세가 너무 강한데 늘 밖으로 나다니며 사냥이나 즐기시니 그러다 누군가 계략이라도 꾸민다면 그때는 후회해도 소용이 없습니다."

조상이 꾸짖기를: "병권을 내가 모두 장악하고 있는데 뭘 겁낸단 말이냐!"

사농(司農) 환범 역시 간했지만 듣지 않았다.

이때 위주 조방은 연호를 정시(正始) 10년(서기 239년)에서 가평(嘉平) 원년으로 고쳤다. 조상은 몇 년간 혼자 권력을 주무르다 보니 사마의가 무슨 생각을 하고 있는지조차 알지 못했다. 그때 마침 위주가 이승(李勝)을 형주 자사로 제수하자 조상은 이승에게 부임 인사를 핑계로 중달에게 가서 그의 소식을 알아보도록 했다. 이승이 곧바로 태부의 부중으로 가니 문지기가 재빨리 안에다 보고했다.

사마의가 두 아들에게 말하기를: "이는 필시 조상이 내 병세를 알아보기 위해 보낸 것이다."

그러고는 즉시 쓰고 있던 관을 벗어 머리를 풀어 헤치고, 침상 위에 올라가서 이불을 뒤집어쓰고 앉아, 두 명의 시비에게 양쪽에서 부축하게 한 뒤 이승을 안으로 들게 했다.

이승이 침상 앞으로 와서 절을 하고 말하기를: "한동안 태부를 뵙지 못했는데 이처럼 병환이 위중하실 줄 누가 생각이나 했겠습니까? 이번에 천자께서 저를 형주 자사로 임명하시어 일부러 하직 인사하러 왔습니다."

사마의는 일부러 잘못 들은 척 대답하기를: "병주(并州)는 북방에서 가까우니 방비를 잘해야 하네."

이승 曰: "병주가 아니고 형주 자사입니다."

사마의가 웃으며 말하기를: "지금 병주에서 오는 길이라고?"

이승 曰: "한수(漢水) 유역의 형주입니다."

사마의가 크게 웃으며 말하기를: "자네가 지금 형주에서 왔단 말이지?"

이승 曰: "태부께서 어쩌다 이런 중병에 걸리셨단 말인가?"

좌우에서 말하기를: "태부께서 귀가 먹어 잘 알아듣지 못하십니다."

이승 曰: "종이와 붓을 좀 가져오시오."

주위에서 종이와 붓을 가져와 이승에게 주니 이승이 글을 써서 사마의에게 바쳤다. 사마의는 글을 보고 그제야 알아들은 척 웃으며 말하기를: "내가 병이 들어 귀가 먹어 버렸네. 이번에 가시거든 몸 조심하시게."

말을 마친 사마의는 손가락으로 입을 가리켰다. 시비가 뜨거운 물을 올리자 사마의는 입을 그릇에 갖다 댔으나 물이 대부분 옆으로 흘러 옷깃을 모두 적셨다.

그러고는 짐짓 목매인 척하는 소리로 말하기를: "네 이미 늙고 병들어 죽을 날만 기다리고 있네. 불초한 두 자식을 그대가 잘 지도해 주시게. 혹시 대장군을 보게 되거든 제발 내 자식들을 잘 돌봐 달라고 부탁해 주시게!"

말을 마친 사마의는 그대로 침상에 쓰러져 숨을 헐떡거렸다. 이승은 하직 인사를 하고 돌아가 조상에게 그 상황을 자세히 설명했다.

조상은 좋아 어쩔 줄 모르며 말하기를: "그 늙은이만 죽으면 내게 무슨 걱정이 또 있겠는가!"

이승이 돌아간 것을 확인한 사마의는 자리에서 벌떡 일어나 두 아들에게 말하기를: "이승이 돌아가서 소식을 전하면 조상은 더 이상 나를 꺼리지 않을 것이다. 이제 그가 사냥하러 성을 나가기만 기다렸다가 일을 도모하면 된다."

과연 하루도 지나지 않아 조상은 위주 조방에게 선제께 제사 지내러

고평릉으로 가자고 청했다. 대소 관료들은 모두 천자의 어가를 따라 성을 나갔다.

조상이 세 아우와 더불어 자신의 심복인 하안 등과 어림군을 이끌고 천자의 수레를 호위하여 막 떠나려 하는데, 사농(司農) 환범(桓範)이 말고삐를 잡고 간하기를: "주공께서는 궁궐을 지키는 금군(禁軍)을 총지휘하시는데 형제들까지 모두 데리고 나가서는 안 됩니다. 만약 성 안에 무슨 변고라도 생기면 어떻게 하시려고 그러십니까?"

조상이 채찍을 들고 그를 가리키며 심하게 꾸짖기를: "누가 감히 변을 일으킨단 말이냐! 다시는 그런 허튼소리 꺼내지도 마라!"

조상이 성을 나가는 것을 본 사마의는 내심 쾌재를 부르며 즉시 옛날 자기의 수하에서 적을 쳐부수던 부하들과 집안의 장수 수십 명을 데리고 두 아들과 함께 말에 올라 조상을 모살(謀殺)하러 갔다.

이야말로:

방문을 닫으니 갑자기 화색이 돌고	閉戶忽然有起色
군사 휘몰아 이제부터 위풍 날리네	驅兵自此逞雄風

조상의 목숨이 어찌 될지 궁금하거든 다음 회를 기대하시라.

제 107 회

위주는 결국 사마씨에게 정권을 내주고
강유의 군사는 우두산 싸움에서 패하다

魏主政歸司馬氏

姜維兵敗牛頭山

사마의는 조상이 그의 세 아우인 조희·조훈·조언과 그의 심복 하안·등양·정밀·필궤·이승 등과 함께 어림군을 이끌고 위주 조방을 수행하여 성을 나가 명제(明帝: 조예)의 묘소를 참배한 뒤 곧바로 사냥을 하러 갔다는 말을 들었다.

사마의는 매우 기뻐하며 즉시 궁궐로 들어가 사도(司徒) 고유(高柔)에게 가짜 절월(節鉞)로 대장군의 일을 맡게 하고 우선 조상의 군영을 점거하도록 했다. 그리고 태복(太僕) 왕관(王觀)으로 하여금 중령군(中領軍)의 업무를 맡아 조희의 군영을 점거토록 했다. 그리고 옛 관원들을 이끌고 후궁으로 들어가 곽 태후에게 조상이 선제로부터 어린 황제를 부탁하신 은혜를 저버리고 간사하게 나라를 어지럽히니 마땅히 그 죄를 물어 관직을 폐해야 한다고 말했다.

곽 태후는 깜짝 놀라 말하기를: "천자께서 궁 밖에 계시는데 이를 어찌하란 말인가?"

사마의 曰: "신이 천자께 표문을 올려 간신을 없앨 계책이 있으니 태후께서는 걱정하지 마십시오."

겁이 난 태후는 그 말을 따를 수밖에 없었다. 사마의는 급히 태위(太尉) 장제(蔣濟)와 상서령(尚書令) 사마부(司馬孚)로 하여금 표문을 작성토록 하고 내시를 시켜 그것을 가지고 성 밖으로 나가서 곧바로 천자께 알리도록 했다. 그리고 자신은 직접 대군을 이끌고 무기고를 접수했다.

이러한 사실은 이미 누군가에 의해 조상의 집에 보고되었다. 조상의 처 유씨는 급히 대청 앞에 나와 부중을 지키는 관원을 불러 묻기를: "지금 주공께서 밖에 나가 계시는데 중달이 군사를 일으켰다니 대체 어찌된 일인가?"

수문장 반거(潘擧)가 말하기를: "부인께서는 놀라지 마십시오. 제가 나가서 알아보고 오겠습니다."

그러고는 궁노수 수십 명을 데리고 문루 위로 올라가서 바라보니 마침 사마의가 군사를 이끌고 부중 앞을 지나가고 있었다. 반거는 즉시 궁노수들에게 명하여 화살을 쏘도록 하여 사마의가 지나갈 수 없도록 했다.

편장 손겸(孫謙)이 뒤에서 반거를 말리며 말하기를: "태부께서는 나라의 대사를 하고 계시니 활을 쏘지 마시오!"

손겸이 연달아 세 번이나 외치자 반거는 결국 화살 쏘기를 멈추었다. 사마소가 부친 사마의를 보호하여 그 앞을 지나가 군사를 이끌고 성을 나가 낙하(洛河)에 주둔하면서 부교(浮橋)를 지켰다.

성 안에서 변란이 일어나자 조상의 수하 사마 노지(魯芝)는 참군 신창(辛敞)을 찾아가 상의하기를: "지금 중달이 변란을 일으켰으니 어찌하면 좋겠소?"

신창 曰: "휘하의 군사를 이끌고 성을 나가 천자를 뵈러 가는 것이 좋겠소."

　노지는 그의 말을 따르기로 했다. 신창은 곧바로 후당으로 들어갔다.

　그를 본 누이 신헌영(辛憲英)이 묻기를: "너는 무슨 일이 있기에 이처럼 허둥대느냐?"

　신창이 고하기를: "천자께서 성 밖에 나가 계시는데 태부가 성문을 닫아걸었으니, 필시 역모를 꾀하려는 것입니다."

　신헌영 曰: "사마공께서 역모를 꾀한다고 할 수는 없다. 단지 조 장군을 죽이려는 것이다."

　신창이 깜짝 놀라며 말하기를: "그렇다면 이 일이 어찌 될 것 같습니까?"

　신헌영 曰: " 조 장군이 사마 공의 적수가 되겠느냐? 그는 틀림없이 패할 것이다."

　신창 曰: "지금 노 사마는 나와 함께 천자에게 가자고 하는데 가야 할까요?"

　신헌영 曰: "자신의 직분을 충실히 수행하는 것은 사람의 대의(大義)이니라. 모르는 보통 사람들도 어려움에 부닥치면 도와주는데, 하물며 자신이 섬기는 사람이 어려움에 당했을 때 그 직분을 포기한다면 그보다 나쁜 일이 어디 있겠느냐?"

　신창은 그 말에 따라 노지와 더불어 기병 수십 명을 이끌고 관을 지키던 군사를 죽이고 문을 돌파하여 성을 나갔다. 이 사실을 보고 받은 사마의는 환범(桓範) 역시 달아날까 두려워 급히 사람을 보내 그를 불러오도록 했다. 환범은 어찌해야 할지 그의 아들과 상의했다.

　그의 아들이 말하기를: "천자께서 성 밖에 계시니 남쪽으로 나가시는 게 좋겠습니다."

　환범은 아들의 말에 따라 곧바로 말에 올라 평창문(平昌門)으로 갔다. 성문은 굳게 닫혀 있는데 문을 지키던 장수는 이전에 자신이 수하에 데리고 있던 사번(司蕃)이었다. 꾀주머니인 환범은 소매 속에서 얼른 죽간 (竹簡) 하나를 꺼내서 사번에게 보이며 말하기를: "태후께서 내리신 칙서 이니라. 속히 문을 열 거라."

사번 曰: "그 칙서를 보여 주십시오."

환범이 호통치기를: "너는 나의 옛 부하가 아니더냐? 어찌 감히 이럴 수가 있단 말이냐?"

사번은 어쩔 수 없이 성문을 열어 주었다. 성 밖으로 나온 환범은 사 번에게 소리치기를: "태부가 모반을 일으켰다. 너도 속히 나를 따르지 않 겠느냐!"

깜짝 놀란 사번이 급히 그를 쫓아 갔지만 놓치고 말았다. 누군가 이 사실을 사마의에게 보고했다.

사마의가 깜짝 놀라며 말하기를: "꾀주머니가 빠져나갔으니 이를 어 찌하면 좋단 말인가!"

장제 曰: "노마(駑馬)[14]는 마구간의 콩에 미련이 있는 법입니다. 조상은 틀림없이 그가 올린 계책을 쓰지 않을 것입니다."

사마의는 곧 허윤(許允)과 진태(陳泰)를 불러 분부하기를: "너희들은 가서 조상에게 태부는 딴 뜻은 없고 다만 당신 형제들이 가지고 있는 병 권만 돌려받으려는 것뿐이라고 전하여라."

허윤과 진태가 떠나자 사마의는 다시 전중교위(殿中校尉) 윤대목(尹大 目)을 불렀다. 그리고 장제에게 글을 쓰도록 하여 그것을 윤대목에게 주 면서 조상에게 전하도록 했다.

그리고 사마의는 특별히 그에게 분부하기를: "그대는 조상과 교분이 두터우니 이 소임을 해낼 것이네. 그대는 조상을 만나면, 나와 장제가 낙

---

14   느리고 둔한 말. 조상을 비유. 역자 주.

수를 가리키며, 이번 일은 병권 이외에는 다른 뜻이 전혀 없다고 맹세했
다는 말을 반드시 전하게."

윤대목은 시키는 대로 하겠다 하고 떠났다.

한편 사냥을 즐기고 있는 조상은 한창 매를 날리며 개를 달리게 하고
있을 때 갑자기 성 내에 변고가 발생하여 태부가 표문을 보내왔다는 보
고를 받았다. 깜짝 놀란 조상은 하마터면 말에서 떨어질 뻔했다. 환관이
천자 앞에 무릎을 꿇고 표문을 올렸다. 조상이 그것을 대신 받아 봉함
을 뜯고 근신에게 읽게 했다. 표문의 내용은:

"정서대도독(征西大都督) 태부 신(臣) 사마의는 황공하고 또 황공하옵게
도 머리를 조아리며 삼가 표문을 올리나이다. 지난날 신이 요동에서 돌
아오자, 선제께서는 폐하와 진왕(秦王) 및 신 등을 불러 어상(御床)에 올
라오게 하시어 신의 팔을 붙잡고 후사를 깊이 염려하시었나이다.

지금 대장군 조상은 선제께서 남기신 고명(顧命)조차 저버리고 지금까
지 행해 온 모든 전례와 제도를 어지럽히며, 안으로는 참람한 행동을 일
삼고 밖으로는 권력을 농단하고 있사옵니다.

또한 환관 장당(張當)을 도감(都監)으로 삼아, 함께 제멋대로 간섭하고
폐하를 감시하며 황제의 자리까지 엿보며, 이궁(二宮: 황제와 곽 태후)을 이
간질하여 골육간의 정마저 해치고 있나이다.

그리하여 천하의 인심이 흉흉해지고 백성들은 위험을 느껴 두려움에
떨고 있으니, 이는 선제께서 폐하께 조서를 내리시고 신에게 부탁하신
뜻이 결코 아니옵니다.

신이 비록 늙었사오나 어찌 감히 예전의 말씀을 잊을 수 있겠나이까?
폐하의 신하들인 태위 장제(張濟)와 상서령 사마부(司馬孚)는 모두 조상이

폐하를 제대로 모시는 마음이 없음을 알고, 그 형제들이 병권을 쥐고 궁궐을 지키게 해서는 안 된다고 생각하여, 영녕궁(永寧宮) 황태후께 주청을 드렸나이다. 황태후께서는 신이 아뢴 대로 시행하라고 명령하시어, 신은 즉시 주관하는 관원과 황문령(黃門令: 환관의 우두머리)에게 알려 조상·조희·조훈의 군권을 박탈하고 후작의 신분으로 집에 머물게 하였사오며, 남아서 어가를 지체하지 말라고 하였는바, 만일 감히 억류하는 일이 있다면 군법으로 엄히 다스릴 것이옵니다.

신은 이제 병든 몸을 간신히 움직여 군사를 낙수(洛水)의 부교(浮橋)에 주둔시켜 놓고 비상사태에 대비하고 있사옵니다. 이에 삼가 엎드려 간절히 성청(聖聽)을 바라나이다."

표문을 다 듣고 난 위주 조방이 조상을 불러 말하기를: "태부의 말이 이러한 데 경은 어찌 처리할 것이오?"

조상은 어찌할 바를 모르다가 두 아우를 돌아보며 말하기를: "어떻게 하면 좋겠느냐?"

조희 曰: "이 아우가 이미 형님께 몇 번이나 간했는데 형님이 고집을 부리며 듣지 않더니 결국 이런 일이 벌어지고 말았습니다. 사마의는 교활하기 짝이 없어 공명조차도 그를 이기지 못했는데, 우리 형제들이 무슨 수로 이기겠습니까? 차라리 우리 스스로 결박하고 찾아가 죽음이라도 면하는 것이 낫겠습니다."

말이 미처 끝나기도 전에 참군 신창과 사마 노지가 도착했다.

조상이 물으니 두 사람이 고하기를: "성 안은 철통같이 지키고 있고 태부는 군사를 이끌고 낙수의 부교에 주둔하고 있으니 형세로 보아 다시 돌아가기는 불가능합니다. 마땅히 서둘러 대책을 세워야 합니다."

이런 말을 하고 있는데 사농 환범이 말을 휘몰아 달려와 조상에게 말

하기를: "태부가 변란을 일으켰는데 장군께서는 어찌하여 천자를 모시고 허도로 돌아가 외부의 군사를 움직여 사마의를 토벌하려 하지 않으십니까?"

조상 曰: "우리 식구들이 다 성 안에 있는데 어찌 다른 곳으로 가서 도움을 청하겠느냐?"

환범 曰: "하찮은 필부도 난을 당하면 살기를 바라거늘, 지금 주공께서는 천자를 곁에서 모시면서 천하를 호령하고 있는데 누가 감히 응하지 않겠습니까? 어찌 스스로 사지로 들어가려고 하십니까?"

그래도 조상은 결단을 내리지 못하고 눈물만 주르르 흘렸다.

환범이 다시 말하기를: "지금 허도로 출발하면 한밤중이면 도착할 수 있으며 허도 성 안에 있는 군량과 마초는 몇 년을 버틸 수 있을 만큼 넉넉합니다. 지금 주공의 별영(別營) 군사들이 궁궐 남쪽 근처에 있으니 부르면 곧바로 달려올 것입니다. 또한 대사마의 직인도 제가 가지고 왔으니 주공께서는 속히 서두르셔야 합니다. 더 지체하시면 끝장나고 맙니다!"

조상 曰: "너무 재촉하지 마시오. 내 천천히 생각해 볼 테니 기다리시오!"

이어서 시중 허윤과 상서령 진태가 도착했다.

두 사람이 아뢰기를: "태부께서는 다만 권한이 너무 커진 장군의 병권을 조금 깎으려는 것일 뿐 다른 의도는 전혀 없습니다. 장군께서는 속히 성 안으로 돌아가십시오."

조상은 입을 꾹 다문 채 말이 없었다.

그때 또 전중교위 윤대목이 도착했다.

윤대목 曰: "태부께서는 낙수를 가리키며 다른 뜻은 전혀 없노라고 맹세하셨습니다. 장 태위(太尉: 장제)의 서신도 가져왔습니다. 장군은 병권만 내놓으시고 속히 승상부로 돌아가십시오."

조상은 그것이 옳은 말이라고 믿었다. 그때, 답답하여 속이 타들어가는 환범이 다시 고하기를: "사태가 이리 급박한데 제발 이런 사람들 말만 듣고 사지(死地)로 들어가지 마십시오!"

그날 밤 조상은 마음을 정하지 못한 채 검을 뽑아 손에 들고 한숨을 쉬면서 깊은 시름에 잠겼다. 황혼 무렵부터 날이 훤히 밝아올 때까지 하염없이 눈물만 흘리며 끝내 어찌해야 좋을지 결정을 내리지 못했다.

막사 안으로 들어온 환범이 재촉하며 말하기를: "주공께서는 하루 내내 생각하시고도 아직도 결단을 내리지 못하셨습니까?"

조상은 잡고 있던 검을 바닥에 내던지고 한탄을 하며 말하기를: "나는 군사를 일으키지 않을 것이다. 나는 벼슬도 싫고 그저 부잣집 늙은이로 살 수만 있다면 그것으로 족할 것이다."

환범은 큰 소리로 울음을 터뜨리며 막사를 나오면서 말하기를: "조자단(曹子丹: 조상의 부친)은 그래도 지혜와 꾀가 있다는 자긍심이라도 있었지만, 그 자식 삼형제는 돼지나 송아지보다 못한 놈들이구나!"

환범은 생각할수록 한심하고 서글퍼 흐르는 눈물이 그치질 않았다.

허윤과 진태는 조상에게 먼저 대장군의 인수를 사마의에게 바치라고 했다. 조상이 인수를 보내 주라고 영을 내리자 주부 양종(楊綜)이 인수를 끌어안고 통곡하며 말하기를: "주공께서 지금 병권을 내어 주시고 스스로 결박하고 가서 항복하시면 동쪽 저잣거리에서 죽음을 면치 못할 것입니다."

조상 曰: "태부는 결코 신의를 저버리지 않을 것이다."

결국 조상은 대장군의 인수를 허윤·진태 두 사람에게 주어 먼저 사마의에게 가서 바치도록 했다.

이 광경을 목격한 많은 군사들이 뿔뿔이 흩어져 달아났다. 조상의 수하에는 이제 관료 몇 명만 남아 있었다. 조상 일행이 부교에 이르니 사마의는 명을 내려 조상 삼 형제에게 일단 자택으로 돌아가도록 하고 나머지는 감금하고 황제의 교지를 기다리게 했다.

조상의 형제들이 성 안으로 들어갈 때는 그들을 따르며 모시는 시종이 한 명도 없었다. 환범이 부교에 이르자 사마의가 말 위에서 채찍을 들어 가리키며 말하기를: "환대부는 어쩌다 이런 신세가 되었소?"

환범은 고개를 떨군 채 말없이 성 안으로 들어갔다.

마침내 사마의는 영채를 거두고 황제를 호위하며 낙양으로 돌아갔다. 조상의 삼 형제가 집으로 들어가자 사마의는 큰 자물쇠로 그의 집 대문을 철통처럼 잠가놓고 동네 사람들 8백 명을 동원하여 그 집을 에워싸고 지키게 했다.

조상은 불안하고 답답한 하루하루를 보내고 있었다.

아우 조희가 조상에게 말하기를: "지금 집안에 식량이 다 떨어졌으니 형님께서 태부에게 글을 써서 식량 좀 빌려 달라 부탁해 보십시오. 태부가 우리에게 식량을 보내준다면 그래도 해칠 마음은 없는 것 아니겠습니까?"

조상이 즉시 편지를 써서 사람을 시켜 그것을 들려 보내니 사마의는 글을 보고 곧바로 양곡 1백 석을 조상의 집으로 보내 주었다.

조상은 매우 기뻐하며 말하기를: "사마공은 본시 나를 해칠 마음은 없는 것이 분명하구나!"

그러고는 안심하고 있었다. 그런데 그때 사마의는 환관 장당을 옥에 가두어 두고 문초를 하고 있었다.

장당 曰: "저 한 사람만이 아니오. 하안·등양·이승·필궤·정밀 등 다섯 명이 함께 찬역(簒逆)을 모의했소."

이렇게 장당의 자백을 받아놓은 사마의는 하안 등을 모조리 잡아들여 솔직히 자백하라고 심문하니 그들 모두 시인하기를: "3월에 반란을 일으키기로 했습니다."

사마의는 그들 모두를 큰 칼을 씌워 가두어놓았다.

성문을 지키던 장수 사번이 고하기를: "지난번 환범이 거짓 칙서를 만들어 성을 빠져나가면서 태부께서 반역을 도모했다고 말했습니다."

사마의 曰: "반역을 일으켰다고 무고했으면 그것은 반좌죄(反坐罪)[15]에 해당하지 않느냐?"

그러고는 환범 등도 옥에 가두었다. 결국 사마의는 조상 삼 형제를 비롯해 그와 관련된 모든 자들을 저잣거리에서 목을 베고 그들의 삼족까지 몰살시켰으며 그들의 재산과 재물은 모조리 몰수하여 나라의 창고에 넣었다.

이때 조상의 사촌 아우 문숙(文叔)의 처는 하후령의 딸이었다. 그녀는 일찍이 과부가 되어 자식도 없이 홀로 살았다. 그녀의 친정아버지가 그녀를 개가시키려고 하자 그녀는 자신의 귀를 자르며 개가하지 않겠다고 맹세했다. 조상이 참수당하자 그녀의 아버지는 다시 그녀를 개가시키려 하자 이번에는 자신의 코까지 베어 버렸다.

가족들이 놀라고 당황하여 그녀에게 말하기를: "사람이 세상을 살아가는 것은 가냘픈 풀잎 위에 내려앉은 가벼운 티끌과 같거늘 어찌 자신을 이리도 괴롭힌단 말이냐? 더구나 네 시집은 이미 사마씨에게 모조리 도륙당했는데 도대체 누구를 위해 수절하겠다는 말이냐?"

그녀는 울면서 말하기를: "제가 알기로 '어진 사람은 성쇠(盛衰)에 따라 절개를 고치지 않고, 의로운 사람은 존망(存亡)에 따라 마음을 고쳐먹지 않는다.'라고 했습니다. 조씨가 성할 때도 저는 절개를 지키고자 했는데 하물며 지금 멸망했다고 어찌 차마 저버리겠습니까? 이는 바로 금수

---

15 남을 무고한 죄에 대한 벌로 무고한 내용과 동일한 벌을 무고한 자에게 가하도록 되어 있는 죄. 역자 주.

의 짓인데 어찌 제가 그런 짓을 하겠습니까!"

그 소식을 들은 사마의는 그녀를 가상히 여겨 그녀에게 양자를 들여 조씨 가문의 후계를 잇게 했다.

후세 사람이 이 일을 두고 지은 시가 있으니:

여린 풀 작은 티끌 이치 달관했건만	弱草微塵盡達觀
하후씨의 딸의 절개 의리 산과 같네	夏侯有女義如山
장부도 이 여인의 절개 미치지 못해	丈夫不及裙釵節
자신의 수염 보며 얼굴에 땀 흘리네	自顧鬚眉亦汗顏

사마의가 조상을 죽인 뒤 태위 장제가 말하기를: "아직 관문을 쳐부수고 나갔던 노지와 신창이 살아 있고, 대장군의 인수를 붙잡고 내놓으려 하지 않았던 양종도 남아 있는데 그들을 내버려 두어서는 안 됩니다."

사마의 曰: "그들 모두는 각자의 주인을 위해서 그렇게 한 것이니 의로운 사람들이 아니겠느냐?"

사마의는 그들에게 모두 이전의 관직을 회복시켜 주었다.

신창이 감탄하며 말하기를: "내 만약 누이에게 물어보지 않았더라면 대의를 잃을 뻔했구나!"

후세 사람이 신헌영을 칭찬하여 지은 시가 있으니:

신하로서 녹 먹었으면 응당 갚아야 하고	爲臣食祿當思報
섬기던 주인 위험하면 충성 다해야 하지	事主臨危合盡忠
신씨 헌영은 그 동생을 이렇게 권했기에	辛氏憲英曾勸弟
천년 후에도 고상한 풍모로 칭송을 받네	故令千載頌高風

신창 등을 모두 용서해준 사마의는 또 방문(榜文)을 내걸어 조상의 문하에 있던 모든 사람들은 살려줄 것이며 관직에 있던 사람들은 모두 복직시키겠다고 알렸다. 이로써 군사와 백성들은 자신의 생업에 종사하며 안팎으로 모두 안정을 되찾았다. 다만 하안과 등양 두 사람은 제 명대로 살지 못하고 죽고 말았으니 과연 지난날 관로가 말한 그대로였다.

후세 사람이 관로를 칭찬해 지은 시가 있으니:

성현에게 신묘한 비결을 전수받은	傳得聖賢眞妙訣
평원땅 관로의 관상술 귀신같구나	平原管輅相通神
하안 등양을 귀유 및 귀조로 나눠	鬼幽鬼躁分何鄧
죽기 전에 이미 죽은 자로 여겼네	未喪先知是死人

한편 위주 조방은 사마의를 승상으로 봉하고 그에게 구석(九錫)을 내렸다. 사마의는 굳이 사양하며 받으려 하지 않았지만 조방은 이를 윤허하지 않고 그들 부자 세 사람이 함께 국사를 돌보게 했다.

사마의가 문득 생각이 나기를: "비록 조상의 온 집안은 몰살되었지만, 아직 하후현(夏侯玄)이 옹주 등 여러 곳을 지키고 있다. 그는 조상과 친족이니 만약 그가 급히 난을 일으킨다면 어찌 막을 것인가? 반드시 처리해야 한다."

그는 즉시 조서를 내려 사자를 옹주로 보내 정서장군 하후현에게 급히 의논할 일이 있다는 구실로 낙양으로 올라오도록 했다. 그 소식을 들은 하후현의 숙부 하후패(夏侯覇)는 깜짝 놀라 휘하에 있던 군사 3천 명을 이끌고 반란을 일으켰다. 그러자 옹주 자사 곽회가 즉시 그를 진압하기 위해 군사를 거느리고 하후패와 싸우러 갔다.

곽회가 말을 타고 나가 큰 소리로 꾸짖기를: "너는 대위(大魏)의 황족으로서 천자께서 너를 홀대하지 않았거늘 어찌하여 반란을 일으켰느냐?"

하후패 역시 맞받아치기를: "내 조부는 나라에 많은 공을 세우셨다. 그런데 지금 사마의 같은 하찮은 필부 놈이 나의 형 조상의 종족을 멸하고 그것도 모자라 나까지 잡으러 온 것은 머지않아 틀림없이 황제의 자리까지 빼앗겠다는 것이 아니면 무엇이겠느냐? 나는 의를 지키기 위해 역적을 토벌하려는데 네 어찌 반란이라고 하느냐?"

곽회가 매우 화를 내며 창을 꼬나들고 말을 휘몰아 하후패에게 달려들었다. 하후패 역시 칼을 휘두르며 말을 달려 그를 맞아 싸웠다. 10합도 겨루기 전에 곽회가 패하여 달아나자 하후패가 그 뒤를 추격하는데 갑자기 하후패의 후군에서 함성이 들려왔다. 하후패가 무슨 일인지 급히 말머리를 돌려보니 진태가 군사를 이끌고 후미를 공격하고 있었고, 달아나던 곽회도 말머리를 돌려 앞뒤에서 협공해 왔다.

하후패는 크게 패하여 군사를 절반이나 잃고 말았다. 아무리 생각해도 계책이 떠오르지 않은 하후패는 촉의 후주에게 투항하기 위해 한중으로 향했다.

누군가 이 사실을 강유에게 보고했으나 강유는 선뜻 믿기지 않아 사람을 보내 자세한 상황을 파악한 뒤에 비로소 성 안으로 들여보냈다. 강유를 뵌 하후패는 인사를 마치자 울면서 지난 일을 아뢰었다.

강유 曰: "옛날 미자(微子)[16]는 주나라로 가서 마침내 이름을 만고에 떨치지 않았습니까? 공께서 한(漢) 황실을 바로잡아 일으킬 수 있다면 옛 사람들에게 부끄럽지 않은 인물이 될 것입니다."

---

16 미자는 은(殷)나라 왕 제을(帝乙)의 장자였으나 첩의 자식으로 왕이 되지 못하고 주(紂)가 왕이 됨. 주왕(紂王)이 포악한 짓을 하여 여러 차례 간했지만 듣지 않자 주(周)나라로 떠나, 후에 송(宋)나라 개국 왕이 됨. 역자 주.

그리고 연회를 베풀어 그를 대접했다.

강유는 술자리에서 그에게 묻기를: "지금 사마의 부자가 권력을 독차지하고 있는데 혹시 우리 촉을 넘보는 것은 아닐까요?"

하후패 曰: "늙은 역적 놈이 이제 막 역모를 꾀하다 보니 바깥일에는 신경 쓸 겨를이 없을 것입니다. 하지만 위나라에는 지금 새로운 인물 두 사람이 있는데 지금은 비록 나이가 어리지만, 이들이 만약 군사를 거느리게 된다면 실로 동오나 촉에게는 큰 우환이 될 것입니다."

강유가 묻기를: "그 두 사람은 누구요?"

하후패 曰: "한 사람은 지금 비서랑(秘書郎)으로 있는 종회(鍾會)라는 자입니다. 그는 영천(穎川) 장사(長社) 출신으로 자는 사계(士季)라 하는데, 태부 종요(鍾繇)의 아들로 어려서부터 담력과 지모가 있었습니다. 종요가 일찍이 아들 형제를 데리고 문제(文帝: 조비)를 뵌 적이 있는데 그때 종회는 일곱 살, 그의 형 육(毓)은 여덟 살이었지요. 그때 황제를 뵌 형 종육은 너무나 두려운 나머지 얼굴이 온통 식은땀으로 범벅이 되어 황제께서 왜 그런지 물으니 종육은 '불안하고 무서워 땀이 물 흐르는 듯하옵니다(戰戰惶惶).'라고 대답했습니다. 황제가 이번에는 종회에게 '너는 어찌하여 땀을 흘리지 않는 것이냐?'하고 묻자 종회는 대답하기를 '무서워서 벌벌 떠느라 감히 땀조차 나지 않사옵니다(戰戰慄慄).'라고 대답했습니다. 그러자 황제는 특별히 종회를 기특하게 여겼다고 합니다.

그후 종회는 자라면서 병서 읽기를 좋아하고 도략(韜略)에 밝아 사마의와 장제가 그 재주를 기이하게 여기고 있답니다.

또 한 사람은 현재 연리(椽吏)로 있는 의양(義陽) 사람 등애(鄧艾)로 자는 사재(士載)라고 합니다. 그는 어릴 적 부친을 잃었는데, 평소 큰 뜻을 품고 높은 산이나 큰 연못을 보면 그곳의 지형을 살피며, 손가락으로 구체적인 장소를 가리키며 군사를 주둔시킬 장소며 군량을 쌓아 놓을 장소, 그리고 군사를 매복시킬 만한 장소 등을 지적하곤 했답니다.

사람들은 모두 그를 비웃었지만, 사마의만은 그의 재주를 기이하게 여겨 마침내 그를 군사 기밀 회의까지 참여시켰습니다.

등애는 본래 말을 더듬어 무슨 일을 아뢸 때마다 '애, 애.' 하니 사마의가 농담으로 그에게 '경은 말할 때마다 애애(艾艾)하니 대체 이곳에 애(등애)가 몇 명이나 있는가?' 하자 그 말이 떨어지기 무섭게 등애가 대답하기를 '사람들은 봉이여, 봉이여,(鳳兮鳳兮) 하지만 실은 봉(鳳)은 한 마리뿐입니다.'라고 대답했다고 합니다. 그의 재주와 민첩함이 이러합니다. 이 두 사람은 아주 두려워할 만합니다."

강유가 웃으며 말하기를: "그까짓 어린애들을 두려워할 게 뭐 있겠소?"

강유는 하후패를 데리고 성도로 가서 후주를 뵙고 아뢰기를: "사마의가 조상을 모살하고 또 하후패마저 속여 잡으려고 하자 하후패가 우리에게 투항했습니다. 지금 사마의 부자가 권력을 장악하고 있고 조방은 나약하니 위는 장차 위태로워질 것입니다. 신은 한중에 여러 해 있으면서 그간 군사를 훈련시키며 군량도 넉넉히 비축했사옵니다. 신은 이제 군사를 거느리고 하후패를 향도관으로 삼아 중원을 되찾고 한 황실을 중흥시켜 폐하의 은혜에 보답하고 승상의 뜻을 마무리하고자 합니다."

상서령 비의(費禕)가 간하기를: "근래에 장완과 동윤이 모두 세상을 떠나 안으로 나라를 다스릴 사람이 없습니다. 백약(伯約: 강유)은 때를 기다려야지 가벼이 움직여서는 아니 됩니다."

강유 曰: "그렇지 않습니다. 인생은 흰말이 빠르게 내달리는 것을 문틈으로 슬쩍 보는 것(白駒過隙)처럼 빨리 지나가는데, 이처럼 세월을 보내다가 언제 중원을 회복하겠습니까?"

비의가 다시 말하기를: "손자가 이르기를, '상대를 알고 자신을 알면

백 번 싸워 백 번 이긴다(知彼知己, 百戰百勝).'라고 하지 않았소? 승상께서
도 중원을 회복하지 못하셨거늘, 우리는 승상보다 한참 부족한데, 우리
가 어찌 중원을 회복할 수 있단 말이오?"

강유 曰: "나는 농상(隴上)에 오랫동안 있었으니 강인들의 마음을 누
구보다 잘 알고 있소. 지금 만약 강인들과 손을 잡고 그들의 지원을 받으
면 비록 중원을 되찾지는 못할지라도 농 서쪽의 땅은 차지할 수 있을 것
이오."

후주 曰: "경이 기왕에 위를 정벌하고자 하면 온 힘을 다해 충성하시
오. 군사들의 사기가 꺾여 짐의 명령을 저버리는 일이 없도록 하시오."

이리하여 강유는 칙명을 받들고 조정에 하직 인사를 한 다음 하후패
와 함께 곧바로 한중으로 돌아와 군사를 일으킬 계획을 의논했다.

강유 曰: "먼저 강인들에게 사자를 보내 동맹을 맺고 그 다음 서평(西
平)으로 나아갑시다. 옹주 근처에 이르면 먼저 국산(麴山) 아래에 성을 두
개 쌓아 놓고 군사들로 하여금 그곳을 지키게 하여 의각지세(犄角之勢)를
이루어야 합니다. 그리고 식량과 마초는 모두 서천 어귀로 보내 승상이
예전에 했던 방식대로 차례로 군사를 진군시키면 됩니다."

이해 가을 8월, 강유가 촉군 장수 구안(句安)과 이흠(李歆)으로 하여금
함께 군사 1만 5천 명을 이끌고 국산으로 가서 성을 두 개 쌓아 구안은
동쪽 성을, 이흠은 서쪽 성을 각각 지키게 했다.

이런 소식은 일찌감치 정탐꾼에 의해 옹주자사 곽회에게 보고되었다.
곽회는 이 사실을 낙양에 보고하는 한편 부장 진태를 시켜 군사 5만 명
을 이끌고 가서 촉군과 싸우도록 했다.

구안과 이흠은 각각 군사를 이끌고 나와 진태와 맞서 싸웠지만, 군사
의 수가 적어 막아내지 못하고 물러나 성 안으로 들어갔다. 진태는 성의

사방을 에워싸고 공격하는 한편 한중으로부터 오는 식량 보급로를 끊으니 구안과 이흠은 성 안의 양식이 부족하게 되었다.

군사를 직접 이끌고 와서 지세를 살펴본 곽회는 매우 기뻐하면서 영채로 돌아가 진태와 상의하기를: "이 성은 산세가 높은 언덕에 있어 틀림없이 물이 부족할 것이니 물을 얻기 위해서는 성 밖으로 나와야 할 것이다. 만약 그 상류를 막아 버리면 촉군들은 물이 없어 죽음을 면치 못할 것이다."

그러고는 군사를 시켜 흙을 파서 둑을 쌓아 상류를 막아 버렸다. 과연 성 안에는 마실 물조차 없어졌다. 이흠이 물을 얻기 위해 군사를 이끌고 성을 나오자 옹주의 군사들이 그들을 에워쌌다. 이흠은 죽기로 싸웠지만 적을 뚫고 나갈 수가 없어 다시 성 안으로 들어가고 말았다.

구안의 성 안에도 물이 없기는 마찬가지였다. 구안은 군사를 이끌고 성을 나와 이흠의 군사와 합세하여 함께 위군을 맞아 한참을 크게 싸웠지만, 또 패하고 성 안으로 들어갔다. 군사들은 물을 마시지 못해 목이 타서 죽을 지경이었다.

구안이 이흠에게 말하기를: "강 도독의 군사들이 아직도 오지 않으니 무슨 일인지 모르겠소."

이흠 曰: "내가 죽기를 각오하고 성을 나가 도움을 청해보겠소."

이흠은 기병 수십 명만 데리고 성문을 열고 뛰쳐나갔다. 그러자 옹주의 군사들이 그들을 에워쌌다. 이흠은 사생결단하고 좌충우돌하며 가까스로 포위망을 벗어났지만 데리고 나온 군사들은 모두 죽고 혼자만 남았으며 자신도 온몸에 큰 상처를 입고 말았다.

다행히 이날 밤 북풍이 크게 불면서 먹구름이 온 하늘을 뒤덮더니 큰 눈이 내렸다. 성 안의 군사들은 눈을 녹여 밥을 지어 먹었다.

겹겹의 포위를 뚫고 탈출하느라 온몸에 상처를 입은 이흠은 서산의 샛길로 이틀을 달려 마침 마주 오던 강유의 군사를 만났다. 이흠은 말에서 내려 땅에 엎드려 아뢰기를: "국산의 두 성은 위군들에게 포위되어 물길이 끊어졌습니다. 다행히 엊그제 큰 눈이 내려 눈을 녹여 겨우 버티고 있는데 형세가 매우 위급합니다."

강유 曰: "나도 빨리 오고 싶었지만, 강병들이 제때 모이지 않아 이렇게 늦고 말았네."

그러고는 군사를 시켜 이흠을 서천으로 보내 상처를 치료하게 했다.

강유가 하후패에게 묻기를: "강병은 아직 오지 않고 국산의 두 성은 위군에게 완전히 포위되어 형세가 매우 위급한데 장군은 어찌하면 좋겠소?"

하후패 曰: "지금 강병들이 오기를 기다리다가는 두 성이 모두 함락되고 말 것입니다. 내 생각에 옹주의 군사들은 모두 다 국산에 와 있어 옹주성은 틀림없이 텅 비어 있을 것입니다. 장군은 군사를 이끌고 곧바로 우두산(牛頭山)으로 질러가서 옹주성의 뒤를 치십시오. 그러면 곽회와 진태는 옹주를 구하기 위해 군사를 돌릴 것이니 국산의 포위는 저절로 풀리게 됩니다."

강유는 매우 기뻐하며 말하기를: "그 계책이 바로 최선책이오!"

강유는 곧바로 군사를 이끌고 우두산으로 갔다.

한편 진태는 이흠이 성을 빠져나간 것을 알고 곽회에게 말하기를: "이흠이 만약 강유에게 위급함을 알린다면 강유는 우리 대군이 모두 국산에 와 있음을 알고 틀림없이 우두산으로 질러가서 우리의 뒤를 습격하려 할 것이오. 장군은 한 무리의 군사를 이끌고 가서 조수(洮水)를 취하여 촉군의 식량 보급로를 차단하시오. 나는 군사를 절반으로 나누어 곧바로 우두산으로 가서 그들을 공격하겠습니다. 저들이 만약 양곡 보급로가 끊긴 것을 알면 틀림없이 스스로 물러날 것입니다."

곽회는 그의 말에 따라 군사를 이끌고 은밀히 조수를 취하러 갔다.

진태는 한 무리의 군사를 이끌고 우두산으로 갔다.

한편 강유가 군사를 거느리고 우두산에 이르자 갑자기 선두 부대에서 함성이 일면서 위군들이 앞길을 막고 있다는 보고가 들어왔다. 강유가 황급히 말을 몰아 직접 군사들 앞으로 나가 살펴보니 진태가 큰 소리로 호통치며 말하기를: "네가 우리 옹주를 습격하러 올 줄 알고 내 미리 이곳에 와서 기다리고 있느니라!"

몹시 화가 난 강유는 창을 꼬나들고 말을 달려 곧바로 진태에게 덤벼들었다. 진태가 칼을 휘두르며 맞아 싸웠다. 그러나 3합도 싸우지 않아 진태는 패하여 달아났다. 강유가 군사를 휘몰아 쳐들어가니 옹주의 군사들은 산 위로 물러가서 진을 쳤다. 강유는 군사를 거두어 산 아래 영채를 세우고 날마다 군사를 시켜 싸움을 걸도록 했지만 승부를 가릴 수 없었다.

하후패가 강유에게 말하기를: "이곳은 오래 머무를 곳이 못 됩니다. 며칠째 싸우지만, 승부가 나지 않는 것은 우리 군사를 유인하는 계책으로 틀림없이 저들이 다른 수작을 꾸미고 있을 것입니다. 차라리 잠시 물러나서 다른 방도를 찾아보는 것이 좋을 것 같습니다."

이런 말을 하고 있을 때 갑자기 보고가 들어오기를 곽회가 군사를 이끌고 가서 조수를 취하고 식량 보급로를 끊어 버렸다고 했다.

몹시 놀란 강유는 급히 하후패에게 먼저 물러가도록 한 다음 자신은 직접 뒤에서 적의 추격을 막기로 했다. 강유가 물러가는 것을 본 진태는 군사를 다섯 방면으로 나누어 강유를 추격해 왔다. 그들을 모두 감당할 수 없는 강유는 다섯 방면이 한곳으로 모이는 길목, 즉 오로총구(五路總口)을 차지하고 그들을 한꺼번에 막고 나섰다. 그러자 진태는 군사를 이끌고 산 위로 올라가 돌과 화살을 비 오듯 쏟아부었다.

강유가 급히 군사를 물리어 조수에 이르니 이번에는 곽회가 군사를 이

끌고 쳐들어왔다. 강유는 군사를 이끌고 이쪽저쪽을 왔다 갔다 하며 좌충우돌했다. 그러나 위군들은 가는 곳마다 철통같이 막았다. 강유는 필사적으로 싸워 가까스로 탈출하였지만, 군사를 태반이나 잃고 말았다.

간신히 빠져나온 강유가 나는 듯이 양평관(陽平關)으로 말을 달렸다. 그런데 앞에 또 한 무리의 군사가 몰려오는 것이 아닌가! 선두에 선 대장이 칼을 비껴들고 말을 달려 나오는데 그 생김새를 보니 둥근 얼굴에 귀가 크고 네모난 입에 입술은 두툼했다. 왼쪽 눈 아래에 검은 혹이 달려 있고 그 혹 위에는 검은 털이 수십 개 나 있었다. 그는 바로 사마의의 장자 표기장군 사마사였다.

강유가 몹시 화를 내며 말하기를: "어린놈이 어찌 감히 나의 돌아가는 길을 막는 것이냐!"

강유가 창을 꼬나들고 말에 박차를 가하여 사마사를 향해 찔러 갔다. 사마사가 칼을 휘두르며 창을 막았다. 그러나 단 3합 만에 강유는 사마사를 물리치고 몸을 빼내서 양평관으로 달려갔다. 성 위의 군사들이 강유를 보고 얼른 성문을 열어 강유를 들어오게 했다. 사마사가 군사를 이끌고 양평관을 빼앗으러 달려왔다.

바로 그때 양쪽에서 매복하고 있던 궁노수들이 일제히 화살을 발사했다. 이들이 쏜 쇠뇌는 한 번에 화살 10대가 동시에 날아갔는데 바로 무후가 임종시 강유에게 일러준 '연노법(連弩法)'이었다.

이야말로:

이날 전군이 패해 버티기 어려웠는데	難支此日三軍敗
그때에 전수받은 연노법 덕을 보았네	獨賴當年十矢傳

사마사의 목숨이 어찌 될지 궁금하거든 다음 회를 기대하시라.

제 108 회

정봉은 눈 속에서 짧은 칼 들고 싸우고
손준은 연회석에서 비밀 계책 시행하다
丁奉雪中奮短兵
孫峻席間施密計

강유가 양평관을 향해 말을 달리는데 낙양에 있
어야 할 사마사가 갑자기 군사를 이끌고 나타나 앞길
을 막았는데 사실은 이렇다. 강유가 옹주를 공격하자
곽회는 그 소식을 급히 조정에 보고했다. 위주 조예는 그 일을 사마의와
상의했고 사마의는 자신의 큰아들 사마사에게 군사 5만 명을 주면서 옹
주로 가서 싸움을 돕도록 한 것이다.

옹주로 가던 사마사는 곽회가 이미 촉군을 물리쳤다는 소식을 듣고
적군의 세력이 많이 약해졌을 것이라 짐작하고 중도에서 공격하려 한 것
으로 곧바로 양평관까지 추격한 것이다. 이때 강유는 무후가 전수해준
연노법을 써서 화살촉에 독약을 바른 화살 열 개를 동시에 쏘아대는 쇠
뇌 1백여 개를 양쪽에 몰래 설치해 놓고 일제히 쏘아대니 사마사의 선두
부대는 화살에 맞아 죽은 군사와 말들이 부지기수였다. 사마사는 혼전
중에 겨우 목숨을 구해 달아났다.

한편 국산성 안에서 구원병이 오기만 기다리던 촉장 구안은 더 이상
버티지 못하고 성문을 열고 위에 항복했다. 결국 강유는 이 싸움에서 군

사 수만 명을 잃고 패잔병을 수습하여 한중으로 회군했다. 사마사 역시 낙양으로 돌아갔다.

가평(嘉平) 3년(서기 251년) 가을 8월에 이르자 병에 걸린 사마의의 병세가 점점 위중해지자 두 아들을 침상 앞으로 불러 당부하기를: "내가 지금까지 위를 섬겨 이제 벼슬이 태부(太夫)에 이르렀으니 신하로서는 최고의 지위에 오른 것이다. 사람들은 모두 내가 다른 뜻을 품고 있다고 의심하니 나는 늘 두렵고 불안한 마음으로 살아왔다. 내가 죽더라도 너희 둘은 나라의 정사를 잘 돌보되 늘 삼가고 또 삼가야 하느니라!"

이 말을 마지막으로 사마의는 눈을 감았다.

장남 사마사와 차남 사마소가 이 사실을 위주 조방에게 알리니 조방은 후하게 장사 지내게 하고, 많은 재물과 시호를 내렸다. 그리고 사마사를 대장군으로 봉하여 상서의 기밀대사(機密大事)를 맡게 하고 차남인 사마소는 표기장군(驃騎將軍)에 봉했다.

한편 오주(吳主) 손권에게는 일찍이 서(徐) 부인 소생의 태자 손등(孫登)이 있었는데 그가 적오(赤烏) 4년(서기 241년)에 죽자 낭야의 왕(王) 부인 소생의 둘째 아들 손화(孫和)를 태자로 삼았다. 그러나 손화는 전공주(全公主)와 사이가 좋지 않아 공주가 손화 모자를 참소하여 손권은 태자를 폐해 버리자, 손화는 이 일로 화병이 생겨 죽고 말았다.

손권이 다시 그의 셋째 아들 손량(孫亮)을 태자로 삼았으니 그는 반(潘) 부인 소생이었다. 이때는 육손이나 제갈근 등이 모두 세상을 뜬 뒤라 나라의 크고 작은 모든 일들은 제갈각(諸葛恪)이 도맡아 처리했다.

태원(太元) 원년(서기 251년) 가을 8월 초하루, 갑자기 큰 바람이 일면서 강물이 불어나고 바다의 파도가 넘쳐 평지에도 물이 여덟 자나 고였다.

오주의 선릉(先陵)에 심어놓은 소나무와 잣나무들이 뿌리째 뽑히더니 바람에 날려가 건업성(建業城) 남문 밖 길 위에 거꾸로 처박혔다. 손권은 이 일로 어찌나 놀랐던지 그만 병이 들고 말았다.

그 이듬해 4월 손권의 병세가 더욱 위중해지자, 태부 제갈각과 대사마 여대(呂岱)를 침상 앞에 불러 후사를 부탁하고 숨을 거두었으니, 이때 그의 나이 71세로 그가 제위에 오른 지 24년 되던 해였으며 촉한 연희(延熙) 15년(서기 252년)에 해당한다.

후세 사람이 그의 죽음을 애도해 지은 시가 있으니:

붉은 수염 푸른 눈의 영웅이라 불리면서	紫髥碧眼號英雄
신하들에게 기꺼이 충성하도록 만들었네	能使臣僚肯盡忠
제위한 24년 동안 큰 업적을 이루었으니	二十四年興大業
용호가 버티고 앉은 듯 강동에 웅거했네	龍盤虎踞在江東

손권이 세상을 뜨자 제갈각은 손량을 황제로 세우고 천하에 대사면령을 내렸다. 그리고 연호를 건흥(建興) 원년(서기 252년)으로 고쳤다. 손권에게 대황제(大皇帝)라는 시호를 바치고 장릉(蔣陵)에 모셨다.

이 소식은 이미 정탐꾼에 의에 낙양에 보고되었다. 손권이 죽었다는 소식을 들은 사마사는 즉시 군사를 일으켜 동오를 정벌할 일을 논의했다.

상서(尙書) 부하(傅嘏)가 말하기를: "동오에는 장강이라는 천연 요새가 있어 선제께서도 누차 정벌에 나섰지만 결국 뜻을 이루지 못했습니다. 각자 변방을 지키는 것이 상책입니다."

사마사 曰: "천도(天道)는 30년에 한 번씩 변하는 법이오. 어찌 솥의 세 발처럼 천하가 갈라져 대치만 하고 있을 수 있겠소. 나는 동오를 치려고 하오."

소마소 曰: "이제 손권도 죽고 없고 손량은 나이도 어리고 나약하니 바로 지금이 그들을 칠 기회입니다."

사마사는 마침내 동오의 정벌에 나섰다.

정남(征南) 대장군 왕창(王昶)으로 하여금 10만 대군을 거느리고 남군(南郡)을 치게 했다. 정동(征東) 장군 호준은 10만 대군을 거느리고 동흥(東興)을 치게 하고, 진남(鎭南) 도독 관구검(冊丘儉)에게도 10만 대군을 주며 무창(武昌)을 치게 하니, 세 방면으로 동시에 진격한 것이다. 그리고 아우 사마소를 대도독으로 삼아 세 방면의 군사를 총지휘하게 했다.

그해 겨울 12월, 사마소는 동오의 경계에 이르러 군사를 주둔시켜 놓고 왕창·호준·관구검을 막사 안으로 불러 계책을 논의하며 말하기를: "동오의 가장 중요한 요충지는 동흥이오. 지금 저들은 그곳에 큰 둑을 쌓아 놓고 좌우에도 두 개의 성을 쌓아 소호(巢湖) 뒤쪽의 공격에 대비하고 있으니 여러분들은 각별히 조심해야 하오."

그러고는 왕창과 관구검에게 각기 군사 1만 명씩을 이끌고 가서 좌우로 벌려 있으라고 지시하며 말하기를: "당분간 나아가지 말고 동흥을 취할 때까지 기다렸다가 일제히 진군하시오."

왕창과 관구검이 영을 받고 떠났다.

사마소는 또 호준에게 선봉을 맡기며 세 방면의 군사를 전부 거느리고 나아가라고 하면서 말하기를: "먼저 부교(浮橋)를 설치하여 동흥의 큰 제방부터 취하시오. 만약 좌우의 두 성까지 빼앗는다면 아주 큰 전공이 될 것이오."

호준은 군사를 거느리고 부교를 설치하러 갔다.

한편 동오의 태부 제갈각은 위군이 세 방면으로 나뉘어 쳐들어온다는 말을 듣고 여러 장수를 불러 모아 상의했다.

평북장군 정봉(丁奉)이 말하기를: "동흥은 동오의 가장 중요한 요충지입니다. 만약 그곳을 잃게 되면 남군과 무창도 위험해집니다."

제갈각 曰: "나도 그렇게 생각하고 있소. 공은 곧바로 수군 3천 명을 이끌고 강을 따라 나아가시오. 내 이어서 여거(如據)·당자(唐咨)·유찬(留贊)으로 하여금 각각 1만 명의 보군을 이끌고 세 방면으로 나누어 지원하러 가도록 하겠소. 연주포(連珠砲) 소리가 들리면 일제히 진격하시오. 나는 직접 대군을 이끌고 뒤를 따를 것이오."

명을 받은 정봉은 즉시 수병 3천 명을 30척의 배에 나누어 태우고 동흥을 향해 출발했다.

한편 호준은 부교를 설치하고 강을 건너가서 군사를 제방에 주둔시키고 환가(桓嘉)와 한종(韓綜)을 내보내 두 성을 공격하도록 했다. 왼쪽의 성은 동오의 장수 전단(全端)이, 오른쪽 성은 유략(留略)이 지키고 있었다.

이 두 성은 높고 험준할 뿐만 아니라 견고하여 쉽게 함락시키기 어려웠다. 전단과 유략 두 장수는 위군의 기세가 큰 것을 보고 감히 나와 싸울 생각을 하지 못하고 그저 단단히 지키려고만 했다.

호준은 서당에 영채를 세웠다. 때는 마침 엄동설한에 하늘에서 함박눈까지 쏟아지고 있었다. 눈이 내리자 호준은 여러 장수들과 더불어 잔치를 크게 벌여 놓고 술을 마시고 있었다. 그때 갑자기 물 위로 전선이 30여 척 오고 있다는 보고를 받았다. 호준이 영채를 나가서 자세히 살펴보니 배들이 강기슭에 곧 정박하려는데 배마다 1백여 명씩 타고 있었다. 막사로 돌아온 호준이 장수들에게 말하기를: "기껏해야 3천 명 정도인데 겁낼 게 뭐 있나!"

그러고는 부하 장수들에게 잘 감시하라고 명하고는 계속 술을 마셨다.

정봉은 강위에 배를 일(一)자로 늘여 세우고 부하 장수들에게 말하기를: "대장부로서 공명을 세우고 부귀를 얻을 수 있는 기회는 바로 오늘이다!"

그러고는 모든 군사들에게 갑옷과 투구를 벗어 던지고 긴 창과 화극도 사용하지 말고 단지 단도(短刀)만 지니게 했다. 그것을 본 위군들은 그저 비웃기만 하며 아무런 대비를 하지 않았다.

그때 갑자기 연주포가 세 발 울렸다. 그러자 정봉이 손에 단검을 잡고 선두에 서서 강기슭으로 뛰어 올라왔다. 그러자 모든 군사들이 단도를 뽑아들고 정봉을 따라 강기슭으로 올라와 그대로 위군의 영채로 쳐들어갔다. 순간적으로 벌어진 일이라 위군들은 미처 손쓸 틈조차 없었다.

한종이 급히 막사 안에 있던 큰 화극을 뽑아 들고 맞서려는데 정봉이 잽싸게 화극의 자루를 낚아채면서 단도로 내리찍으니 그는 땅바닥에 쓰러지고 말았다.

환가가 왼쪽에서 돌아 나와 급히 창을 들고 정봉을 향해 찔렀다. 정봉이 슬쩍 피하면서 창 자루를 잡아 겨드랑이에 끼고 놓아주지 않자 환가는 창을 버리고 달아났다. 정봉이 달아나는 환가를 향해 단도를 던지니 그의 왼편 어깨에 정통으로 박히면서 뒤로 벌렁 나자빠졌다. 정봉이 쫓아가서 빼앗은 창으로 찔러 죽였다.

3천 명의 동오의 군사들은 영채 안에서 좌충우돌하며 위군을 무찔렀다. 호준은 황급히 말에 올라 길을 열어 달아났다. 위군들도 일제히 부교로 달아났으나 부교는 이미 끊어져 있었다. 태반은 물에 빠져 죽었고 눈 위에 쓰러져 죽은 자도 부지기수였다. 그곳에 있던 수레와 말 및 병장기 등은 모두 동오의 군사들이 거두어 갔다. 사마소와 왕창·관구검은 동흥의 군사가 패했다는 소식을 듣고 즉시 군사를 재촉해 물러가고 말았다.

한편 제갈각은 군사를 이끌고 동흥에 이르러 승리를 거둔 정봉의 군

사들에게 큰 상을 내려 위로한 다음 여러 장수를 모아 놓고 말하기를:
"사마소가 싸움에 패하고 북으로 물러갔으니 지금이 중원을 취할 수 있
는 절호의 기회다."

제갈각은 즉시 사람을 보내 서신을 가지고 서측으로 들어가 강유에게
군사를 일으켜 북쪽을 치도록 청하고 위를 멸망시킨 뒤 천하를 절반씩
나누자고 약속하는 한편 20만 군사를 거느리고 중원 정벌에 나섰다.

대군이 막 출발하려고 할 때 느닷없이 땅에서 흰 기운이 일어나 전군
의 시야를 가리는데 서로 마주보고 있는 군사의 얼굴조차 보이지 않을
정도였다.

장연 曰: "이 기운은 바로 백홍(白虹: 흰 무지개)으로 군사를 잃을 징조입
니다. 태부께서는 속히 회군하십시오. 위를 정벌하는 것은 불가합니다."

제갈각이 버럭 화를 내며 말하기를: "네 어찌 불길한 말로 우리 군사
들의 사기를 꺾으려 하느냐!"

그러고는 무사에게 그의 목을 치라고 호령했다. 장수들이 모두 사정
하니 목숨은 살려 주되 모든 관직을 박탈하여 서민으로 강등시키고 군
사를 재촉하여 진군했다.

정봉 曰: "신성이 위에서는 가장 요충지이니 만약 그 성만 먼저 취한
다면 사마사의 간담이 서늘해질 것입니다."

제갈각은 매우 기뻐하며 즉시 군사를 재촉하여 신성으로 달려갔다.
신성을 지키던 아문장군(牙門將軍) 장특(張特)은 동오의 대군이 쳐들어오
는 것을 보고 성문을 굳게 닫고 수비 태세를 갖추었다. 제갈각은 군사들
에게 성을 사방으로 에워싸게 했다.

정탐꾼이 이런 사실을 급히 낙양에 보고했다.

주부(主簿) 우송(虞松)이 사마사에게 고하기를: "지금 제갈각이 신성을
포위하고 있지만 당분간 저들과 직접 싸우면 안 됩니다. 동오의 군사들

은 멀리서 온데다 그 수는 많고 군량은 적어 군량이 떨어지면 스스로 물러갈 것입니다. 저들이 물러갈 때를 기다려 공격한다면 틀림없이 대승을 거둘 수 있습니다. 다만 촉군이 침범해올 경우를 대비해야만 합니다.”

사마사는 그의 말에 따라 사마소에게 한 무리의 군사를 이끌고 곽회를 도와 강유의 침략을 막도록 하는 한편 관구검과 호준에게 동오의 군사를 막도록 했다.

한편 제갈각은 몇 달 동안 신성을 공격했지만 함락시키지 못하자 마침내 여러 장수들에게 명령하기를: “모든 장수들이 힘을 합쳐 성을 공격하라. 만일 태만히 하는 자는 그 자리에서 목을 벨 것이다!”

이리하여 모든 장수들이 죽을힘을 다해 성을 공격하니 마침내 성의 동북쪽 모퉁이가 무너지기 시작했다. 이에 성을 지키던 장특은 한 가지 계책을 써서 언변이 좋은 군사 하나를 골라 백성들의 호적부와 군사들의 명부를 가지고 동오의 영채로 보내 제갈각에게 아뢰게 하기를: “위나라에는 적군에게 성이 포위되어 성을 지키는 장수가 1백일 동안 지키는 동안 구원병이 도착하지 않아 성을 나가 적에게 항복하는 경우 그 가족들에게는 죄를 묻지 않는다는 법이 있습니다. 지금 장군께서 성을 포위하고 공격을 하신 지 90여 일이 지났습니다. 며칠만 더 기다려 주시면 저의 장군께서 모든 군사와 백성을 이끌고 성을 나와 투항하겠다고 하셨습니다. 그래서 먼저 백성들의 호적부와 군사 명부를 바치옵니다.”

제갈각은 그 말을 믿고 일단 군사를 거두고 공격을 하지 않았다. 실은 장특은 완병지계(緩兵之計)를 써서 제갈각의 공격을 잠시 멈추게 하고 그동안 성 안의 집을 헐어 무너진 성벽을 보수하고 군의 모든 장비를 재정비했다.

그런 다음 장특은 성 위로 올라가서 큰 소리로 꾸짖기를: “우리 성 안에는 아직도 반년은 족히 버틸 수 있는 군량이 있거늘, 어찌 동오의 개에게 항복하겠느냐? 할 테면 어디 실컷 공격해 보거라!"

화가 머리끝까지 치민 제갈각이 군사들을 재촉하여 다시 공격을 시작했다. 성 위에서는 화살을 비 오듯 쏘아댔다. 제갈각은 이마에 화살 한 발을 정통으로 맞고 몸을 뒤집으며 말에서 굴러떨어졌다. 여러 장수들이 그를 구하여 영채로 돌아가 살펴보니 상처가 매우 깊었다. 군사들은 전의를 상실했고 더구나 날씨는 찌는 듯이 더워 많은 병사들이 병에 시달렸다.

제갈각은 화살 상처가 어느 정도 회복이 되자 다시 군사를 재촉하여 성을 공격하려고 했다.

영채의 한 관리가 말하기를: "지금 군사들이 모두 병으로 시달리고 있는데 어떻게 싸울 수 있겠습니까?"

제갈각이 매우 화를 내며 말하기를: "다시 아프다는 말을 꺼내는 자는 목을 벨 것이다!"

이 말을 전해 들은 군사들 가운데 달아난 자들이 부지기수였다. 그런데 또 보고가 들어오기를: "도독 채림(蔡林)이 휘하 군사를 이끌고 위(魏)에 투항해 버렸습니다."

깜짝 놀란 제갈각이 직접 말을 타고 각 영채를 돌아보니 과연 군사들의 몰골이 말이 아니었다. 얼굴은 누렇게 뜨고 대부분 아픈 기색이 역력했다. 그는 결국 군사를 거두어 동오로 돌아가는 결정을 내렸다.

이런 소식은 이미 정탐꾼에 의해 관구검에 보고되었다. 관구검이 많은 군사를 일으켜 그 뒤를 추격하여 무찌르자 오군은 크게 패하여 돌아갔다.

제갈각은 부끄러움을 감출 수 없어 화살 상처 치료를 핑계로 조정에 나가지 않았다. 오주 손량이 몸소 그의 집까지 찾아와 병문안을 하니 다른 문무 관료들도 모두 집으로 찾아가 인사를 하지 않을 수 없었다.

　제갈각은 싸움에 패한 책임이 오로지 자신에게 돌아올까 두려워 먼저 관원과 장수들의 과오를 찾아내 죄가 가벼운 자는 변경으로 귀양을 보내고 무겁다고 판단된 자는 가차 없이 목을 베어 여러 사람들이 볼 수 있도록 높이 매달았다. 이를 본 조정 안팎의 관원들 가운데 두려움에 떨지 않은 자가 없었다. 제갈각은 또 자신의 심복인 장약(張約)과 주은(朱恩)에게 어림군을 맡겨 자신의 앞잡이로 삼았다.

　그때까지 어림군을 맡고 있던 사람은 손준(孫峻)이었다. 그는 자를 자원(子遠)이라고 했는데 손견의 아우 손정(孫靜)의 증손이자 손공(孫恭)의 아들이다. 손권이 살아있을 때 그를 매우 아껴 그에게 어림군을 관장하게 했던 것이다.

　그는 자신이 맡고 있던 어림군의 권한을 제갈각이 제멋대로 빼앗아 장약과 주은에게 주자 마음속으로 매우 화가 났다. 태상경(太常卿) 등윤(滕胤)은 평소 제갈각과 사이가 좋지 않았는데 손준과 제갈각의 사이가 벌어진 틈을 타서 손준에게 말하기를: "제갈각은 나라의 모든 권력을 제멋대로 농단하고 함부로 공경대신들을 죽이고 있으니, 딴마음을 품지 않고서야 이럴 수가 없지요. 공은 종친의 한 사람으로 어찌 이를 두고만 보고 계십니까?"

　손준 曰: "나 역시 그런 생각을 한 지 오래요. 지금 당장 천자께 아뢰어 그를 죽이라는 교지를 내려달라고 주청을 올립시다."

　손준과 등윤은 궁으로 들어가 오주 손량을 뵙고 은밀히 이 일을 아뢰었다.

　손량 曰: "짐도 그 사람을 보면 매우 두렵고 겁이 나서 제거하고 싶지만 마땅한 기회가 없었소. 지금 경들도 그리 생각한다면 충성된 마음으로 은밀히 도모해 보시오."

등윤 曰: "폐하께서 연회 자리를 마련하시어 그를 부르시옵소서. 무사들을 은밀히 벽장 속에 숨겨 두었다가 술잔을 던지는 것을 신호로 그 자리에서 그를 죽여 후환을 없애 버리도록 하겠사옵니다."

손량은 그렇게 하기로 했다.

한편 싸움에 패하고 돌아온 제갈각은 병을 핑계로 집에 틀어박혀 있었는데 정신이 늘 혼미해 있었다. 하루는 우연히 중당(中堂)에 나갔다가 문득 상복 차림을 한 사람이 들어오는 것을 보았다. 제갈각이 웬 놈이냐고 꾸짖으며 물으니 그자는 깜짝 놀라며 어찌할 바를 몰랐다. 제갈각이 그를 잡아다가 사실대로 말하라고 심문을 하니, 그 사람이 고하기를: "저는 최근에 부친을 여의고 스님을 청하여 부친의 명복을 빌기 위해서 성 안으로 들어와 이곳이 절인 줄 알고 들어 왔는데 태부의 부중인 줄은 꿈에도 몰랐습니다. 제가 이곳에 어떻게 들어왔을까요?"

제갈각이 화를 내며 대문을 지키는 군사를 불러 물으니 군사들이 고하기를: "저희들 수십 명이 모두 창을 들고 대문을 지키면서 잠시도 떠나지 않았는데 한 사람도 들어오는 것을 보지 못했습니다."

매우 화가 난 제갈각은 그들의 목을 모두 베어 버렸다.

그날 밤 제갈각이 잠자리에 누웠는데 왠지 불안하여 잠을 이룰 수가 없었다. 그때 갑자기 본채의 대청 안에서 벼락치는 듯한 소리가 들렸다. 깜짝 놀라 제갈각이 직접 나가서 보니 중앙의 대들보가 두 동강이 나 있었다. 더욱 불안해진 제갈각이 침실로 돌아오니 갑자기 음산한 한 줄기 바람이 일면서 낮에 죽인 상복 입은 낯선 사람과 군사 수십 명이 모두 자신의 머리를 손에 들고 살려내라고 울부짖는 것이 아닌가! 너무나 놀라 그 자리에서 까무러친 제갈각은 한참 만에야 정신을 차렸다.

다음 날 아침 세수를 하려는데 물에서 피비린내가 코를 찔렀다. 제갈각이 시비를 꾸짖으며 수십 번이나 물을 바꾸었지만 모두 마찬가지였다.

연이어 벌어진 괴이한 일에 이상한 생각을 떨치지 못하고 있는데 갑자기 천자가 보낸 사자가 와서 천자께서 태부를 연회에 초청했다고 알렸다. 제갈각이 수레를 대령하라고 명하여 막 집을 나서려고 하는데 갑자기 누런 개가 나타나 그의 옷자락을 물더니 엉, 엉! 하고 짖는 소리가 마치 사람이 곡(哭)을 하는 것처럼 들렸다.

제갈각이 화를 내며 말하기를: "이놈의 개가 나를 희롱하는 것이냐!"

좌우 사람들에게 개를 쫓아 버리게 하고 수레를 타고 집을 나섰다. 몇 걸음 가지 않아 수레 앞에 한 줄기 흰 무지개가 솟아오르는데 마치 하얀 비단이 하늘 높이 날아오르는 것 같았다. 제갈각에게는 정말 놀랍고 기이한 일의 연속이었다.

그때 심복인 장약이 수레 앞으로 오더니 은밀히 아뢰기를: "오늘 궁중에서 베푸는 연회가 무엇 때문인지 알 수가 없으니 주공께서는 가벼이 들어가지 마십시오."

그 말을 들은 제갈각이 급히 수레를 돌리라고 명했다. 그런데 십여 걸음도 가지 못해 손준과 등윤이 말을 타고 수레 앞에 달려와서 묻기를: "태부께서는 어찌하여 돌아가시는 겁니까?"

제갈각 曰: "내 갑자기 복통이 와서 천자를 뵈올 수 없을 것 같네."

등윤 曰: "조정에서는 태부께서 회군하신 이래 아직 한 번도 직접 뵙고 회포를 풀지 못하여 특별히 연회를 베풀어 태부님을 모시고 나라의 대사를 의논하려는 것입니다. 태부께서는 부디 몸이 불편하시더라도 꼭 참석하셨으면 합니다."

제갈각은 그들의 말에 따라 돌아가려던 마음을 바꾸어 손준·등윤과 함께 궁중으로 들어갔다. 장약 역시 그들을 따라 들어갔다.

제갈각은 오주 손량에게 먼저 가서 예를 올린 다음 자신의 자리에 앉았다. 손량이 제갈각에게 술을 따라 주라고 명하자 제갈각이 내심 의심이 들어 사양하며 말하기를: "몸이 좋지 않아 술을 받을 수가 없사옵니다."

손준 曰: "태부께서는 부중에서 늘 드시는 약주가 있다고 들었는데 그럼 그것을 가져오라고 할까요?"

제갈각 曰: "그게 좋겠습니다."

곧바로 따라온 사람을 보내 집에서 만든 약주를 가져오게 하니 제갈 각은 그제야 마음 놓고 술을 마셨다. 술이 몇 순배 돌자 오주 손량이 일을 핑계로 먼저 자리를 떴다. 손준은 전각에서 내려와 긴 옷을 벗고 짧은 옷으로 갈아입으며 그 안에 갑옷을 입었다. 손에 예리한 칼을 든 손준이 전각 위로 올라가더니 큰 소리로 외치기를: "천자께서 역적을 죽이라는 조서를 내리셨다!"

깜짝 놀란 제갈각이 술잔을 땅에 내던지고 칼을 뽑아 막으려고 했지만 이미 그의 머리는 땅에 떨어져 뒹굴고 있었다. 손준이 제갈각을 베어 죽이는 것을 본 장약이 칼을 휘두르며 달려들었다. 손준이 급히 몸을 피했지만, 장약의 칼끝이 그의 왼손 손가락을 베었다. 손준이 몸을 돌리면서 장약의 오른팔을 내리찍었다. 그 순간 매복해 있던 무사들이 일제히 뛰쳐나와 장약을 베어 넘어뜨리고 난도질하여 고깃덩어리로 만들어 버렸다.

손준은 무사들에게 명하여 제갈각의 가솔들을 모조리 잡아들이라고 하는 한편 장약과 제갈각의 시신을 갈대 자리로 둘둘 말아 작은 수레에 실어 성 남문 밖 석자강(石子崗) 공동묘지의 구덩이에 내다 버리게 했다.

이때 제갈각의 처는 마침 방 안에 있었는데 왠지 마음이 심란하여 안절부절못하고 있었다. 문득 시종 하나가 방 안으로 들어오자 묻기를: "네 몸에서 어찌 피 냄새가 코를 찌르느냐?"

그 시종은 갑자기 눈을 부릅뜨고 이를 갈면서 몸을 날려 대들보를 들이받더니 큰 소리로 울부짖기를: "나는 제갈각이다! 간사한 도적 손준에게 모살 당했다!"

제갈각 집안의 모든 남녀노소를 불문하고 놀라고 두려워 울부짖지 않는 사람이 없었다. 그때 한 무리의 군사가 몰려와 집을 에워쌌다. 그러고는 제갈각의 온 집안 식구들을 모조리 묶어서 저잣거리로 끌고 나가 목을 베어 버렸다. 동오 건흥(建興) 2년(서기 253년) 겨울 10월의 일이다.

지난날 제갈근이 생전에 있을 때. 그의 아들 제갈각이 지나치게 총명한 것을 보고 탄식하며 말하기를: "이 아이는 집안을 보전할 재목이 아니다!"

또 위의 광록대부(光祿大夫) 장집(張緝)이 언젠가 사마사에게 말하기를: "제갈각은 머지않아 죽을 것입니다."

사마사가 왜 그런지 물으니 장집이 말하기를: "그의 위세가 자신의 주인조차 떨게 하는데 어찌 오래 갈 수 있겠습니까?"

이 지경에 이르니 장집의 말이 과연 적중한 것이 아니겠는가!

손준이 제갈각을 죽인 공으로 오주 손량은 그를 승상(丞相)·대장군(大將軍)·부춘후(富春侯)로 봉하여 나라 안팎의 모든 군사를 총 지휘하게 했으니, 이때부터 나라의 모든 권력은 손준의 손아귀로 들어갔다.

한편 서촉의 강유는 성도에서 위의 정벌을 도와달라는 제갈각의 서신을 받고 궁중으로 들어가 후주의 윤허를 받아 다시 대군을 일으켜 중원 정벌에 나섰다.

이야말로:

한 번 군사를 일으켜 승리하지 못하자 一度興師未奏積
다시 적을 토벌하여 공을 이루려 하네 兩番討賊慾成功

승부가 어찌 될지 궁금하거든 다음 회를 기대하시라.

제 109 회

사마소는 강유의 지모로 곤경에 처하고
조방을 폐위하니 위나라는 응보를 받다
困司馬漢將奇謀
廢曹芳魏家果報

촉한 연희(延熙) 16년(서기 253년) 가을, 강유는 군사 20만 명을 거느리고 요화와 장익을 좌우 선봉으로 삼고, 하후패를 참모로, 장억을 군량 운송 책임자로 각각 삼아 위를 치기 위해 양평관을 나갔다.

강유가 하후패와 상의하며 말하기를: "지난번 옹주를 취하러 갔다가 결국 실패하고 돌아왔는데 이제 다시 그곳으로 가면 저들은 반드시 대비를 하고 있을 것이오. 공은 어떤 고견이 있으시오?"

하후패 曰: "농상의 여러 군들 가운데 물자가 가장 풍부한 곳은 남안(南安)입니다. 먼저 그곳을 취하여 근거지로 삼는 것이 좋겠습니다. 그리고 지난번 우리가 이기지 못한 것은 함께 하기로 약속했던 강병이 오지 않았기 때문입니다. 이번에는 먼저 사람을 보내 강병들과 농우(隴右)에서 만난 다음 함께 나아가 석영(石營)으로 나아가 동정(董亭)을 경유하여 곧바로 남안을 취해야 합니다."

강유가 매우 기뻐하며 말하기를: "공의 말이 참으로 지당하오."

강유는 극정(郤正)을 사자로 보내면서 황금과 구슬, 그리고 촉에서 나는 고급 비단을 가지고 강인(羌人)의 땅으로 들어가 강왕(羌王)과 손을 잡 도록 했다.

선물을 받은 강왕 미당(迷當)은 곧바로 군사 5만 명을 내주며 강인 장 군 아하소과(俄何燒戈)를 전군의 선봉으로 삼아, 군사를 이끌고 남안으 로 가도록 했다.

위의 좌장군 곽회는 이 첩보를 입수하여 급히 낙양에 보고했다.

사마사가 여러 장수들에게 묻기를: "누가 가서 촉군과 대적하겠는가?"

보국장군(輔國將軍) 서질(徐質)이 말하기를: "제가 가겠습니다."

평소 서질의 용맹함을 잘 알고 있는 사마사는 속으로 매우 기뻐하며 즉시 서질을 선봉으로 삼고 사마소를 대도독으로 임명하여 군사를 거느 리고 농서로 출발하도록 했다.

위의 군사들이 동정에 이르자 바로 강유의 군사와 마주쳤다. 양쪽의 군사들이 진을 친 다음, 서질은 개산대부(開山大斧: 큰 도끼)를 들고 말을 타고 나가 싸움을 걸었다. 촉군의 진영에서 요화가 나와 서질을 맞아 싸 우는데, 몇 합 싸우지 않아 요화가 패하여 칼을 끌며 돌아갔다. 이어서 장익이 창을 꼬나들고 달려 나가 그와 맞섰으나 그 역시 몇 합 싸우지 않아 패하고 진으로 돌아왔다.

승기를 잡은 서질이 군사를 휘몰아 쳐들어오니 촉군은 크게 패하여 30여 리나 뒤로 물러갔다. 사마소도 더 이상 쫓지 않고 군사를 거두어 돌아갔으며 각자 떨어져서 영채를 세웠다.

강유가 하후패와 상의하기를: "서질이 용맹하기가 짝이 없는데 그를 사로잡을 방도가 없겠소?"

하후패 曰: "내일 다시 패한 척 달아나다 매복계(埋伏計)를 쓰면 이길 수 있습니다."

강유 曰: "사마소는 중달의 아들이오. 그가 어찌 그런 병법을 모르겠소? 만약 지세가 가려져서 조금이라도 수상하다고 느끼면 저들은 틀림 없이 쫓아오려고 하지 않을 것이오. 내 생각에 위군들은 지난번 여러 차 례 우리의 식량 보급로를 차단했으니 이번에는 우리가 그것을 역이용하 는 계책으로 저들을 유인하면 서질을 죽일 수 있을 것이오."

그러고는 요화를 불러 여차여차하라고 지시하고 또 장익을 불러 여 차여차하라고 분부했다. 두 사람이 군사를 이끌고 떠났다. 강유는 또 군 사들을 시켜 영채 앞길에 끝이 뾰족한 마름쇠를 잔뜩 뿌리게 하고 영채 밖에는 녹각을 촘촘히 세워 장기간 주둔할 것처럼 위장했다.

서질이 매일 영채 앞까지 와서 싸움을 걸었지만 촉군은 싸우러 나가 지 않았다.

정탐꾼이 사마소에게 보고하기를: "촉군들이 철롱산(鐵籠山) 뒤에서 목우(木牛)와 유마(流馬)로 군량과 마초를 운반해 오는 것으로 보아 장기 전을 준비하는 것 같습니다. 아마 강족 군사가 오기를 기다려 합동 작전 을 하려는 것 같습니다."

사마소가 서질을 불러 말하기를: "지난날 우리가 촉군을 이길 수 있 었던 것은 그들의 식량 보급로를 끊었기 때문이다. 지금 촉군들이 철롱 산 뒤에서 군량과 마초를 나르고 있다 하니, 너는 오늘 밤 군사 5천 명 을 이끌고 가서 저들의 보급로를 끊도록 하라. 그러면 촉군들은 저절로 물러갈 것이다."

명을 받은 서질이 초경(初更) 무렵 군사를 이끌고 철롱산으로 갔다. 과 연 촉군 2백여 명이 군량과 마초를 목우와 유마에 싣고 운반해 오고 있 었다. 위군들이 함성을 지르며 서질이 앞장을 서서 그들의 앞길을 막았 다. 촉군들은 군량과 마초를 모조리 버리고 달아났다.

서질은 군사를 반으로 나누어 그들로 하여금 군량과 마초를 자신들의 영채로 나르게 하고 나머지 반을 이끌고 달아난 촉군의 뒤를 쫓았다. 10리도 채 못 갔을 때 전면에 수레들을 가로질러 놓아 길을 막고 있었다. 서질은 군사들에게 말에서 내려 수레를 길 한쪽으로 치우게 했다.

그때 갑자기 양쪽에서 불길이 치솟았다. 서질은 급히 말머리를 돌려 달아났다. 그런데 뒤쪽의 좁은 곳에 이르니 그곳에도 수레들을 가로질러 놓아 길을 막고 불길이 치솟기 시작했다. 서질과 군사들은 연기 속으로 뛰어 들어가 불길을 뚫고 말을 달렸다. 그때 한 발의 포성 소리와 함께 다시 양쪽에서 촉군이 쳐들어왔는데 왼쪽에서는 요화가, 오른쪽에서는 장익이 이끄는 군사가 한바탕 무찌르니 위군들은 크게 패하고 말았다. 서질은 죽기로 싸워 겨우 혼자만 탈출하여 달아났다. 말과 사람이 모두 지칠 대로 지쳐있는데 전면에 또 한 무리의 군사들이 쳐들어왔다. 그는 바로 강유였다. 몹시 놀란 서질이 어찌할 바를 모르고 있을 때 강유가 서질의 말을 창으로 찔러 쓰러뜨리니 서질은 굴러떨어지고 말았다. 촉군들이 달려들어 사정없이 칼로 난도질하여 서질을 죽였다. 서질이 군량을 압송하라고 했던 절반의 군사들 역시 하후패에게 모두 사로잡혀 촉군에 항복했다.

하후패는 촉군들에게 항복한 위군들의 옷과 갑옷을 입히고 위군들이 타고 온 말에 올라 위군의 기치를 들고 샛길로 해서 곧바로 위군의 영채로 달려갔다.

영채에 있던 위군들은 자신들의 군사가 돌아온 것으로 알고 영채 문을 열어 주었다. 영채 안으로 들어간 촉군들이 위군들을 사정없이 죽이기 시작하니 깜짝 놀란 사마소는 황급히 말에 올라 달아나는데 앞에서 요화가 군사를 이끌고 달려와 길을 막았다. 사마소가 황급히 말머리를 돌려 뒤로 달아나려는데 이번에는 강유가 샛길로 쳐들어왔다. 사마소는 이제 사방 어디로도 달아날 길이 없었다. 하는 수 없이 군사를 이끌고 철롱산 위로 올라가서 지켰다. 이 산은 오르내리는 길이 오직 하나

뿐으로 다른 곳은 모두 깎아지른 절벽이라 올라갈 수가 없었다. 다행히 산 위에는 우물이 하나 있긴 했지만 겨우 1백여 명 정도 마실 물이었다. 이때 사마소 휘하 군사가 6천여 명이 있었는데 강유가 산 밑에서 길목을 막고 있으니 산 위의 우물로는 마실 물조차 부족하여 군사도 말도 모두 갈증에 허덕이게 되었다.

사마소는 하늘을 우러러보며 길게 한탄하기를: "나는 이제 이곳에서 죽게 되는가!"

후세 사람이 이 상황을 시로 지었으니:

신기묘산의 강유 예사롭지 않아	妙算姜維不等閒
위의 군사들 철롱산에 갇히었네	魏師受困鐵籠間
방연이 금방 마릉도에 들어가듯	龐涓始入馬陵道
항우가 구리산에 처음 포위되듯	項羽初圍九里山

주부 왕도(王韜)가 말하기를: "옛날 경공(耿恭)은 곤경에 처했을 때 우물에 절을 하여 감천(甘泉)을 얻었다고 했습니다. 장군께서는 어찌 그 본을 따르지 않으십니까?"

사마소는 그의 말에 따라 곧바로 산 정상에 있는 우물가로 가서 두 번 절하고 빌기를: "저 소(昭)는 황제의 조서를 받들어 촉군을 물리치려고 왔습니다. 만약 이 소가 죽어 마땅하다면 감천의 물이 마르게 하소서. 그러면 저는 스스로 목을 베고 군사들에게는 모두 항복하도록 할 것입니다. 하지만 만약 제 수명이 다하지 않았다면 하늘이시여 부디 감천을 내려 주시어 우리의 목숨을 살려 주소서!"

축원을 마치자 믿기지 않게 아무리 퍼내도 우물이 마르지 않을 정도로 샘물이 콸콸 솟아 나와 군사와 말들이 물 걱정이 없게 되었다.

산 아래에서 위군을 포위하고 있던 강유는 여러 장수들에게 말하기를: "지난번 승상께서 상방곡에서 사마의를 사로잡지 못한 것이 나의 한으로 맺혀 있었는데(제 103회 참고) 이번에 반드시 그를 사로잡아 내 한을 풀고 말겠소."

한편 곽회는 사마소가 철롱산 위에서 곤경에 처해 있다는 사실을 알고 군사를 이끌고 가서 구하려 했다.

진태 曰: "강유는 강병들을 만나 먼저 남안부터 취하려 하고 있습니다. 지금 강병이 이미 도착했으니 장군께서 군사를 이끌고 사마소를 구하러 간다면 강병들은 틀림없이 빈틈을 타서 우리의 뒤를 습격할 것입니다. 그러니 먼저 사람을 보내 강인에게 우리가 거짓으로 항복하겠다고 하십시오. 그리하여 그들이 뒤로 물러가도록 일을 꾸민 다음에 철롱산의 포위를 풀어야 합니다."

곽회는 그의 말에 따라 진태에게 군사 5천 명을 이끌고 강병의 영채로 가서 거짓으로 항복하게 했다. 강왕의 영채에 도착한 진태는 군사들의 무장을 해제하고 들어가 절을 하고 울면서 말하기를: "곽회는 잘난 체하고 거만하게 행동하며 늘 저를 죽이려고 하여 이렇게 투항하러 왔습니다. 곽회 군중의 허와 실을 모두 제가 알고 있습니다. 오늘 밤 한 무리의 군사를 이끌고 가서 곽회의 영채를 습격한다면 쉽게 성공할 수 있습니다. 만약 군사들이 위군의 영채를 습격하면 안에서도 호응하기로 되어 있습니다."

강왕 미당은 매우 좋아하며 강인 장수 아하소과로 하여금 진태와 함께 가서 위군의 영채를 습격하게 했다. 아하소과는 진태가 데리고 온 항복한 군사들은 뒤에 있게 하고 진태로 하여금 강병을 이끌고 앞장서게 했다.

이날 밤 2경 무렵 위군의 영채에 이르니 영채의 문이 활짝 열려 있었다. 진태가 먼저 말을 몰아 들어갔다. 이어서 아하소과 역시 창을 꼬나들고 말을 달려 영채 안으로 들어갔는데, 그는 들어가자마자 비명 소리와 함께 말과 같이 함정 속으로 떨어지고 말았다.

항복했던 진태의 군사들이 뒤에서 쳐들어오고 왼쪽에서는 곽회가 덮쳐오니 강병들은 큰 혼란에 빠져 자기들끼리 서로 짓밟혀서 죽는 자가 수도 없이 많았으며 산 자들은 모두 항복했다. 아하소과는 결국 스스로 목을 찔러 죽었다. 곽회와 진태는 곧바로 군사를 이끌고 강인의 영채로 쳐들어갔다. 대왕 미당이 급히 막사에서 나와 말에 오르려다 위군에게 사로잡혀 곽회 앞으로 끌려갔다. 곽회가 얼른 말에서 내려 친히 결박을 풀어 주며 좋은 말로 위로하기를: "조정에서는 평소 공을 충의지사(忠義之士)로 알고 있는데 지금 어찌하여 촉군을 돕고 있는 것이오?"

미당은 부끄러워하며 자신의 죄를 인정했다. 곽회는 미당을 설득하기를: "공이 지금 선봉이 되어 철롱산으로 가서 그 포위를 뚫고 촉군을 물리친다면 천자께 아뢰어 후한 선물을 내리시게 할 것이오."

미당은 그의 말에 따라 곧바로 강병을 앞세워 선두에 서고 위군들은 그의 뒤를 따라 곧바로 철롱산으로 달려갔다.

삼경(三更: 밤 11시에서 새벽 1시 사이) 무렵 철롱산에 도착한 미당은 먼저 사람을 보내 강유에게 자신이 왔음을 알렸다. 강유가 매우 기뻐하며 안으로 청해 만나자고 했다. 강병들 속에는 위군들이 많이 끼어 있었는데 그들이 촉의 영채 앞에 이르자 강유가 군사들은 모두 영채 밖에 주둔해 있으라고 했다.

미당이 1백여 명만 데리고 중군(中軍) 막사 앞에 이르자 강유와 하후패 두 사람이 막사 앞까지 나와 그를 맞이하고 있는데 위의 장수들은 미당이 말을 꺼내기도 전에 뒤에서 이미 쳐들어오고 있었다.

깜짝 놀란 강유가 황급히 말에 올라 달아났다. 강병과 위군들이 일제히 영채 안으로 쳐들어왔다. 엉겁결에 당한 촉군들은 사방으로 흩어져 각자 살길을 찾아 도망가기에 바빴다.

급히 달아나느라 강유의 손에는 병장기도 하나 없고 단지 허리에 찬 활과 빈 화살통만 있었다. 강유가 산속으로 달아나는데 등 뒤에서 곽회가 군사를 이끌고 쫓아오다가 강유의 손에 병장기가 없는 것을 보고 창을 꼬나들고 마음 놓고 말을 몰아 추격하기 시작했다. 화살이 닿을 만큼 가까운 거리까지 따라잡히자 강유는 빈 활을 연거푸 10여 차례 잡아당겨 시위 소리를 냈다. 연신 몸을 비틀며 피하던 곽회는 날아오는 화살이 보이지 않자 강유에게 화살도 없음을 알고 창을 안장 위에 걸어 놓고 활을 메겨 강유를 겨냥해 쏘았다.

강유는 급히 몸을 비틀어 피하면서 날아오는 화살을 손으로 잡아 자신의 활에 메기고 곽회가 좀 더 가까이 오기를 기다렸다가 그의 얼굴을 향해 힘껏 쏘았다. 화살은 시위 소리와 함께 날아가더니 곽회는 말에서 굴러떨어졌다. 강유가 말머리를 돌려 곽회를 죽이러 갔으나 위군이 갑자기 들이닥치자 미처 손을 쓰지 못하고 곽회의 창만 뽑아 가지고 달아났다. 위군은 감히 더 이상 쫓지 못하고 급히 곽회를 구해 영채로 돌아가 화살촉을 뽑았으나 피가 멈추지 않고 계속 흘러나와 곽회는 결국 죽고 말았다.

포위에서 풀려난 사마소는 철롱산에서 내려와 군사들을 이끌고 뒤를 추격하다가 중도에서 돌아갔다. 하후패도 뒤따라 도망쳐 나와 강유를 만나 함께 달아났다.

이번 싸움에서도 강유는 수많은 군사를 잃어버리고 한 뼘의 땅도 빼앗지 못하고 결국 빈손으로 한중으로 돌아갔다. 다만 곽회를 쏘아 죽이고 서질을 죽임으로써 위나라의 위세를 꺾은 공으로 그 죄를 대신했다.

한편 사마소는 강병들의 수고를 위로하고 그들을 자신의 나라로 돌려보낸 다음, 낙양으로 회군하여 형 사마사와 함께 조정의 권세를 제멋대로 농단하였으나 많은 신하들 가운데 누구 하나 그들에게 복종하지 않는 자가 없었다.

위주 조방은 사마사가 조정에 들어올 때마다 무서워 벌벌 떨기를 마치 바늘로 등을 콕콕 찌르는 것 같은 통증을 느꼈다.

하루는 조방이 조회를 열고 있는데 사마사가 칼을 차고 어전에 오르는 것을 보고 황급히 용상에서 일어나 그를 맞아했다.

사마사가 웃으면서 말하기를: "임금이 신하를 맞이하는데 그런 예법이 어디 있습니까? 폐하께서는 마음을 편히 가지십시오."

이어서 신하들이 여러 일들을 아뢰자 사마사는 위주가 말을 할 기회도 주지 않고 제멋대로 모든 일을 결정한 뒤 위주에게 아뢰지도 않았다. 그리고 일방적으로 조회를 끝내고 고개를 쳐들고 성큼성큼 어전을 내려가 수레에 올라 부중으로 돌아가는데 앞뒤로 호위하는 자들이 적어도 수천 명이 넘었다.

조방이 자리에서 일어나 후전(後殿)으로 물러가며 좌우를 둘러보니 겨우 세 사람이 앉아 있었는데, 태상(太常) 하후현(夏厚玄), 중서령(中書令) 이풍(李豊), 광록대부(光祿大夫) 장집(張緝)이었다. 장집은 장 황후(張皇后)의 부친이자 조방의 장인이다.

조방은 근시들을 물린 다음 세 사람과 함께 밀실로 들어가 상의했다.

조방이 장집의 손을 붙들고 울면서 말하기를: "사마사는 짐을 어린애 취급하고 모든 신하들을 초개(草芥)처럼 여기니 종묘사직이 조만간 그 사람에게 돌아가지 않겠소?"

말을 마친 조방이 대성통곡을 했다.

이풍이 아뢰기를: "폐하께서는 걱정하지 마십시오. 신이 비록 재주는 없사오나 폐하의 명철한 조서를 받들고 사방의 영걸들을 모아 그 역적 놈을 없애겠습니다."

하후현도 아뢰기를: "신의 숙부 하후패가 촉에 항복한 것은 사마 형제의 모해를 두려워했기 때문입니다. (제 107회 참고). 이 역적을 없애면 신의 숙부는 반드시 돌아올 것입니다. 신은 황실의 오랜 인척으로 감히 간사한 역적 놈이 나라를 어지럽히는 꼴을 보고만 있을 수 없나이다. 함께 조서를 받들어 토벌하겠나이다."

조방 曰: "다만 그렇게 되지 못할까 두려울 뿐이오!"

세 사람이 울면서 아뢰기를: "신 등은 마음을 함께하여 역적을 없애고 폐하께 보답할 것을 맹세하나이다."

조방은 용과 봉황이 수놓아진 자신의 속옷을 찢어 손가락을 깨물어 그 피로 조서를 써서 장집에게 주면서 당부하기를: "짐의 조부 무황제(武皇帝: 조조)께서 동승을 주살하셨던 것은 그들이 일을 은밀히 처리하지 못했기 때문이오. 경들은 부디 이 일을 조심하고 또 조심하여 밖으로 새어 나가지 않도록 하시오."

이풍 曰: "폐하께서는 어찌 그런 불길한 말씀을 하시나이까? 신 등은 동승과 같은 무리가 아닐 뿐 아니라 사마사를 어찌 무황제와 비교할 수 있겠나이까! 폐하께서는 부디 의심을 거두시옵소서."

위주에게 하직 인사를 하고 나온 세 사람이 동화문(東華門) 왼쪽 부근에 이르렀을 때 마침 사마사가 칼을 차고 오는데, 따르는 자 수백 명도 모두 손에 병장기를 들고 있었다. 세 사람이 한쪽 길에 비켜서 있는데 사마사가 묻기를: "자네들은 어찌하여 이리 퇴청이 늦은 것이오?"

이풍 曰: "주상께서 내정(內庭)에서 책을 보시기에 우리 셋이서 경학(經學)을 가르치느라 이리 늦었습니다."

사마사 曰: "무슨 책을 보시던가?"

이풍 曰: "하(夏)·상(商)·주(周) 삼대(三代)에 관한 책입니다."

사마사 曰: "주상께서 그 책을 보시고 어떤 고사(故事)를 물으셨는가?"

이풍 曰: "천자께서 물으신 것은 이윤(伊尹)이 상을 돕고 주공(周公)이 섭정(攝政)한 일을 물으셨고, 우리는 모두 지금 사마 대장군이 바로 이윤이며 주공이라고 아뢰었습니다."

사마사가 쌀쌀한 태도로 비웃으며 말하기를: "그대들이 어찌 나를 이윤이나 주공과 비교했겠는가! 실제로는 왕망이나 동탁과 견주었겠지!"

세 사람이 동시에 말하기를: "우리는 모두 장군 문하의 사람들인데 어찌 감히 그런 말을 했겠습니까?"

사마사가 버럭 화를 내며 말하기를: "너희는 실로 입으로만 아첨하는 것을 내 모를 줄 알았느냐? 방금 전 밀실에서 천자와 함께 무슨 일로 울었느냐?"

세 사람 曰: "정말 그런 일은 없었습니다."

사마사가 호통치며 말하기를: "아직도 네놈들 눈 밑이 벌겋거늘 어디서 잡아떼려 하느냐?"

하후현은 일이 이미 탄로 났음을 알고 날카로운 목소리로 언성을 높여 사마사에게 꾸짖기를: "우리가 울었던 것은 네놈이 위세를 부려 황제를 두려워 떨게 만들고, 장차 천자의 자리까지 빼앗으려 하기 때문이었느니라!"

매우 화가 난 사마사가 무사들에게 하후현을 잡아들이라고 호령했다. 하후현이 소매를 걷어붙이고 사마사에게 달려들려고 했지만 바로 무사들에게 붙잡히고 말았다.

사마사가 각자의 몸을 수색하게 하여 장집의 몸에서 용과 봉황이 그려진 황제의 속옷 조각을 찾아냈는데 피로 쓴 글씨가 있었다. 좌우 사람이 이를 사마사에게 바쳤다. 사마사가 그것을 보니 비밀조서가 아닌가! 그 내용은 이러했다.

"사마사 형제는 함께 대권을 잡고 장차 찬역을 도모하려고 하니 지금까지 내린 조서와 조치들은 모두 짐의 뜻이 아니었도다. 각 부(部)의 권원과 군사들은 함께 충의를 받들어 역적을 쳐서 멸하고 사직을 붙들어 바로 일으켜 세우라. 공을 이루는 날 후한 벼슬과 상을 내릴 것이로다."

조서를 다 읽고 난 사마사는 분을 참지 못하고 말하기를: "이제 보니 네놈들이 우리 형제를 모함하다니, 도저히 용서할 수 없다!"

그러고는 세 사람을 저잣거리로 끌고 가서 허리를 잘라 죽이고 그 삼족을 멸하도록 명령했다.

세 사람은 끌려가면서 그들의 입에서는 욕하는 소리가 끊이지 않았다. 동쪽 저잣거리에 이르렀을 때 얼마나 맞았으면 그들의 이빨은 하나도 남아 있지 않았다. 세 사람은 죽는 순간까지 무슨 말인지 알아들을 수 없는 욕설을 퍼부었다.

사마사는 곧바로 후궁으로 쳐들어갔다. 위주 조방은 마침 장 황후와 이 일을 상의하고 있었다.

황후 曰: "조정 내에 그들의 눈과 귀가 하나둘이 아닌데, 만약 일이 새어나가면 틀림없이 그 누(累)가 첩에게도 미칠 것이옵니다."

이런 이야기를 나누고 있을 때 갑자기 사마사가 들어오는 것을 본 장 황후는 기겁을 하고 말았다.

사마사는 손에 칼을 들고 조방에게 말하기를: "신의 부친께서 폐하를 임금으로 세웠으니, 그 공은 주공(周公)에 못지않으며 신이 폐하를 섬기는 것 역시 이윤(伊尹)과 다를 게 무엇입니까? 그런데 지금 은혜를 원수로 알고 공을 허물로 여겨 하찮은 신하 두세 명과 신의 형제를 모해하려 하다니 그 까닭이 도대체 무엇입니까?"

조방 曰: "짐은 그런 마음이 없소."

사마사는 소매 속에서 황제의 속옷을 꺼내서 땅바닥에 내던지며 말하기를: "그러면 이것은 누구의 소행입니까?"

혼비백산(魂飛魄散)한 조방이 벌벌 떨면서 말하기를: "그것은 모두 남들이 억지로 시켜서 어쩔 수 없이 한 일이오. 짐이 어찌 감히 그런 마음을 먹을 수 있겠소."

사마사 曰: "대신이 모반했다고 함부로 무고한 자들은 무슨 죄로 다스리는지 아십니까?"

조방은 무릎을 꿇고 사정하기를: "짐이 죄를 지었으니 대장군께서 부디 짐을 용서하시오!"

사마사 曰: "폐하는 일어나십시오. 어떠한 일이 있어도 국법(國法)은 폐할 수 없는 일입니다."

그러고는 장 황후를 손가락으로 가리키며 말하기를: "이 여자는 장집의 딸이니 마땅히 없애야 합니다."

조방이 엉엉 울면서 용서를 빌었지만 용서해 줄 사마사가 아니다. 좌우에 명하여 장 황후를 끌어내어 동화문 안에서 흰 비단으로 목 졸라 죽이게 했다.

후세 사람이 이 일을 두고 지은 시가 있으니:

옛날 복 황후 궁문으로 끌려 나가며	當年伏后出宮門
맨발로 울부짖으며 천자와 이별했지	跣足哀號別至尊
사마씨는 오늘 아침 그 예를 따르니	司馬今朝依此例
하늘이 앙갚음을 손자에게 대신하네	天敎還報在兒孫

다음 날 사마사는 모든 신하를 모아 놓고 말하기를: "지금의 주상은 날마다 주색에 빠져 음란한 기녀들만 가까이 하고, 임금으로서의 마땅

히 해야 할 도리를 행하지 못할 뿐만 아니라, 간사한 무리들의 헐뜯는 말만 그대로 믿으며 어진 이의 등용 길을 막아 그 죄가 한(漢)의 창읍왕(昌邑王)보다 더 심하니 천하의 주인이 될 수 없소. 나는 삼가 이윤(伊尹)과 곽광(霍光)이 행했던 법도에 따라 새 임금을 세워 사직을 보존하고 천하를 편하게 하려고 하는데 여러분은 어찌 생각하시오?"

신하들이 일제히 입을 모아 대답하기를: "대장군께서 이윤과 곽광이 행했던 일을 하신다면 이는 하늘의 뜻에 응하고 백성의 뜻에 순종하는 것이니 누가 감히 명을 거역하겠습니까?"

사마사는 곧바로 여러 신하들을 데리고 영녕궁(永寧宮)으로 들어가 태후에게 아뢰었다.

태후 曰: "대장군은 누구를 임금으로 세우려 하시오?"

사마사 曰: "신의 생각에는 팽성왕(彭城王) 조거(曹據: 조조의 아들)가 총명하고 어질며 효성이 지극하니 천하의 주인이 될 만합니다."

태후 曰: "팽성왕은 이 늙은이의 숙부이신데 그를 임금으로 세우면 내가 어찌 감당할 수 있겠소? 지금 고귀향공(高貴鄕公) 조모(曹髦)는 문황제(文皇帝: 조비)의 손자이고 사람은 천성이 온순한데다 공손하고 겸양의 덕이 있어 그를 임금으로 세웠으면 하는데 여러 대신들이 서두르지 말고 천천히 의논해 보도록 하시오."

한 사람이 아뢰기를: "태후의 말씀이 지당하십니다. 바로 고귀향공을 세우도록 하시지요."

사람들이 보니 그는 사마사의 종숙(宗叔) 사마부(司馬孚)였다. 사마사는 사자를 원성(元城)으로 보내 고귀향공을 부르는 한편, 태후에게 태극전(太極殿)으로 가서 조방을 불러 꾸짖게 했다.

태후 曰: "너는 주색에 빠져 기녀들만 가까이하고 있으니 천하를 계승할 자격이 없느니라. 그러니 마땅히 옥새와 인수를 반납하고 제왕(齊王)

198

으로 돌아가거라. 지금 당장 떠나되 조서로 부르기 전에는 조정에 들어
올 수 없느니라!"

조방은 울면서 태후께 절하고 옥새를 바친 다음 왕이 타는 수레에 올
라 대성통곡을 하며 떠났다. 단지 몇 명의 충성과 의리가 있는 신하만이
눈물을 삼키며 전송했다.

후세 사람이 이 장면을 시로 지었으니[17]:

지난날 조조가 한 승상으로 있을 때	昔日曹瞞相漢時
유씨의 과부와 고아를 업신여기더니	欺他寡婦與孤兒
그 누가 알았으랴 사십여 년 지나서	誰知四十餘年後
조씨의 과부와 고아도 능멸당할 줄을	寡婦孤兒亦被欺

고귀향공 조모의 자는 언사(彦士)로 문제(文帝: 조비)의 손자이자 동해
정황(東海定王) 조림(曹霖)의 아들이다. 이날 사마사는 태후의 명으로 조
모를 불러들였다. 문무 관료들이 천자가 타는 난가(鑾駕)를 준비하여 서
액문(西掖門) 밖으로 나가 엎드려 절을 하며 그를 맞이하였다.

조모가 황망히 답례를 하였다.

태위 왕숙 曰: "주상께서는 답례를 하시는 것이 아닙니다."

조모 曰: "나 역시 신하의 몸인데 어찌 답례해서는 안 된다는 것이오?"

문무 관료들이 그를 부축하여 가마에 오르게 하여 궁으로 모시려고
했다.

조모가 사양하며 말하기를: "태후께서 나를 조서로 부르셨으나 무슨
일로 부르셨는지도 알지 못하는데 내 어찌 황제의 어가를 타고 들어갈

---

17 둘째 행의 '과부와 고아'는 한(漢) 황실의 복 황후와 헌제를 가리키며, 넷째 행의 '과부와 고아'는 현재
의 장 황후와 조방을 말함. 역자 주.

수 있겠소?"

그는 태극전의 동당(東堂)까지 걸어서 갔다. 사마사가 나와서 맞이하
자 조모는 먼저 절을 했다. 사마사는 급히 그를 붙들어 일으켜 안부를
물은 뒤 그를 태후 앞으로 데리고 갔다.

태후 曰: "나는 네가 어릴 적에 제왕의 상이 있음을 보았는데 과연 이
제 천하의 주인이 되었구나. 너는 모름지기 공손하고 검소하며, 덕(德)을
펴고 인(仁)을 베풀어 선제를 욕되게 해서는 안 되느니라."

조모는 두 번 세 번 겸손하게 사양했다. 사마사는 문무 관료들에게
조모를 태극전으로 모시게 하여 새로운 임금으로 세웠다.

그리고 연호를 가평(嘉平) 6년에서 정원(正元) 원년(서기 254년)으로 고
쳤다. 또한 천하에 대사면령을 내리고 대장군 사마사에게 황월(黃鉞)을
주어 황제를 대신하여 병권을 지휘하도록 하고 입조 시에 몸을 굽히고
종종걸음으로 걷지 않아도 되며(入朝不趨), 황제께 아뢸 때 자신의 이름
을 부르지 않아도 되고(奏事不名), 칼을 차고 어전 위에 오를 수 있게(帶劍
上殿) 했다. 그리고 문무백관들에게도 각각 벼슬과 상을 내렸다.

정원 2년(서기 255년) 봄 정월, 정탐꾼의 보고가 올라왔다. 진동장군
관구검과 양주자사 문흠(文欽)이 주상을 폐위시켰다는 구실로 군사를
일으켰다는 것이다.

사마사는 깜짝 놀랐다.

이야말로:

한의 신하는 왕을 위해 충성을 다하는데 　　漢臣曾有勤王志
위의 장수는 역적 토벌할 군사 일으키네 　　魏將還興討賊師

사마사가 적을 맞아 어찌 싸울지 궁금하거든 다음 회를 기대하시라.

제 110 회

문앙은 필마단기로 강한 군사 물리치고
강유는 배수진을 치고 대적을 쳐부수다

文鴦單騎退雄兵

姜維背水破大敵

위(魏) 정원(正元) 2년(서기 255년) 정월, 진동장군으로 회남(淮南)의 군사를 통솔하고 있는 양주 도독 관구검은 사마사가 황제를 제멋대로 폐하고 새 황제를 세웠다는 소식을 듣고 내심 매우 분노했다. 그의 자는 중공(仲恭)이며 하동(河東) 문희(聞喜) 출신이다.

그의 장자 관구전(毌丘甸)이 말하기를: "아버님께서는 한 지역의 군사와 정사를 책임지고 계십니다. 지금 사마사가 권력을 농단하며 주상을 제멋대로 폐함으로써 나라가 매우 아슬아슬한 위기(累卵之危)에 처해 있는데 어떻게 편히 앉아서 자리만 지키고 계십니까?"

관구검이 말하기를: "내 아들의 말이 옳구나!"

관구검은 즉시 자사 문흠을 청해 상의하기로 했다. 문흠은 원래 조상(曹爽) 문하의 사람인데 관구검의 초청 소식을 듣고 한걸음에 달려왔다. 관구검은 그를 후당으로 데리고 갔다. 서로 인사를 마친 다음 이야기를 하는 동안 관구검의 눈에서는 눈물이 그치지 않았다.

문흠이 그 까닭을 물으니 관구검이 말하기를: "사마사가 권력을 농단하며 주상까지 폐하여 천지가 뒤집혔는데 어찌 마음이 아프지 않을 수 있겠소!"

문흠 曰: "도독께서는 나라의 한 지역을 다스리고 계십니다. 만일 의(義)를 위해 역적을 치시겠다면 이 흠(欽) 역시 목숨을 버려서라도 도울 것입니다. 제 둘째 아들 숙(淑)은 어릴 적에는 아앙(阿鴦)이라 불렸는데, 1만 명의 사나이도 당하지 못할 용맹(萬夫不當之勇)을 지니고 있으며, 그는 늘 사마사 형제를 죽여 조상의 원수를 갚겠다고 하고 있으니, 그를 선봉으로 삼아주십시오."

관구검은 매우 기뻐하며 즉시 술을 땅에 뿌리고 신에게 제사를 지냄으로써 맹세했다. 두 사람은 태후의 비밀조서를 받았다고 사칭하며 회남 지역의 모든 관원과 군사들을 모두 수춘성(壽春城) 안으로 불러들였다. 그러고는 성 서쪽에 제단을 세우고 백마를 잡아 그 피를 입술에 바르고 맹세하면서 사마사를 대역부도(大逆不道)한 자로 규정하고, 이제 태후의 비밀조서를 받들어 회남의 군사를 전부 일으켜 의의를 지키기 위해 역적을 처단하려 한다고 선언했다. 모든 사람들이 기꺼이 따르겠다고 했다.

관구검은 6만 명의 군사를 거느리고 항성(項城)에 주둔했고, 문흠은 2만 명의 군사를 이끌고 성 밖에 있으면서 유격대의 역할을 하며 이리저리 오가면서 지원하기로 했다. 관구검은 또한 여러 군에 격문을 띄워 각기 군사를 일으켜 서로 도우라고 명했다.

이때 사마사는 왼쪽 눈에 난 혹이 수시로 아프고 가려워 의관에게 명하여 혹을 째고 약을 넣고 봉한 다음 집에서 몸조리를 하고 있었다. 그때 회남에서 올라온 급보를 받고 태위 왕숙(王肅)을 불러 상의했다.

왕숙 曰: "지난날 관운장의 위세가 천하를 떨치고 있을 때, 손권은 여몽을 시켜 형주를 취하고 그곳 군사들의 가족을 위무하니 이로 인해 관

공의 군세(軍勢)는 와해되고 말았습니다.(제 75회 참고) 지금 회남 군사들의 가족들은 모두 중원(中原)에 있으니 급히 그들 가족들을 위무하여 구휼해 주고 군사를 보내 그들의 돌아가는 길을 끊어 놓으면 그들의 기세는 흙담 무너지듯 와해 될 것입니다."

사마사 曰: "공의 말이 지극히 타당하오! 그런데 내가 최근 눈의 혹을 수술하느라 직접 갈 수는 없고 다른 사람을 보내자니 마음이 놓이지 않소."

이때 곁에 있던 중서시랑(中書侍郞) 종회(鍾會)가 나서며 말하기를: "회초(淮楚) 지방의 군사들은 강한데다 모두 정예병들입니다. 다른 사람에게 군사를 맡기시어 물리치게 한다면 불안합니다. 소홀히 하면 자칫 대사를 그르칠 수도 있습니다."

사마사가 갑자기 자리를 박차고 일어나며 말하기를: "내가 직접 가지 않고서는 적을 쳐부수지 못할 것 같다."

그는 아우 사마소에게 낙양에 남아 조정의 모든 일을 총괄하도록 하고 사마사 자신은 가마를 타고 아픈 몸을 이끌고 동으로 향했다.

그는 진동장군(鎭東將軍) 제갈탄(諸葛誕)에게 예주(豫州)의 모든 군사를 총감독하여 안풍진(安風津)으로 나가 수춘을 취하도록 했다. 그리고 정동장군(征東將軍) 호준(胡遵)에게 청주(靑州)의 모든 군사를 거느리고 초(譙)와 송(宋)으로 나가 관구검의 돌아가는 길을 끊도록 했다. 또한 형주자사(荊州刺史) 감군(監軍) 왕기(王基)에게 선두부대의 군사를 이끌고 가서 먼저 진남(鎭南) 땅을 차지하도록 했다.

사마사는 대군을 거느리고 양양에 주둔하며 문무 관원을 막사로 불러 상의했다.

광록훈(光祿勳) 정포(鄭褒)가 말하기를: "관구검은 지모는 있으나 결단력이 없고 문흠은 용맹하나 지혜가 없습니다. 하지만 우리 대군이 저들이 미처 생각지 못할 때 기습 공격을 하더라도 강회(江淮)의 군사들은 사기가 높고 워낙 잘 훈련되어 있어 가벼이 공격해서는 안 됩니다. 그러니 참호를 깊이 파고 보루를 높이 쌓아 수비를 강화하여 저들의 예기를 꺾어 놓아야 합니다. 이것이 바로 아부(亞夫: 서한의 명장 주아부)의 뛰어난 계책입니다."

감군 왕기 曰: "아닙니다. 회남에서 반란이 일어난 것은 군사나 백성이 마음에서 우러나 난을 일으킨 것이 아니고 관구검의 핍박에 못 이겨 마지못해 일어난 것이니 대군이 그곳에 이르기만 해도 반드시 와해되고 말 것입니다."

사마사 曰: "그대의 말이 참으로 그럴듯하다."

사마사는 군사를 은수(濦水)로 이동하여 중군을 은교(濦橋)에 주둔시켰다.

왕기 曰: "남돈(南頓)은 군사를 주둔시키기 좋은 곳이니 군사를 이끌고 밤낮으로 달려가 취하십시오. 만약 지체하면 관구검이 먼저 차지할 것입니다."

사마사는 왕기로 하여금 선두 부대를 이끌고 남돈으로 가서 영채를 세우도록 했다.

한편 항성에 있던 관구검은 사마사가 직접 군사를 거느리고 온다는 말을 듣고 여러 사람을 불러 대책을 상의했다.

선봉 갈옹(葛雍) 曰: "남돈은 지세가 산을 의지하고 물이 옆에 있어 군사를 주둔하기 아주 좋은 곳입니다. 만약 위군이 먼저 점거하면 몰아내기 쉽지 않으니, 그곳을 속히 취해야 합니다."

관구검은 그의 말에 따라 군사를 이끌고 남돈으로 갔다. 한창 가고 있을 때 정탐꾼이 나는 듯이 달려와 보고하기를, 남돈에는 군사들이 이미 주둔하고 있다는 것이다. 관구검은 그 말이 믿기지 않아 직접 군중 앞으로 나가 보니 과연 온 들판에 깃발로 덮여 있고 영채들이 질서정연 하게 세워져 있었다.

군중으로 돌아온 관구검은 아무리 생각을 짜내도 뾰족한 계책이 떠 오르지 않았다.

그때 갑자기 정탐꾼이 급히 보고하기를: "동오의 손준이 군사를 거느 리고 강을 건너 수춘을 습격하러 오고 있습니다."

관구검이 깜짝 놀라 말하기를: "수춘을 잃으면 우리는 어디로 돌아간 단 말인가?"

그날 밤 관구검은 군사를 이끌고 다시 항성으로 돌아왔다.

사마사는 관구검의 군사들이 물러가자 여러 관원들과 상의했다.

상서(尙書) 부하(傅嘏)가 말하기를: "지금 관구검이 물러간 것은 동오의 군사가 수춘성을 습격할까 염려해서입니다. 틀림없이 항성으로 돌아가 군사를 나누어 지킬 것입니다. 장군께서는 한 무리의 군사로 하여금 낙 가성(樂嘉城)을 치게 하시고, 한 무리의 군사로는 항성을 취하시고, 또 한 무리의 군사로 수춘을 공격하십시오. 그러면 회군의 군사는 틀림없이 물 러갈 것입니다.

연주자사 (兗州刺史) 등애(鄧艾)는 지모가 뛰어나니 그에게 군사를 이끌 고 가서 낙가성을 취하게 하고, 다시 대군을 지원해 주면 역적을 쳐부수 기가 어렵지 않을 것입니다."

사마사는 그 말에 따라 급히 사자를 보내 격문을 가지고 등애에게 가 서 연주 일대의 군사를 일으켜 낙가성을 쳐부수도록 하라는 명을 전하 고, 자신도 뒤따라 군사를 거느리고 등애를 도우러 낙가성으로 향했다.

그때 항성에 있던 관구검은 위군이 올까 두려워 수시로 사람을 낙가 성으로 보내 살피게 했다. 그는 문흠을 영채로 불러 함께 상의했다.

문흠 曰: "도독께서는 걱정하지 마십시오. 제게 군사 5천 명만 주시면 제 아들 문앙과 함께 낙가성을 지켜내겠습니다."

관구검은 매우 기뻐했다. 문흠 부자가 군사 5천 명을 이끌고 낙가성으로 가고 있을 때 선두 부대의 군사가 보고하기를: "낙가성 서쪽에 이미 위군들이 쫙 깔려 있는데 대략 1만 명은 되는 것 같습니다. 멀리 중군 막사에는 백모(白旄)와 황월(黃鉞), 검은 일산(日傘)과 붉은 깃발이 대장의 막사를 에워싸고 있는데 그 안에 비단으로 수놓은 수(帥)자 깃발이 서 있는 것으로 보아 틀림없이 사마사입니다. 지금 영채를 세우고 있는데 아직 다 세우지는 못한 것 같습니다."

채찍을 들고 부친 곁에 서 있던 문앙이 이 말을 듣고 부친에게 고하기를: "저들이 영채를 세우기 전에 군사를 나누어 양쪽에서 일시에 들이친다면 완승을 거둘 수 있습니다."

문흠 曰: "언제 치면 좋겠느냐?"

문앙 曰: "오늘 밤 황혼 녘에 아버님께서는 군사 2천 5백 명을 이끌고 성 남쪽을 치십시오. 저는 2천 5백 명을 이끌고 성 북쪽에서 쳐들어가겠습니다. 삼경 무렵 위군 영채에서 만나시지요."

문흠은 아들의 말에 따라 그날 밤 군사를 반으로 나누었다. 문앙의 나이 이제 겨우 18세였지만 키는 8척이나 되었다. 갑옷을 입고 강철 채찍을 차고서 손에 창을 든 문앙은 멀리 위군 영채를 향해 나아갔다.

이날 밤 사마사의 군사들은 낙가에 당도하여 영채를 세우고 등애를 기다렸지만, 그는 오지 않았다. 사마사는 혹을 째고 수술한 상처가 아물지 않아 쑤시고 아파 일찍 자리에 누워 있으면서 수백 명의 무장 군사들을 빙 둘러 세워 호위하도록 했다. 삼경 무렵 갑자기 영채 안에서 요란한 함성이 일면서 군사들이 크게 혼란스러웠다.

사마사가 급히 무슨 일이냐고 물으니 보고하기를: "한 무리의 군사들이 영채 북쪽 울타리를 무너뜨리고 쳐들어왔는데 앞장 선 장수의 용맹을 당할 수가 없습니다."

깜짝 놀란 사마사는 가슴 속의 울화가 치밀어 올라 혹을 쨀 자리로 눈알이 튀어나오며 피가 땅으로 흥건히 흘렀다. 통증이 참을 수 없을 정도로 심했지만, 군사들의 사기를 떨어뜨릴까 염려되어 이로 이불을 꽉 물고 참고 있었다. 그가 고통을 참느라 얼마나 이를 악물었으면 이불이 짓이겨질 정도였다.

사마사의 영채를 습격한 문앙의 군사들이 일제히 몰려들어 영채 안에서 좌충우돌하며 휘저으며 다니자 그가 이르는 곳에서는 감히 그를 당할 자가 없었다. 간혹 막는 자는 문앙의 창에 찔리고 철편에 맞아 죽지 않은 자가 없었다.

문앙은 부친이 와서 밖에서 호응해 주기를 기다렸는데 그가 오지 않자 혼자서 몇 차례나 중군으로 쳐들어가려고 했지만, 그때마다 적들이 활과 쇠뇌를 비 오듯 쏘아대는 바람에 물러서고 말았다. 문앙은 날이 밝아 올 때까지 싸우고 있는데 북쪽에서 북소리·나팔 소리가 하늘을 울리는 것이 아닌가!

문앙이 뒤따르는 부하를 돌아보며 묻기를: "아버님께서 남쪽에서 호응하러 오시지 않고 북쪽에서 오시니 이게 어찌 된 일이냐?"

문앙이 말을 달려가 보니 한 무리의 군사가 맹렬한 바람처럼 달려오는데 앞장선 장수는 바로 등애였다. 등애는 칼을 비껴들고 말을 휘몰아 달려오며 소리치기를: "역적 놈은 달아나지 마라!"

몹시 화가 난 문앙은 창을 꼬나들고 나가 그와 맞섰다. 50합을 겨루었지만, 승부가 나지 않았다. 한창 싸우고 있는데 위군들이 대거 몰려와 앞뒤로 협공을 하니 문앙의 군사들은 각자 뿔뿔이 흩어져 도망을 가고

文鴦單騎退雄兵

단기필마로 위군에 둘러싸여 싸우던 문앙은 혈로를 뚫고 남쪽을 향해 달아났다.

등 뒤에서는 수백 명이 있는 힘을 다해 말을 달려 추격했다. 낙가교(樂嘉橋) 근처에 이르러 거의 따라잡히게 되자 문양은 갑자기 말머리를 돌려세우더니, 큰 소리로 호통을 치면서 위군 장수들 속으로 쳐들어갔다. 강철 채찍을 내리칠 때마다 위군 장수들이 추풍낙엽처럼 말에서 굴러떨어지자 슬슬 각자 도망치고 말았다. 문양은 다시 천천히 앞으로 나아갔다. 위군 장수들이 모두 모여 놀라움을 금치 못하며 말하기를: "이렇게 많은 우리 장수들이 저 한 놈에게 당하다니! 우리 다시 한번 힘을 합쳐 추격합시다."

위군 장수 백여 명이 다시 문앙을 추격했다. 문앙이 몹시 화를 내며 말하기를: "이 쥐새끼 같은 놈들아! 네놈들은 목숨이 아깝지 않으냐?"

다시 강철 채찍을 들고 말머리를 돌려 위군 장수들 속으로 쳐들어간 문앙은 순식간에 몇 명을 죽이고는 마치 아무 일도 없었다는 듯이 말머리를 돌려 고삐를 느슨히 잡고 천천히 발길을 옮겼다.

위장들은 이렇게 네댓 번이나 되풀이했지만, 번번이 몇몇 장수들의 목숨만 잃고 물러나고 말았다.

후세 사람이 문앙을 칭찬하여 지은 시가 있으니:

옛날 장판교에서 홀로 조조 군사 막아	長坂當年獨拒曹
조자룡은 그때부터 영웅호걸 드러냈지	子龍從此顯英豪
오늘 낙가성 안에서 벌인 싸움을 보니	樂嘉城內爭鋒處
문앙의 담력과 기개 또한 만만치 않네	又見文鴦膽氣高

그때 문흠은 험한 산길에서 컴컴한 밤에 그만 길을 잘못 들어 산골짜

기 속으로 들어가는 바람에 한밤중까지 헤매다가 겨우 길을 찾아 나섰
는데 이미 날이 훤히 밝은 뒤였다. 문앙의 군사는 어디로 갔는지 보이지
않고 크게 이긴 위군의 모습만 보였다. 문흠은 결국 한 번도 싸워보지
못하고 물러섰는데 위군이 승세를 타고 쫓아오니, 군사를 이끌고 수춘
을 향해 달아났다.

한편 위의 전중교위(殿中教尉) 윤대목(尹大目)은 원래 조상의 심복이었
다. 조상이 사마사에게 모살(謀殺)되자 윤대목은 일부러 사마사를 섬기
는 척하면서(제 107회 참고) 늘 조상의 원수를 갚기 위해 사마사를 죽일
기회만 노리고 있었으며, 또한 평소 문흠과도 교분이 두터운 사이였다.

그는 지금 사마사의 눈알이 튀어나와 꼼짝 못 하는 것을 보고 막사
안으로 들어가 고하기를: "문흠은 원래 모반할 생각이 없었는데 관구검
의 핍박에 못 이겨 이렇게 된 것입니다. 제가 가서 설득하면 그는 반드시
와서 항복할 것입니다."

사마사는 그렇게 해보라고 했다.

윤대목은 즉시 갑옷에 투구를 쓰고 말에 올라 문흠의 뒤를 추격했
다. 거의 따라잡은 윤대목이 큰 소리로 외치기를: "문 자사(文刺史)! 잠시
멈추시오. 나는 윤대목이오!"

문흠이 고개를 돌려보니 윤대목이 투구를 벗어 말안장 앞에 걸치고
채찍을 들어 그를 가리키며 말하기를: "문 자사는 어찌하여 며칠을 참지
못하시오?"

이 말은 대목은 사마사가 수일 내에 죽을 것임을 알기에 일부러 찾아
와서 문흠에게 며칠만 더 머물러 있게 하려는 것이었다. 그러나 그 뜻을
이해하지 못한 문흠은 언성을 높여 꾸짖으며 윤대목을 향해 화살을 날
리려 했다. 윤대목은 통곡을 하며 돌아갔다.

문흠이 군사를 수습하여 수춘에 이르렀을 때, 수춘은 이미 제갈탄의 손아귀에 들어간 뒤였다. 그가 다시 항성으로 돌아가려고 하니 그곳은 호준(胡遵)·왕기(王基)·등애까지 세 방면의 군사들이 모두 도착해 있는 것이 아닌가!

돌아갈 곳이 없어진 문흠은 결국 동오의 손준에게 투항하러 갔다.

이때 항성에 있던 관구검은 수춘성도 빼앗기고 문흠마저 패한데다가 성 밖에는 세 방면에서 위군들이 당도했다는 말을 듣고 성 안의 군사를 모두 이끌고 싸우러 나왔다.

성을 나오자마자 등애의 군사와 마주친 관구검은 갈옹을 내보내 등애를 맞아 싸우라고 했다. 그러나 단 한 합도 겨루지 못하고 등애가 갈옹을 한 칼에 베어 버리고 군사를 휘몰아 쳐들어왔다. 관구검은 죽기로 싸웠지만 세 방면에서 협공하는 위군을 어찌 감당할 수 있겠는가! 강회(江淮)의 군사들은 큰 혼란에 빠지고 말았으며 관구검은 결국 10여 명의 기병만 데리고 길을 열어 달아났다.

신현성(愼縣城) 아래에 이르니 현령 송백(宋白)이 성문을 열고 관구검을 맞아들여 술상까지 마련하여 대접해 주었다. 관구검이 잔뜩 취하자 송백은 사람을 시켜 그를 죽이고 그 수급을 베어 위군에게 갖다 바치게 했다. 이로써 회남(淮南) 땅은 평정되고 말았다.

갈수록 병이 악화되어 일어나지 못하는 사마사는 제갈탄을 막사 안으로 불러 그에게 대장 인수를 주면서 진동대장군으로 벼슬을 올려 양주의 여러 지방의 군사를 지휘하게 하고 자신은 군사를 돌려 허창으로 돌아갔다.

그러나 눈의 통증은 갈수록 심해지고 게다가 밤마다 꿈속에 그가 죽인 이풍(李豊)·장집(張緝)·하후현(夏侯玄) 세 사람이 침상 앞에 나타나 괴롭혔다.

심신이 피폐할 대로 피폐해진 사마사는 더 이상 살 수 없음을 직감하고 사람을 낙양으로 보내 사마소를 데려오도록 했다.

사마소가 침상 아래에서 울면서 절을 하니 사마사가 유언을 남기기를: "내가 맡은 권력이 너무 무거워 내려놓고 싶어도 그럴 수가 없구나. 너는 나의 뒤를 이어 일을 하되 대사를 절대로 쉽게 남에게 맡겨 스스로 멸족지화(滅族之禍)를 당하지 않도록 해야 하느니라."

말을 마치고 인수를 건네준 사마사의 얼굴은 흐르는 눈물로 덮여 버렸다. 사마소가 급히 무언가 물으려고 하는 순간 사마사는 비명을 지르며 눈알이 튀어나와 죽고 말았다. 정원(正元) 2년(서기 255년) 2월이었다.

사마소는 사마사의 부고를 알리고 위주 조모에게도 아뢰었다. 조모는 즉시 사자에게 조서를 보내 사마소에게 당분간 허도에 머물면서 동오의 침략에 대비하라고 했다.

조서를 받은 사마소는 어찌해야 할지 마음의 결단을 못하고 주저하고 있었다.

종회(鍾會) 曰: "대장군께서 돌아가신 지 얼마 안 되어 백성들이 불안해하고 있는 이때, 장군께서 만약 허도에 머물고 계시다가 조정에 무슨 변고라도 생기면 그때 가서 후회해 봐야 무슨 소용이 있겠습니까?"

사마소는 그의 말에 따라 즉시 군사를 일으켜 낙수 남쪽에 주둔했다. 이 소식을 들은 조모는 깜짝 놀랐다.

태위 왕숙이 아뢰기를: "사마소는 이미 그 형의 대권을 이어받아 장악했으니 폐하께서는 이번 기회에 그에게 작위를 내리시어 안심시키시옵소서."

조모는 곧바로 왕숙에게 조서를 가지고 가서 사마소를 대장군으로 봉하고 역시 문관으로서의 최고 벼슬인 녹상서사(錄尙書史)를 겸하게 했

다. 사마소는 조정에 들어가 은혜에 감사를 드렸다. 이로써 조정 안팎의
모든 권력은 이제 사마소에게 돌아갔다.

　한편 서촉의 정탐꾼이 이런 정보를 탐지하여 성도에 보고했다.

　강유가 후주에게 아뢰기를: "최근 사마사가 죽고 그의 동생 사마소가
권력을 장악했는데 그는 틀림없이 낙양을 떠나지 못할 것이옵니다. 신은
이 기회에 위를 쳐서 중원을 회복하고자 합니다."

　후주는 강유의 건의를 받아들여 곧바로 강유에게 군사를 일으켜 위
를 치도록 했다. 강유는 한중으로 와서 군사를 정비했다.

　정서대장군 장익 曰: "촉은 땅도 좁고 물자와 군량도 부족하여 지금
원정을 나가는 것은 바람직하지 않습니다. 험한 요새를 의지하여 단단
히 지키면서 군사와 백성을 잘 보살피는 것이 나라를 보존하는 계책입
니다."

　강유 曰: "그렇지 않소. 지난날 승상께서 초려에서 나오시기 전에 이
미 천하를 셋으로 나누는 계책을 세우셨고 이미 여섯 번이나 기산으로
나가 중원을 도모하려고 했지만, 불행히도 중도에 돌아가시는 바람에 대
업을 이루지 못하지 않소이까?

　나는 지금 승상의 유명(遺命)을 받은 몸으로 마땅히 충성을 다하여 나
라에 보답하여 승상의 뜻을 이어가야 하니, 이 일을 위해서는 비록 이
몸이 죽는다 해도 여한이 없소이다. 지금 위를 칠 수 있는 좋은 기회가
생겼는데 지금 정벌하지 않으면 또 어느 때를 기다리겠소?"

　하후패 曰: "장군의 말씀이 맞습니다. 먼저 발이 빠른 기병들을 데리
고 포한(枹罕)으로 나가면 됩니다. 만약 조수(洮水) 서편의 남안(南安)만
얻으면 나머지 군들은 쉽게 손에 넣을 수 있습니다."

　장익 曰: "지금까지 매번 우리가 이기지 못하고 돌아온 것은 모두 우

리 군사들이 너무 늦게 출발했기 때문입니다. 병법에 이르기를 '적의 허를 찔러 공격하고(攻其無備), 생각지도 못한 곳을 친다(出其不意).'고 했습니다. 기왕에 치시려면 속히 출병하여 저들로 하여금 전혀 대비할 수 없도록 한다면 완전한 승리를 거둘 수 있을 것입니다."

강유는 곧바로 군사 5만 명을 거느리고 포한으로 떠났다. 강유의 대군이 조수에 이르자 변경을 지키는 군사가 옹주자사 왕경(王經)과 정서정군 진태(陳泰)에게 보고했다. 왕경은 기병과 보병 7만 명을 일으켜 맞서 싸우러 나섰다.

강유는 장익에게 여차여차하라고 지시하고 또 하후패에게도 여차여차하라고 분부했다. 두 사람은 계책을 받고 떠났다. 그런 다음 강유는 직접 대군을 거느리고 나가서 조수를 등지고 진을 쳤다.

왕경은 몇 명의 아장(牙將)을 데리고 진 앞에 나와서 묻기를: "위·촉·오 세 나라는 이미 솥의 세 발과 같은 형세를 이룬지 오래 되었는데, 너희는 어찌하여 걸핏하면 쳐들어오는 것이냐?"

강유 曰: "사마사가 까닭 없이 주군을 폐했으니, 이는 사이가 좋은 이웃나라 사이에서도 마땅히 그 죄를 물어야 할 일이거늘, 하물며 원수의 나라에서는 더 말할 나위가 있겠느냐?"

왕경은 장명(張明)·화영(花永)·유달(劉達)·주방(朱芳) 등 네 장수를 돌아보며 말하기를: "촉군이 그야말로 배수진(背水陣)을 치고 있으니 저들은 패하면 모조리 강물에 빠져 죽을 것이다. 강유는 사납고 용맹하니 너희 네 명이 함께 힘을 합쳐 그와 싸우도록 하라. 그가 만약 군사를 뒤로 물리면 곧바로 추격하라."

네 명의 장수는 좌우로 두 명씩 나누어 가서 강유와 싸웠다. 강유는 적당히 몇 합 싸우는 척하다가 말머리를 돌려 본진으로 달아났다. 왕경은 군사를 휘몰아 일제히 쫓아갔다.

강유는 군사를 이끌고 조수를 향해 달아났다. 물가에 거의 이르자 강유가 큰 소리로 장사들을 부르며 말하기를: "이제 더 이상은 물러설 곳이 없다. 모든 장수들은 죽기를 각오하고 싸우라!"

장수들이 말머리를 돌리고 일제히 힘을 떨쳐 추격해 오는 위군들을 맞서 싸우니 위군은 크게 패했다. 그때 장익과 하후패가 위군의 뒤로 돌아가서 두 방면으로 나누어 달려와 위군을 포위했다. 강유는 무위를 떨치며 적진 속으로 뛰어들어가 좌충우돌하니 위군들은 큰 혼란에 빠져, 서로 밟고 밟혀서 죽는 자가 태반이었다. 또한 강물에 빠져 죽은 자도 셀 수가 없었으며, 촉군에게 목이 잘려 죽은 자도 1만 명이 넘었으니, 죽어 쌓인 시체가 몇 리에 걸쳐 있었다.

싸움에 크게 패한 왕경은 겨우 기병 1백여 명만 데리고 죽을힘을 다해 싸워, 간신히 목숨을 건져 곧장 적도성(狄道城)으로 달아나 성문을 닫고 지켰다.

오랜만에 대승을 거둔 강유는 술과 음식으로 군사들을 위로하고 곧바로 진군하여 적도성을 공격하려고 했다.

그때 장익이 간하기를: "장군께서는 오늘 큰 공을 세우셨고 위엄도 널리 떨치셨으니 이젠 그만 멈추십시오. 지금 다시 공격했다가 만약 일이 뜻대로 되지 않으면 말 그대로 화사첨족(畫蛇添足)[18]의 꼴이 될 수도 있습니다."

강유 曰: "그렇지 않소. 지난번에는 싸움에 지고도 오히려 앞으로 나아가 중원을 종횡으로 누비려고 했는데, 오늘 조수에서의 싸움에서는 위군들의 간담을 서늘하게 했으니, 내 생각에 적도성은 힘 안 들이고 쉽게 차지할 수 있을 것이오. 공연히 우리의 뜻을 꺾으려 하지 마시오."

---

18 뱀을 그리고 나서 있지도 않은 발을 그려 넣는다는 뜻으로 쓸데없는 군짓을 하여 도리어 잘못되게 함을 비유하는 말. 역자 주.

장익이 재삼 만류했지만 강유는 끝내 듣지 않고 군사를 거느리고 적도성을 취하러 갔다.

한편 옹주의 정서장군 진태는 왕경이 패한 원수를 갚기 위해 군사를 일으키려 하고 있는데 갑자기 연주 자사 등애가 군사를 이끌고 도착했다.

진태가 그를 맞아들여 서로 인사를 나눈 뒤 등애가 말하기를: "저는 대장군의 명을 받들어 장군을 도와 적을 쳐부수기 위해 왔습니다."

진태가 등애에게 촉군을 칠 계책을 물으니, 등애가 말하기를: "조수 싸움에서 큰 승리를 거둔 저들이 만약 강병을 불러와서 동으로 관중(關中)과 농우(隴右)를 치면서 네 군(郡)에 격문을 돌린다면 우리에게는 최악의 시나리오가 될 것입니다. 그러나 다행히 저들은 그렇게 할 생각은 하지 않고, 지금 적도성을 도모하려고 하고 있습니다. 그 성은 성벽이 견고하여 쉽게 깨트리기 어려울 것이니, 결국 저들은 공연히 힘만 빼고 시간만 허비하게 될 것입니다. 우리는 이제 항령(項嶺)에 군사를 주둔시켜 놓고 진군하여 저들을 공격하면 촉군은 반드시 패하고 말 것입니다."

진태 曰: "그것 참 묘한 계책이오!"

진태는 매 대대마다 5십 명씩으로 구성된 2십 대대의 군사를 먼저 내보냈다. 그들에게 모두 깃발과 북·나팔 등을 가지고 낮에는 매복해 숨어 있고, 밤에만 행군하여 적도성 동남쪽의 높은 산과 깊은 골짜기에서 매복해 있으라고 했다. 그리고 촉군이 오기를 기다렸다가 일제히 북을 치고 나팔을 불며 대응을 하고 밤이면 불을 지르고 포를 터뜨려 적들을 놀라게 하라고 했다.

군사 배치를 마치고 오직 촉군이 오기만을 기다렸고 진태는 등애와 함께 각기 군사 2만 명을 이끌고 차례로 나아갔다.

한편 강유는 적도성을 포위하고 며칠에 걸쳐 사방팔방으로 공격했지만 함락시키지 못해 답답하고 마음만 조급해지고 있었는데 쓸 만한 계책조차 없었다.

그날 황혼 무렵 갑자기 정탐꾼이 네댓 차례나 달려와 보고하기를: "지금 두 방면에서 군사들이 오고 있는데 깃발 위에는 큰 글씨로 각각 '정서장군 진태(征西將軍 陳泰)'와 '연주 자사 등애(兗州刺史 鄧艾)'라고 씌어 있습니다."

깜짝 놀란 강유가 곧바로 하후패를 불러 상의했다.

하후패 曰: "내 지난번 장군께 말씀드린 바와 같이 등애는 어릴 적부터 병법에 아주 밝고 지리에도 훤합니다.(제 107회 참고) 그런 그가 이제 군사를 이끌고 오니 결코 쉬운 상대가 아닙니다."

강유 曰: "지금 저들은 먼 길을 달려왔으니 쉴 틈을 주지 말고 곧바로 공격하는 것이 좋겠소."

강유는 장익에게 남아서 계속 성을 공격하게 하고, 하후패에게는 군사를 이끌고 가서 진태를 맞아 싸우게 하고 자신은 등애를 맞아 싸우러 갔다.

강유가 출발하여 불과 5리도 채 못 갔을 때 갑자기 동남쪽에서 포성이 울리면서 북소리·나팔 소리가 땅을 진동하며 불길이 하늘로 치솟았다. 강유가 말을 달려가 앞에서 살펴보니 주위에는 온통 위군들의 깃발이었다.

강유가 깜짝 놀라며 말하기를: "내가 등애의 계책에 걸려들고 말았구나!"

그는 곧바로 하후패와 장익에게 각자 적도성을 포기하고 퇴군하라고 명령했다. 이리하여 촉군들은 모두 한중으로 물러갔다. 강유는 몸소 추격해 오는 적군들을 차단하기 위해 퇴군하는 군사들의 맨 뒤에 있었는데 등 뒤에서는 북소리가 그치지 않았다.

강유가 검각(劍閣)으로 물러간 뒤에야 2십여 곳에서 일어난 북소리와 불길이 모두 위장으로 설치해 놓은 것임을 알게 되었다. 강유는 군사를 물리어 종제(鍾堤)에 주둔했다.

한편 후주는 강유가 조수에서 대승을 거두었다는 소식에 조서를 내려 그를 대장군으로 봉했다. 강유는 관직을 받고 표문을 올려 은혜에 감사를 드리고 다시 위를 정벌할 계책을 상의했다.

이야말로:

공 이루고 사족 덧붙일 필요 없었는데   成功不必添蛇足
역적 치려는 마음에 호위 떨치려 하네   討賊猶思奮虎威

이번 북벌은 과연 어찌 될지 궁금하거든 다음 회를 기대하시라.

제 111 회

등애는 지략을 써서 강유를 패퇴시키고
제갈탄은 의리를 내세워 사마소를 치다

鄧士載智敗姜伯約

諸葛誕義討司馬昭

강유는 군사를 물려 종제에 주둔했고 위군은 적도 성 밖에 주둔하고 있었다. 왕경은 진태와 등애를 성 안으로 맞아들여 포위망을 풀어준 것에 대한 감사의 표시로 연회를 베풀어 대접하고 전군에 큰 상을 내렸다.

진태는 등애의 공로를 위주 조모에게 소상히 상주하자 조모는 등애를 안서장군(安西將軍)으로 봉하고 부절(符節)을 주어 호동강교위(護東羌校尉)를 겸하게 하고 진태와 함께 옹주·양주 등지를 지키게 했다.

등애가 위주에게 은혜에 감사한다는 표문을 올리자 진태가 연회를 베풀어 등애를 축하하며 말하기를: "강유가 얼마나 놀랐으면 밤에 부리나케 도망가겠습니까? 다시는 감히 나오지 못할 것입니다."

등애가 웃으며 말하기를: "제가 보기에 촉군이 다시 올 수 있는 이유가 다섯 가지나 됩니다."

진태가 그 이유를 묻자 등애가 대답하기를: "촉군이 비록 물러가기는 했지만 승세를 타고 있고 우리 군은 약해 패한 것이 사실이니, 이것이 저들이 반드시 다시 올 첫 번째 이유입니다.

촉의 군사들은 모두 공명이 훈련시킨 정예의 병사들이니 장수들이 지휘하기가 쉬운데, 우리는 장수들이 수시로 바뀌고 군사들도 훈련이 되어 있지 않음이 그 두 번째 이유입니다.

촉군들은 대부분 배로 이동하지만 우리 군사들은 모두 육지에서 이동하여 번거롭고 편안함이 다르니 이것이 저들이 반드시 치러 올 세 번째 이유입니다.

적도·농서·남안·기산 등 네 곳은 모두 수비를 해야 하는 땅인데 촉군들은 동쪽을 칠듯하다가 서쪽을 치고(聲東擊西), 남쪽을 가리키면서 북쪽을 공격(指南攻北)할 수 있지만, 우리는 반드시 군사를 나누어 지켜야 합니다. 촉군은 한 곳에 모여 온전히 하나가 되어, 일제히 쳐들어오지만 우리는 네 곳으로 나누어 막아야 하니 이것이 저들이 다시 올 네 번째 이유입니다.

촉군들이 만약 남안과 농서로 나온다면 강인들의 곡식을 취해서 먹을 수 있고, 기산으로 나오면 그곳의 밀을 군량미로 사용할 수 있으니 이것이 그들이 반드시 다시 나올 다섯 번째 이유입니다."

진태기 탄복하며 말하기를: "공이 적을 귀신처럼 헤아리고 있으니 촉군을 염려할 필요가 어디 있겠소?"

이리하여 진태와 등애는 많은 나이 차이에도 불구하고 친구처럼 지내는 이른바 '망년지교(忘年之交)'를 맺었다. 이때부터 등애는 날마다 옹주·양주 등지에서 군사를 조련하며 각처의 요충지에 영채를 세워 적의 불시의 공격에 대비했다.

한편 강유는 종제에서 여러 장수들을 모아 놓고 연회를 크게 베풀며 위를 칠 계획을 상의했다.

영사(令史) 번건(樊建)이 간하기를: "장군께서 그동안 여러 차례 정벌에 나서 별다른 전공을 세우지 못하다, 이번에 모처럼 조서(洮西: 조수 서쪽)

싸움에서 대승하여 위군들에게 장군의 위엄과 명성을 떨치셨는데 무엇 때문에 또 출전하려 하십니까? 만일 다시 나갔다가 불리해지기라도 하면 앞서 세운 전공마저 물거품이 될 수 있습니다."

강유 曰: "그대들은 위의 땅이 넓고 인구도 많아 쉽게 취하기 어렵다고 생각할지 모르겠지만, 우리가 위를 쳐서 이길 수 있는 다섯 가지 이유가 있다는 사실은 아마 모르고 있을 것이네."

여러 장수들이 그것이 무엇인지 물으니 강유가 대답하기를: "위군들은 조서 싸움에서 크게 패하여 군사들의 사기가 완전히 꺾여 있소. 우리 군사들은 지금 비록 물러나 있지만, 군사적 손실은 전혀 없으니, 지금 만약 진군한다면 반드시 승리할 수 있다는 것이 그 첫 번째 이유이며, 우리 군사는 배를 타고 나아가니 적을 만나 싸우기 전에 힘을 비축할 수 있지만, 저들은 육로로 걸어와서 싸워야 하니 우리를 맞아 싸우기 전에 모두 지쳐있음이 그 두 번째 이유일세.

우리 군사들은 오랜 기간 훈련을 해 왔지만, 저들은 모두 질서나 규율이 없는 오합지졸에 불과하니 우리가 이길 수 있는 세 번째 이유이며, 우리 군사들은 기산까지만 나가면 저들의 가을 곡식을 빼앗아 먹을 수 있는 것이 저들을 이길 수 있는 네 번째 이유일세.

마지막으로 저들은 각 처를 수비하느라 군사를 모두 분산 배치해야 하지만 우리 군사는 모두 한곳으로 나아가면 저들이 어떻게 서로를 구원할 수 있겠는가? 이것이 우리가 승리할 수밖에 없는 다섯 번째 이유이네. 이런 때에 위를 치지 않고 다시 어느 때를 기다린단 말인가?"

하후패 曰: "등애는 비록 나이는 어리지만 슬기와 지혜가 심오하고 원대합니다. 더구나 그는 최근 안서장군으로 봉해져서 틀림없이 각처에서 대비를 철저히 하고 있을 것이니 예전과는 사뭇 다를 것입니다."

강유가 언성을 높이며 말하기를: "내 어찌 그런 애송이를 겁내겠는가!

그대들은 적들의 사기는 높게 평가하고 정작 우리의 위풍은 스스로 깎아내리려 하지 말라. 내 뜻은 이미 정해졌으니 반드시 농서(隴西)부터 먼저 차지할 것이다.”

여러 장수들은 더 이상 감히 말리지 못했다.

강유는 직접 선두 부대를 거느리고 앞으로 나아가면서 여러 장수들은 그 뒤를 따라오게 했다. 이리하여 촉군들은 모두 종제를 떠나 기산으로 향했다.

앞서가던 정탐꾼이 돌아와 위군이 이미 기산에 아홉 개의 영채를 세웠다고 보고했다. 강유는 그 말을 믿을 수가 없어 자신이 직접 몇 명의 기병만 데리고 높은 곳에 올라가 바라보니, 정말 기산에 아홉 개의 영채가 세워져 있는데 그 형세가 마치 긴 뱀이 머리와 꼬리가 서로 호응하고 있는 것처럼 보였다.

강유가 좌우를 돌아보며 말하기를: “하후패의 말이 빈말이 아니었구나! 이 영채의 형세가 참으로 절묘하다. 이렇게 할 수 있는 사람은 나의 스승이신 제갈 승상밖에 없는 줄 알았는데 이제 보니 등애도 우리 스승 못지않구나.”

곧바로 본채로 돌아온 강유가 여러 장수를 불러 모아 말하기를: “위의 군사들이 이미 대비를 하고 있으니, 이는 틀림없이 우리가 올 줄 이미 알고 있다는 것이 아니겠는가. 내 생각에 틀림없이 등애도 이곳에 있을 것이다. 그대들은 이곳 산골짜기 어귀에 영채를 세우고 내가 이곳에 있는 것처럼 내 기치를 크게 세워 놓고 매일 기병 1백여 명으로 하여금 나가서 정탐하도록 하되 매번 나갈 때마다 갑옷과 기치를 청·황·적·백·흑 다섯 가지 색깔로 바꾸도록 하게. 나는 그사이에 대군을 거느리고 동정으로 몰래 나가 남안을 기습할 것이네.”

그러고는 포소(鮑素)로 하여금 기산의 골짜기 어귀에 군사를 주둔하게 하고 자신은 대군을 거느리고 남안으로 출발했다.

한편 등애는 촉군이 기산으로 나올 줄 알고 일찌감치 진태와 함께 기
산에 영채를 세우고 대비하고 있었는데, 촉군들은 며칠이 지나도록 싸
움조차 걸어오지 않고 하루에 다섯 차례씩 정찰병만 10여 리 혹은 15여
리 밖에까지 왔다가 되돌아가는 것이 목격되었다.

등애가 높은 곳에 올라가 바라보고 급히 막사로 돌아와 진태에게 말
하기를: "강유는 이곳에 있지 않소. 틀림없이 동정(董亭)을 취하여 남안
을 습격하러 갔을 것이오. 영채에서 나와 정찰하는 촉군은 몇 명에 불과
한데 저들은 갑옷만 갈아입고 왕래하며 정탐하고 있으니 저 말들은 모
두 지쳐있을 것이고 저들을 이끄는 주장(主將) 또한 별 볼 일 없는 자일
것입니다.

그러니 진 장군께서 한 무리의 군사를 이끌고 가서 저들을 공격한다
면 영채를 쉽게 쳐부술 수 있을 것입니다. 그런 다음 곧바로 동정으로
통하는 길로 나아가 강유의 퇴로를 차단하십시오.

나는 곧바로 군사를 거느리고 가서 남안을 구하러 가서 먼저 무성산
(武城山)부터 취하겠습니다. 내가 무성산 정상을 점거하고 있으면 강유는
틀림없이 상규(上邽)를 취하러 갈 것이오. 상규에는 단곡(段谷)이라는 골
짜기가 있는데 그곳은 지세가 좁고 험해 매복하기 아주 좋은 곳입니다.
그가 무성산을 빼앗으려고 오면 나는 군사를 둘로 나누어 단곡의 양쪽
에 매복시켜 놓으면 틀림없이 강유를 쳐부술 수 있을 것입니다."

진태 曰: "내 농서를 지킨 지 2~30년이나 되었어도 이처럼 이곳 지리
에 밝지 못한데 공이 지금 한 말은 참으로 귀신같은 계책이오. 이곳 영
채는 내가 알아서 칠 테니 공은 속히 떠나시오."

등애는 군사의 행군 속도를 두 배나 빨리하여 밤낮없이 무성산으로

달려갔다. 무성산에 오른 등애는 영채를 다 세웠음에도 촉군이 아직 오지 않자 그의 아들 등충(鄧忠)과 장전교위(帳前校尉) 사찬(師纂)에게 각기 군사 5천 명씩을 주어 먼저 단곡에 가서 매복하고, 여차여차하라고 지시했다. 두 사람은 계책을 받고 떠났고 등애는 깃발들을 눕혀 놓고 북소리도 울리지 않은 채 촉군이 오기를 기다렸다.

한편 동정을 지나 남안을 향해 가던 강유는 무성산 앞에 이르러 하후패에게 말하기를: "남안 근처에 무성산이라는 산이 있는데 만약 이곳을 차지하면 남안의 기세를 꺾을 수 있소. 다만 염려되는 것은 등애가 꾀가 많으니 미리 대비하고 있지 않을까 하는 점이오."

우려가 역시 현실이 되었다. 갑자기 산 위에서 포성이 울리면서 고함소리가 요란했다. 북소리·나팔 소리가 일제히 울리고 깃발이 사방에서 펄럭이기 시작했다. 전부 위군들이었다. 중앙에 황색 깃발 하나가 펄럭이는데 거기에는 '등애(鄧艾)'라는 글자가 선명하게 씌어 있었다. 촉군은 모두 깜짝 놀랐다.

산 위에서 몇 갈래로 정예병들이 쳐내려오는데 그 기세를 감당할 수 없어 강유의 선두 부대는 크게 패했다. 강유가 급히 중군의 군사를 이끌고 구하러 달려가니 위군은 이미 물러가고 없었다.

무성산 아래로 내려온 강유가 등애에게 싸움을 걸었지만 산 위의 위군들은 이제는 싸움에 응할 기미조차 보이지 않았다. 군사들로 하여금 계속 욕설을 퍼부으며 싸움을 걸어도 응하지 않자 날이 저물어 강유가 군사를 물리려 하는데 산 위에서 북소리와 나팔 소리가 요란하게 울렸다. 하지만 위군들이 내려오는 것은 보이지 않았다. 강유가 군사를 이끌고 산 위로 치고 올라가려고 하니 산 위에서 돌들이 비 오듯 쏟아져 내려와 도저히 올라갈 수가 없었다.

삼경이 될 때까지 지키던 강유가 다시 군사를 물리려 하니 또 다시 산 위에서 북소리와 나팔 소리가 요란하게 울렸다. 강유는 군사를 산 아래로 옮겨 주둔하기 위해 군사들에게 돌과 나무를 옮겨 와 영채를 세우려고 하는데 산 위에서 또 북소리·나팔 소리가 울리면서 위군들이 쳐내려왔다. 큰 혼란에 빠진 촉군들은 서로를 짓밟고 짓밟히다가 원래 있던 영채로 돌아갔다.

다음 날 강유는 군사들에게 군량과 마초를 운반하는 수레들을 무성산으로 옮겨오게 했다. 그 수레를 연결하여 목책으로 삼아 그 안에 군사를 주둔시키려는 계책이었다.

그날 밤 이경 무렵 등애는 군사 5백 명에게 각자 횃불을 가지고 두 갈래로 산에서 내려가 수레를 모두 불태우라고 했다. 촉군과 위군들은 밤새 혼전을 벌이느라 강유는 결국 그날도 영채를 세우지 못했다.

군사를 뒤로 물린 강유는 하후패와 상의하기를: "남안을 쉽게 얻지 못할 것 같으니 차라리 상규부터 취해야겠소. 상규는 남안의 군량을 쌓아놓은 곳이니 상규를 얻으면 남안은 저절로 위태로워질 것이오."

하후패에게 남아서 무성산에 주둔해 있도록 하고 강유 자신은 정예병과 맹장을 모두 이끌고 상규로 달려갔다. 밤새 행군하여 날이 밝아올 무렵 주위를 둘러보니 산세가 협소하고 매우 험준했으며 산길 또한 구불구불했다.

바로 향도관에게 묻기를: "이곳의 지명이 무엇이냐?"

향도관이 대답하기를: "단곡(段谷)입니다."

강유가 깜짝 놀라며 말하기를: "그 이름이 마음에 걸리는구나. 단곡(段谷)은 끊어지는 계곡이라는 의미의 단곡(斷谷)과 음이 같은데, 누가 이 골짜기의 어귀를 끊어 버리기라도 한다면 어찌해 볼 도리가 없지 않느냐?"

한창 주저하며 마음을 정하지 못하고 있을 때 선두에서 한 군사가 달

鄧士載智敗姜伯約

려와 보고하기를: "산 뒤에서 먼지가 크게 일고 있는 것으로 보아 아마 복병이 숨어있는 것 같습니다."

강유가 급히 군사를 물리라고 지시했다. 바로 그때 사찬과 등충이 양쪽에서 군사를 이끌고 뛰쳐나왔다. 강유는 잠깐 싸우다 달아나기를 반복했다. 그때 전면에서도 함성이 크게 진동하면서 등애도 군사를 이끌고 들이닥쳐 세 방면에서 동시에 협공을 하니 촉군은 크게 패했다. 다행히 하후패가 군사를 이끌고 구원하러 오니 위군들은 그제야 물러갔다. 위기에서 겨우 벗어난 강유가 다시 기산으로 가려고 했다.

하후패 曰: "기산의 영채는 이미 진태에게 무너졌고 포소는 싸우다 죽었으며 모든 군사는 이미 한중으로 돌아갔습니다."

강유는 감히 동정으로 가지 못하고 급히 산속의 샛길을 찾아 돌아가려는데 뒤에서 등애가 쫓아왔다. 강유는 군사 대부분을 먼저 보내고 자신은 한 무리의 군사만 이끌고 뒤에서 추격해 오는 적을 막으며 물러가고 있었다. 그때 갑자기 산속에서 한 무리의 군사들이 또 뛰쳐나와 길을 막았는데 그는 위군 장수 진태였다. 위군들이 함성을 지르며 강유를 포위했다. 지칠 대로 지친 강유의 군사들은 좌충우돌했지만, 포위를 뚫을 수가 없었다.

이때 탕구장군(蕩寇將軍) 장억(張嶷)이 강유가 곤란을 겪고 있다는 말을 듣고 그들을 구하기 위하여 수백 명의 기병만 데리고 겹겹이 에워싼 적의 포위를 뚫고 들어왔다. 강유는 그 기회를 틈타 포위를 뚫고 빠져나왔지만, 장억은 빗발치는 적의 화살에 맞아 그만 죽고 말았다.

가까스로 한중으로 돌아온 강유는 나라를 위해 목숨을 바친 장억의 충성과 용맹에 감동을 받아 조정에 표문을 올려 그의 자손에게 벼슬을 내리도록 했다. 이번 싸움에서 촉의 장수와 많은 군사들이 죽었으니 그 허물이 모두 강유에게 돌아왔다. 강유는 지난날 공명이 가정(街亭)에서 패했을 때의 전례에 따라 후주에게 표문을 올려 자신의 벼슬을 대장군에서 후장군(後將軍)으로 스스로 낮추고 대장군의 일을 그대로 맡아보았다.

한편 촉군이 완전히 퇴각한 것을 확인한 등애는 진태와 함께 큰 연회를 베풀어 승전을 서로 축하하며 전군에 큰 상을 내려 위로했다. 진태는 등애의 공훈을 조정에 표문으로 상주하자 사마소는 사자를 보내 부절을 가지고 가서 등애의 관직과 벼슬을 올려주고 인수를 내려 주도록 하였으며 또한 그의 아들 등충도 정후(亭侯)로 봉했다.

이때 위주 조모는 연호를 정원 3년에서 감로(甘露) 원년(서기 256년)으로 바꿨다. 사마소는 스스로 전국의 군사를 모조리 거느리는 이른바 천하 병마 대도독(天下兵馬大都督)이 되어 드나들 때 3천 명의 용맹한 무장 군사로 하여금 앞뒤로 호위하도록 하고 모든 사무를 조정에 아뢰지 않고 상부(相府)에서 제멋대로 결정하여 처리했다. 이때 그는 이미 천자의 자리를 빼앗을 마음을 품고 있었다.

사마소에게는 심복이 한 명 있었는데, 그의 성은 가(賈), 이름은 충(充), 자는 공려(公閭)라 했다. 그는 죽은 건위장군(建威將軍) 가규(賈逵)의 아들로 사마소 부하(府下)에서 장사(長史)로 있었다.

가충이 사마소에게 말하기를: "지금 주공께서 모든 권력을 잡고 계시지만 세상의 인심은 아직 안정되어 있지 않습니다. 주공께서는 은밀히 민심을 살피신 후에 서서히 대사를 도모하셔야 합니다."

사마소 曰: "나도 그리 생각하고 있네. 자네가 나 대신 출정한 군사들을 위로한다는 명분으로 동쪽 방면으로 가서 그쪽 인심을 살펴보도록 하게."

사마소의 명을 받은 가후는 곧바로 회남으로 가서 진동대장군(鎭東大

將軍) 제갈탄(諸葛誕)을 만나 보았다. 제갈탄은 자를 공휴(公休)라 했는데 낭야(瑯琊) 남양(南陽) 사람으로 공명의 먼 친척 아우뻘 되는 사람이다. 일찍이 위나라를 섬겼으나 공명이 촉에서 승상으로 있으니 중용되지 못 했다. 공명이 세상을 떠난 뒤 비로소 중요한 직책을 두루 거쳐 고평후(高平侯)로 봉해져서 회남과 회북의 군사를 총괄하고 있었다.

이날 가충이 군사를 위로하러 왔다는 구실로 회남에 이르러 제갈탄 을 찾아왔다. 제갈탄은 연회를 베풀어 그를 대접했다.

술이 어느 정도 취하자 가충이 제갈탄의 속마음을 은근히 떠보기를: "근래 낙양의 여러 현명한 생각을 하고 있는 자들은 지금의 주상은 너무 나약하시어 군왕 감이 아니라고 말씀하십니다. 사마 대장군은 3대째 나 라를 보좌하시어 그 공이 하늘에 가득하니, 위의 대통을 이어받으실 만 하다고 생각하고 있습니다. 공께서는 이를 어찌 생각하시는지 모르겠습 니다."

제갈탄이 몹시 화를 내며 말하기를: "그대는 가(賈) 예주(豫州: 가규)의 아들로서 대대로 위나라의 녹을 먹어 왔거늘, 어찌 감히 그런 말을 입에 담으시오?"

가충이 즉시 사과하며 말하기를: "저는 그저 다른 사람의 말을 전했 을 뿐입니다."

제갈탄 曰: "만약 조정에 무슨 변고가 생기면 나는 기꺼이 목숨을 바 쳐 나라에 보답할 것이오!"

가충은 더 이상 아무 말도 하지 않았다.

다음 날 하직 인사를 하고 낙양으로 돌아온 가충이 사마소에게 그 일을 자세히 설명했다.

사마소가 매우 화를 내며 말하기를: "그 쥐새끼 같은 놈이 어찌 감히 그럴 수 있단 말인가!"

가충 曰: "제갈탄은 회남에서 인심을 얻고 있는 자이니 오래 두었다가는 장군께 반드시 우환거리가 될 것입니다. 속히 제거하셔야 합니다."

사마소는 은밀히 양주 자사 악침(樂綝)에게 밀서를 보내놓고, 한편으로 제갈탄에게 사자를 보내 조서를 가지고 가서 사공(司空)에 임명할 것이니 올라오도록 했다.

조서를 받은 제갈탄은 가충이 벌써 고변했음을 알고 조서를 가지고 온 사자를 붙잡아 고문을 했다.

사자 曰: "이 일은 악침도 이미 알고 있을 것입니다."

제갈탄 曰: "그가 어찌 알고 있단 말이냐?"

사자 曰: "사마 장군이 이미 사람을 양주로 보내 악침에게 밀서를 전달하게 했습니다."

제갈탄은 몹시 화를 내며 좌우 무사에게 호령하여 사자의 목을 베라고 한 다음 곧바로 수하 군사 1천 명을 데리고 급히 양주로 달려갔다. 양주성 남문에 이르자 성문은 굳게 닫혀 있고 조교도 들어 올려져 있었다.

제갈탄이 성 아래에서 성문을 열라고 외쳤지만, 성 위에서는 누구 하나 대답하는 자도 없었다.

제갈탄이 몹시 화가 나서 말하기를: "악침 네 이놈이 어찌 감히 이럴 수 있단 말이냐?"

즉시 데리고 온 부하들에게 성을 치라고 명령했다. 수하의 용맹한 기병 십여 명이 말에서 내려 해자를 건너더니 몸을 날려 성벽 위로 기어 올라가 성을 지키던 군사들을 쫓아버리고 성문을 활짝 열었다.

군사를 이끌고 성 안으로 들어간 제갈탄은 바람 부는 방향으로 불을 지르고는 곧바로 악침의 집으로 쳐들어갔다. 악침이 황급히 누각으로 올라가 몸을 피하자 제갈탄이 검을 들고 누각에 올라가 큰 소리로 호

통치기를: "너의 부친인 악진(樂進)은 위나라에 큰 은혜를 입었는데, 너는 그 은혜에 보답은 못 할망정 어찌하여 사마소를 따르려 하느냐?"

악침은 그 말에 미처 대답도 하기 전에 제갈탄이 내리친 칼에 죽고 말았다. 제갈탄은 즉시 사마소의 죄목을 낱낱이 적은 표문을 작성하여 사람을 시켜 낙양의 천자에게 아뢰고 회남과 회북에서 농사를 짓는 10여만 명의 백성을 모으고 양주에서 항복해 온 군사 4만여 명과 함께 군량과 마초를 거두어들이게 하여 출병할 준비를 했다.

그리고 장사(長史) 오강(吳綱)으로 하여금 자신의 아들 제갈정(諸葛靚)을 동오에 볼모로 데리고 가서 구원을 청하며 함께 사마소를 토벌하자고 제의했다.

이때 동오는 승상이던 손준(孫峻)이 병으로 죽고, 그의 사촌 동생 손침(孫綝)이 정사를 돌보고 있었는데 손침의 자는 자통(子通)으로 그는 성격이 너무 포악하여 대사마 등윤(滕胤)과 장군 여거(呂據)·왕돈(王惇) 등을 죽이고 모든 권력을 장악하고 있었다. 오주 손량은 총명했지만 어찌할 방법이 없었다.

오강은 제갈정을 데리고 석두성(石頭城)으로 가서 먼저 손침을 찾아가 절을 했다. 손침이 무슨 일로 왔느냐고 묻자 오강이 대답하기를: "제갈탄은 촉한 공명의 집안 동생입니다. 이전부터 위를 섬겨왔는데 지금 사마소가 임금을 능멸하는 것도 모자라 이제 권력을 농단하며 황제까지 폐하려 하고 있어 군사를 일으켜 토벌하고자 하나 힘이 부족해 이렇게 도움을 청하러 왔습니다. 달리 증빙할 방법이 없어 그의 아들 제갈정을 볼모로 데려왔습니다. 부디 군사를 내어 도와주시기를 바랍니다."

손침은 그의 청을 받아들여 곧바로 대장 전역(全懌)과 전단(全端)을 주장(主將)으로, 우전(于詮)을 후군으로, 주이(朱異)와 당자(唐咨)를 선봉으로, 문흠(文欽)을 향도로 각각 삼아, 군사 7만 명을 일으켜 세 부대로 나누어 나아가도록 했다.

수춘으로 돌아온 오강은 이 사실을 제갈탄에게 알려주었다. 제갈탄은 매우 기뻐하며 군사를 배치하며 싸울 준비를 했다.

한편 제갈탄이 올린 표문이 낙양에 도착하자 이를 본 사마소는 매우 화를 내며 자신이 직접 내려가 그를 치려고 했다.

가충이 간하기를: "주공께서는 부형(父兄)의 기업을 이으셨지만, 아직 주공의 은덕이 천하에 미치지 못하고 있으니, 지금 천자를 두고 떠나가셨다가 만약 하루아침에 변고라도 생기면 그때는 후회해도 소용이 없습니다. 차라리 태후와 천자께 주청을 드리고, 함께 출정하시면 그런 위험을 없앨 수 있습니다."

사마소는 기뻐하며 말하기를: "자네 말이 맞네!"

사마소는 궁에 들어가 먼저 태후께 아뢰기를: "제갈탄이 모반을 일으켜 신이 문무 관료들과 의논한 끝에 내린 결론은, 태후께서 천자와 함께 어가를 타시고 친히 정벌에 나서서 선제의 유지를 이으셔야 한다는 것입니다."

태후는 무섭고 겁이나 어쩔 수 없이 그리하겠다고 대답했다.

다음 날 사마소가 위주 조모에게 길을 떠나기를 청하자 조모가 말하기를: "대장군은 천하의 군사를 총감독하면서 군사의 이동과 배치를 마음대로 할 수 있는데 굳이 짐이 가야할 까닭이 어디 있소?"

사마소 曰: "그렇지 않습니다. 옛날 무조(武祖: 조조)께서는 천하를 종횡하시었고, 문제(文帝: 조비)와 명제(明帝: 조예) 또한 우주를 품을 원대한 뜻을 가지시고 큰 적을 만나면 몸소 나아가셨습니다. 폐하께서도 선대 임금들의 아름다운 덕을 본받아 오래된 화근을 뿌리 뽑아야 하거늘 어찌 두려워하십니까?"

조모는 사마소의 위엄과 기세에 눌려 더 이상 말을 하지 못하고 따를 수밖에 없었다.

사마소는 마침내 조서를 내려 낙양과 장안의 군사 26만 명을 모두 일으켜, 진남장군(鎭南將軍) 왕기(王基)를 정(正) 선봉으로, 안동장군(安東將軍) 진건(陳騫)을 부(副) 선봉으로, 감군(監軍) 석포(石苞)를 좌군으로, 연주자사 주태(周太)를 우군으로 각각 삼아 어가를 보위하며 물밀듯이 회남으로 진군했다.

회남에 이르니 동오의 선봉 주이가 군사를 이끌고 와서 위군을 맞이하여 서로 마주 보고 진을 쳤다.

위군에서 왕기가 말을 타고 나오니 동오에서도 선봉 주이가 나가서 그를 맞이했다. 그러나 주이는 미처 3합도 싸우지 못하고 패해서 달아났다. 이번에는 당자가 말을 타고 달려 나갔으나 그도 3합도 겨루지 못하고 크게 패하여 달아났다.

왕기가 군사를 휘몰아 추격하니 동오의 군사는 크게 패하여 50리나 뒤로 물러나 영채를 세웠고 이 소식이 수춘성에 알려졌다.

제갈탄이 직접 휘하의 정예병을 이끌고 문흠(文欽)과 그의 두 아들인 문앙(文鴦)·문호(文虎)와 합세하여 수만 명의 대군을 거느리고 사마소와 싸우러 갔다.

이야말로:

방금 오나라 군사의 예기가 꺾이자마자　　　　方見吳兵銳氣墮
또 위의 장수가 강한 군사를 몰고 온다　　　　又看魏將勁兵來

승부가 어찌 될지 궁금하거든 다음 회를 기대하시라.

제 112 회

우전은 수춘성을 구하려다 의리에 죽고
강유는 장성을 취하려고 격전을 벌이다

救壽春于詮死節

取長城伯約鏖兵

사마소는 제갈탄이 동오의 군사와 연합해 결전을 벌이러 온다는 소식을 듣고 산기장사(散騎長史) 배수(裴秀)와 황문시랑(黃門侍郞) 종회(鍾會)를 불러 적을 쳐부술 계책을 상의했다.

종회 曰: "동오군이 제갈탄을 돕는 것은 자신들에게 이득이 있기 때문입니다. 그러니 우리가 동오군에게 더 큰 이익으로 유혹하면 반드시 이길 수 있습니다."

사마소는 그의 말에 따라 곧 석포와 주태로 하여금 각기 한 무리의 군사를 이끌고 석두성으로 가서 매복해 있도록 한 다음, 왕기와 진건에게는 정예병을 거느리고 뒤에 있게 하고 편장 성쉬(成倅)에게 수만 명의 군사를 이끌고 가서 적을 유인하게 했다. 또한 진준(陳俊)에게는 수레와 마소, 나귀와 노새 등에 동오의 군사들이 좋아할 물건들을 가득 실어 진중에 모아두었다가 적이 오면 그것을 버리고 달아나게 했다.

이때 제갈탄은 동오의 장수 주이를 왼쪽에, 문흠을 오른쪽에 거느리고 위의 군사들이 무질서하고 혼란한 틈을 이용하여 일제히 앞으로 나

234

아갔다. 그러자 성쉬는 곧바로 뒤로 물러나 달아났다. 제갈탄의 군사들이 쳐들어가 보니 소와 말, 나귀와 노새 등에 실은 물건들이 들판에 널려 있었다.

동오의 군사들은 그것을 서로 차지하기 위해 싸움에는 관심을 두지 않았다. 그때 갑자기 포성이 울리면서 양쪽에서 군사들이 쳐들어왔는데 왼쪽에서는 석포가, 오른쪽에서는 주태가 군사를 이끌고 있었다.

깜짝 놀란 제갈탄이 급히 군사를 뒤로 물리려고 하는데 이번에는 왕기와 진건이 거느린 정예병이 들이닥치니 제갈탄의 군사들은 크게 패하고 말았다. 사마소도 군사를 이끌고 와서 지원을 했다.

제갈탄은 패한 군사를 수습하여 달아나 수춘성으로 들어가서 성문을 굳게 닫고 지키기만 했다. 사마소는 군사들을 동원하여 성을 사방으로 에워싸고 힘을 합쳐 공격하라고 명령했다.

이때 동오의 군사들은 물러나 안풍(安豊)에 주둔하고 있었으며 위주 조모의 어가는 항성(項城)에 머무르고 있었다.

종회 曰: "지금 제갈탄은 패했지만 수춘성 안에는 군량과 마초가 넉넉하고 게다가 동오의 군사는 안풍에 주둔하고 있으니 의각지세를 이루고 있습니다. 지금 우리 군사들이 사방으로 성을 포위하고 공격하고 있지만, 우리가 느슨하게 공격한다면 굳게 지키고만 있을 것이고, 급하게 몰아치면 저들은 죽기 살기로 싸울 것입니다. 그럴 때 만약 동오의 군사들이 기세를 타고 협공을 하게 되면 우리에게 절대적으로 불리합니다. 그러니 삼면에서만 공격하고 남쪽의 문은 열어 주어 저들이 달아날 수 있도록 한 다음에 적들이 달아날 때 공격을 하면 완전한 승리를 거둘 수 있습니다. 동오의 군사들은 멀리서 왔기 때문에 식량 보급이 제때 이어지지 못할 것입니다. 우리가 경기병(輕騎兵)을 이끌고 가서 저들의 후미를 기습하면 저들은 싸우기도 전에 스스로 무너질 것입니다."

사마소는 종회의 등을 어루만지며 말하기를: "그대는 진정 나의 장자방(張子房: 한 고조의 유명한 모사 장량)일세!"

사마소는 곧바로 왕기에게 수춘성 남문 쪽에 있는 군사를 철수하게 했다.

한편 동오의 군사들은 안풍에 주둔하고 있었는데 손침이 주이를 불러 꾸짖기를: "수춘성 하나도 구하지 못하면서 어찌 중원을 삼킬 수 있겠느냐? 만일 다시 싸워 이기지 못하면 너의 목을 칠 것이다."

꾸중을 들고 본채로 돌아온 주이가 상의하는데 우전이 말하기를: "지금 수춘성의 남문은 포위되어 있지 않으니 제가 한 무리의 군사를 이끌고 남문으로 들어가서 제갈탄을 도와 성을 지킬 것입니다. 그동안 장군께서는 위군에게 싸움을 거십시오. 그때 제가 성 안에서 뛰쳐나와 양쪽에서 협공하면 위군을 쳐부술 수 있습니다."

주이가 그 작전에 동의하니 전역·전단·문흠 등도 모두 성 안으로 들어가겠다고 하여 우전은 그들과 함께 군사 1만 명을 이끌고 남문을 통해 성 안으로 들어갔다.

위군들은 장군의 특별한 지시를 받지 못해 감히 가벼이 대적하지 못하고 동오의 군사들이 성 안으로 들어가는 것을 지켜만 보다가 사마소에게 보고했다.

사마소 曰: "이는 주이와 함께 안팎으로 협공하여 우리 군사를 쳐부수려는 것이다."

이에 왕기와 진건을 불러 분부하기를: "너희는 군사 5천 명을 이끌고 가서 주이가 오는 길을 차단하되 그들 배후에서 공격하도록 하라."

두 사람은 명을 받고 떠났다.

주이가 군사를 이끌고 오는데 갑자기 뒤에서 함성이 요란하게 울리더니 왼쪽에서는 왕기가, 오른쪽에서는 진건이, 양쪽에서 군사를 휘몰아 쳐들어오자 오군은 크게 패했다.

주이가 영채로 돌아가자 손침이 몹시 화를 내며 말하기를: "매번 패하기만 하는 너 같은 장수를 어디에 쓰겠느냐?"

무사에게 끌고 나가 그의 목을 베라고 호령했다. 그리고 전단의 아들 전의(全禕)도 꾸짖으며 말하기를: "만약 위군을 물리치지 못한다면 너희 부자 역시 나를 보러 올 생각을 하지 마라!"

그러고는 손침은 건업으로 돌아가 버렸다.

종회가 사마소에게 말하기를: "이제 손침도 물러가고 성 밖에서 구원해 줄 군사가 없으니 성을 포위하는 게 좋을 것 같습니다."

사마소는 그 말에 따라 군사를 재촉하여 다시 성을 포위하고 공격하도록 했다. 이때 전의는 나머지 군사를 이끌고 수춘성 안으로 들어가려 했지만 위군들의 세력이 너무 커서 나아갈 길도 물러설 길도 없다고 판단하고 결국 사마소에게 투항하고 말았다. 사마소는 전위의 벼슬을 높여 편장군으로 임명했다.

전위는 사마소의 은덕에 감동하여 부친 전단과 숙부 전역에게 편지를 썼다. 손침은 인자하지 못하니 차라리 위에 항복하는 것이 낫겠다는 내용의 글을 써서 화살에 매달아 성 안으로 쏘아 보냈다. 전의의 글을 받아본 전역은 마침내 전단과 함께 군사 수천 명을 이끌고 성문을 열고 나가서 항복했다.

제갈탄이 성 안에서 크게 걱정을 하고 있는데 모사 장반(蔣班)과 초이(焦彝)가 나서며 말하기를: "성 안에 군량은 적은데 군사는 많으니 오래 버틸 수가 없습니다. 차라리 성 안에 있는 동오군과 초군을 모두 데리고 나가 죽기 살기로 싸워 결판을 내는 것이 좋겠습니다."

제갈탄이 크게 화를 내며 말하기를: "나는 지키려 하는데 너희는 나가 싸우려 하니 혹시 딴마음을 품고 있는 게 아니냐? 두 번 다시 그런 말을 하면 목을 벨 것이다."

두 사람은 하늘을 쳐다보며 긴 한숨을 내쉬며 말하기를: "제갈탄은 곧 망할 것이다. 우리는 이제라도 항복해서 죽음이나 면하도록 하자!"

그날 밤 이경 무렵 장반과 초이는 성을 넘어가서 위에 항복하자 사마소는 그들을 중용했다. 이 일이 있은 후 성 안에는 싸우려는 군사도 있었지만, 감히 싸우자는 말을 하지 못했다.

제갈탄이 성 안에서 보니 위군들이 회수(淮水)의 물을 막기 위해 사방으로 토성을 쌓고 있었다. 제갈탄은 내심 강물이 범람하여 토성이 무너지면 그때 군사를 몰고 나가 적을 공격하려고 생각하고 있었다. 하지만 뜻밖에 매년 내리던 가을장마가 올해는 없어 겨울이 될 때까지 회수는 범람하지 않았다. 게다가 성 안의 식량은 거의 바닥이 나고 있었다.

작은 성(小城) 안에서 두 아들과 함께 성을 단단히 지키고 있던 문흠은 군사들이 굶주려 점점 쓰러져 가는 것을 보다 못해 제갈탄에게 보고하기를: "군량이 다 떨어져 군사들이 굶어 죽고 있으니 차라리 북방의 군사는 모두 성 밖으로 내보내 그들이 먹는 것이라도 줄이는 것이 낫겠습니다."

제갈탄이 버럭 화를 내며 말하기를: "그대가 나에게 북방의 군사를 내보내라고 하는 것은 나를 도모하겠다는 말이 아닌가!"

즉시 좌우 사람에게 호령하여 그를 끌고 나가 목을 베라고 했다. 부친이 살해당한 것을 본 문앙과 문호는 각자 단도를 꺼내 그 주위에 있던 군사 수십 명을 죽이고 몸을 날려 성벽 위로 올라가 훌쩍 뛰어내려 해자를 넘어 위군 영채로 달려가 투항했다. 사마소는 지난번 문앙이 단기필마로 자신의 군사를 물리친 일에 대한 원한을 품고 있어 그를 죽이려고

했다.(제 110회 참고)

종회가 간하기를: "그 죄는 문흠에게 있습니다. 이제 문흠은 죽었고 그 두 아들은 형세가 다급해 항복해 온 것인데 만약 그들을 죽인다면 성 안에 있는 사람들은 더 죽기 살기로 싸우려고 할 것입니다."

사마소는 그 말에 따라 문앙과 문호를 막사 안으로 불러, 좋은 말로 위로하고, 준마와 비단옷을 주고 편장군으로 벼슬을 높여 주며 관내후(關內侯)로 봉했다.

문앙과 문호는 감사의 절을 한 뒤 말에 올라 성을 돌며 큰 소리로 외치기를: "대장군께서 우리 두 사람의 죄를 용서하여 주시고 벼슬까지 주셨느니라! 너희들은 어찌 속히 항복하지 않느냐?"

성 안의 사람들은 이 말을 듣고 모두 의논하기를: "문앙은 사마씨의 원수임에도 저렇게 중용되었는데 하물며 우리야 거리낄 게 없지 않소?"

그러고는 모두 투항하려고 했다. 이를 눈치챈 제갈탄이 몹시 화가 나서 밤낮없이 성을 순찰하며 조금이라도 이상 행동을 하는 자는 죽임으로써 그의 위세를 과시하고 있었다.

성 안의 인심이 이미 돌아선 것을 확인한 종회가 막사 안으로 들어가 사마소에게 아뢰기를: "지금이 성을 칠 기회입니다."

사마소가 매우 기뻐하며 전군을 독려해 사방으로 구름처럼 밀고 들어가 일제히 성을 공격하도록 했다. 마침 성을 지키던 장수 증선(曾宣)이 북문을 열어 주었다. 위군들이 밀물처럼 밀고 들어가니 제갈탄은 황급히 수하 군사 수백 명만 데리고 성 안의 샛길로 빠져나가다가 조교 근처에 이르러 공교롭게 호분(胡奮)과 마주쳤다. 호분의 손이 번쩍 들리면서 칼을 내리치니 제갈탄의 몸은 두 동강이 나며 말 아래로 떨어졌고 따르던 수백 명은 모두 결박당하고 말았다.

왕기가 군사를 이끌고 서문으로 쳐들어가다 바로 동오의 장수 우전과 마주쳤다.

왕기가 큰 소리로 호통치기를: "너는 왜 빨리 항복하지 않느냐?"

우전이 크게 화를 내며 말하기를: "곤경에 처한 남의 난을 구하라는 명을 받고 나와 구하지도 못하고 다른 사람에게 항복하는 것은 의리상 있을 수 없는 일이다!"

투구를 벗어 땅에 내던지며 다시 큰 소리로 외치기를: "사람이 세상에 태어나 싸움터에서 죽을 수 있다면 그보다 다행한 일이 어디 있겠느냐?"

우전은 급히 칼을 휘두르며 30여 합을 죽을힘을 다해 싸우다가 결국 사람도 말도 지쳐 수 많은 적들 속에서 죽고 말았다.

후세 사람이 그를 칭찬하여 지은 시가 있으니:

사마소가 그 해에 수춘성을 포위했을 때	司馬當年圍壽春
무수히 많은 군사들 수레 앞에 항복했지	降兵無數拜車塵
동오에 비록 영웅 장사 없지는 않겠지만	東吳雖有英雄士
누가 죽음으로 의리 지킨 우전에 미치랴	誰及于詮肯殺身

수춘성에 들어간 사마소는 제갈탄의 가족은 남녀노소 할 것 없이 모조리 잡아들여 목을 베어 그 머리를 내걸게 하고 그의 삼족을 멸했다.

무사들이 제갈탄의 수하 군사 수백 명을 결박하여 끌고 왔다.

사마소 曰: "네놈들은 항복하겠느냐?"

모두들 한목소리로 외치기를: "제갈 공과 함께 죽기를 원할 뿐 너에게 절대로 항복하지 않을 것이다."

몹시 화가 난 사마소는 무사들에게 호령하여 그들을 모조리 성 밖으로 끌고 가서 한 사람씩 불러내서 묻게 하기를: "항복하면 살려줄 것이다."

하지만 항복하겠다고 말한 사람이 하나도 없어 하나하나 죽이기 시작했는데 끝내 한 명도 항복하지 않았다. 사마소는 탄식하기를 마지않으며 결국 그들을 잘 묻어주라고 했다.

후세 사람이 이들을 기리며 지은 시[19]가 있으니:

충신이 뜻을 세워 구차히 살지 않으니	忠臣矢志不偸生
제갈공휴 휘하의 군사들이 그러했노라	諸葛公休帳下兵
해로행 노래 소리가 그칠 날 없으리니	薤露歌聲應未斷
그들이 남긴 발자취 전횡을 따라 가네	遺踪直欲繼田橫

동오군의 태반은 위에 항복했다.

배수(裵秀)가 사마소에게 아뢰기를: "동오군은 늙은이나 젊은이나 모두 동남의 강(江)과 회(淮) 지역에 살고 있으니, 저들을 만약 살려둔다면 후에 반드시 반란을 일으킬 것입니다. 차라리 저들을 모두 생매장시키는 것이 나을 것 같습니다."

종회 曰: "그러면 안 됩니다. 예로부터 군사를 부리는 사람은 나라를 온전히 차지하는 것을 으뜸으로 여기고 그 원흉만 죽였습니다. 그들을 모조리 생매장하는 것은 어질지 못한 일이니 차라리 모두 풀어 주어 강남으로 돌려보내 중원의 나라는 역시 관대하다는 것을 보여 주는 것이 좋겠습니다."

---

19 3행의 해로(薤露)는 원래 조조가 지은 '해로행'이라는 악부(樂府)의 제목임. 조조는 동한(東漢) 말년 동탁의 난으로 당시 백성들의 비참한 생활을 꾸밈없고 소박하게 노래했었는데 여기서는 사마씨의 정권 농단 행위가 해로행에서 노래한 동탁의 난처럼 되풀이 되고 있음을 비유한 것임. 역자 주.
    4행의 전횡(田橫)은 전국시대 제(齊)나라의 왕이 되었지만 후에 싸움에 패하여 팽월(彭越)로 달아남. 한고조(漢高祖)의 낙양으로 오라는 부름을 받자 한의 신하되기를 거부하고 자살하니, 그를 따르던 부하 5백 명도 모두 따라 자살하였음. 역자 주.

사마소 曰: "그렇게 하는 것이 좋겠소."

사마소는 동오의 군사들을 모두 자신의 본국으로 돌려보내 주었다. 당자(唐咨)는 손침의 보복이 두려워 감히 본국으로 돌아가지 못하고 위에 투항했다. 사마소는 위에 항복한 자들은 모두 중용하여 삼하(三河: 하내·하동·하남 등 황하 지역) 지역에 흩어져 살게 했다.

회남을 평정한 사마사가 막 군사를 물려 돌아가려고 하는데 보고가 들어오기를 서촉의 강유가 군사를 이끌고 와서 장성(長城)을 취하고 군량과 마초 운송을 중도에서 끊으려 한다는 것이다. 깜짝 놀란 사마소는 여러 관원들과 그들을 물리칠 계책을 의논했다.

이때 촉한은 연호를 연희(延熙) 20년(서기 257년)에서 경요(景耀) 원년으로 바꾸었다.

한중에 있던 강유는 서천의 장수 두 명을 뽑아서 매일 군사를 훈련시키도록 했는데, 한 사람은 장서(蔣舒)이며 또 한 사람은 부첨(傅僉)이었다.

두 장수는 제법 담력도 있고 용맹하여 강유는 그들을 매우 아꼈다. 그때 갑자기 보고가 들어오기를 회남의 제갈탄이 사마소를 토벌하기 위해 군사를 일으켰는데 동오의 손침이 그들을 돕고 있다고 했다. 사마소가 낙양과 허창의 군사를 대거 일으켜 태후와 위주까지 대동하고 출정했다는 것이다.

그 보고를 받은 강유는 매우 기뻐하며 말하기를: "이번에는 반드시 대사를 성공시키고야 말 것이다!"

그러고는 후주에게 표문을 올려 군사를 일으켜 위를 치겠다고 했다. 이 소식을 들은 중산대부(中山大夫) 초주(譙周)가 탄식하며 말하기를: "근래 후주는 주색에 빠져 있고, 환관 황호(黃皓)만 신임하며 나랏일은 돌보지 않고 그저 환락에만 빠져 있는 이때, 백약은 전쟁만 일삼고 군사를 돌볼 줄을 모르니 이러다 머지않아 나라가 위태로워지겠구나!"

마침내 초주는 수국론(讐國論: 원수의 나라를 논함) 한 편을 지어 강유에게 보냈다. 강유가 봉투를 열어보니 그 내용은:

"누군가 묻기를, '예로부터 약한 나라가 강한 나라를 이기려면 어떤 방법을 썼는가?'

이에 대답하기를, '큰 나라가 걱정거리가 없을 때는 태만해지기 쉽고, 작은 나라가 근심거리가 있을 때는 늘 잘하려고 생각한다. 태만하면 변란이 생겨나고, 잘하려고 하면 나라가 잘 다스려지는 것은 당연한 이치이다. 그래서 주(周) 문왕(文王)은 백성을 편하게 하여 작은 땅에서 일어나 큰 땅을 차지했고, 월(越)나라의 구천(句踐)은 군사를 늘 아껴 약한 나라가 강한 나라를 무너뜨렸으니, 이것이 그 방법이로다.'

누군가 다시 말하기를, '옛날 초(楚: 항우)는 강하고 한(漢: 유방)은 약할 때 홍구(鴻溝)를 경계로 땅을 나누어 갖기로 약속했지만, 장량(張良)은 백성의 민심이 안정되면 다시 움직이기는 어렵다고 생각하여 군사를 거느리고 항우를 쫓아가 마침내 그를 쓰러뜨렸으니 반드시 주 문왕이나 구천을 본받을 필요는 없지 않은가?'

이에 대답하기를, '상(商)나라 주(周)나라 시절에는 왕후는 대대로 존귀했고 임금과 신하의 관계는 고착화되고 있었다. 그러니 비록 한고조 같은 사람이 나온다고 하더라도, 칼로는 천하를 취할 수 없었다. 그러나 진(秦)이 제후(諸侯) 제도를 없애고 수령(守令) 제도를 도입하자, 백성들은 부역에 동원되느라 지칠 대로 지쳐, 천하는 흙담이 무너지듯 붕괴하니 호걸들이 사방에서 일어나 서로 다투게 되었다.'

지금 우리와 적국은 모두 나라를 세운 뒤 대를 이어 후세에 전하고 있으니, 이는 진나라 말기에 천하가 들끓던 시대가 아니고, 사실 여섯 나라가 할거하던 전국(戰國)시대와 비슷한 형세이니 주 문왕이 될 수는 있을지언정 한 고조가 되기는 어렵다.

무릇 대사를 성공하기 위해서는, 때가 된 후에 움직여야 하고 운수가 맞은 후에 일어나야 한다. 고로 상(商)의 탕(湯) 임금과 주(周) 무왕(武王)의 군사는 두 번 싸우지 않고 이겼으니, 이는 진실로 백성의 노고를 중히 여기고 때를 잘 살폈기 때문이다. 만약 무력을 남용하여 정벌을 탐하다가 불행하게 어려움을 당하게 되면, 아무리 지혜로운 자라 할지라도 어찌할 방법이 없으리라."

강유는 다 읽고 나서 몹시 화를 내며 말하기를: "이것은 썩어빠진 선비들의 헛소리일 뿐이다."

강유는 그 서신을 땅바닥에 내던지고 서천의 군사를 일으켜 중원을 치러 가면서 부첨에게 묻기를: "공의 생각에는 어디로 나아가는 것이 좋겠소?"

부첨 曰: "위는 군량과 마초를 모두 장성에 쌓아 놓고 있으니 지금 곧장 가서 낙곡(駱谷)을 치고 침령(沈嶺)을 넘으면 곧바로 장성에 도착하여 군량과 마초를 불태우고 나서 진천(秦川)을 취하게 되면 중원은 머지않아 얻을 수 있습니다."

강유 曰: "공의 소견이 내 계책과 우연히 일치하는구면!"

강유는 즉시 군사를 거느리고 곧장 가서 낙곡을 취하고 침령을 지나 장성으로 갔다.

한편 장성을 지키는 장군 사마망(司馬望)은 사마소의 친족 형이다. 성 안에는 군량과 마초는 많았지만, 군사는 그리 많지 않았다. 사마망은 촉군이 쳐들어온다는 소식을 듣고 급히 왕진(王眞)·이붕(李鵬) 두 장수와 함께 군사를 이끌고 성 밖 20리 되는 곳에 영채를 세웠다. 다음 날 촉군이 당도하니 사마망은 두 장수를 데리고 싸우러 나갔다. 강유가 말을 타고 나와 사마망을 가리키며 말하기를: "지금 사마소는 주상을 군중으로 데려갔는데 이는 틀림없이 이각(李傕)·곽사(郭汜)처럼 하려는 것이 아니냐?(제 9회 참고) 내 이제 조정의 명령을 받들어 너희 죄를 물으러 왔으니 너는 속히 항복하라! 만약 어리석게 군다면 너희 집안을 모두 도륙을 내고 말 것이다!"

사마망이 큰 소리로 대답하기를: "너희들은 무례하게도 상국(上國)을 수차례나 침략했다. 어서 물러가지 않으면 한 놈도 살려 보내지 않을 것이다!"

말이 채 끝나기도 전에 사마망의 두 뒤에 있던 왕진이 창을 꼬나들고 말을 달려 나오자, 촉의 진영에서는 부첨이 달려 나갔다. 서로 어우러져 10여 합도 싸우지 않아 부첨이 일부러 허점을 보이자 왕진이 곧바로 창을 찔러 왔다. 부첨이 몸을 살짝 피하면서 말 위에서 왕진을 사로잡아 자기 진영으로 돌아갔다.

그것을 본 이붕이 몹시 화를 내며 칼을 휘두르며 말을 달려 왕진을 구하러 왔다. 부첨은 일부러 천천히 가면서 이붕이 가까이 오기를 기다려 왕진을 힘껏 땅에 내팽개치고 몰래 사릉철간(四楞鐵簡: 네모난 철편)을 손에 쥐었다. 이붕이 다가와 막 칼을 내리치려는 순간 부첨은 몸을 돌려 피하면서 이붕의 얼굴을 향해 철간을 후려치니 이붕은 그만 눈알이 튀어나오면서 그대로 말 아래로 떨어져 죽고 말았다.

왕진은 수십 명의 촉군들의 창에 찔려 무참히 죽었다. 강유는 군사들을 휘몰아 쳐들어가니 사마망은 영채를 버리고 성 안으로 들어가 문을 굳게 닫고 나오지 않았다.

강유가 명을 내리기를: "군사들은 오늘 밤은 편히 쉬면서 사기를 충전하라. 내일은 반드시 성 안으로 들어가야 한다."

다음 날 새벽, 촉군들은 앞다투어 성 아래로 몰려가 불화살과 화포를 성 안으로 쏘아 부으니 성 안의 초가집들이 불길에 휩싸이며 위군들은 큰 혼란에 빠졌다.

강유는 또 성 아래에 마른 풀들을 잔뜩 쌓아 놓고 일제히 불을 지르게 하니 불길이 하늘 높이 치솟았다. 성이 금방이라도 함락될 것 같았다. 위군들이 성 안에서 울부짖으며 통곡하는 소리가 사방의 들판에까지 들렸다.

촉군이 막 성 안으로 들어가려는 순간 갑자기 배후에서 커다란 함성이 터졌다. 강유가 고삐를 잡아당겨 말을 세우고 뒤를 돌아보니 위군이 북을 치고 고함을 지르며 물밀 듯이 몰려오는 것이 아닌가!

강유는 후군을 선두 부대로 바꾸고 자신이 직접 문기 아래 말을 세우고 기다렸다. 위군 진영에서 투구와 갑옷으로 무장한 소년 장수 하나가 창을 꼬나들고 말을 달려 나왔다. 나이는 20세 정도에 얼굴은 분을 바른 듯 희고 입술은 연지를 칠한 듯 붉었다.

그가 날카로운 목소리로 외치기를: "등(鄧) 장군을 알아보겠느냐?"

강유는 내심 생각하기를: '저놈이 바로 등애로구나!'

강유가 창을 꼬나들고 말을 달려 나가 그를 맞이했다. 두 사람은 정신을 바짝 차리고 3~40합을 싸웠지만, 승부가 나지 않았다. 젊은 장수의 창 쓰는 법이 빈틈이 없었다.

강유가 속으로 생각하기를: '지금 이 계책을 쓰지 않으면 어찌 이길 수 있겠는가!'

그는 곧바로 말머리를 돌려 왼쪽 산길로 달아났다. 그 소년 장수가 뒤를 추격해 왔다. 강유는 창을 말안장에 걸어 놓고 몰래 활을 잡고 화살을 메겨 그를 겨냥해 쐈다. 그러나 눈치 빠른 소년 장수는 이미 그것을 다 보고 있었다. 시위 소리와 함께 몸을 말 등위로 납작 엎드려 화살을 피했다.

강유가 머리를 돌려 뒤를 보니 소년 장수는 이미 바짝 다가와 창을 꼬나들고 자신을 찔러왔다. 강유는 재빨리 몸을 비틀며 피하자 창이 갈 빗대를 스치며 지나갔다. 강유는 잽싸게 그 창을 겨드랑이에 끼면서 낚 아채니 그는 창을 내버리고 본진으로 달아났다.

강유가 탄식하며 말하기를: "아쉽구나! 아쉬워!"

강유가 말을 돌려 달아나는 소년 장수의 뒤를 쫓아 위군의 진문 앞까 지 따라가자 한 장수가 칼을 들고 달려 나오며 말하기를: "강유 이 하찮 은 놈아! 내 아들을 그만 쫓지 못하겠느냐? 등애가 여기 있느니라!"

강유는 깜짝 놀랐다. 원래 그 소년 장수는 등애의 아들 등충이었던 것이다. 강유는 은근히 감탄하면서 등애와 한번 겨뤄보고 싶었지만, 말 이 너무 지쳐있는 것이 걱정되어 짐짓 손가락으로 등애를 가리키며 말하 기를: "내 오늘은 너희 부자를 알았으니 각자 잠시 군사를 거두고 내일 다시 결전을 벌이도록 하자."

등애는 지금의 형세가 자기들에게 불리한 것을 보고 역시 말을 멈추 어 세우며 말하기를: "그러면 각자 군사를 거두기로 하자. 이리하고도 몰 래 음모를 꾸미는 자는 사내대장부가 아니다."

양쪽의 군사는 모두 뒤로 물렸다.

등애는 위수에 의지하여 영채를 세웠고 강유는 양쪽 산에 걸쳐 그사 이에 영채를 세웠다.

등애는 촉군의 지리를 살펴보고 사마망에게 글을 보내기를: "우리는 절대로 촉군을 맞아 싸우면 안 되고 다만 굳게 지키기만 하십시오. 관 중에서 지원 군사가 당도할 때쯤이면 촉군의 군량과 마초가 떨어질 것 이니, 그때 세 방면에서 협공을 하면 반드시 우리가 이길 것입니다. 지금 제 큰아들을 보내서 성을 지키는 데 돕도록 하겠습니다."

取長城伯約

그러고는 사마소에게 사람을 보내 구원병을 요청했다.

한편 강유는 사람을 등애의 영채로 보내 내일 한판 크게 싸우자는 전서(戰書)를 보냈다. 등애는 거짓으로 이에 응하는 척만 했다. 다음 날 오경(五更: 새벽 3시에서 5시), 강유는 전군에 밥을 지어 먹게 하고 새벽부터 진을 치고 기다렸지만 등애의 영채에는 깃발들이 모두 눕혀져 있고 북소리도 나지 않으니, 마치 사람이라고는 아무도 없는 것처럼 조용했다. 강유는 저녁까지 기다리다 돌아갔다.

다음 날 강유는 또 사람을 보내 전서를 전하고 어제 약속을 어긴 죄를 책망하자 등에는 사자에게 술과 고기를 대접하며 답하기를: "어제는 내가 몸이 안 좋아 싸우러 나가지 못했지만, 내일은 싸우러 나갈 것이오."

다음 날 강유가 다시 군사를 이끌고 싸움터에 이르니 등애는 여전히 보이지 않았다. 이렇게 대여섯 번이나 반복했다.

부첨이 강유에게 말하기를: "등애가 이렇게 하는 데는 틀림없이 모략이 숨어있습니다. 대비하셔야 합니다."

강유 曰: "이는 틀림없이 관중으로부터 지원군이 오기를 기다려 삼면에서 우리를 공격하려는 것이다. 나는 지금 동오의 손침에게 서신을 보내 힘을 합쳐 위를 공격하자고 할 것이다."

그때 갑자기 정탐꾼이 보고하기를: "사마소가 수춘성을 쳐서 제갈탄을 죽이고 동오군은 모두 항복했습니다. 사마소는 군사를 돌려 낙양으로 돌아왔는데 곧 군사를 이끌고 장성을 구하러 온다고 합니다."

강유는 깜짝 놀라며 말하기를: "이번에도 위를 치는 일은 그림의 떡이 되고 말았구나(成畫餅矣)! 차라리 돌아가는 것이 낫겠다."

이야말로:

이미 네 번이나 실패하여 한탄했는데   已嘆四番難奏績

다섯 번째도 성공을 못해 한숨짓누나   又嗟五度未成功

어찌 군사를 물릴지 궁금하거든 다음 회를 기대하시라.

제 113 회

정봉은 계책을 세워서 손침을 처단하고
강유는 진법으로 겨뤄 등애를 쳐부수다

丁奉定計斬孫綝

姜維斗陳破鄧艾

강유는 위의 구원병이 오는 것이 두려워 우선 병장기와 수레 등의 군수 물자와 보병들을 먼저 철수시킨 뒤 기병들로 하여금 뒤를 막도록 했다.

정탐꾼이 이 사실을 등애에게 보고하니 등애가 웃으며 말하기를: "강유는 대장군이 군사를 이끌고 온다고 하니 물러간 것이다. 그 뒤를 추격할 필요는 없다. 추격하면 틀림없이 그의 계책에 걸릴 것이다."

그러고는 사람을 보내 정탐을 시켰다. 그가 돌아와서 보고하기를 낙곡의 길이 좁은 곳에 장작과 마른 풀들을 쌓아 놓고 추격해 오는 군사가 있으면 불태워 죽이려고 준비를 하고 있다는 것이다.

여러 장수들이 모두 등애를 칭찬하며 말하기를: "장군은 참으로 신처럼 헤아리십니다!"

등에는 사자에게 표문을 가지고 가서 조정에 상주하게 했다. 사마소는 매우 기뻐하며 등애에게 또 상을 내렸다.

한편 동오의 대장군 손침은 전단(全端)과 당자(唐咨) 등이 위에 투항하자 매우 화가 나서 그들의 가솔들을 모두 죽여 버렸다. 이때 오주 손량(孫亮)의 나이 겨우 16세였는데 손침이 너무 지나치게 학살을 감행하는 것을 보고 내심으로 매우 못마땅하게 생각했다.

어느 날 서원(西苑)에 나간 손량은 매실을 먹으려고 환관에게 꿀을 가져오라고 했다. 잠시 후 가져온 꿀을 보니 그 속에 쥐똥이 들어 있는 것이 아닌가!

황실의 곳간을 관리하는 장리(藏吏)를 불러 꾸짖으니 그가 머리를 조아리며 말하기를: "신이 그 꿀단지를 단단히 봉해 놓았는데 어찌 그 안에 쥐똥이 들어 있겠나이까?"

손량 曰: "환관이 이전에 너에게 꿀을 달라고 하여 먹은 적이 있느냐?"

장리 曰: "실은 환관이 수일 전에 꿀을 달라고 했으나 신이 어찌 감히 줄 수 있었겠나이까?"

손량이 환관을 가리키며 말하기를: "이는 장리가 네게 꿀을 주지 않은 데 앙심을 품고 일부러 꿀 속에 쥐똥을 넣어 그에게 죄를 뒤집어씌우려는 것이 틀림없다."

환관은 자복하지 않았다.

손량 曰: "이 일을 알아내는 것은 그리 어려운 것이 아니다. 만약 쥐똥이 꿀 속에 오래전부터 들어 있었다면 속까지 축 젖어 있을 것이고, 만약 방금 넣은 것이라면 겉만 젖고 속은 말라 있을 것이다."

손량이 쥐똥을 꺼내서 살펴보게 하니 과연 속은 바짝 말라 있었다. 환관이 마침내 자신의 죄를 자복했다. 손량은 이처럼 총명했다. 그러나 총명한 손량도 지금은 손침이 모든 권력을 틀어쥐고 있으니 어찌 자신의 뜻을 펼칠 수 있겠는가!

손침의 아우 위원장군(威遠將軍) 손거(孫據)는 창룡문(蒼龍門) 안에서 숙위(宿衛)를 했고, 무위장군(武衛將軍) 손은(孫恩)과 편장군 손간(孫幹)·

장수교위(長水校尉) 손개(孫闓)도 모두 손침의 아우들로 이들이 각 군영에서 군권을 장악하고 있었다.

하루는 손량이 우울한 마음으로 앉아 있는데 옆에 황문시랑 전기(全紀)가 있었다. 그는 바로 황후의 오라버니였다.

손량이 울면서 말하기를: "손침이 권력을 농단하며 사람을 함부로 죽이고 짐도 너무나 업신여기니, 지금 그를 도모하지 않으면 뒷날 반드시 큰 우환이 될 것이오."

전기 曰: "폐하께서 만약 신을 쓰시겠다면 신은 만 번 죽어도 마다하지 않을 것입니다."

손량 曰: "경은 지금 당장 금군(禁軍)을 일으켜 유승(劉丞) 장군과 함께 각 성문을 장악하도록 하시오. 그러면 짐이 직접 가서 손침을 죽이겠소. 그러나 이 일을 결코 경의 모친이 알아서는 안 되오. 경의 모친은 손침의 누이가 아니오? 만약 사전에 새어나가면 짐은 큰 낭패를 보게 될 것이오."

전기 曰: "바라건대 폐하께서는 신에게 조서를 내려 주시옵소서. 거사를 할 때 여러 사람들에게 조서를 보여 주면 손침의 부하들도 함부로 날뛰지는 못할 것입니다."

손량은 그 말에 따라 즉시 비밀 조서를 써서 전기에게 주었다. 조서를 받아서 집으로 돌아온 전기는 은밀히 자신의 부친 전상(全尙)에게 알렸다. 이 말을 들은 전상은 곧바로 자기 처에게 말하기를: "사흘 내에 손침을 죽일 것이오."

전상의 처 曰: "그를 죽여야 나라가 바로 설 것입니다."

입으로는 그렇게 말해 놓고 은밀히 사람을 보내 글을 가지고 가서 손침에게 알리도록 했다.

　몹시 분노한 손침은 즉시 네 명의 동생을 모두 불러 각기 정예병을 이끌고 가서 황궁의 내원(內苑)을 포위하도록 하는 한편, 전상과 유승 및 그들의 가솔들을 모두 잡아들이라고 했다.

　날이 밝을 무렵, 오주 손량은 궁문 밖에서 징소리가 요란하게 울리는 것을 들었다. 그때 내시가 황급히 들어오더니 아뢰기를: "손침이 군사를 이끌고 들어와 내원을 에워쌌나이다."

　손량은 몹시 화가 나서 전 황후를 손으로 가리키며 꾸짖기를: "네 아비와 오라비가 나의 대사를 망쳤구나!"

　그러고는 칼을 뽑아 들고 밖으로 나가려고 했다. 전 황후와 시중 및 근신들이 모두 그의 옷자락을 붙들고 울면서 말렸다.

　손침은 우선 전상과 유승 등을 죽인 뒤 문무 관원들을 조정으로 불러 모아 놓고 명을 내리기를: "주상이 주색에 빠진데다 병이 든 지 오래되어 이제는 정신마저 혼미해져 사리 판단 능력도 없으니 더 이상 종묘 사직을 받들 수 없게 되었다. 그러니 지금 당장 그를 폐위하고자 한다. 너희 문무백관들 가운데 이에 따르지 않는 자는 모두 모반죄로 다스리겠다!"

　모두 겁이 나서 대답하기를: "장군의 명에 따르겠습니다."

　이때 상서 환의(桓懿)가 버럭 화를 내며 반열에서 뛰쳐나와 손으로 손침을 가리키며 큰 소리로 꾸짖기를: "지금 폐하께서 얼마나 총명하신 분인데, 그런 망발을 함부로 하느냐! 나는 차라리 이 자리에서 죽을지언정 적신(賊臣: 반역한 신하)의 명은 따르지 못하겠다."

　몹시 화가 난 손침은 그 자리에서 칼을 뽑아 직접 환의를 베어 버렸다. 그러고는 곧바로 안으로 들어가더니 손가락으로 오주 손량을 가리키며 꾸짖기를: "이 무도하고 어리석은 임금아! 내 그대를 죽여 천하에 사죄하게 함이 마땅하나 선제의 얼굴을 봐서 너를 폐하여 회계왕(會稽王)

으로 삼을 것이며 내가 직접 덕이 있는 자를 골라 새 임금으로 세울 것
이다!"

그러고는 중서랑(中書郞) 이숭(李崇)에게 호령하여 황제의 옥새와 인수
를 빼앗게 하여 등정(鄧程)에게 보관하도록 했다.

손량은 대성통곡을 하며 떠났다.

후세 사람이 이를 탄식하여 지은 시가 있으니:

난신적자가 이윤인 양 속이고	亂賊誣伊尹
간신이 충신 곽광을 사칭하네	奸臣冒霍光
아 가련하구나 총명한 주상은	可憐聰明主
이제 조당에도 오르지 못하네	不得蒞朝堂

손침은 종정(宗正) 손해(孫楷)와 중서랑 동조(董朝)를 호림(虎林)으로 보
내 낭야왕(琅琊王) 손휴(孫休)를 모시고 오라고 하여 새 임금으로 세웠다.
손휴의 자는 자열(子烈)로 손권의 여섯째 아들이다.

며칠 전 그는 잠을 자다 용을 타고 하늘로 올라가는 꿈을 꾸었는데
아무리 뒤를 돌아봐도 용의 꼬리가 보이지 않아 깜짝 놀라 잠에서 깼다.

그 꿈을 꾼 다음 날 손해와 동조가 찾아와서 도성으로 돌아가자고 청
한 것이다. 길을 떠나 곡아(曲阿)에 이르자 자신의 이름을 간휴(干休)라고
밝힌 한 노인이 찾아와 머리를 조아리며 말하기를: "지체하다가는 변고
가 생길 것이니 전하께서는 속히 가셔야 합니다."

손휴는 그에게 고맙다고 인사했다. 다시 길을 재촉해 포새정(布塞亭)
에 이르니 손침의 아우 손은(孫恩)이 어가를 가지고 맞이하러 왔다. 손휴
는 감히 어가에 오르지 못하고 작은 수레를 타고 도성으로 들어갔다.

많은 관원들이 길 양쪽에 늘어서서 절을 하며 맞이하자 손휴는 황급

히 수레에서 내려 답례했다. 손침이 명령을 내려 손휴를 부축하여 대전(大殿)으로 들어가서 천자의 자리에 앉혔다. 손휴는 두 번 세 번 사양하다 옥새를 받았다. 문관과 무장들의 하례를 차례로 받은 다음 천하에 대사면령을 내렸다. 그리고 연호를 태평(太平) 3년(서기 258년)에서 영안(永安) 원년으로 바꾸었다.

손휴는 손침을 승상 겸 형주목으로 봉하고, 모든 관원들에게 각각 벼슬을 봉하고 상을 내렸다. 또 형의 아들 손호(孫皓)를 오정후(烏程侯)로 봉했다. 이때 손침의 가문에는 제후가 다섯 명이나 되고 그들 모두 금군을 거느리니, 그 권세가 임금을 누르고도 남았다.

오주 손휴는 그들이 또 궁궐 안에서 무슨 변이라도 일으킬까 두려워 겉으로는 은총을 베푸는 척하면서 내심으로는 경계를 게을리하지 않았다. 손침의 교만과 횡포는 갈수록 심해졌다.

그해 겨울 12월, 손침은 쇠고기와 술을 가지고 궁중으로 들어가 주상에게 바치려고 했다. 그러나 오주 손휴가 그것을 받지 않았다. 화가 난 손침은 그 쇠고기와 술을 가지고 나와 좌장군 장포(張布)의 부중으로 가서 함께 마셨다.

술이 얼큰하게 오르자 손침이 장포에게 말하기를: "내가 처음 회계왕(會稽王: 손량)을 폐위시킬 때 사람들은 모두 나더러 왕이 되라고 권했지만, 나는 지금의 주상이 그래도 어진 사람이라고 생각되어 그를 임금으로 세웠던 것인데 이제 나를 얼마나 만만하게 봤으면 내가 장수를 기원하며 올리는 술(上壽)조차 거절한단 말인가! 네 조만간 그를 어찌하는지 자네에게 보여 주겠네."

그 말을 들은 장포는 그저 네, 네, 할 뿐이었다.

다음 날 궁으로 들어간 장포는 은밀히 어제 있었던 일을 손휴에게 아뢰었다. 그 말을 들은 손휴는 너무나 두려워 밤이고 낮이고 불안에 떨었다.

　며칠 뒤 손침은 중서랑 맹종(孟宗)에게 중영(中營) 소속의 정예병 1만 5천 명을 내어 주며 무창(武昌)에 주둔해 있으라고 하며 무기고 안의 무기들도 모두 내어 주었다. 그러자 장군 위막(魏邈)과 무위사(武衛士) 시삭(施朔) 두 사람이 이 사실을 은밀히 손휴에게 아뢰기를: "손침이 군사를 모두 밖으로 내보내고 무기들까지 전부 옮기는 것으로 보아 조만간 반드시 변란이 일어날 것이옵니다."

　깜짝 놀란 손휴는 급히 장포를 불러 대책을 의논했다.

　장포가 아뢰기를: "노장 정봉(丁奉)은 계략이 남다르게 뛰어나니 그를 불러 대사를 의논하여 결단하심이 좋을 것 같사옵니다."

　손휴는 정봉을 불러 은밀하게 이 일을 이야기했다.

　정봉이 아뢰기를: "폐하께서는 걱정하지 마시옵소서. 신에게 나라를 위하여 해를 제거할 계책이 있사옵니다."

　손휴가 그 계책이 무엇인지 물었다.

　정봉 曰: "내일은 마침 납일(臘日: 동지 뒤의 세 번째 술戌일)로 이날 나라의 제사를 지내오니 조정의 모든 신하를 부르시면서 손침도 참석하게 하십시오. 나머지는 신이 알아서 조치하겠사옵니다."

　손휴는 너무나 기뻤다. 정봉은 위막과 시삭에게 밖의 일을 맡도록 하고 장포에게는 안에서 호응하도록 했다.

　그날 밤 갑자기 광풍이 몰아치면서 모래가 날리고 돌이 굴렀으며 큰 나무들이 뿌리째 뽑혔다. 그러나 날이 밝자 거짓말처럼 바람이 멈췄는데, 사자가 성지를 받들고 와서 손침에게 궁중의 연회에 참석하라고 했다. 마침 침상에서 일어나던 손침은 갑자기 뒤에서 누가 밀치기라도 한 것처럼 심하게 넘어져서 내심 불쾌하여 내키지는 않았지만 사자 10여 명이 그를 에워싸고 궁중으로 들어가려 하자 집사람이 나서서 그를 말리며 말하기를: "지난 밤 광풍이 거세게 불었고 오늘 아침 까닭 없이 심하게 넘어지셨습니다. 아무래도 좋은 징조는 아닌 것 같으니 연회에는 나가지 마십시오."

손침 曰: "우리 형제가 모두 금군을 장악하고 있는데 누가 감히 내 몸에 접근할 수 있겠느냐! 혹시 무슨 변이 생기면 부중에서 불을 올려 신호를 보내라."

분부를 마친 손침이 수레에 올라 궁궐로 들어갔다.

오주 손휴가 황급히 어좌(御座)에서 내려와 그를 맞이하여 상석에 앉도록 권했다.

술이 몇 순배 돌았을 때 사람들이 놀라며 말하기를: "궐 밖에 불이 난 것 같습니다!"

손침이 곧바로 몸을 일으키려고 했다.

손휴가 말리며 말하기를: "승상께서는 편히 앉아 계시지요. 밖에 군사들이 많은데 무얼 걱정하십니까?"

말이 채 끝나기도 전에 좌장군 장포가 칼을 빼들고 무사 30여 명을 이끌고 어전으로 달려오더니 날카로운 목소리로 말하기를: "반적 손침을 체포하라는 조서가 여기 있느니라!"

손침이 황급히 달아나려고 하다가 무사에게 붙잡히고 말았다.

손침이 머리를 조아리며 아뢰기를: "제발 교주(交州)로 귀양을 보내 밭이나 갈게 해 주시옵소서!"

손휴가 꾸짖기를: "너는 어찌하여 등윤·여거·왕돈 등은 귀양 보내지 않고 모두 죽였느냐?"

손휴가 당장 그의 목을 치라고 명하니 장포는 손침을 전각 동쪽으로 끌고 가서 목을 베어 버렸다. 손침을 따르는 자들은 누구도 감히 움직이지 못했다.

장포가 조서를 낭독하기를: "죄는 손침 한 사람에게 있으니 나머지 사람들에게는 모두 그 죄를 묻지 않겠다."

그 말에 사람들은 모두 마음을 놓았다.

장포는 손휴에게 오봉루(五鳳樓)에 오르기를 청했다. 정봉과 위막 그리고 시삭 등이 손침의 형제들을 붙잡아 오자 손휴는 그들을 모두 저잣거리로 끌고 가서 목을 베라고 했다. 그리고 손침의 종족과 그를 따르는 무리 수백 명도 함께 죽었으며 그의 삼족을 멸했다.

손휴는 또 군사들에게 명하여 손준(孫峻)의 무덤도 파헤쳐 그 시신을 도륙 내도록 했다. 그에게 죽임을 당한 제갈각·등윤·여거·왕돈 등의 묘를 다시 만들어 그들의 충정을 기리도록 했으며, 그들과 연루되어 멀리 귀양 간 사람들은 다 사면하여 고향으로 돌려보냈다. 정봉 등 이번 대사에 공을 세운 사람들에게 높은 벼슬과 후한 상을 내렸음은 말할 나위도 없다.

손휴는 또 이 사실을 서신으로 서촉의 성도에 알리니 후주 유선(劉禪)은 사자를 보내 축하의 답례를 했고 동오도 설후(薛珝)를 사자로 보내 고마움을 표했다.

설후가 촉에서 돌아오자 오주가 촉의 최근의 동태를 물었다.

설후가 아뢰기를: "근래에는 중상시(中常侍) 황호(黃皓)가 권력을 장악하고 있는데 대신들 대부분이 그에게 아부하고 있습니다. 조정에서는 바른말을 하는 이가 없고 백성들은 굶주림에 허덕이고 있습니다. 이른바 '제비와 참새가 처마에 둥지를 틀고 앉아 큰 집이 장차 불타는 줄도 모른다(燕雀處堂 不知大廈之將焚).'는 격입니다."

손휴가 탄식하며 말하기를: "만약 재갈무후가 살아 있었다면 어찌 이런 지경이 되었겠는가!"

손휴는 다시 국서(國書)를 성도로 보냈는데, 사마소는 머지않아 위(魏)의 천자 자리를 찬탈할 것이며, 반드시 동오와 서촉을 침략함으로써 자신의 위엄을 과시하려 들 것이니, 우리는 각자 이에 철저히 대비해야 할 것이라는 내용이었다.

이 소식을 들은 강유는 기꺼이 표문을 올려 다시 위를 정벌할 일을 논의했다. 이때가 촉한 경요(景曜) 원년(서기 258년) 겨울이었다.

대장군 강유는 요화와 장익을 선봉으로, 왕함(王舍)과 장빈(蔣斌)을 좌군(左軍)으로, 장서(蔣舒)와 부첨(傅僉)을 우군(右軍)으로, 호제(胡濟)를 후군(後軍)으로 각각 삼고 자신은 하후패와 함께 중군을 거느리고 촉군 20만 대군을 일으켰다.

후주에게 하직 인사를 하고 곧바로 한중으로 나온 강유는 하후패와 어디부터 먼저 공격해야 할 것인지 의논했다.

하후패 曰: "군사를 운용하기로는 기산만한 곳이 없습니다. 지난날 돌아가신 승상께서도 여섯 번이나 기산으로 나가신 것은 다른 곳으로는 나갈 수가 없었기 때문입니다."

강유는 그의 말에 따라 전군에 영을 내려 일제히 기산을 향해 다시 진군하여 계곡 어귀에 이르러 영채를 세웠다.

이때 등애는 기산의 영채 안에서 농우(隴右)의 군사를 점검 중이었는데 갑자기 정탐꾼이 달려와 보고하기를 촉군이 지금 골짜기 어귀에 영채를 세 개 세우고 있다고 했다.

그 말을 들은 등애는 곧바로 높은 곳에 올라가 살펴본 뒤 영채로 돌아와 막사 안으로 들어와서 매우 기뻐하며 말하기를: "역시 내 예상에서 벗어나지 않았군!"

원래 등애는 먼저 그곳 땅속의 지맥(地脈)을 세밀히 살펴보고 촉군이 영채를 세울 만한 곳을 미리 비워 놓고, 땅속으로 기산의 본채에서 촉군이 세울 영채 지점까지 곧바로 갈 수 있는 땅굴을 미리 파 놓은 다음 촉군이 오기를 기다렸다가 바로 그곳으로 공격하려는 계책을 세워 놓은 것이다.

마침 강유가 골짜기 어귀에 이르러 영채를 셋으로 나누어 세웠는데 땅굴은 바로 왼쪽 영채의 가운데 지점인 왕함과 장빈의 영채 바로 밑까지 와 있었다.

등애는 그의 아들 등충과 사찬(師纂)을 불러 각각 1만 명의 군사를 이끌고 가서 좌우 양쪽에서 들이치라고 지시했다. 그리고 부장 정륜(鄭倫)에게 땅굴을 판 굴자군(掘子軍) 5백 명을 데리고 그날 밤 이경 땅굴로 해서 곧바로 촉군의 영채 왼쪽에 이르러 막사 뒤 지하에서 일제히 뛰쳐나오도록 했다.

한편 왕함과 장빈은 영채를 다 세우지 못한 상태에서 날이 저물어 혹시나 위군의 기습이 있을까 두려워 갑옷도 벗지 못하고 잠이 들었다.

그때 갑자기 중군(中軍)에서 큰 소란이 일어났다. 왕함과 장빈은 급히 무기를 들고 말에 올라 나가보니 영채 밖에는 이미 등충의 군사들이 쳐들어 와서 안팎으로 협공을 하고 있었다. 두 장수는 죽을힘을 다해 싸웠지만 결국 당해내지 못하고 영채를 버리고 달아났다.

당시 막사 안에 있던 강유는 왼쪽 영채에서 함성이 크게 일어나는 소리를 듣고 밖에서 쳐들어오는 적과 안에서 호응하는 군사가 함께 있을 것으로 생각하고, 곧바로 말에 올라 중군 막사 앞으로 달려가 명을 내리기를: "분별없이 행동하는 자는 목을 벨 것이다! 적군이 영채 가까이 접근하면 묻지도 말고 무조건 활과 쇠뇌를 쏘도록 하라!"

그리고 오른쪽 영채에도 영을 전하여 역시 망동하지 못하게 했다. 과연 위군은 10여 차례 촉군의 영채를 기습하려 했지만, 그때마다 촉군이 쏘아대는 화살과 쇠뇌 때문에 돌아갔다. 날이 훤히 밝을 때까지 계속 공격을 시도하던 위군은 결국 성공하지 못하자 등애는 군사를 거두어 본채로 돌아갔다.

등애가 탄식하며 말하기를: "강유가 공명의 병법을 깊이 터득하고 있구나! 군사들이 밤에 기습당하고도 혼란에 빠지지 않고, 장수들도 갑작스러운 상황에서도 놀라지 않으니 강유는 참으로 대장감이로다!"

다음 날 왕함과 장빈이 패한 군사를 수습하여 본채로 와서 땅에 엎드려 죄를 청했다.

강유 曰: "이번 일은 너의 허물이 아니라 내가 지맥을 제대로 살피지 못한 탓이다."

강유는 군사를 더 내주며 두 장수로 하여금 영채를 다시 세우도록 한 뒤 죽은 군사들의 시신은 지하 갱도에 묻고 흙으로 덮어주도록 했다.

강유는 사람을 보내 등애에게 도전장을 보내면서 내일 혼자 나갈 테니 둘이서 싸우자고 했다. 등애는 흔쾌히 그의 도전에 응했다.

다음 날 양쪽의 군사가 기산의 앞에 진을 펼치고 대치를 했다. 강유는 제갈무휴의 팔진법(八陣法)에 의거 천(天)·지(地)·풍(風)·운(雲)·사(蛇)·용(龍)·호(虎)의 형태로 포진했다. 등애는 말을 달려 나와 강유가 팔괘(八卦)를 벌려 놓은 것을 보고 그 역시 진을 펼쳤는데 전후좌우의 문호(門戶)까지 강유가 펼친 진법과 똑같았다. 강유가 창을 들고 말을 달려 나가 외치기를: "너는 내 팔진을 그대로 따라 했는데 변화도 시킬 줄 아느냐?"

등애가 웃으며 응수하기를: "이 진을 너만 칠 수 있다고 생각하느냐? 변화시킬 줄 모르면 내가 어찌 이 진을 펼쳤겠느냐?"

말을 돌려 진으로 돌아간 등애가 집법관(執法官)에게 깃발을 좌우로 흔들게 하더니 팔팔(八八)은 육십사(六十四), 즉 64개의 문호가 있는 진으로 변화시킨 다음 진 앞으로 나와서 말하기를: "나의 변진법(變陣法)이 어떠냐?"

강유 曰: "틀리지는 않았다. 하지만 나의 팔진을 포위할 수는 없겠지."

등애 曰: "못할 이유가 어디 있느냐?"

양군은 각기 대오를 이루며 앞으로 나아갔다. 등애는 중군에서 군사를 지휘했다. 양쪽 군사들이 서로 부딪치면서도 진법은 흐트러지지 않았다. 그때 진의 한가운데로 온 강유가 깃발을 한 번 휘두르자 갑자기 진이 마치 긴 뱀이 땅 위를 휘감는 모양의 장사권지진(長蛇卷地陣)으로 바뀌면서 등애를 한 가운데 넣고 포위해 버렸고 사방에서 함성이 크게 진동했다.

그 진이 무슨 진인지도 모르는 등애는 속으로 크게 놀랐다. 촉군이 점점 가까이 조여들어 오니 등애는 여러 장수들을 데리고 좌충우돌했지만 뚫고 나갈 수가 없었다. 그저 촉군들이 일제히 소리치는 함성만 들리기를: "등애는 어서 항복하라!"

등애는 하늘을 쳐다보며 길게 탄식하기를: "내 잠시 나의 재주를 과시해 보이려다 그만 강유의 계략에 빠지고 말았구나!"

그때 갑자기 서북쪽에서 한 무리의 군사들이 쳐들어왔다. 등애가 보니 바로 위군이었다. 등애는 그 틈을 이용하여 포위를 뚫고 달려 나왔다. 등애를 구한 사람은 바로 사마망이었다.

하지만 사마망이 등애를 구하는 동안 위군의 영채 아홉 개는 모두 촉군에게 빼앗기고 말았다. 등애는 패한 군사를 수습하여 위수 남쪽으로 물러가 영채를 세웠다.

등애가 사마망에게 말하기를: "공은 이 진법을 어찌 알아서 나를 구한 것이오?"

사마망: "나는 어린 시절 형남(荊南)에서 공부할 때 최주평(崔州平)·석광원(石廣元) 등과 교분을 쌓으면서 이 진법을 배운 적이 있습니다. 방금 강유가 변화를 시킨 것은 장사권지진이라는 진법이지요. 다른 곳을 쳐서는 절대 깨뜨릴 수 없지만, 그 머리가 서북쪽에 있는 것을 보고 그곳을 집중적으로 공격하니 그 진은 저절로 깨진 것이오."

등애 曰: "나는 비록 진법을 배우긴 했지만 사실 변화시키는 법은 잘 모릅니다. 공은 기왕에 이 진법을 알고 있으니, 내일 다시 이 진법으로 기산의 영채를 빼앗으면 어떻겠습니까?"

시미망 曰: "내가 알고 있는 정도로는 강유를 속여 넘길 수는 없습니다."

등애 曰: "그럼 공은 내일 진에서 강유와 진법을 겨루는 척만 하십시오. 그 틈에 나는 한 무리의 군사를 이끌고 은밀히 기산의 뒤쪽을 기습하겠소. 양쪽에서 협공하면, 영채를 되찾을 수 있을 것입니다."

이리하여 등애는 정륜(鄭倫)을 선봉으로 삼아 강유와 싸우게 하고 등애 자신은 군사를 이끌고 기산 뒤쪽으로 가서 기습하기로 하는 한편, 사람을 보내 강유에게 다시 한번 진법을 겨루자는 전서(戰書)를 보냈다.

강유는 그에 응하겠다는 회신을 보낸 다음 장수들에게 말하기를: "나는 무후께서 전수해 주신 밀서(密書)에 따르면 이 진에는 변법이 무려 365가지가 있는데 이는 지구가 태양을 한 바퀴 도는데 걸리는 일수(周天之數)에 따른 것이오. 등애가 다시 나에게 진법을 겨루자고 싸움을 걸어온 것은 이른바 '공자 앞에서 문자 쓰는 격(班门弄斧)[20]'이라고 할 수 있지

---

20 춘추시대 노나라에 공수반(公輸班)이라는 도끼질을 기가 막히게 잘 하는 명공(名工)이 있었는데 그 사람 앞에서 도끼 재주를 자랑한다는 말로 분수도 모르고 자신의 재주를 자랑한다는 의미임. 역자 주.

만, 그 속에는 틀림없이 속임수가 들어 있으니 공들은 그것이 무엇인지 알겠소?"

요화 曰: "이는 틀림없이 우리를 속여 진법을 겨루는 척하면서 따로 군사를 이끌고 우리의 뒤를 치겠다는 속셈 아니겠습니까?"

강유가 웃으며 말하기를: "바로 그것이네!"

강유는 즉시 장익과 요화에게 군사 1만 명을 이끌고 기산 뒤로 가서 매복하도록 했다.

다음 날 강유는 아홉 영채의 군사들을 모두 거느리고 기산 앞에 나와 진을 쳤다. 위군 측에서는 사마망이 군사를 이끌고 위수 남쪽을 떠나 곧바로 가산 앞에 당도하여 말을 타고 나와 강유의 말에 응대했다.

강유가 말하기를: "그쪽에서 진법으로 겨루고 싶다고 청했으니 이번에는 네가 먼저 진을 펼쳐 보아라."

사마망이 팔괘진을 쳤다.

강유가 웃으며 말하기를: "이는 곧 내가 어제 펼친 팔진법이 아니냐. 고작 펼친다는 것이 남의 것을 훔친 것이냐?"

사마망 曰: "너 역시 남의 것을 훔친 진법이 아니더냐?"

강유 曰: "이 진법에는 변법이 몇 개나 있는 줄 아느냐?"

사마망이 웃으며 말하기를: "내 이미 이 진법을 펼쳤는데 변법이 몇 개인 줄도 모르겠느냐? 이 진에는 구구(九九) 팔십일(八十一), 즉 81개의 변법이 있느니라."

강유가 비웃으며 말하기를: "그럼 시험 삼아 한번 펼쳐 보겠느냐?"

진으로 돌아간 사마망이 몇 번 변화시키더니 다시 나와서 말하기를: "너는 내가 변화시킨 진법이 무엇인지 아느냐?"

강유가 웃으며 말하기를: "내 진법에는 주천수(周天數: 지구가 태양을 한 바퀴 도는 데 걸리는 시간)인 것처럼 365가지로 변할 수 있는데 너 같은 우물 안의 개구리(井低之蛙)가 어찌 그 현묘한 이치를 알겠느냐!"

사마망 역시 그러한 변법이 있다는 사실은 알고 있지만, 그것을 모두 배운 적이 없으니 억지를 부리며 말하기를: "나는 네 말을 믿을 수 없다. 어디 네가 직접 펼쳐 보아라."

강유 曰: "등애에게 직접 나오라고 해라. 그러면 내가 변법을 펼쳐 너희 둘에게 보여줄 것이다."

사마망 曰: "등 장군은 다른 좋은 계책이 있어, 진법을 좋아하지 않는다."

강유가 껄껄 웃으며 말하기를: "무슨 좋은 계책이 있다는 것이냐? 기껏해야 너로 하여금 나를 속여 이곳에서 진이나 치면서 시간을 끌게 하고, 자기는 군사를 이끌고 내 뒤를 습격하려는 그 계책 말이냐?"

깜짝 놀란 사마망은 즉시 군사를 이끌고 나가 한바탕 혼전을 벌이려고 하는데, 한발 앞서 강유가 채찍을 들어 신호를 보내자 양 날개의 군사들이 일제히 뛰쳐나와 무찌르니, 위군들은 크게 패하여 갑옷도 벗어 던지고 창도 버리며 뿔뿔이 흩어져 도망쳤다.

한편 등애는 선봉인 정륜을 독촉하여 기산 뒤쪽으로 기습하러 갔다. 정륜이 산모퉁이를 막 돌려는 순간 갑자기 한 발의 포성 소리와 함께 북소리와 나팔 소리가 하늘을 울리며 복병들이 일제히 쏟아져 나왔다. 앞선 대장은 요화였다.

정륜과 요화는 말 한마디 나누지 않은 채 곧바로 맞붙어 싸웠다. 두 필의 말이 교차하는 순간 정륜은 요화의 칼에 맞아 말 아래로 떨어져 죽었다. 등애가 깜짝 놀라 막 말머리를 돌리려는데 장익이 한 무리의 군사를 이끌고 나타나 양쪽에서 협공하니 위군은 크게 패했다. 등애는 필사적으로 탈출했으나 그의 몸에는 화살이 네 대나 박혀 있었다. 등애가

266

가까스로 달아나 위수 남쪽의 영채에 이르렀을 때 사마망 역시 도망쳐 왔다. 두 사람은 촉군을 물리칠 계책을 상의했다.

사마망 曰: "최근 촉주 유선은 환관 황호만 총애하며 밤낮으로 주색에만 빠져 있다고 하니, 그들의 사이를 벌어지게 하는 반간계(反間計)를 써서 강유를 불러들이게 하면 이 위기를 벗어날 수 있을 것입니다."

등애가 여러 모사들에게 묻기를: "누가 서촉에 들어가서 황호와 내통해 보겠는가?"

그 말이 채 끝나기도 전에 한 사람이 나서기를: "제가 해보겠습니다."

등애가 보니 그는 양양(襄陽) 사람 당균(黨均)이었다.

등애는 매우 기뻐하며 당균에게 황금과 주옥 등 보물들을 가지고 곧바로 성도로 가서 황호와 결탁하여 강유가 천자를 원망하여 머지않아 위에 투항할 것이라는 유언비어를 퍼뜨리도록 했다. 그 소문은 급속히 퍼져 성도 사람들은 한결같이 똑같은 말을 하고 다니니, 황호는 후주에게 아뢰어 즉시 사람을 보내 밤낮없이 달려가 강유를 조정으로 불러들였다.

이때 강유는 매일 싸움을 걸었으나 등애는 꼼짝도 하지 않고 나오지 않았다. 강유는 매우 의아하게 생각하고 있는 그때, 갑자기 사신이 와서 강유에게 조정으로 돌아오라는 조서를 전했다. 강유는 무슨 영문인 줄도 모른 채 군사를 돌려 조정으로 돌아갈 수밖에 없었다.

등애와 사마망은 강유가 자신들의 계략에 걸려들었음을 알고 위수 남쪽에 주둔하고 있던 군사를 뽑아내 강유의 뒤를 쫓았다.

이야말로:

악의는 제나라를 치다가 반간계로 당했고	樂毅伐齊遭間阻
악비는 적을 쳐부수다 참소되어 돌아왔지	岳飛破敵被讒回

승부가 어찌 될지 궁금하거든 다음 회를 기대하시라.

제 114 회

조모는 수레로 달려가다 남궐에서 죽고
강유는 군량을 버려서 위군에 승리하다

曹髦驅車死南闕

姜維棄糧勝魏兵

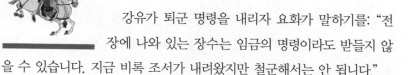

강유가 퇴군 명령을 내리자 요화가 말하기를: "전장에 나와 있는 장수는 임금의 명령이라도 받들지 않을 수 있습니다. 지금 비록 조서가 내려왔지만 철군해서는 안 됩니다."

장익 曰: "촉의 백성들은 대장군께서 매년 군사를 일으킨 것 때문에 원망이 많습니다. 이번에는 이겼으니 군사를 거두어 돌아가시어 민심을 안정시키고 다시 기회를 보는 것이 좋겠습니다."

강유 曰: "그렇게 하는 게 좋겠소."

마침내 강유는 각 군에 지시한 방법에 따라 군사를 물리도록 명령했다. 요화와 장익에게는 뒤에서 추격하는 위군을 막도록 했다.

한편 군사를 이끌고 촉군을 추격하던 등애는 전면에 촉군의 기치가 정연하고 군사들이 천천히 물라가고 있는 것을 보며 감탄하며 말하기를: "강휴는 이제 무후의 병법을 완전히 터득했구나!"

결국 등애는 더 이상 촉군을 추격하지 못하고 군사를 거두어 기산의 영채로 돌아갔다.

성도에 도착한 강유는 황궁으로 들어가 후주를 뵙고 불러들인 까닭을 물었다.

후주 曰: "짐은 경이 변경에서 너무 오래 있으니 군사들이 너무 고생하는 것이 염려되어 돌아오라고 한 것이지 별다른 뜻은 없소."

강유 曰: "신은 이미 기산에 있는 위의 영채를 빼앗았고 곧 큰 공을 세울 수 있었는데 뜻밖에 중도에 그만두어야만 했습니다. 이는 틀림없이 등애의 반간계에 걸려든 것이옵니다."

후주는 아무 말이 없었다.

강유가 다시 아뢰기를: "신은 맹세코 역적을 토벌하여 나라의 은혜에 보답하겠다는 마음밖에 없사옵니다. 폐하께서는 부디 소인배의 말을 듣지 마시고 신을 의심하지 마시옵소서!"

한참 동안 말이 없던 후주가 마침내 입을 열기를: "짐은 경을 의심하지 않소. 경은 잠시 한중으로 돌아가 위나라 정세 변화를 기다려 다시 토벌하도록 하시오."

강유는 탄식을 하며 조정을 나와 한중으로 돌아갔다.

한편 기산의 영채로 돌아간 당균은 이 사실을 보고했다.

등애와 사마망이 말하기를: "임금과 신하 사이에 불화가 생기면 반드시 내부에서 변란이 일어나기 마련이오."

그러고는 당균을 낙양으로 보내 사마소에게 보고하도록 했다.

그 보고를 받은 사마소는 매우 기뻐하며 곧바로 촉을 도모할 마음을 먹고 중호군(中護軍) 가충(賈充)에게 묻기를: "내 지금 촉을 치려고 하는데 어찌 생각하나?"

가충 曰: "아직은 때가 아닙니다. 천자가 지금 주공을 의심하고 있으니 이럴 때 가벼이 움직이시면 반드시 변란이 일어날 것입니다.

지난해 영릉(寧陵)의 우물에서 황룡이 두 번이나 나타나자 신하들이 표문을 올려 경하드린 적이 있는데 그때 천자가 말하기를, '이는 상서로는 징조가 아니니라. 용은 임금을 상징하는데 그 용이 위로는 하늘에 있지 않고 아래로는 밭에도 있지 않으며 하필 우물 안에 몸을 구부리고 있으니, 이는 갇혀 있는 징조가 아니겠느냐!'라고 하시면서 잠룡(潛龍)이라는 시를 지으셨는데 그 시의 뜻은 분명 주공을 말하고 있었습니다. 그 시는 이렇습니다."

슬프도다 갇혀 곤경에 빠진 용이여	傷哉龍受困
깊은 연못에서 뛰어 오르지 못하니	不能躍深淵
위로는 하늘로 높이 오르지 못하고	上飛不天漢
아래로는 밭에 나타날 수도 없나니	下不見于田
그저 우물 바닥에 웅크리고 앉으니	蟠居於井底
미꾸라지 드렁이 그 앞에서 노니네	鰍鱔舞其全
이빨 감추고 발톱도 숨기고 있으니	藏牙伏爪甲
아아 나 역시 마찬가지 신세로구나	嗟我亦同然

그 시를 듣고 난 사마소가 몹시 화를 내며 말하기를: "그자가 조방을 본받으려고 하는 모양이구나! 미리 도모하지 않으면 오히려 내가 당할지도 모르겠다."

가충 曰: "제가 주공 대신에 조만간 그를 제거해 버리겠습니다."

때는 위의 감로(甘露) 5년(서기 260년) 4월, 사마소가 칼을 차고 어전 위로 올라가자 조모는 용상에서 일어나 그를 맞이했다.

모든 신하가 아뢰기를: "대장군의 공덕이 높고도 높으니 그를 진공(晉

公)으로 삼으시고 구석(九錫)을 내리시는 것이 합당하옵니다."

조모는 머리를 숙이고 답을 하지 않았다.

사마소가 날카로운 목소리로 말하기를: "우리 부자(父子) 세 사람이 위에 그리 큰 공을 세웠음에도 지금 진공으로 삼는 것이 부당하다는 말씀이오?"

조모가 그제야 대답하기를: "어찌 감히 경의 말씀을 따르지 않겠소?"

사마소 曰: "〈잠룡〉이란 시에서 우리 부자를 미꾸라지나 드렁이로 취급했는데, 이게 도대체 무슨 예법이오?"

조모는 답변을 하지 못했다. 사마소가 차갑게 비웃으며 성큼성큼 어전을 내려가는데 이를 지켜보던 모든 관원들은 두려워 모골이 송연했다.

조모는 후궁으로 들어가서 시중 왕침(王沈)·상서 왕경(王經)·산기상시(散騎常侍) 왕업(王業) 등 세 사람을 불러 상의했다.

조모가 울면서 말하기를: "사마소가 찬역을 품고 있다는 것은 누구나 알고 있는 사실이오. 하지만 짐은 앉아서 폐위되는 굴욕은 당하지 않을 것이오. 경들이 짐을 도와 그를 토벌해 주시오."

왕경이 아뢰기를: "아니 되옵니다. 옛날 노(魯)나라의 소공(昭公)은 계씨(季氏)의 횡포를 참지 못하고 그를 몰아내기 위해 거사를 했다가 실패하여 결국 나라까지 잃고 제(齊)나라로 도망갔습니다. 지금 나라의 모든 권력이 사마소의 손 안에 들어간 지 오래입니다. 안팎의 모든 대신들은 무엇이 순리이고 무엇이 거스르는 것인지 그런 것은 아랑곳하지 않고 무조건 간사한 역적에게 아부만 하고 있사옵니다.

지금 폐하를 보위하는 사람들은 수도 작을 뿐만 아니라 힘도 없어 어명을 받들어 실행할 사람이 없사옵니다. 폐하께서는 지금 은인자중(隱忍自重)하지 않으시면 큰 화를 면치 못하시옵니다. 이 일은 신중하게 천천히 도모하셔야지 급히 서두르시면 아니 되옵니다."

조모 曰: "공자께서도 '이것을 참을 수 있다면 참지 못할 것이 무엇이 있겠는가(是可忍也, 孰不可忍也)'!라고 하지 않았소. 짐의 뜻은 이미 결정되었으니 죽는다 해도 두려울 것이 없소."

말을 마친 조모는 곧바로 태후에게 고하러 들어갔다.

왕침과 왕업이 왕경에게 말하기를: "일이 매우 급하게 되었소. 우리 모두 스스로 멸족의 화를 당하기 전에 사마 공의 부중에 가서 이 사실을 고하고 죽음이나 면합시다."

왕경이 매우 화를 내며 말하기를: "임금이 근심하면 신하는 굴욕을 당하고, 임금이 굴욕을 당하면 신하는 마땅히 죽어야 하거늘, 신하가 어찌 감히 두 마음을 품는단 말이오!"

왕침과 왕업은 왕경이 자신들의 의견을 따르지 않자 곧바로 둘이서 사마소에게 고해바치러 갔다.

잠시 후 내원에서 위주 조모는 호위 초백(焦伯)에게 명하여 궁중에 있는 숙직병(宿衛)·사병(蒼頭)·하인(官僮) 등으로 3백 명을 모아 북치고 함성을 지르며 나갔다. 조모는 킬을 들고 가마에 올라 좌우에 호령하여 남쪽 궐문을 향해 나갔다.

왕경이 가마 앞아 엎드려 큰 소리로 울면서 간하기를: "지금 폐하께서 수백 명을 데리고 사마소를 치려고 하심은 양을 몰고 범의 아가리로 들어가는 것으로 목숨만 헛되이 버릴 뿐 아무런 의미가 없습니다. 신은 목숨이 아까워서가 아니라 이렇게 하는 것은, 실로 너무나 무모함을 알기 때문이옵니다."

조모 曰: "나의 군사들은 이미 떠났으니 경은 막지 마라!"

그러고는 운룡문(雲龍門)으로 갔다.

그때 완전무장을 한 가충이 말을 타고 왼쪽에는 성쉬(成倅), 오른쪽에는 성제(成濟)를 대동하고, 수천 명의 철갑 금위군을 이끌고 함성을 지르며 쳐들어왔다.

조모가 칼을 들고 큰 소리로 호통치기를: "나는 천자이니라! 네놈들이 궁중으로 쳐들어온 것은 임금을 시해하려는 것이냐?"

조모의 호통 소리에 금군들이 감히 움직이지 못했다.

가충이 성제를 불러 말하기를: "사마공께서 너를 언제 쓰려고 길렀겠느냐? 바로 오늘을 위해서니라!"

성제가 창을 꼬나들고 가충을 돌아보며 말하기를: "죽여 버릴까요? 아니면 묶을까요?"

가충 曰: "사마공께서 반드시 죽이라고 명령하셨다."

성제가 창을 꼬나들고 가마 앞으로 달려갔다.

조모가 큰 소리로 호통치기를: "네놈이 어찌 감히 이리도 무례하단 말이냐!"

말이 채 끝나기도 전에 성제의 창이 조모의 가슴을 향해 찌르니 조모는 가마에 부딪히며 땅으로 굴러떨어졌다. 성제가 다시 한 번 찌르자 창날이 등을 꿰뚫으며 그 자리에서 죽고 말았다. 이를 본 초백이 창을 들고 달려들었지만 역시 성제의 창에 찔려 죽었다. 그러자 나머지 무리들은 모두 달아났다.

뒤늦게 달려온 왕경이 가충을 보고 큰 소리로 꾸짖기를: "이 역적 놈아! 어찌 임금을 이리도 무참하게 시해할 수 있단 말이냐?"

몹시 화가 난 가충이 좌우에 호령하여 왕경을 꽁꽁 묶어 놓도록 한 다음 즉시 사마소에게 보고하러 달려갔다.

사마소는 궁중으로 들어가 조모가 죽어 있는 것을 보고 짐짓 몹시 놀란 척하더니, 머리를 수레에 짓찧으며 곡을 시작했다.

그러고는 여러 대신들에게 알리도록 했다.

이때 태부 사마부가 궁으로 들어와 조모의 시신을 보자 그의 머리를 자신의 무릎 위에 올려놓고 곡을 하며 말하기를: "폐하께서 시해되신 것은 모두 신의 죄이옵니다."

그러고는 조모의 시신을 관에 담아 편전(偏殿)의 서편에 모셔 놓았다. 사마소는 궁전에 들어가서 신하들을 불러들여 회의를 소집했다. 모든 신하가 다 왔는데 상서복야(尙書僕射) 진태(陳泰)가 보이지 않았다. 사마소는 진태의 외숙인 상서 순의(荀顗)에게 그를 불러오도록 했다.

진태가 통곡하면서 말하기를: "사람들은 외숙이 나보다 낫다고 말하지만 이제 보니 외숙이 나보다 못합니다."

진태는 상복을 입고 궁에 들어가 조모의 영전에 엎드려 곡을 했다.

사마소 역시 거짓으로 우는 척하다가 진태에게 묻기를: "오늘 있었던 일을 어찌 처리하면 좋겠소?"

진태 曰: "최소한 가충의 목은 베어야 세상 사람들이 용서할 것입니다."

사마소는 한참 말이 없더니 다시 묻기를: "그 아래로는 안 되겠소?"

진태 曰: "그보다 더 위로 올라가면 몰라도 그 아래로는 모르겠소이다."

사마소 曰: "성제는 대역무도(大逆無道)한 짓을 저질렀다. 그의 살을 발라내고 그의 삼족을 멸하도록 하라!"

성제가 큰 소리로 사마소에게 욕설을 퍼붓기를: "내가 무슨 죄가 있느냐? 나는 가충이 네 명령이라고 죽이라고 하여 그 명령을 따른 것뿐이다!"

사마소는 먼저 그의 혀부터 자르라고 했다. 성제는 죽을 때까지 억울하다고 소리를 질렀다. 그의 아우 성쉬 역시 저잣거리에서 참형을 당했고 그의 삼족이 모조리 죽임을 당했다.

후세 사람이 이 일을 탄식하여 시를 지었으니:

사마소가 그 당시 가충에게 명령하여　　　　司馬當年命賈充

남궐에서 임금의 용포 피로 물들였지	弒君南闕赭袍紅
죄는 성제에게 덧씌워 삼족을 멸하니	却將成濟誅三族
군사와 백성들이 귀먹은 줄 알았는가	只道軍民盡耳聾

사마소는 또 왕경의 가족들도 모두 잡아들여 옥에 가두었다. 이때 정위청(廷尉廳)에 잡혀 있던 왕경은 자신의 모친이 꽁꽁 묶여서 오는 것을 발견하고 머리를 조아리며 대성통곡을 하며 말하기를: "불효자식이 모친께 누를 끼치고 말았습니다!"

그의 모친이 웃으면서 큰 소리로 말하기를: "이 세상에 죽지 않은 사람이 어디 있겠느냐? 정작 죽을 자리를 찾지 못할까 두려울 뿐인데 이런 일로 목숨을 버리게 되었으니 무슨 여한이 있겠느냐?"

다음 날 왕경의 온 식구들이 동쪽 저잣거리로 끌려갔다. 왕경 모자는 죽는 순간까지 웃음을 잃지 않으니 성 안의 선비는 물론 백성들까지 눈물을 흘리지 않은 이가 없었다.

후세 사람이 이를 두고 지은 시가 있으니:

한초엔 자결한 이 자랑으로 여겼는데	漢初誇伏劍
한말에는 왕경의 충성을 보게 되었네	漢末見王經
열정적인 마음은 서로 다르지 않으니	眞烈心無異
굳세고 단단한 마음은 더욱 돋보이네	堅剛心更淸

그 절개는 태산과 화산처럼 무거웠고	節如泰華重
그 목숨은 기러기 깃털처럼 가벼웠네	命似鴻毛輕
어머니와 아들의 그 아름다운 명성이	母子聲名在
하늘과 땅에 영원히 함께 전해지리라	應同天地傾

태부 사마부가 조모를 군왕의 예에 따라 장사 지내 주기를 청하니 사마소는 그리하라고 했다. 가충을 비롯한 측근들이 사마소에게 위의 선양을 받아 천자의 자리에 오르기를 권했다.

사마소 曰: "옛날 주(周) 문왕(文王)은 천하의 3분의 2를 차지하고도 은나라를 섬겨 성인(聖人: 공자)께서 그를 지극히 덕이 있는 분이라 칭송하였다. 위(魏) 무제(武帝: 조비) 또한 한의 황제 자리를 직접 이어받지는 않지 않았느냐? 내가 위로부터 선위를 받으려고 하지 않는 것도 바로 그런 이유이다."

이 말을 들은 가충 등은 사마소가 자신의 아들 사마염(司馬炎)을 염두에 두고 있음을 눈치채고 더 이상 권하지 않았다.

그해 6월. 사마소는 상도향공(常道鄕公) 조황(曹璜)을 천자로 세우고, 연호를 경원(景元) 원년(서기 260년)으로 바꾸었다. 조황은 자신의 이름을 조환(曹奐)으로 바꾸고 자를 경명(景明)이라고 했다. 그는 무제 조조의 손자이자 연왕(燕王) 조우(曹宇)의 아들이다.

조환은 사마소를 승상 겸 진공(晉公)에 봉하고 10만 냥의 돈과 1만 필의 비단을 하사했다. 또한 많은 문무 관료들에게도 각각 벼슬과 상을 내렸다.

위의 이런 정세 변화 상황은 정탐꾼에 의해 이미 서촉에 보고되었다. 강유는 사마소가 조모를 시해하고 조환을 천자로 세웠다는 말을 듣고 좋아하며 말하기를: "이제 위를 공격할 명분이 생겼구나!"

그러고는 동오에 서신을 보내 사마소가 임금을 시해한 죄를 묻기 위해 함께 군사를 일으키자고 제의하는 한편 후주에게 아뢰어 허락을 받고 군사 15만 명을 일으켰다. 그리고 이번에는 수레 수천 량을 동원하여 군수품 궤짝을 실었다. 선봉은 지난번과 마찬가지로 요화와 장익에게 맡기고 요화에게는 자오곡(子午谷)을 취하도록 하고 장익에게는 낙곡(駱谷)을 취하게 했다. 그리고 강유 자신은 야곡(斜谷)으로 나아가 모두 기산 앞에서 만나기로 했다. 이렇게 세 방면으로 동시에 출발한 촉군은 기산을 향해 쳐들어갔다.

이때 기산의 영채에서 군사를 훈련시키고 있던 등애는 촉군이 다시 세 방면으로 쳐들어온다는 말을 듣고 여러 장수들을 모아 놓고 상의했다.

참군(參軍) 왕관(王瓘)이 말하기를: "제게 한 가지 계책이 있는데 말로 설명하기는 곤란하여 글로 적어 왔으니 장군께서 한번 읽어 봐 주시기 바랍니다."

등애가 글을 받아 펼쳐서 읽어 보고 웃으며 말하기를: "이 계책이 그럴듯하기는 하지만 강유를 속여 넘기지는 못할 것 같소."

왕관 曰: "제가 목숨을 걸고 앞으로 가보겠습니다."

등애 曰: "공의 뜻이 그리 굳건하니 반드시 성공할 것이오."

등애는 군사 5천 명을 왕관에게 주었다.

왕관은 밤낮없이 야곡을 나와 달려가다 마침 촉군의 선두 부대 정탐 꾼과 마주쳤다.

왕관 曰: "우리는 위나라에서 투항하러 온 군사들이오. 대장에게 보고해 주시오."

정탐꾼이 이 사실을 강유에게 보고하니 강유는 나머지 군사들을 그 자리에 있게 하고 우두머리 장수만 데리고 오라고 지시했다.

강유 앞에 온 왕관이 땅에 엎드려 절을 하며 말하기를: "저는 왕경의 조카 왕관이라고 합니다. 최근 사마소가 주군을 시해하고 제 숙부 집안 식솔들을 모조리 몰살하여 그 원한이 뼈에 사무칩니다. 지금 다행히 장군께서 그 죄를 묻기 위해 군사를 일으키셨다 하기에 제가 일부러 제 수하의 군사 5천 명을 데리고 투항하러 온 것입니다. 부디 저희를 받아 주시어 간사한 무리를 쓸어버려 제 숙부의 원한을 갚도록 해 주십시오."

강유는 매우 기뻐하며 왕관에게 말하기를: "자네가 이렇게 진심으로 와서 항복하는데 내 어찌 그 마음을 받아 주지 않겠는가! 지금 우리 군중의 걱정거리는 오직 군량을 운송하는 문제밖에 없네. 지금 군량을 실은 수레 수천 대가 현재 동천 입구에 있으니, 자네가 가서 그것을 기산으로 운반해 오게. 나는 지금 바로 기산에 있는 위군의 영채를 빼앗으러 갈 것이네."

왕관은 내심 강유가 자신의 계책에 걸려들었다고 생각하고 매우 기뻐하며 흔쾌히 그 명령을 수락했다.

강유 曰: "자네가 군량과 마초를 운반하러 가는데 5천 명의 군사는 다 필요 없을 것이니 3천 명만 데리고 가게. 2천 명은 이곳에 남겨 두어 기산을 치러 갈 길을 안내하도록 하겠네."

왕관은 강유가 의심할까 염려되어 3천 명만 데리고 갔다. 강유는 부첨에게 2천 명의 위군을 데리고 뒤따라오면서 별도의 지시를 기다리게 했다.

그때 갑자기 하후패가 도착했다는 보고가 들어왔다.

하후패 曰: "도독은 어찌하여 왕관의 말을 그대로 믿으셨습니까? 내가 위에 있을 때 비록 자세히는 모르지만, 왕관이 왕경의 조카라는 말을 들어보지 못했습니다. 그의 말은 속임수일 가능성이 크니 장군께서 잘 살피셔야 합니다."

강유가 껄껄 웃으며 말하기를: "내 이미 왕관이 거짓 항복한 것을 알기에 그의 군사를 반으로 나누어 그의 계책을 역이용하려는 것이오."

하후패 曰: "좀 더 자세히 말씀해 보십시오."

강유 曰: "사마소는 조조와 견줄만한 간웅이오. 그가 왕경을 죽이고 삼족까지 멸하면서 어찌 그 친조카를 살려두어 관 밖에서 군사를 거느

리도록 내버려 두었겠소? 그래서 나는 그가 거짓말을 하고 있음을 알아
차렸소. 중권(仲權: 하후패)의 생각도 과연 내 생각과 같구려."

강유는 야곡으로 나아가지 않고 군사를 길에 매복시켜 왕관의 첩자
행동에 은밀히 대처했다. 열흘도 지나지 않아 과연 매복한 군사가 첩자
를 붙잡아 왔는데 그는 왕관이 등애에게 보내는 첩자였다. 강유가 그를
문초하고 몸수색을 하여 서신을 찾아냈다. 그 서신에는 오는 8월 20일,
샛길을 이용하여 군량을 운반하여 기산의 영채로 돌아가려 하니 등애에
게 군사를 담산(壜山)의 골짜기로 보내 맞이해 달라는 내용이었다.

강유는 서신을 가지고 있던 군사를 죽여 버리고 서신의 내용을 날짜
는 8월 15일로 바꾸고 등애에게 직접 대군을 거느리고 담산 골짜기로 와
서 호응해 달라는 내용으로 바꾸었다.

그러고는 심복 한 사람을 위군으로 변장시켜 그 서신을 위군 영채의
등애에게 전달하게 하는 한편, 부첨으로 하여금 수백 대의 수레에 실려
있는 군량을 모두 내리고 그 위에 마른 장작과 건초 더미 및 인화 물질
을 실은 뒤, 그 위를 푸른 천으로 덮어씌우게 했다. 그리고 항복해 온 나
머지 2천 명의 위군들에게 그 수레를 이끌고 군량 운반 부대의 깃발을
들고 가도록 했다.

그런 다음 강유는 하후패와 함께 각자 한 무리의 군사를 이끌고 산골
짜기 안으로 들어가서 양쪽에 매복했다. 또 장서(蔣舒)에게는 자기 대신
야곡으로 나아가게 하고, 요하와 장익에게는 군사를 이끌고 진군하여 기
산을 취하도록 했다.

한편 왕관의 서신을 받은 등애는 매우 기뻐하며 급히 답신을 써서 가
져온 사람에게 돌아가서 보고하도록 했다.

약속한 8월 15일, 5만 명의 정예병을 이끌고 담산 골짜기로 간 등애는

사람을 높은 곳으로 보내 살펴보도록 했는데, 그가 돌아와서 보고하기를 군량과 마초를 실은 무수히 많은 수레들이 끊임없이 움푹 꺼진 골짜기에서 나오고 있다고 했다.

등애가 말을 세우고 바라보니 과연 모두 위군들이었다.

좌우에서 말하기를: "날이 이미 저물었으니 속히 왕관을 접응하러 골짜기로 나가시지요."

등애 曰: "전면에 산세가 앞을 가리고 있으니 만약 복병이 있다면 급히 물러나기가 어렵다. 여기서 기다리는 게 좋겠다."

등애가 이 말을 하자마자 갑자기 기마병 둘이 급히 달려와 보고하기를: "왕 장군이 군량미를 운반해 오는데 촉군들이 알고 뒤를 추격해 오고 있으니 빨리 구원해 주십시오."

등애는 깜짝 놀라 군사를 이끌고 앞으로 나아갔다. 때는 초경(初更: 밤 7시에서 9시)이었는데 마침 달이 떠서 대낮처럼 밝았다. 그때 갑자기 산 뒤에서 함성 소리가 들렸다. 등애는 그저 왕관이 그곳에서 싸우고 있는 줄로만 알았다. 곧바로 달려가 산 뒤로 돌아가는데 갑자기 숲 뒤에서 한 무리의 군사가 튀어나왔다. 촉의 장수 부첨이 앞장서서 말을 달려오며 큰 소리로 외치기를: "등애 이 하찮은 놈아! 너는 이미 우리 주장(主將)의 계략에 걸려들었다! 어서 빨리 말에서 내려 목숨을 내놓지 못하겠느냐?"

깜짝 놀란 등애는 곧바로 말머리를 돌려 달아났다. 모든 수레에 불이 붙은 것을 신호로 양쪽에 매복해 있던 촉군들이 일제히 뛰쳐나와 닥치는 대로 위군들을 무찔렀다. 그때 사방에서 외치기를: "등애를 붙잡는 자는 상금 천냥에 만호후(萬戶侯)에 봉할 것이다!"

기겁을 한 등애는 갑옷과 투구를 모두 벗어 던지고 타는 말도 버리고 보병들 틈에 끼어 산을 오르고 고개를 넘어 도망쳤다.

강유와 하후패는 그저 말을 탄 장수만 잡으러 찾아다녔는데, 등애가

보병들 틈에 끼어 달아나리라고는 생각하지도 못했다.

강유는 승리한 군사를 이끌고 왕관이 가져오는 군량을 맞으러 나갔다.

한편 왕관은 등애와 은밀히 약속한 대로 군량과 마초를 실을 수레를 정비해 놓고 거사 날짜만 기다리고 있었다.

그때 심복이 와서 보고하기를: "거사가 이미 누설되어 등 장군이 크게 패했는데 현재 생사조차 모른다고 합니다."

깜짝 놀란 왕관은 사람을 보내 정탐을 시켰다.

그가 돌아와서 보고하기를 세 방면에서 군사들이 포위하고 쳐들어오는데 등 뒤에서도 먼지가 자욱이 일어나고 있어 사방 어디로도 달아날 길이 없다고 했다.

왕관은 좌우에 호령하여 모든 수레에 불을 지르라고 했다. 삽시간에 화염이 하늘로 솟구치며 맹렬히 타 올랐다.

왕관이 큰 소리로 외치기를: "일이 급해졌다. 너희는 모두 죽기로 싸워야 한다!"

왕관은 군사를 데리고 서쪽으로 달려갔다. 등 뒤에서 강유의 군사들이 세 방면에서 추격했다. 강유는 왕관이 죽기로 싸우며 위나라 쪽으로 갈 것으로 생각했지, 반대로 한중(漢中) 쪽으로 가리라고는 생각하지도 못했다.

왕관은 추격해 오는 군사들이 따라오지 못하도록 자신이 지나온 잔도와 각처의 관(關) 및 요충지들을 모두 불태우며 달아났다.

강유는 한중을 잃을까 염려되어 등애를 쫓지 못하고 군사를 이끌고 밤낮없이 샛길로 가로질러 왕관의 뒤를 추격했다. 마침내 왕관이 강유의 군사에 포위되어 집중 공격을 받게 되니 왕관은 흑룡강(黑龍江)에 몸을 던져 죽고 말았다. 나머지 군사들은 모두 강유의 군사에 의해 생매장을 당했다.

강유는 비록 등애를 이기기는 했지만 많은 군량과 수레를 잃고 또 잔도마저 망가져 어쩔 수 없이 군사를 이끌고 한중으로 돌아갔다.

등애는 패배한 군사를 이끌고 기산의 영채로 돌아가 자신의 죄를 청하는 표문을 올려 스스로 자신의 벼슬을 깎아달라고 했다.

사마소는 그동안 등애가 수차례 큰 공을 세운 것을 고려하여 그의 벼슬을 깎지 않고 오히려 상을 후하게 내렸다. 등애는 상으로 받은 모든 재물들을 이번 싸움에서 죽거나 다친 군사들의 가족들에게 골고루 나눠 주었다.

사마소는 촉군이 다시 쳐들어올까 염려되어 등애에게 5만 명의 군사를 더 보내 주며 단단히 지키게 했다.

강유는 밤낮없이 잔도를 수리하고 다시 출병할 일을 의논했다.

이야말로:

연달아 잔도를 고치고 이어서 출병을 하니	連修棧道兵連出
중원 정벌하기 전에는 죽어도 포기 못하네	不征中原死不休

승부가 어찌 될지 궁금하거든 다음 회를 기대하시라.

제 115 회

후주는 참소를 믿어 회군하라고 명하고
강유는 둔전을 핑계대고 화를 벗어나다

詔班師後主信讒

托屯田姜維避禍

 촉한 경요(景耀) 5년(서기 262년) 10월, 대장군 강
유는 사람들을 보내 밤낮으로 잔도를 수리하고 군량
을 비축하고 군 장비를 정비했다. 그리고 한중의 수
로로 배를 집결시켰다.

이렇게 만반의 준비를 마친 강유는 다시 후주에게 표문을 올려 아뢰
기를: "신은 여러 차례 싸우러 나가 비록 큰 공은 세우지 못했지만, 위
의 간담을 서늘하게 하였나이다. 이제 군사를 기른 지 오래되었으니, 싸
우지 않으면 게을러지고 게을러지면 병이 납니다. 지금 군사들은 죽기로
싸우려 하고 있고 장수는 명령만 기다리고 있나이다. 신이 만일 이번 싸
움에서도 이기지 못하면 마땅히 죽음으로써 그 벌를 받겠나이다."

표문을 받은 후주는 주저하며 결단을 내리지 못했다.

초주가 반열에서 나와 말하기를: "신이 밤에 천문을 보았는데 서축 방
면에 있는 장수별이 어둡고 빛이 밝지 못하옵니다. 지금 대장군이 또 출
병하려고 하는데, 이번에 나아가는 것은 매우 이롭지 못하옵니다. 폐하
께서는 나가지 말라는 조서를 내리시옵소서."

후주 曰: "일단 출병을 허락하고 만약 잘못되면 그때 중지시키면 되지 않겠소."

초주가 거듭 간 했지만, 후주는 그 말을 듣지 않았다. 초주는 집으로 돌아가 탄식만 하다가 그만 병을 핑계로 조정에 나가지 않았다.

강유는 기병에 앞서 요화에게 묻기를: "내 이번 출사에서는 기필코 중원을 회복하고야 말 것이다. 먼저 어디부터 취해야 하겠는가?"

요화 曰: "해마다 계속된 출정으로 군사와 백성이 편할 날이 없습니다. 게다가 위에는 등애가 버티고 있습니다. 그는 슬기와 꾀가 많은 예사 인물이 아닙니다. 그런데도 장군은 이루기 어려운 일을 억지로 하려고 하시니 이번에는 이 요화도 특별히 드릴 말씀이 없습니다."

강유가 버럭 화를 내며 말하기를: "지난날 승상께서 여섯 차례나 기산으로 나가신 것은 모두 나라를 위해서라는 것을 알고 있을 것이다. 내 지금 여덟 번이나 위를 정벌하러 나가는 것 역시 어찌 나 개인을 위해서이겠는가? 내 이번에는 조양(洮陽)을 먼저 칠 것이다. 만약 나를 거스르는 자는 먼저 그의 목을 벨 것이다."

그러고는 요화는 남아서 한중을 지키도록 하고, 자신은 여러 장수들과 함께 곧바로 조양으로 향했다. 이런 정보는 이미 서천 어귀의 사람들이 위의 기산 영채에 알렸다.

사마망과 함께 군사 일을 의논하고 있던 등애는 이 소식을 듣고 즉시 사람을 보내 정탐을 시켰다.

그가 돌아와서 보고하기를 촉군들이 모두 조양쪽으로 가고 있다고 했다.

사마망 曰: "강유는 계략이 많은데 혹시 조양을 치는 척하면서 기산으로 오는 것은 아닐까요?"

등애 曰: "지금 강유는 실제로 조양을 치러 가고 있습니다."

사마망 曰: "공은 어찌하여 그리 생각하시오?"

등애 曰: "지금까지 강유는 여러 차례 우리가 군량을 쌓아둔 곳으로만 공격을 했습니다. 지금 조양에는 군량이 없으니 강유는 우리가 군량이 있는 기산만 지키고 조양은 지키지 않을 것으로 생각하고 곧바로 조양을 치려는 것입니다. 강유는 조양을 얻은 다음 그곳에 군량과 마초를 쌓아 놓고 강인들과 손을 잡고 장기전을 하려는 속셈입니다."

사마망 曰: "그러면 어찌하면 좋겠소?"

등애 曰: "이곳의 군사를 모두 철수하여 두 방면으로 나누어 조양성을 구하러 갑시다. 조양성에서 25리 떨어진 곳에 후화(侯和)라는 작은 성이 있는데 그곳은 바로 조양의 목구멍에 해당하는 중요한 요충지입니다. 공은 한 무리의 군사를 이끌고 조양으로 들어가 매복해 있으면서 깃발은 모두 눕혀놓고 북도 치지 말고 사방 성문을 활짝 열어놓고 여차여차하십시오. 나는 군사를 이끌고 후화로 가서 매복할 것입니다. 그러면 우리는 크게 승리할 수 있습니다."

그들은 등애의 계책대로 움직였다. 기산에는 편장군 사찬(師纂)을 남겨 영채를 지키게 했다.

한편 강유는 하후패를 선봉으로 삼아 먼저 한 무리의 군사를 이끌고 곧바로 조양을 취하러 가도록 했다. 조양성 가까이에 이른 하후패가 성위를 바라보니 기치가 하나도 없고 성문도 모두 활짝 열려 있었다.

속으로 의심이 든 하후패는 감히 성 안으로 들어가지 못하고 장수들을 돌아보며 말하기를: "혹시 속임수가 아니겠느냐?"

장수들이 말하기를: "백성들만 조금 있을 뿐 성은 비어 있습니다. 대장군의 군사가 온다는 말을 듣고 모두 달아난 것 같습니다."

하후패는 그 말을 믿을 수 없어 직접 말을 몰고 성 남쪽으로 달려가 살펴보니 성 뒤로 많은 노인들과 어린애들이 서북쪽으로 달아나고 있었다.

하후패는 매우 기뻐하며 말하기를: "정말 빈 성이 틀림없다."

마침내 하후패는 앞장서서 성 안으로 쳐들어갔다. 군사들이 그 뒤를 따랐다. 하후패가 막 옹성(甕城) 근처에 이르자, 갑자기 한 발의 포성을 신호로 성 위에서 북소리·나팔 소리가 일제히 울리면서 성 전체에 깃발이 세워지더니 조교가 들어 올려졌다.

하후패가 깜짝 놀라며 외치기를: "적의 계략에 빠졌다!"

황급히 뒤로 물러나려고 할 때 성 위에서 돌과 화살이 빗발쳤다. 허망하게도 하후패는 부하 5백 명과 함께 그 성 아래에서 죽고 말았다.

후세 사람이 이를 탄식해 지은 시가 있으니:

담이 큰 강유 계책 또한 신묘했지만 大膽姜維妙算長
등애가 몰래 방비할 줄 어찌 알았나 誰知鄧艾暗提防
불쌍하구나 서촉에 투항한 하후패여 可憐投漢夏侯霸
성 밑에서 순식간에 살 맞아 죽었네 頃刻城邊箭下亡

사마망이 성 안에서 군사를 이끌고 뛰쳐나오니 촉군들은 크게 패하여 달아났다. 다행히 강유가 지원군을 끌고 와서 사마망을 물리치고 성 근처에 영채 세웠다. 하후패가 화살에 맞아 죽었다는 소식을 들은 강유는 슬픔을 금할 수가 없었다.

그날 밤 이경(二更), 등애는 후화성에서 은밀히 군사를 이끌고 나와 촉군의 영채로 쳐들어갔다. 뜻밖의 기습을 받은 촉군은 대혼란에 빠져서 강유도 어찌할 바를 몰랐다. 게다가 성 위에서 북소리·나팔 소리가 요란하게 울리면서 사마망도 성 안에서 군사를 이끌고 나와 양쪽에서 협공하니, 촉군들은 또다시 크게 패했다. 강유는 좌충우돌하며 죽기로 싸워 겨우 적의 포위를 뚫고 20여 리나 후퇴하여 영채를 세웠다. 두 번이나 크게 패한 촉군은 크게 동요하고 있었다.

강유가 장수들에게 말하기를: "싸움에서 이기고 지는 일은 흔히 있는 일이다(勝敗乃兵家之常事). 이번에 비록 군사와 장수를 잃었지만 크게 걱정할 바는 아니다. 진짜 승부는 이번 싸움에 달려 있다. 그대들은 끝까지 한결같은 마음으로 싸움에 임하라. 만일 물러서는 자는 그 자리에서 목을 벨 것이다!"

이때 장익이 건의하기를: "위군들은 모두 이곳에 와 있으니 기산은 분명히 텅 비어 있을 것입니다. 장군은 군사를 정비하여 등애와 싸우며 조양과 후화를 공격하십시오. 그동안 저는 한 무리의 군사를 이끌고 가서 기산을 취하겠습니다. 기산의 아홉 개 영채를 취한 뒤 곧바로 군사를 휘몰아 장안으로 나가는 것이 상책입니다."

강유는 그의 계책에 따라 장익에게 후군을 이끌고 곧바로 기산을 취하러 가라고 했다. 그리고 자신은 후화로 가서 등애에게 싸움을 걸었다. 등애가 군사를 이끌고 나왔다. 양쪽이 마주 보고 진을 친 다음 두 사람이 수십 합을 싸웠지만, 승부가 나지 않자 각자 군사를 거두어 영채로 돌아갔다.

다음 날 강유는 다시 군사를 이끌고 나가 싸움을 걸었다. 그러나 등애는 나오지 않았다. 강유가 군사들을 시켜 온갖 욕설을 퍼붓자 등애는 속으로 가만히 생각하기를: '촉군이 우리에게 두 번씩이나 크게 지고도 물러가지 않고 매일 이처럼 싸움을 거니, 이는 틀림없이 군사를 나누어 기산을 치려는 속셈이 아니겠는가! 기산을 지키는 장수 사찬은 지모도 쓸 줄 모르고 군사의 수도 적으니 만일 위군이 쳐들어가면 틀림없이 패할 것이다. 내가 직접 가서 구하지 않으면 안 되겠다.'

등애는 아들 등충을 불러 분부하기를: "너는 최선을 다해 이곳을 지켜야 한다. 설령 적이 싸움을 걸어와도 가벼이 나가서 싸우지 마라. 나는 오늘 밤 군사를 이끌고 기산을 구하러 갈 것이다."

그날 밤 이경, 강유가 영채에서 계책을 구상하고 있는데 갑자기 영채 밖에서 함성이 땅을 진동하고 북소리·나팔 소리가 하늘을 울렸다. 등애가 3천 명의 정예병을 이끌고 야간 싸움을 하자고 왔다는 것이다. 장수들이 나가서 싸우려고 하자 강유가 말리며 말하기를: "함부로 움직이지 마라!"

실은 등애는 군사를 이끌고 촉군 영채 앞까지 와서 한 차례 정탐을 한 뒤 그 길로 기산을 구하러 갔으며 등충은 성 안으로 들어간 것이다.

강유는 장수들을 불러 말하기를: "등애는 틀림없이 야간 싸움을 하는 척하고 기산의 영채를 구하러 갔을 것이네."

그러고는 부첨을 불러 분부하기를: "너는 이곳 영채를 지키기만 하고 가벼이 나가서 싸우지 마라."

이렇게 분부한 강유는 직접 군사 3천 명을 이끌고 장익을 도우러 갔다.

한편 기산에 도착한 장익이 위군의 영채를 공격하자 영채를 지키던 사찬은 군사 수가 적어 버티지 못했다. 곧 영채가 함락되려는 순간 갑자기 등애의 군사가 들이닥쳐 한바탕 몰아치니 촉군들은 크게 패했다. 등애는 장익을 산 뒤로 몰아넣고 퇴로까지 끊었다. 장익의 군사가 전멸할 수도 있는 위급한 순간 갑자기 함성이 진동하고 북소리·나팔 소리가 하늘을 울리면서 위군들이 뿔뿔이 흩어지며 뒤로 달아나는 것이 아닌가!

좌우에 있던 자들이 보고하기를: "대장군 강백약(姜伯約)께서 구원하러 오셨습니다."

장익은 다시 군사를 휘몰아 힘을 합쳐 함께 싸웠다. 양쪽에서 협공을 당한 등애는 싸움에 패해 급히 기산의 영채로 돌아가 나오려 하지 않았다. 강유는 군사들에게 사방으로 에워싸고 공격하라고 명령했다.

여기서 이야기는 두 갈래로 갈라진다.

먼저 서촉의 상황을 설명하면, 성도의 후주는 환관 황호의 말만 믿고 주색에만 빠져 조정의 정사는 전혀 관심이 없었다. 당시 대신 유염(劉琰)의 처 호씨(胡氏)는 대단한 미인이었는데 어느 날 궁중에 황후를 알현하러 갔다가 황후가 그를 궁중에 붙들어 두는 바람에 한 달 동안이나 궁중에 있었다.

유염은 자신의 아내가 후주와 사통(私通)한 것으로 의심하고 수하 군사 수백 명을 늘여 세우고 자신의 아내를 꽁꽁 묶어 꿇어 앉힌 뒤 모든 군사들에게 그들의 신발을 벗어 호씨의 얼굴을 거의 죽을 만큼 수십 대를 때리게 했다.

그 소문을 들은 후주는 몹시 화를 내며 담당 관리에게 유염의 죄를 논하게 했다.

관리들이 논하기를: "군사들은 아내를 매질할 수 있는 사람이 아니며 얼굴은 형벌을 받는 곳이 아니니 유염을 저잣거리에서 참수하는 것이 마땅하다."

관리들의 결론에 따라 유염은 참수를 당했다. 이때부터 황제로부터 봉호를 받은 부인(命婦)은 궁중 출입이 금지되었다. 그러나 관료들 가운데는 후주의 음탕한 행위에 의심을 품고 원망하는 자들이 많아지면서 현명한 신하들은 차츰 조정에서 물러나고 소인배들만 들끓게 되었는데 우장군 염우(閻宇)가 대표적 인물이다. 그는 싸움터에서 한 치의 공도 세운 적이 없으면서 오로지 항호에게 아부하여 분에 넘치는 우장군 자리까지 차지한 자인데, 강유가 기산에서 군사를 거느리고 있다는 말을 듣고 황호를 설득하여 후주에게 아뢰게 하기를: "강유는 수차례 전장에 나갔으

나 세운 공이 하나도 없으니, 염우로 하여금 그 자리를 대신하게 하시옵
소서."

후주는 그의 말에 따라 사자를 보내, 조서를 가지고 가서 강유를 불
러들였다. 이때 강유는 기산에서 한창 위군의 영채를 공격하여 곧 기산
을 점령할 수 있었는데 갑자기 하루에 세 차례나 조서를 보내 회군하여
돌아오라고 하니 그 조서를 받들지 않을 수 없었다. 강유는 조양에 있는
군사들 먼저 퇴군하도록 하고, 이어서 장익과 함께 서서히 퇴군했다.

영채 안에서 지키고만 있던 등애는 밤새도록 하늘을 울리는 북소리·
나팔 소리가 요란하게 들리자 무슨 영문인지 몰랐다. 새벽녘에 이르자
정탐꾼이 와서 보고하기를 촉군은 모두 물러가고 빈 영채만 남아 있다
고 했다. 등애는 무슨 계책이 숨어 있을까 의심되어 감히 추격하지 못
했다.

곧바로 한중으로 물러난 강유는 군사들을 쉬게 하고 자신은 사자와
함께 후주를 뵈러 성도로 갔다. 하지만 강유는 후주를 뵙지 못하고 후
주는 열흘 동안이나 조회에 나오지 않았다.

의혹을 떨치지 못하고 있던 강유는 어느 날 동화문(東華門)에 나갔다
가 우연히 비서랑(秘書郎) 극정(郤正)을 만났다.

강유가 묻기를: "천자께서 갑자기 회군하라고 해서 돌아왔는데 공은
그 이유를 아시오?"

극정이 웃으며 말하기를: "대장군은 아직도 그 이유를 모르신단 말
이오? 황호가 염우에게 공을 세울 기회를 주려고 황제에게 아뢰어 공을
돌아오라는 조서를 내리신 것입니다. 그런데 등애가 용병에 능하다는 것
을 뒤늦게 알고 그 일을 중단해 버린 것입니다."

강유가 매우 화를 내며 말하기를: "내 반드시 이 환관 놈을 죽여 버리
고 말겠소!"

극정이 그를 말리며 말하기를: "무후께서 하시던 일을 모두 이어받으신 대장군께서 맡으신 소임이 얼마나 막중하신데 어찌 일을 그리 경솔하게 처리하려 하십니까? 천자께서 만약 용인하지 않으시면 도리어 불미스러운 일이 되고 말 것입니다."

강유는 즉시 깨달으며 고맙다고 인사하며 말하기를: "선생의 말이 맞소이다!"

다음 날 후주가 황호와 함께 후원에서 술판을 벌이고 있을 때, 강유가 몇 사람을 데리고 들어갔다. 어느새 이를 알려준 이가 있어 황호는 급히 호산(湖山) 옆으로 몸을 피했다.

정자 아래로 간 강유가 후주 앞에 엎드려 절을 하고 울면서 아뢰기를: "신이 등애를 기산에서 곤경에 빠뜨리고 거의 잡을 수 있었는데 폐하께서 연달아 세 번이나 조서를 내리시어 신을 돌아오라고 부르시었는데, 어인 일로 그리하셨는지 폐하의 성스러운 뜻을 아직 모르고 있사옵니다."

후주는 입을 다문 채 아무 말이 없었다.

강유가 다시 아뢰기를: "지금 황호가 간교하게 권력을 농단하고 있음이 영제(靈帝) 때의 십상시(十常侍)와 같사옵니다. 폐하께서는 가까이는 영제 때의 환관 장양(張讓)을 거울로 삼으시고, 멀리는 진시황 때의 환관 조고(趙高)를 보시어 하루속히 이 자를 죽이셔야 합니다. 그러면 조정은 저절로 태평해지고 중원은 비로소 회복할 수 있을 것입니다."

후주가 웃으며 말하기를: "황호는 그저 종종걸음을 치는 내시에 불과한데 설령 권력을 쥐여준다고 한들, 그가 할 수 있는 일이 무엇이란 말이오. 전에 동윤(董允)이 매번 황호에게 이를 갈며 한을 품기에 짐은 그를 심히 괴이하게 여긴 적이 있소만 경까지 신경 쓸 필요가 어디 있겠소?"

강유는 머리를 조아리며 다시 아뢰기를: "폐하께서 오늘 황호를 죽이지 않으시면 머지않아 화가 닥칠 것입니다."

후주 曰: " '사랑할 때는 그가 살기를 바라고, 미워할 때는 그가 죽기를 바란다(愛之欲其生, 惡之欲其死).'[21]고 하지 않았소. 경은 어찌 환관 하나도 용납을 하지 못하시오?"

후주는 근시에게 호산에 숨어 있는 황호를 불러오게 하여 강유에게 절을 하고 죄를 빌도록 했다.

황호가 강유에게 울면서 절을 하며 말하기를: "저는 아침저녁으로 종종걸음으로 황제를 모실 뿐이며 결코 정사에는 관여하지 않습니다. 장군께서는 외부 사람들 말만 듣고 소인을 죽이려 하지 마십시오. 소인의 목숨은 장군께 달렸사오니, 부디 저를 불쌍히 여겨주십시오!"

말을 미친 황호가 머리를 조아리며 하염없이 눈물만 흘렸다.

분한 마음을 억지로 참으며 궁은 나온 강유는 즉시 극정에게 가서 이 일을 자세히 이야기해 주었다.

극정 曰: "장군께 불어닥칠 화가 그리 멀지 않았습니다. 만약 장군이 위태로워진다면 이 나라도 따라서 망할 것입니다."

강유 曰: "선생께서 저에게 나라도 구하고 이 몸도 안전하게 할 방도를 가르쳐 주십시오."

극정 曰: "농서에 계실만한 곳이 있습니다. 답중(沓中)이란 곳인데 그곳 땅이 참 비옥합니다. 장군께서도 제갈무후께서 둔전을 경영했던 일을 본받아(제 102회 참고) 천자께 아뢰어 답중으로 나아가 둔전을 경영하심이 어떻습니까?

둔전을 경영하심은 첫째는 밀을 수확하여 군량에 보탬이 될 수 있고, 둘째는 농우의 여러 군을 얻을 수 있으며, 셋째는 위에서 감히 한중을 넘보지 못할 것이며, 넷째는 장군께서 밖에서 병권을 장악하고 계시니

---

21 논어의 안연(顔淵)편에 나오는 말로 감정에 치우쳐 일을 처리하는 것을 비유하는 말. 역자 주.

누구도 감히 도모하지 못할 것이니 화를 피할 수 있지 않겠습니까? 이는 나라를 지키고 몸을 편안히 하는 계책이니 서둘러 실행하시지요."

강유는 매우 기뻐하며 그에게 감사의 인사를 하기를: "선생께서 저에게 금과옥조와 같은 말씀을 주셨소이다!"

다음 날 강유는 후주에게 표문을 올려 답중에서 둔전을 경영하며 무후의 일을 본받으려 한다고 했다. 후주는 그의 주청을 받아들였다.

강유는 즉시 한중으로 돌아가 장수들을 모아 놓고 말하기를: "나는 여러 차례 출정했지만, 군량이 부족하여 공을 이루지 못했소. 이제 나는 8만 명의 군사를 데리고 답중으로 가서 둔전에서 밀농사를 지으며 천천히 움직이려 하오.

그대들은 그동안 싸우느라 수고가 많았으니 당분간 군사를 거두고 군량미를 모으면서 물러나 한중을 지키도록 하시오. 위군들이 쳐들어오려면 천리나 되는 먼 길을 산 넘고 고개를 넘어 군량을 운반하느라 지칠 대로 지칠 것이오. 그렇게 되면 반드시 물러갈 것이니, 그 기회를 놓치지 않고 추격하면 이기지 못할 리가 없을 것이오."

그러면서 호제에게는 한수성(漢壽城)을 지키게 하고, 왕함(王含)은 낙성(樂城)을, 장빈(蔣斌)에게는 한성(漢城)을 각각 지키도록 하고, 장서와 부첨에게는 함께 각처의 관문과 요충지를 지키도록 했다.

이렇게 군사 배치를 마친 강유 자신은 8만 명의 군사를 거느리고 답중으로 가서 밀을 경작할 장기 계획을 세웠다.

이제부터는 위의 상황을 살펴보겠다.

등애는 강유가 답중에서 둔전을 경영하며 길가에 40여 개의 영채를 잇달아 세웠는데 그 모습이 끊임없이 이어져 있어 마치 장사진(長蛇陣)을 이루고 있다는 보고를 받았다.

등애는 즉시 첩자를 보내 그곳 지형을 자세히 살펴 지도를 그려 오라고 한 뒤 표문을 작성하여 조정에 올렸다.

진공(晉公) 사마소는 그것을 보고 몹시 화를 내며 말하기를: "강유가 여러 차례 중원을 침범하여 왔음에도 그를 제거하지 못했으니 나의 가장 큰 우환거리가 아니냐?"

가충 曰: "강유는 공명이 전수해준 병법을 깊이 터득하고 있어 쉽게 물리치기 어렵습니다. 차라리 슬기롭고 용맹스러운 장수를 하나 은밀히 보내 암살하는 것이 군사를 일으키는 수고를 덜 수 있을 것입니다."

종서중랑(從事中郞) 순욱(荀勗) 曰: "그렇지 않습니다. 지금 촉주 유선은 주색에만 빠져 환관인 황호만 신임하고 있기 때문에 모든 대신들은 그저 화만 피할 생각만 하고 있습니다. 천하의 강유가 답중에서 둔전을 경영하는 것도 바로 화를 피해 보려는 계책일 뿐입니다. 만약 대장을 보내서 치게 하면 못 이길 이유가 없는데 굳이 자객을 보낼 필요가 어디 있습니까?"

사마소가 껄껄 웃으며 말하기를: "그대 말이 옳도다! 이제 나는 촉을 치려고 하는데 누구를 대장으로 삼으면 좋겠소?"

순욱 曰: "등애는 당대의 명장입니다. 그에게 종회(鍾會)를 부장으로 데려가게 한다면 대사를 성공할 수 있을 것입니다."

사마소는 매우 기뻐하며 말하기를: "나도 그렇게 생각하고 있었는데 어찌 그리 똑같이 말할 수 있는가!"

사마소는 종회를 불러들여 묻기를: "나는 그대를 대장으로 삼아 동오를 치려고 하는데 어찌 생각하는가?"

종회 曰: "주공의 뜻은 원래 동오를 치려는 것이 아니고 서촉을 치려는 것이 아니십니까?"

사마소가 껄껄 웃으며 말하기를: "자네는 역시 내 마음을 알고 있구

나. 그런데 자네가 촉을 치러 간다면 무슨 계책이 있는가?"

종회 曰: "저는 주공께서 촉을 치실 줄 알고 이미 서촉을 치러 갈 그곳 지도를 그려 놓았습니다. 여기 있습니다."

사마소가 그 지도를 펼쳐 보니 그곳으로 가는 자세한 길이며 영채를 세울 장소와 군량과 마초를 저장할 장소, 어디로 나아가고 물러가야 할 장소 등이 자세히 표시되어 있었는데 어느 것 하나 빈틈이 없었다.

그 지도를 본 사마소가 매우 기뻐하며 말하기를: "참으로 훌륭한 장수로다! 경이 등애와 군사를 합쳐 서촉을 치면 어떻겠나?"

종회 曰: "서촉으로 가는 길은 한둘이 아닙니다. 마땅히 등애와 군사를 나누어 따로 나아가야 합니다."

사마소는 종회를 진서장군(鎭西將軍)으로 삼아 부절과 황월을 주고 관중의 군사를 지휘하고 동시에 청주·서주·연주·예주·형주·양주 등 각처의 군사를 지휘할 수 있도록 했다.

한편으로 등애에게 사람을 보내 부절을 가지고 가서 그를 정서장군(征西將軍)으로 삼아 관외(關外)·농상 일대의 군사를 총지휘하면서 날짜를 정해 촉을 정벌하도록 했다.

다음 날 사마소가 조정에서 서촉을 칠 일을 논의했다.

전장군(前將軍) 등돈(鄧敦) 曰: "강유가 여러 차례 중원을 침범하여 우리의 많은 군사들이 죽거나 다쳤습니다. 지금은 방어만 하기에도 어려운 상황인데 어찌 산천이 위험한 곳으로 깊숙이 들어가 화를 자초하려 하십니까?"

사마소가 버럭 화를 내며 말하기를: "나는 인의(仁義)의 군사를 일으켜 무도(無道)한 임금을 치려는 것인데 네 어찌 감히 내 뜻을 거역하려 드느냐?"

무사들에게 큰 소리로 호령하여 등돈을 끌고 나가 목을 베라고 했다.

잠시 후 무사가 등돈의 수급을 계단 아래 바치니 모든 관원들이 깜짝 놀라 얼굴색이 변했다.

사마소 曰: "나는 동오를 친 이래 6년 동안 쉬면서 군사를 훈련시키고 병장기를 손질하여 모든 준비를 마쳤으며 동오와 서촉을 치고자 계획한 지도 오래되었다. 이제 먼저 서촉을 평정한 다음 그 승세를 몰아 수륙(水陸)으로 함께 나아가 동오를 손에 넣으려고 하니, 이는 옛날 진(晉)이 괵(虢)을 멸하고 돌아오는 길에 우(虞)를 취하는 방식이다.

내 헤아려보니 서촉의 군사는 성도를 지키는 군사가 8~9만 명이요, 변경을 지키는 군사는 고작 4~5만 명에 지나지 않으며 강유가 둔전을 경작하는 군사가 6~7만 명에 불과하다.

나는 이미 등애에게 관외(關外) 및 농우(隴右)의 군사 10여만 명을 이끌고 가서 강유를 답중에 묶어두어 동쪽을 돌아볼 수 없도록 조치했다. 그리고 종회로 하여금 관중의 정예병 2~30만 명을 거느리고 곧바로 낙곡(駱谷)으로 나아가 세 방면에서 한중을 습격하도록 했다. 촉주 유선은 원래 사리에 어둡고 어리석은 자이니, 밖에서 변방의 성들이 무너지고 안에서 백성이 두려움에 떨면 저절로 망하게 될 것이다."

그 말을 들은 모든 관원들이 탄복했다.

한편 진서장군의 인수를 받은 종회는 촉을 치기 위해 군사를 일으켰다. 종회는 기밀이 새어나갈까 염려되어 도리어 동오를 친다고 소문을 내고 청주·연주·예주·형주·양주 등 다섯 곳에서 각각 큰 배를 만들게 했다. 또한 당자(唐咨)를 등주(登州)와 래주(萊州) 등 바닷가에 인접한 지방으로 보내 바다에 있는 배들도 징집하도록 했다.

사마소는 그의 의도를 모르고 종회를 불러서 묻기를: "그대는 육로로 서천을 치려는 사람이 배는 만들어 어디에 쓰려는가?"

종회 曰: "촉에서 만약 우리 군사들이 대규모로 쳐들어간다는 소식을 들으면 틀림없이 동오에 도움을 요청할 것입니다. 그래서 우리가 먼저 동오를 치겠다고 위세를 떨면 동오는 군사를 함부로 움직이지 못할 것입니다. 일 년 내에 서촉을 쳐부수고 나면 그때쯤이면 배도 이미 다 만들어질 것이고 그때 동오를 치면 어찌 일이 순조롭게 진행되지 않겠습니까?"

사마소는 매우 기뻐하며 기일을 잡아 출병하도록 했다.

위(魏) 경원(景元) 4년(서기 263년) 가을 7월 3일, 사마소는 마침내 출병하는 종회를 성 밖 10리까지 나가 배웅을 했다.

서조연(西曹掾) 소제(邵悌)가 은밀히 사마소에게 말하기를: "지금 주공께서 종회에게 10만 명의 군사를 거느리고 촉을 정벌하게 하셨는데, 어리석은 소견으로는 종회는 뜻과 포부가 큰 사람이니, 그에게 모든 권력을 행사하도록 해서는 안 될 것으로 생각됩니다."

사마소가 웃으며 말하기를: "내 어찌 그것을 모르겠는가?"

소제 曰: "주공께서 알고 계신다면 어찌 다른 사람과 그 직책을 나누어 맡도록 하지 않으십니까?"

사마소는 몇 마디 말로 소제의 의심을 풀어 주었다.

이야말로:

바로 지금 군사 몰아 적을 치러 가는 날　　　方當士馬驅馳日
이미 장군의 날뛰려는 마음 알고 있었네　　　早識將軍跋扈心

그가 어떤 말을 했는지 궁금하거든 다음 회를 기대하시라.

제 116 회

종회는 한중으로 나가면서 군사 나누고
무후는 정군산에서 신으로 또 나타나다

鍾會分兵漢中道

武侯顯聖定軍山

사마소가 서조연(西曹掾) 소제(邵悌)에게 말하기를:
"조정 신하 모두 촉을 쳐서는 안 된다고 말하는데 이
는 속으로 겁을 먹고 있기 때문이다. 만약 그들을 억
지로 싸우게 한다면 반드시 패하고 말 것이다. 종회는 지금 혼자서 촉을
정벌할 계획을 세웠으니 이는 그가 겁을 먹지 않았기 때문이다. 겁내지
않으면 반드시 촉을 쳐부술 수 있을 것이고 촉이 무너지고 나면 촉 백성
들의 용기와 희망 또한 사라지게 된다.

옛말에 '패한 장수는 용맹을 말할 자격이 없고 망국의 대부(大夫)는
살아남으려고 해서는 안 된다(敗軍之將 不可以言勇, 亡國之大夫不可以圖存).'
고 했다. 종회가 설령 다른 마음을 먹었다 하더라도 촉의 백성들이 어찌
그를 도와주겠느냐?

게다가 위군들은 이기고 나면 고향에 돌아오려고 할 터인데 반란을
일으키는 종회를 따르지 않을 것이니 더욱 염려할 필요가 없는 것이다.
이 말은 자네에게만 한 것이니 누구에게도 발설해서는 안 된다."

그의 말을 들은 소제는 탄복했다.

한편 종회는 영채를 다 세운 뒤 막사 안으로 모든 장수를 불러 모았다. 감군(監軍) 위관(衛瓘)·호군(護軍) 호열(胡烈)·대장 전속(田續)·방회(龐會)·전장(田章)·원정(爰彭)·구건(丘建)·하후함(夏侯咸)·왕매(王買)·황보개(皇甫闓)·구안(句安) 등 장수 80여 명이 모였다.

종회 曰: "대장 한 사람이 선봉이 되어 반드시 산을 만나면 길을 만들어야 하고 물을 만나면 다리를 놓아야 한다. 누가 감히 이 일을 맡아보겠느냐?"

한 사람이 나서며 말하기를: "제가 하겠습니다."

종회가 보니 그는 허의(許儀)였다. 그는 바로 호장(虎將) 허저(許褚)의 아들이다. 다른 장수들도 한결같이 말하기를: "이 사람이 아니면 선봉이 될 수 없습니다."

종회는 허의를 불러 말하기를: "그대는 귀족 가문의 출신 장수로 부자가 다 유명하니, 오늘 모든 장수들이 너를 추천했다. 너는 선봉의 인수를 차고 5천 명의 기병과 1천 명의 보병을 이끌고 곧바로 한중으로 쳐들어가라. 군사를 세 방면으로 나누어 가되, 너는 중군을 이끌고 야곡으로 나아가고, 좌군은 낙곡으로, 우군은 자오곡으로 나아가도록 하라.

그곳은 전부 산세가 가파르고 험하니 땅을 메워 길을 만들고 다리를 고치고, 산을 뚫고 돌을 깨서 막힘이 없도록 하라. 만약 이를 어기면 군법으로 다스릴 것이다."

명을 받은 허의는 군사를 이끌고 떠났다. 종회는 그 뒤를 따라 군사 10만 명을 거느리고 그날 밤 출발했다.

한편 농서에서 촉을 치라는 조서를 받은 등애는 사마망으로 하여금 강인(羌人)을 막도록 하는 한편, 옹주 자사 제갈서(諸葛緒)·천수 태수 왕기(王頎)·농서 태수 견홍(牽弘)·금성 태수 양흔(楊欣) 등에게 사람을 보내

302

각기 휘하 군사를 이끌고 와서 명을 따르도록 했다.

각 처에서 군사들이 구름처럼 몰려들던 어느 날 등애는 밤에 꿈을 꾸었다. 높은 산에 올라가 한중을 바라보는데 갑자기 발 아래서 샘이 솟더니 물이 세차게 올라오는 것이 아닌가! 놀라 깨어보니 온몸이 땀으로 범벅이 되어 있었다. 그대로 일어나 앉아 날이 새기를 기다려 호위(護衛) 원소(爰昭)를 불렀다. 그는 주역에 밝았다.

등애가 지난밤에 꾼 꿈 이야기를 하자 원소가 대답하기를: "주역에서 산 위의 물은 건(蹇)이라고 합니다. 건괘는 서남에 이롭고 동북에 불리합니다. 공자께서도 말하기를 '건은 서남에 이로우니 그곳에 가면 공은 세울 수 있지만, 동북쪽은 불리하여 그 길이 막혀있다(蹇利西南 往有功也, 不利東北, 其道窮也).'고 했습니다. 장군께서 이번에 가시면 촉을 쳐부술 수는 있겠지만 안타깝게도 돌아오지는 못할 것입니다."

그 말을 들은 등애는 우울한 마음이 들었다. 그때 갑자기 종회가 보낸 격문이 도착했는데, 등애에게 군사를 일으켜 한중에서 모이자는 내용이었다.

등애는 곧바로 옹주 자사 제갈서에게 군사 1만 5천 명을 이끌고 가서 강유가 돌아오는 길을 차단하도록 하는 한편, 천수 태수 왕기에게는 군사 1만 5천 명을 이끌고 왼편으로 나아가 답중을 치도록 하고, 농서 태수 견홍에게도 군사 1만 5천 명을 이끌고 가서 답중의 오른쪽을 치도록 했다. 또 금성 태수 양흔은 군사 1만 5천 명을 이끌고 감송(甘松)으로 가서 강유의 뒤를 차단하도록 하고, 등애 자신은 군사 3만 명을 거느리고 왕래하면서 서로 돕기로 했다.

한편 종회가 출병을 할 때 모든 관원들이 성 밖으로 나가 그를 배웅했는데, 기치들이 나부껴 해를 가리고 갑옷은 마치 서리가 내린 것처럼 반짝거리고, 사람과 말 모두 강하고 튼튼하여 그 위풍이 당당했다. 그 모습을 본 모든 사람들이 칭찬해 마지않았으나 오직 상국참군(相國參軍) 유식(劉寔)만은 비웃을 뿐 아무 말이 없었다.

태위 왕상(王祥)은 유식이 비웃는 것을 보고 말 위에서 그의 손을 잡으며 묻기를: "종회와 등애 두 장군이 이번에 촉을 평정할 수 있을까요?"

유식 曰: "틀림없이 촉을 쳐부술 것입니다. 하지만 두 사람 다 돌아오지 못할까 봐 그것이 걱정되옵니다."

왕상이 그 이유를 물었으나 그저 웃기만 할 뿐 대답이 없었다(笑而不答). 왕상은 다시 묻지 않았다.

위군이 출발하자마자 정탐꾼이 이 사실을 강유에게 보고했다. 강유는 즉시 후주에게 표문을 올려 아뢰기를: "조서를 내리시어 좌거기장군(左車騎將軍) 장익에게는 양안관(陽安關)을 지키게 하시고 우거기장군(右車騎將軍) 요화에게는 음평교(陰平橋)를 지키도록 하십시오. 이 두 곳이 가장 요충지이니 이곳을 잃으면 한중이 위험합니다. 그리고 한편으로 동오에 사신을 보내 구원을 요청하십시오. 신은 답중의 군사를 일으켜 적을 막을 것이옵니다."

이때 후주는 연호를 경요(景耀) 6년에서 염흥(炎興) 원년(서기 263년)으로 바꾸고 매일 환관 황호와 함께 궁중에서 환락에만 빠져 있었다. 그러다 갑자기 강유의 표문을 받자 즉시 황호를 불러 묻기를: "지금 위에서 종회와 등애가 군사를 대대적으로 일으켜 여러 길로 나누어 쳐들어오고 있다고 하는데 어찌하면 좋겠는가?"

황호가 아뢰기를: "이는 강유가 공명을 세우고 싶어 일부러 표문을 올린 것이니 폐하께서는 마음을 푹 놓으시고 아무런 걱정을 하지 마십시오. 신이 알아보니 성 안에 어떤 신을 섬기는 용한 무당이 하나 있는데 길흉을 잘 맞춘다고 하니 한번 불러서 물어보시옵소서."

후주는 그의 말에 따라 후전(後殿)에 향불과 꽃·종이·촛불 및 온갖 제물을 차려놓고 황호로 하여금 그 무당을 수레에 태워 궁중으로 불러들여 용상(龍床) 위에 앉혔다.

후주가 향을 불사르고 축원을 마치자 무당이 갑자기 머리를 풀어 헤치고 맨발로 전(殿) 위를 수십 번을 뛰면서 제물을 차려놓은 상 주위를 빙빙 돌았다.

황호 曰: "이는 신이 내린 것이오니 주위를 모두 물리시고 친히 비시옵소서."

후주는 주위의 시녀와 신하를 모두 물리고 다시 절을 하며 빌었다.

무당이 큰 소리로 외치기를: "나는 서천의 토신(土神)이니라! 폐하는 태평세월을 즐기기만 하면 되는데 어찌 다른 일을 물어보는가? 수년 뒤에는 위의 강토 역시 다 폐하에게 돌아올 것이니 폐하는 아무 염려 마시오."

말을 마친 무당은 정신을 잃고 쓰러졌다가 한참 후에 깨어났다. 후주는 매우 기뻐하며 그에게 많은 상을 내렸다.

이때부터 후주는 무당이 한 말만 믿고 강유의 말조차 듣지 않았으며 매일 궁중에서 연회를 베풀며 환락만 즐겼다.

강유가 그 뒤로도 여러 차례 위급함을 알리는 표문을 올렸지만 황호는 그것을 모두 감추고 후주에게 올리지도 않았으니 어찌 대사를 그르치지 않을 수 있겠는가!

한편 종회는 대군을 거느리고 뱀처럼 길고 구불구불 열을 지어 천천히 한중을 향해 나아가고 있었다. 선두 부대의 선봉장 허의는 첫째가는 큰 공을 세우기 위해 남정관(南鄭關)에 이르러 부하 장수에게 말하기를: "이 관문만 지나면 바로 한중이다. 관위에 군사가 그리 많지 않으니 우리가 아예 성을 빼앗아 버리자."

장수들이 명을 받고 함께 힘을 떨쳐 앞으로 나아갔다.

그런데 이 관을 지키는 촉의 장수 노손(盧遜)은 이미 위군들이 올 것에 대비하여 관 앞의 나무로 된 다리 양쪽에 군사를 매복시켜 놓고 무후가 전수해준 십 연발 쇠뇌를 많이 설치해 놓고 기다리고 있었다.(104회 참고)

허의의 군사들이 쳐들어오자 딱따기 소리가 울림과 동시에 화살과 돌들이 비 오듯 쏟아지니 하의가 급히 군사를 뒤로 물렸지만 수십 명의 기병이 이미 화살에 맞아 쓰러진 뒤였다. 위군은 크게 패했다. 허의는 돌아가서 종회에게 보고했다.

종회가 직접 기병 1백여 명을 데리고 살피러 가니 과연 활과 쇠뇌를 일제히 쏘아댔다. 종회가 말머리를 돌려 돌아오려고 하는데 관 위에서 노손이 군사 5백 명을 이끌고 쳐내려왔다.

종회가 급히 말에 박차를 가해 다리를 건너려는데 다리 위의 흙이 무너져 내리면서 말의 말굽이 빠져 종회는 하마터면 말에서 흔들려 떨어질 뻔했다. 말이 진흙에서 나오려고 발버둥 쳤지만 빠져나오지 못하자 종회는 결국 말을 버리고 걸어서 도망쳤다. 다리를 거의 건너려는데 노손이 그 뒤를 바짝 다가와 창으로 찌르려고 했다. 그 순간 위군 가운데 순개(荀愷)라는 자가 몸을 돌리며 쏜 화살이 노손을 맞히자 노손은 말에서 굴러떨어졌다.

종회는 그 기세를 타고 군사를 휘몰아 관으로 쳐들어갔다. 관 위의 군사들은 관 앞에 촉군이 많이 있어 감히 화살도 쏘지 못하고 종회의 군사들이 휘두르는 칼에 맞아 죽거나 도망을 가고 결국 관은 종회에게 빼앗기고 말았다.

종회는 즉시 순개를 호군(護軍)으로 삼고 그에게 말과 안장 그리고 갑옷 등을 상으로 주었다.

그리고 허의를 막사로 불러 꾸짖기를: "너는 선봉으로서 마땅히 산을 만나면 길을 만들고 물을 만나면 다리를 놓으며 오로지 길을 닦고 교량을 수리하여 우리가 지나는 길을 편안하게 하는 데 전념했어야 했다. 내가 다리 위를 건널 때 말발굽이 빠져 하마터면 다리에서 떨어질 뻔했으니 만약 순개가 아니었으면 나는 이미 죽었을 것이다. 너는 이미 군령을 어겼으니 마땅히 군법으로 다스릴 것이다."

그러고는 좌우에 호령하여 당장 그를 끌고 나가 목을 베라고 했다.

장수들이 사정하기를: "그의 부친 허저는 조정의 공신이니 도독께서는 부디 그를 용서해 주십시오."

종회가 화를 내며 말하기를: "군법이 분명하지 않고서 어찌 많은 군사를 이끌 수 있겠는가?"

끝내 허의의 목을 베어 모든 사람들에게 보여 주도록 했으니 이를 보고 놀라지 않는 장수가 있었겠는가!

이때 촉에서는 장수 왕함(王含)이 낙성을, 장수 장빈(蔣斌)이 한성을 각각 지키고 있었는데, 그들은 위군의 세가 너무 강해 감히 나가서 싸울 엄두를 내지 못하고 성문을 닫아 놓고 지키고만 있었다.

종회가 명을 내리기를: "군사는 귀신처럼 신속해야 한다. 잠시도 지체해서는 안 된다."

그러고는 선두부대 이보(李輔)에게는 낙성을, 호군 순개에게는 한성을 각각 포위하도록 한 뒤, 자신은 직접 대군을 이끌고 양안관을 공격하러 갔다.

양안관을 지키던 촉장 부첨(傅僉)은 부장 장서(蔣舒)와 나가서 싸울지 아니면 관문을 닫아놓고 지킬 것인지를 상의했다.

장서 曰: "위군의 수가 너무 많습니다. 형세로 보아 당해내지 못할 것 같으니 굳게 지키는 것이 상책입니다."

부첨 曰: "그렇지 않소. 위군들은 멀리서 왔으니 틀림없이 지쳐 있을 것이오. 비록 저들의 수는 많지만 겁낼 것 없소. 우리가 관을 내려가 싸우지 않으면 한성과 낙성은 끝장나고 말 것이오."

장서는 입을 다물고 더 이상 말을 하지 않았다.

그때 위의 대군이 이미 관 앞에 왔다는 보고가 들어왔다. 부첨과 장서가 함께 관 위로 올라가 보았다.

종회가 채찍을 높이 쳐들고 큰 소리로 외치기를: "나는 지금 10만 명의 군사를 거느리고 이곳에 왔느니라. 지금 나와서 항복을 하면 품계와 직급에 따라 벼슬을 높여줄 것이다. 만약 고집을 부리고 항복하지 않으면 관을 때려 부순 뒤 옥석 가리지 않고 모두 불태워 버릴 것이다."

화가 난 부첨이 장서에게 남아서 관을 지키게 하고 자신은 군사 3천 명을 이끌고 관 아래로 쳐내려 갔다. 종회는 곧바로 말머리를 돌려 달아나고 위군은 물러갔다. 부첨은 기세를 몰아 추격하는데 물러가던 위군들이 다시 몰려왔다. 부첨이 군사를 물려 관으로 돌아가려는데 관 위에 위의 깃발이 세워져 있으면서 장서가 부첨을 내려다보며 외치기를: "나는 이미 위에 항복했다!"

몹시 화가 난 부첨이 날카로운 목소리로 꾸짖기를: "은혜를 망각하고 대의를 배신한 이 역적 놈아! 너는 무슨 낯짝으로 세상 사람들을 보려고 그러느냐?"

그는 다시 말머리를 돌려 위군들을 맞아 싸웠다. 위군이 사방을 에워싸고 부첨의 포위망을 좁혀왔다. 부첨은 좌충우돌 이리저리 오가며 죽기로 싸웠지만 탈출할 수 없었다. 부첨을 따라나선 촉군들은 열에 여덟 아홉은 죽거나 부상당했다.

부첨은 하늘을 우러러 탄식하며 말하기를: "내 살아서 촉의 신하였으니 죽어서도 촉의 귀신이 될 것이다!"

다시 말에 박차를 가해 위군 속으로 돌진해 들어갔다. 수 없이 여러 군데 창에 찔려 전포와 갑옷이 온통 피로 물들었다. 타고 있던 말마저 쓰러지자 부첨은 스스로 목을 찔러 죽었다.

후세 사람이 부첨을 찬탄하여 지은 시가 있으니:

하루 동안 충성과 비분을 토로해	一日抒忠憤
천추에 그 충의의 이름 추앙받네	千秋仰義名
차라리 부첨이 되어 죽음 택하지	寧爲傅僉死
장서와 같은 삶은 구하지 않으리	不作蔣舒生

종회가 양안관을 얻고 보니 관 안에는 쌓아둔 군량과 마초 및 병장기들이 무척 많았다. 그는 매우 기뻐하며 전군을 배불리 먹였다.

그날 밤 위군들이 양안성 안에 묵고 있는데 갑자기 서남쪽에서 함성 소리가 요란하게 진동했다. 종회가 황급히 막사에서 나와 살펴보았으나 아무런 움직임도 발견할 수 없었다. 위군들은 밤새 감히 잠을 들 수가 없었다. 다음 날 밤 삼경이 되자 서남쪽에서 또 함성 소리가 들렸다. 종회는 놀랍고 의아해 새벽에 사람을 보내 알아보게 했다. 얼마 후 그가 돌아와서 보고하기를: "멀리 십여 리 밖까지 가서 살펴보았지만 사람 그림자도 보이지 않았습니다."

놀랍고 의아함을 감출 수가 없는 종회는 직접 완전무장을 한 기병 수백 명을 데리고 서남쪽을 순찰하기 위해 나섰다. 어느 산 앞에 이르렀는데 사방에서 살기가 일고, 음산한 구름이 산 전체를 뒤덮고 안개가 산 정상을 휘감았다.

말을 멈춘 종회가 향도관에게 묻기를: "이 산 이름이 무엇이냐?"

그가 대답하기를: "정군산입니다. 예전에 하후연(夏侯淵)이 이곳에서

죽었습니다."

그 말을 듣고 기분이 언짢아진 종회는 곧바로 말머리를 돌려 돌아오는데 산비탈을 돌자마자 갑자기 세찬 광풍이 불면서 등 뒤에서 수천 명의 기병들이 바람을 따라 쳐들어오는 것이 아닌가!

깜짝 놀란 종회는 수하 기병들을 이끌고 말을 몰아 달아났다. 달아나면서 말에서 떨어진 장수도 셀 수 없이 많았다. 양안관에 도착해 확인해 보니 다행히 사람 하나 말 한 마리 잃지는 않았지만, 얼굴을 다치거나 투구를 잃은 장수들이 많았다.

모두들 말하기를: "음산한 구름 사이에서 군사들이 쳐들어오는 것을 보았는데 막상 근처에 다가와서는 우리를 해치지는 않고 이상하게 회오리바람으로 바뀌어 지나갔습니다."

종회가 항복한 장수 장서에게 묻기를: "정군산에 사당이 있는가?"

장서 曰: "사당은 없지만, 그곳에 제갈무후의 무덤이 있습니다."(제105회 참고)

깜짝 놀란 종회가 말하기를: "이것은 필시 무후께서 현성(顯聖)하신 것이로다! 내 마땅히 직접 가서 제를 올려야겠다."

다음 날 종회는 제례를 갖추고 소·양·돼지를 잡아 직접 무후의 무덤 앞에 가서 재배하고 제를 올렸다. 제사를 마치고 나자 광풍은 거짓말처럼 사라지고 음산한 구름들도 사방으로 흩어지면서 맑은 바람이 불고 가랑비도 보슬보슬 내렸다. 그러더니 곧 날씨가 화창하게 개었다. 위군들은 매우 기뻐하며 모두 무후의 묘에 감사의 절을 올리고 영채로 돌아왔다.

그날 밤 막사 안의 탁자에 엎드려 있던 종회는 깜빡 잠이 들었다. 갑자기 맑은 바람이 스쳐 지나가더니 한 사람이 나타났다. 그는 윤건(綸巾)을 쓰고 우선(羽扇)을 들었으며 학창(鶴氅)을 두르고 흰 신발을 신고 허리

武侯顯聖定軍山

에 검은 띠를 둘렀다. 얼굴은 관에 달린 옥처럼 희고 입술은 주사(朱砂)를 칠한 듯 붉었으며, 눈썹은 맑고 눈은 밝았으며, 키는 여덟 자나 되었다. 바람에 가볍게 나풀거리는 모습이 마치 신선 같았는데 그가 막사 안으로 걸어 들어오는 것이 아닌가!

종회는 얼른 일어나 맞이하며 말하기를: "공은 뉘십니까?"

그 사람 曰: "오늘 아침 나를 돌보아주었기에 내 한 마디 일러줄 말이 있어 왔노라. 이미 한(漢)의 운수가 쇠하여 천명을 어길 수는 없지만, 양천(兩川)의 백성들이 뜻밖에 전쟁의 참화를 당하니 참으로 불쌍하지 않느냐? 너는 촉의 땅으로 들어가더라도 절대로 백성을 함부로 해쳐서는 안 되느니라!"

말을 마치자마자 그는 소매를 훌훌 털며 사라졌다. 종회가 그를 붙잡으려다 놀라 깨어보니 꿈이었다. 그것이 무후의 혼령임을 안 종회는 놀라움을 금치 못했다.

종회는 선두 부대에 명을 내려 '보국안민(保國安民)'이라는 큰 글씨가 쓰인 흰 깃발을 세우도록 하고 가는 곳마다 한 사람이라도 죽이는 자는 그의 목숨으로 갚도록 할 것이라고 했다.

그러자 한중의 백성들은 모두 성을 나가 절을 하며 그들을 맞이했다. 종회는 그들을 일일이 안심시키고 위로해 주며 털끝만큼도 건드리지 않았다.

후세 사람이 제갈량을 찬탄해 지은 시가 있으니:

수만의 귀신 병사 정군산을 에워싸니	數萬陰兵繞定軍
종회로 하여금 신령께 절하게 만드네	致令鍾會拜靈神
살아서는 계책을 세워 유씨를 돕더니	生能決策扶劉氏
죽어서는 유언으로 촉의 백성 지키네	死尚遺言保蜀民

한편 답중에 있는 강유는 위군이 대규모로 쳐들어온다는 소식을 듣고 요화·장익·동궐(董厥)에게 격문을 보내 군사를 일으켜 대응하도록 하는 한편, 자신도 장수와 군사를 배치해 놓고 적군이 오기를 기다렸다.

그때 위군이 가까이 이르렀다는 보고가 들어왔다. 강유는 군사를 이끌고 나갔다. 위군 진영의 우두머리는 천수 태수 왕기였다.

왕기가 말을 타고 달려 나와 큰 소리로 외치기를: "우리는 지금 백만 대군에 1천 명의 상장이 스무 방면으로 나뉘어 진군하여 이미 성도에 당도했느니라. 어서 나와 항복해도 모자랄 판에 도리어 맞서 싸우려 하다니 어찌 천명도 모른단 말이냐?"

강유가 매우 화를 내며 창을 꼬나들고 말을 몰아 곧바로 왕기에게 달려들었다. 미처 3합도 싸우지 못하고 왕기가 패하고 달아났다. 강유가 군사를 휘몰아 2십여 리쯤 그를 추격해 갔을 때 징소리와 북소리가 일제히 울리면서 한 무리의 군사들이 늘어섰는데, 깃발에는 '농서 태수 견홍(隴西太守牽弘)'이라고 크게 씌어 있었다.

강유가 웃으며 말하기를: "이런 쥐새끼 같은 무리가 어찌 나의 적수가 되겠느냐!"

그러고는 군사를 재촉하여 10여 리를 더 추격했다. 그때 군사를 거느리고 쳐들어오는 등애와 마주쳤다. 양쪽 군사가 맞붙어 혼전을 벌이는 가운데 강유는 정신을 가다듬고 등애와 10여 합을 싸웠으나 승부가 나지 않았다. 그때 등 뒤에서 징소리와 북소리가 다시 울렸다. 강유가 급히 물러서려는데 후군에서 보고가 들어오기를: "감송의 모든 영채가 금성 태수 양흔에 의해 모조리 불태워졌습니다."

깜짝 놀란 강유가 급히 부장들에게 자신의 깃발을 내걸고 등애와 대치하게 한 뒤, 자신은 후군을 빼내서 그날 밤 감송을 구하러 달려가다 마침 양흔과 마주쳤다.

양흔은 감히 싸울 엄두도 내지 못하고 산길을 향해 달아났다. 강유는 그의 뒤를 쫓아 큰 바위 아래 이르렀을 때 갑자기 바위 위에서 나무와 돌이 비처럼 쏟아져 내려와 강유는 더 이상 앞으로 나아갈 수 없었다.

강유가 다시 군사를 돌려 돌아오는데 등애가 자신의 부장에게 맡긴 촉군들을 모두 깨드리고 달려와 강유를 포위했다. 강유는 수하 기병들을 이끌고 겹겹의 포위망을 뚫고 나와 큰 영채로 들어가 굳게 지키면서 구원병이 오기를 기다렸다.

그때 정탐꾼이 달려와 보고하기를: "종회가 양안관을 쳐부수었습니다. 관을 지키던 장서는 항복했고 부첨은 전사했으며, 한중은 이미 위군의 수중에 들어갔습니다.

낙성을 지키던 장수 왕함과 한성을 지키던 장빈은 한중이 적의 수중에 떨어졌다는 소식을 듣고 그들 역시 성문을 열고 위에 투항했습니다. 호제는 적을 감당할 수 없게 되자 구원을 청하려고 도망쳐 성도로 돌아갔습니다."

깜짝 놀란 강유는 즉시 영채를 거두라는 명령을 내렸다. 그날 밤 강유가 군사를 이끌고 강천(疆川) 어귀에 당도하니 전면에 한 무리의 군사들이 늘어서 있는데 앞장 선 장수는 금성 태수 양흔이었다.

몹시 화가 난 강유가 즉시 말을 몰아 싸웠는데 양흔은 단 한 합 싸우고 패하여 달아났다. 강유가 활을 잡고 연달아 세 발이나 쏘았으나 맞추지 못했다. 화가 치민 강유는 그 자리에서 활을 부러뜨려 버리고 창을 꼬나들고 쫓아갔다. 그런데 달리던 말이 앞발을 헛디뎌 고꾸라지면서 강유 역시 땅에 나동그라지고 말았다.

그 모습을 본 양흔이 말머리를 돌려 강유를 죽이러 달려들었다. 그 순간 강유가 몸을 벌떡 일으키면서 찌른 창이 양흔이 탄 말의 머리 중앙에 꽂혔다. 그러자 등 뒤에 있던 위군들이 달려와 양흔을 구해서 달아났다.

　강유가 뒤따라오는 군사의 말에 올라 막 쫓아가려는데 뒤에 등애의 군사가 공격해 온다는 보고가 들어왔다. 강유는 무리의 머리와 꼬리를 돌아볼 수 없는 상황이 되자 군사를 거두어 한중을 되찾으러 가려고 했다.

　이때 정탐꾼이 보고하기를: "옹주 자사 제갈서가 이미 돌아가는 길을 막고 있습니다."

　강유는 험준한 산에 의지해 영채를 세웠다. 위군들은 음평교(陰平橋) 앞에 주둔하고 있으니 강유는 그야말로 진퇴양난에 빠진 셈이다.

　강유는 길게 탄식하며 말하기를: "하늘이 정녕 나를 버리는 것인가!"

　부장 영수(寧隨)가 말하기를: "위군은 비록 음평교 위를 막고 있지만 옹주는 필시 군사들이 많지 않을 것입니다. 장군께서 만약 공함곡(孔函谷)으로 해서 곧바로 옹주를 취하러 가면 제갈서는 틀림없이 음평교를 지키는 군사를 빼서 옹주를 구하러 갈 것입니다. 그때 장군께서 군사를 이끌고 검각으로 달려가 그곳을 지키면 한중을 다시 찾을 수 있을 것입니다."

　강유는 그의 말에 따라 즉시 군사를 이끌고 공함곡으로 들어가 옹주를 취하러 가는 척했다.

　첩자가 재빨리 이 소식을 제갈서에게 보고했다.

　깜짝 놀란 재갈서가 말하기를: "옹주는 우리 군사의 집결지이다. 만약 그곳을 잃게 된다면 틀림없이 조정에서 그 죄를 물을 것이다."

　그는 곧바로 음평교의 대군을 철수하여 남쪽 길로 해서 옹주를 구하러 가고 약간의 군사만 남겨 그곳을 지키게 했다.

　강유는 북쪽 길로 들어가 약 30여 리를 가다가 지금쯤 위군들이 옹주를 구하러 떠났을 것이라 짐작하고 군사를 돌려 후미를 선두로 삼아 곧바로 음평교 앞으로 달려갔다. 과연 위군의 대부분은 떠나고 약간의 군사만 남아서 다리를 지키고 있었다. 강유는 단숨에 적군을 쳐부수고 그들의 영채와 울타리를 모조리 불태웠다.

다리 앞에서 불길이 치솟고 있다는 보고를 받은 제갈서가 급히 군사를 이끌고 돌아왔을 때, 강유의 군사는 이미 떠난 지 반나절이 지나서 감히 쫓아가지도 못했다.

한편 군사를 이끌고 다리를 지난 강유가 한참 달리고 있을 때 앞에서 한 무리의 군사들이 왔는데 그들은 바로 좌장군 장익과 우장군 요화였다.

강유가 어찌 된 일이냐고 물으니 장익이 말하기를: "황호는 무당의 말만 믿고 군사를 보내 주려고 하지 않습니다. 저 익이 한중이 위급하다는 소식을 듣고 직접 군사를 일으켜 오고 있는데 양안관은 이미 종회의 수중에 들어간 뒤였습니다. 그런데 장군께서도 곤경에 빠지셨다는 말을 듣고 일부러 도우러 온 것입니다."

그들은 군사를 합쳐 백수관(白水關)으로 향했다.

요화 日: "지금 이곳은 사방이 적으로 둘러싸여 있어 군량 보급로마저 끊겨 있으니 차라리 검각으로 물러가서 그곳을 지키면서 다른 방도를 찾아보는 것이 좋을 듯합니다."

강유가 어찌해야 좋을지 몰라 주저하며 결단을 내리지 못하고 있을 때 갑자기 보고가 들어오기를 종회와 등애가 10여 길로 나누어 쳐들어오고 있다는 것이다. 강유는 장익, 요화와 군사를 나누어 적을 맞아 싸우고 싶었다.

요화 日: "백수는 땅은 협소한데 들어올 수 있는 길은 많아 싸우기에는 너무 불리합니다. 일단 물러나서 검각을 구하는 편이 낫습니다. 만약 검각마저 잃게 되면 그때는 돌아가는 길조차 끊어집니다."

   강유는 결국 요화의 말에 따라 즉시 군사를 이끌고 검각으로 떠났다. 감각의 관 앞에 이르자 갑자기 북소리와 나팔 소리가 일제히 울리면서 함성이 크게 진동하며 깃발들이 관 위의 사방에 세워지며 한 무리의 군사들이 관문 입구를 막고 서 있었다.

   이야말로:

한중의 요충지를 이미 모두 잃었거늘   漢中險峻已無有
검각에서 풍파가 또 갑자기 일어나네   劍閣風波又忽生

   이들이 과연 어느 쪽 군사인지 궁금하거든 다음 회를 기대하시라.

제 117 회

등사재는 음평 고개를 은밀히 넘어가고
제갈첨은 면죽에서 싸우다 장렬히 죽다

鄧士載偷度陰平

諸葛瞻戰死綿竹

보국대장군(輔國大將軍) 동궐(董厥)은 위군이 10여 방면으로 쳐들어온다는 소식을 듣고 군사 2만 명을 이끌고 검각을 지키고 있었다. 그날 먼지가 자욱이 일어나는 것을 본 동궐은 위군이 아닌가 하고 의심하여 급히 군사를 이끌고 관 입구를 지키면서 자신이 직접 군사들 앞으로 나가보니 바로 강유·요화·장익이었다.

동궐은 매우 기뻐하면서 그들을 맞아들여 관 위로 올라가서 인사를 한 뒤 울면서 후주와 황호에 관한 일을 하소연했다.

강유 曰: "공은 걱정하지 마시오. 이 유(維)가 있는 한, 위가 우리 촉을 집어삼키도록 내버려 두지는 않을 것이오. 일단 검각을 지키면서 천천히 적을 물리칠 계책을 찾아봅시다."

동궐 曰: "이 관이야 비록 지킬 수 있다지만 성도에는 사람이 없으니 어찌합니까? 만일 적의 기습을 받으면 대세는 바로 기울고 말 것입니다."

강유 曰: "성도는 산세와 지형이 험준하여 쉽게 취하지 못할 것이니 걱정할 필요 없습니다."

이런 이야기를 나누고 있을 때 위의 장수 제갈서가 군사를 이끌고 관 아래까지 쳐들어왔다는 보고가 들어왔다.

매우 화가 난 강유가 급히 군사 5천 명을 이끌고 관을 나가 곧바로 위군의 진중으로 쳐들어가 좌충우돌하며 한바탕 휩쓸어 버리니 제갈서의 군사들은 크게 패하여 달아나 수십 리 밖으로 물러나 영채를 세웠다. 이 싸움에서 강유는 무수히 많은 위군을 죽였으며 수많은 말과 병장기를 빼앗았다. 강유는 군사를 거두어 관으로 돌아왔다.

한편 종회는 검각에서 20여 리 떨어진 곳까지 물러가 영채를 세웠는데 제갈서가 찾아와 죄를 청했다.

종회가 화를 내며 말하기를: "내 너에게 음평교 입구를 지키며 강유가 돌아갈 길을 차단하라고 그렇게 일렀건만 그곳을 빼앗기고 말다니! 또 내 명령도 없이 멋대로 군사를 이동시켜 어찌하여 이 지경으로 만들었느냐?"

제갈서 曰: "강유는 속임수를 잘 씁니다. 그가 옹주를 치러 가는 척하여, 저는 옹주를 잃을까 두려워 군사를 이끌고 옹주를 구하러 달려간 것입니다. 그런데 강유가 그 틈을 이용하여 달아나기에 검각의 관문 아래까지 쫓아갔던 것인데 또 이렇게 패할 줄은 생각도 못했습니다."

종회가 버럭 화를 내며 그를 끌고 나가 목을 베라고 호령했다.

감군 위관(衛瓘)이 말하기를: "제갈서가 비록 죄는 있지만, 정서장군 등애의 수하 장수입니다. 장군께서 그를 죽여도 괜찮을까요? 등 장군과 의가 상하지 않을까 두렵습니다."

종회 曰: "나는 천자의 조서와 진공(晉公: 사마소)의 명을 받고 촉을 치러 왔느니라. 만일 등애에게도 죄가 있다면 그 역시 목을 벨 것이다!"

여러 장수들이 모두 극력 만류하니 종회는 제갈서를 함거(檻車: 죄인을 실은 수레)에 실어 낙양으로 보내 진공의 처분을 받도록 했다. 제갈서 휘하의 군사는 종회의 수하로 편입되었다.

누군가 이 사실을 등에에게 보고했다.

등애가 몹시 화를 내며 말하기를: "나는 종회와 품계가 같다. 내 오랫동안 변방을 지키면서 나라에 공로가 적지 않거늘 그놈이 어찌 감히 내 수하의 부하까지 제멋대로 처리하며 오만하게 행동한단 말인가!"

그의 아들 등충이 권하기를: "'작은 일을 참지 못하면 큰일을 그르친다(小不忍, 則亂大謀),'라고 했습니다. 부친께서 만약 그와 반목하시면 틀림없이 나라의 대사를 그르칠 것입니다. 부디 받아들이시고 참으십시오."

등애는 일단 아들의 말을 듣기로 했다. 하지만 마음속의 노여움이 풀리지 않은 등애는 기병 십 수 명만 데리고 종회를 만나러 갔다.

등애가 왔다는 보고를 받은 종회는 곧바로 좌우에 묻기를: "그가 군사를 얼마나 데리고 왔느냐?"

좌우에서 대답하기를: "단지 기병 10여 명뿐입니다."

종회는 막사 안팎에 무사 수백 명을 늘려 세우도록 명했다.

등애가 말에서 내려 막사 안으로 들어왔다. 종회가 그를 맞아들여 서로 인사를 나누었다. 등애는 부대 안의 분위기가 매우 엄숙하여 내심 불안함을 느껴 일부러 말로 찔러보기를: "장군께서 한중을 얻었으니 조정에서는 한시름 놓았습니다. 이제 계책을 세워 검각도 빨리 취해야 하지 않겠습니까?"

종회曰: "장군은 무슨 좋은 계책이 있으시오?"

등애는 재삼 자신은 능력이 없다며 답변을 회피했다.

종회가 한사코 묻자 마침내 등애가 대답하기를: "어리석은 소견으로는 군사를 이끌고 음평(陰平)의 샛길을 이용하여 한중의 덕양정(德陽亭)으로 나가 곧바로 성도를 기습 공격하면 강유는 틀림없이 군사를 거두어 구하러 올 것이니 그 틈을 이용하여 검각을 치면 완전한 승리를 거둘 수 있을 것입니다."

종회가 매우 기뻐하며 말하기를: "역시 장군의 계책은 참으로 절묘합니다. 장군은 곧바로 군사를 이끌고 가시오. 나는 이곳에서 승전 소식만 기다리고 있겠소."

두 장군은 술을 마시고 헤어졌다.

자신의 막사로 돌아온 종회가 장수들에게 말하기를: "사람들이 모두 등애가 유능하다고 하는데 내 오늘 보니 하찮은 인물에 불과하다."

장수들이 그 까닭을 물으니 종회가 말하기를: "음평의 샛길은 모두 고산준령(高山峻嶺)뿐이다. 만약 촉에서 1백 명의 군사만으로도 요충지를 지키며 돌아갈 길을 끊어 버리면 등애의 군사들은 모두 굶어 죽게 될 것이다. 나는 오로지 정공법으로 승부할 것이다. 어찌 촉을 쳐부수지 못할까 걱정하겠느냐!"

그러고는 운제(雲梯)와 포가(砲架)를 설치하며 검각을 칠 준비를 했다.

한편 원문을 나온 등애가 말에 올라 따라온 부하를 돌아보며 묻기를: "나를 대하는 종회의 태도가 어떠하더냐?"

따라온 자가 말하기를: "그의 말투나 얼굴 표정은 장군의 말에 전혀 동의하지 않으면서 그저 입으로만 그렇게 말하는 것 같았습니다."

등애가 웃으며 말하기를: "그는 내가 성도를 취하지 못할 것으로 여기고 속으로 비웃고 있겠지만 나는 기필코 성도를 취하고 말 것이다!"

등애가 본채로 들어오자 사찬(師纂)과 등충 등 몇몇 장수들이 그를 맞이하며 묻기를: "오늘 종회 장군과 무슨 말을 나누셨습니까?"

등애 曰: "나는 그를 진정으로 대했건만 그는 오히려 나를 하찮은 인간으로 취급하더군. 그는 지금 한중을 얻고 나서 엄청난 공을 세운 것처럼 여기는데 그것도 내가 강유를 답중에 붙들어놓지 않았다면 그가 그런 공이나마 세울 수 있었겠는가? 내가 성도를 손에 넣으면 한중을 취한 것과 어찌 그 공을 비교할 수 있겠느냐?”

등애는 즉시 영을 내려 영채를 보두 거두고 음평 샛길로 나가 검각에서 7백리 떨어진 곳에 영채를 세웠다. 누군가 이 사실을 종회에게 보고하기를: “등애가 성도를 취하러 떠났습니다.”

종회는 등애를 슬기롭지 못하다며 그저 비웃었다.

등애는 성도로 출발하기 전에 밀서를 써서 낙양의 사마소에게 사자를 보내는 한편 장수들을 막사 안으로 불러 묻기를: “나는 지금부터 적의 빈틈을 이용하여 성도를 취함으로써 너희와 함께 불후의 공명을 세우고자 한다. 너희는 나를 믿고 따르겠느냐?”

장수들이 모두 대답하기를: “만 번을 죽는 일이 있더라도 어떠한 군령도 따르겠습니다.”

등애는 이에 먼저 자신의 아들 등충에게 군사 5천 명을 주며 그들은 모두 갑옷도 입지 말고 창 대신 도끼나 정 등 연장을 들고 가서 높고 위태로운 곳은 산을 뚫고 길을 내며, 끊어진 곳은 다리를 놓아 군사들이 편안히 갈 수 있도록 하라고 지시했다.

등애 자신도 군사 3만 명을 뽑아 그들에게 마른 식량과 밧줄 등을 가지고 뒤를 따랐다. 그리고 1백여 리마다 군사 3천 명을 남겨 영채를 세워 촉군의 기습에 대비하며 행군을 계속했다.

그해 시월 음평을 출발하여 깎아지른 절벽에 잔도를 설치하고 다리를 놓은 등 험준한 산골짜기에 이르기까지 20여 일간 7백여 리를 행군했는데 그동안 지나온 곳은 아직 사람이 한 번도 가 본 적이 없는 곳이었다. 위군들은 오는 도중에 여러 개의 영채를 세우며 그곳에 군사를 주둔시켜 놓았기 때문에 이제 수하에 남은 군사라고는 고작 2천 명뿐이었다.

앞에는 높은 고개가 나타났다. 바로 마천령(摩天嶺)이다. 이곳은 워낙 험한 곳이라 말이 도저히 지나갈 수가 없었다. 등애가 말에서 내려 고개 마루로 올라가 보니 등충과 길을 뚫는 장사들이 모두 울고 있었다.

등애가 그 까닭을 물으니 등충이 고하기를: "이 고개의 서쪽은 모두 깎아지른 바위 절벽으로 도저히 길을 낼 수 없습니다. 지금까지 한 온갖 고생이 다 헛수고가 되고 말 것 같기에 울고 있는 것입니다."

등애 曰: "우리가 이곳까지 오는데 모두 7백여 리를 지나왔다. 여기만 지나면 바로 강유(江油)인데 여기서 어찌 포기할 수 있겠는가!"

등애는 모든 군사를 불러 놓고 말하기를: "'호랑이 굴에 들어가지 않고 어찌 호랑이 새끼를 얻을 수 있겠는가?(不入虎穴, 焉得虎子)'라는 속담도 있지 않느냐? 내 너희와 함께 여기까지 왔으니 만약 공을 이루게 되면 너희와 함께 부귀를 누릴 것이다."

모두가 일제히 대답하기를: "장군의 명령을 따르겠습니다."

등애는 먼저 그들이 가지고 있는 모든 병장기들을 절벽 아래로 내던지게 했다. 등애는 자신의 몸을 털 담요로 두른 다음 먼저 굴러서 내려갔다. 부장들 가운데 털 담요가 있는 자는 등애처럼 몸을 둘둘 감고 굴러 내려가고 털 담요가 없는 자는 밧줄을 자신의 허리에 묶고 나무에 매달려 헤엄치는 물고기들이 줄지어 늘어선 것처럼 낭떠러지를 차례로 내려갔다.

이렇게 하여 등애와 등충, 그리고 산길을 뚫은 장사들과 2천 명의 군사는 모두 마천령을 넘었다. 갑옷과 병장기를 다시 수습하여 행군을 이어가는 도중에 문득 비석 하나를 발견했는데 그 위에는 '승상 제갈무후 제(丞相 諸葛武侯題)'라는 글자가 새겨져 있는 것이 아닌가! 그 글의 내용은[22]:

---

22 첫째 행의 이화(二火)는 두 개의 불로 곧 염(炎)자이고 처음에 흥한다는 말은 염흥(炎興) 원년이 됨. 셋째 행의 이사(二士)는 등사재(鄧士載: 등애)와 종사계(鍾士季: 종회)를 의미함. 역자 주.

등애가 지나갔을 것으로 추측되는 잔도

등애가 지나간 흔적

두 개의 불이 처음 일어났으매	二火初興
이곳을 넘어 온 사람이 있으리	有人越此
두 사람이 서로 공을 다투다가	二士爭衡
머지않아 둘 다 스스로 죽으리	不久自死

그것을 본 등애는 깜짝 놀라 황급히 비석을 향해 두 번 절을 한 뒤 말하기를: "무후께서는 진정한 신인(神人)이로다! 이 애(艾)가 스승으로 모시지 못한 것이 참으로 애석하도다!"

후세 사람이 이를 두고 지은 시가 있으니:

음평의 험한 고개 하늘과 닿았으니	陰平峻嶺與天齊
검은 학마저 맴돌며 날기 겁내더라	玄鶴徘徊尙怯飛
등애가 담요 싸고 이곳을 내렸더니	鄧艾裹氈從此下
공명이 이미 내다보고 있을 줄이야	誰知諸葛有先機

등애가 은밀히 음평 고개를 넘어 군사를 이끌고 나아가다 비어 있는 큰 영채 하나를 발견했다.

좌우에서 알려주기를: "듣기로 무후께서 살아 있을 때 군사 1천 명을 보내 이 요충지를 지키도록 했는데 지금의 촉주 유선이 이곳을 철수해 버렸다고 합니다."

등애는 탄식을 금하지 못하다가 여러 사람들에게 말하기를:

"우리에게 이제 오는 길은 있었지만 돌아갈 길은 없다. 저 앞 강유성 안에는 양식이 충분히 있을 것이니 너희는 앞으로 가면 살 것이고 뒤로 물러서면 바로 죽음뿐이다. 반드시 힘을 합쳐 저 성을 빼앗아야 한다!"

모두가 대답하기를: "죽을 각오로 싸우겠습니다."

등애는 2천 명을 이끌고 밤낮으로 행군 속도를 두 배로 빨리하여 강유성을 빼앗으러 갔다.

한편 강유성을 지키고 있는 장수 마막(馬邈)은 동천이 이미 적의 수중에 들어갔다는 소식을 듣고 비록 대비하고 있었지만, 큰길 쪽만 지키고 있었을 뿐 검각 쪽에서 오는 길은 신경을 쓰지 않았다. 왜냐하면 그쪽은 강유가 잘 지키고 있으리라 믿었고 적들이 음평의 고개를 넘어오리라고는 꿈에도 생각지 못했기 때문이다.

그날도 마막은 군사를 훈련시킨 뒤 집으로 돌아가 처 이씨(李氏)와 함께 화로를 끼고 앉아 술을 마셨다.

그의 처가 묻기를: "변방의 정세가 매우 삼각하다고 하던데 장군은 전혀 걱정하는 기색이 없으니 어찌 된 일입니까?"

마막 曰: "나라의 대사는 강백약(姜伯約: 강유)이 알아서 잘 처리 하는데, 내가 신경 쓸 일이 무엇이 있겠소."

그의 처가 말하기를: "그렇긴 하지만 이 성을 지키는 장군의 임무도 가볍지는 않지요."

마막 曰: "황제는 황호의 말만 듣고 주색에만 빠져 계시니 내 보기에 머지않아 큰 화가 닥치고 말 것이오. 위군이 쳐들어오면 항복하면 그만인데 염려할 게 뭐 있겠소?"

그의 처가 버럭 화를 내며 마막의 얼굴에 침을 뱉으며 말하기를: "사내라는 놈이 싸우기도 전에 불충불의(不忠不義)한 마음을 품고 헛되이 나라의 작위와 녹봉만 지금까지 축내고 있었으니, 내 무슨 낯으로 그대를 보고 있겠느냐!"

마막은 창피하여 아무 말도 하지 못하고 있는데 갑자기 하인이 들어와 보고하기를: "위나라 장수 등애가 어디로 왔는지는 모르지만, 군사 2

천 명을 이끌고 성 안으로 몰려들어 왔습니다."

깜짝 놀란 마막은 황급히 나가 항복을 하고 공당(公堂) 아래에 엎드려 절하며 울면서 말하기를: "저는 오래전부터 항복할 마음을 갖고 있었습니다. 이제 성 안의 모든 백성과 휘하 군사를 불러 장군께 항복하겠습니다."

등애는 그의 항복을 받아들이고 성 안의 군사들을 거두어 지휘하며 마막을 향도관으로 삼았다. 그때 마막의 부인 이씨가 목을 매어 자살했다는 보고가 들어왔다.

등애가 그 까닭을 묻자 마막은 사실대로 고했다. 등애는 그 처의 어진 성품에 감동하여 후하게 장사 지내 주도록 하고 자신이 직접 가서 제사도 지내 주었다.

이 소문을 들은 위나라 사람들도 모두 감탄했다.

후세 사람이 시를 지어 그의 부인을 찬탄했으니:

후주가 어리석어 한의 사직 무너지니	後主昏迷漢祚顚
하늘이 등애를 보내 서천을 취하였네	天差鄧艾取西川
가련하다 파촉에 명장 많이 있다지만	可憐巴蜀多名將
강유성의 이씨만큼 어진 자는 없었네	不及江油李氏賢

강유성을 취한 등애는 즉시 음평 샛길에 주둔시켜 놓았던 군사들을 모두 강유성으로 불러들인 다음 곧바로 부성(涪城)을 치려고 했다.

부장 전속(田續)이 말하기를: "우리 군사는 그동안 험준한 고개를 넘어오느라 너무 지쳐있습니다. 며칠만이라도 쉬면서 기력을 회복한 다음에 진군하시지요."

등애가 버럭 화를 내며 말하기를: "작전은 신속함이 무엇보다 중요하다! 네가 어찌 감히 우리 군사의 사기를 떨어뜨리려고 하느냐?"

그러고는 좌우에 호령하여 그를 끌어내어 목을 베라고 했다. 여러 장수들이 극력 만류하여 죽음을 면했다.

등애가 직접 군사를 휘몰아 부성으로 쳐들어가자 성 안의 관리는 물론이고 군사와 백성들 모두 자신의 눈을 의심하지 않을 수 없었다. 위군들이 도저히 올 수 없는 곳을 넘어왔으니, 마치 하늘에서 내려온 것으로 의심하여 모두 나와 항복했다.

부성까지 함락되었다는 소식이 바람처럼 성도에 전해졌다. 이 소식을 들은 후주가 황급히 황호를 불러 물었다.

황호가 아뢰기를: "이것은 헛소문일 뿐입니다. 무당은 결코 폐하를 곤경에 빠뜨리지 않을 것이옵니다."

후주는 또 무당을 불러 물어보려고 했으나 그 무당은 이미 자취를 감추어 버렸다. 그때부터 멀고 가까운 곳 가리지 않고 위급함을 알리는 표문들이 눈송이처럼 날아들고, 연락하느라 오고 가는 사자들의 발길이 끊어지지 않았다.

후주는 조회를 열어 대책을 의논하는데, 참석한 관원들은 서로 얼굴만 쳐다볼 뿐 말 한마디도 못 했다.

극정이 반열에서 나와 아뢰기를: "사태가 너무 급하옵니다. 폐하께서는 무후의 아들을 부르시어 적군을 물리칠 계책을 상의해 보시옵소서."

무후의 아들 제갈첨(諸葛瞻)은 자가 사원(思遠)으로 그 모친 황씨는 바로 황승언(黃承彦)의 여식이다. 그 모친은 생김새는 비록 볼품이 없었지만 기이한 재주를 지녀, 위로는 천문에서 아래로는 지리에 이르기까지 밝지 않은 것이 없었으며, 도략과 둔갑 등 병서도 모르는 것이 없었다.

무후는 남양에 있을 때 그녀의 현명함에 반해서 청혼하여 아내로 삼았으니, 무후의 학문도 그 부인에게서 도움을 받은 것이 많았다.

　무후가 죽자 그 부인도 곧 세상을 떠났는데, 임종 시 그의 아들인 제갈첨에게 남긴 유언은 오로지 충효(忠孝)에 힘쓰라는 것이었다.

　제갈첨은 어려서부터 총명하고 민첩하여 후주의 딸과 혼인해 부마도위(駙馬都尉)가 되었으며 후에 부친의 무향후(武鄕侯) 작위도 이어받았다.

　경요(景耀) 4년(서기 261년), 그는 행군호위장군(行軍護衛將軍)이 되었는데, 당시에는 황호가 권력을 장악하고 멋대로 정사를 주무르자 병을 핑계로 나가지 않고 있었다.

　후주는 극정의 말에 따라 곧바로 조서를 연달아 세 번이나 내리면서 제갈첨을 불렀다. 제갈첨이 어전에 들어오자 후주는 울면서 호소하기를: "등애의 군사들이 이미 부성까지 차지했다고 하니 성도가 위태하다. 경은 선군(先君: 제갈량)을 생각해서라도 짐의 목숨을 구해다오!"

　제갈첨도 울면서 아뢰기를: "신의 부자는 선제(先帝)의 두터우신 은혜와 폐하의 특별한 대우를 받았사온데 비록 간뇌도지(肝腦塗地)²³하더라도 어찌 다 보답하오리까. 원컨대 폐하께서는 성도의 군사를 모두 신에게 주시옵소서. 신이 그들을 이끌고 나가 죽기로 싸우겠나이다!"

　후주는 즉시 성도의 군사 7만 명을 제갈첨에게 내주었다.

　후주에게 하직 인사를 하고 물러나온 제갈첨은 군사를 정비하고 여러 장수들을 모아 놓고 묻기를: "누가 감히 선봉에 서겠는가!"

　말이 채 끝나기도 전에 한 소년 장수가 나서며 말하기를: "부친께서 군사를 총지휘하시니 이 아들이 선봉이 되겠습니다."

　사람들이 보니 그는 바로 제갈첨의 첫째 아들 제갈상(諸葛尚)이었다. 이때 그의 나이 열아홉 살이었는데 병서에도 밝고 무예도 많이 익혔다.

　제갈첨은 매우 기뻐하며 즉시 제갈상을 선봉으로 삼고 그날로 위군을

23　참혹한 죽임을 당하여 간장(肝臟)과 뇌수(腦髓)가 땅에 널려있다는 뜻으로, 나라를 위하여 목숨을 돌보지 않고 애를 씀을 이르는 말. 역자 주.

맞아 싸우러 성도를 떠났다.

한편 등애는 마막이 바친 지도를 살펴보았는데 그 지도에는 부성에서 성도에 이르는 360리 길의 산천과 도로, 요충지 및 지형의 넓고 좁음, 험하고 가파른 것들이 하나하나 자세히 그려져 있었다.

그것을 본 등애는 깜짝 놀라 말하기를: "내가 부성만 차지하고 있다가 만약 촉군들이 저 앞에 있는 산을 점거하고 지키면 성도까지 어찌 쉽게 갈 수 있겠는가! 더 이상 시일을 끌다가 강유의 군사가 이른다면 우리 군사는 바로 위험에 빠지게 될 것이다."

그는 급히 사찬과 아들 등충을 불러 분부하기를: "너희는 지금 한 무리의 군사를 이끌고 밤낮없이 면죽(綿竹)으로 달려가 촉군들을 막도록 하라. 나도 뒤따라 갈 것이다. 절대로 지체해서는 안 된다. 만약 촉군들이 먼저 당도하여 요충지를 점거한다면 즉시 너희 목을 벨 것이다."

사찬과 등충 두 사람이 군사를 이끌고 면죽 근처에 이르러 곧바로 촉군과 마주쳤다. 양족 군사들이 마주 보고 진을 친 뒤, 사찬과 등충이 문기 아래에 말을 세우고 바라보니 촉군은 팔진을 펼치고 있었다.

북소리가 둥, 둥, 둥! 세 번 울리자 문기가 양쪽으로 갈라지더니, 수십 명의 장수들이 사륜거 한 대를 에워싸고 나왔다. 수레 위에는 한 사람이 타고 있었는데, 윤건을 쓰고 우선을 들고 학창을 두르고 단정히 앉아 있다. 수레 옆에는 황색 깃발이 세워져 있는데 그 위에 '한승상 제갈무후(漢丞相 諸葛武侯)'라고 씌어 있는 것이 아닌가!

소스라치게 놀란 사찬과 등충 두 사람은 온몸에 식은땀을 흘리며 군사를 돌아보며 말하기를: "공명이 아직도 살아 있다니! 우리는 이제 끝장이다."

급히 말머리를 돌려 달아나려고 하는데 촉군들이 그대로 덮쳐와 한

바탕 무찌르니 위군들은 대패하여 달아났다. 촉군이 기세를 몰아 20여 리나 추격하였는데, 마침 뒤따라오던 등애의 군사와 마주치니 양쪽은 각자 군사를 물리었다.

막사 안으로 들어온 등애가 사찬과 등충을 불러 꾸짖기를: "너희 두 사람은 어찌하여 싸워보지도 않고 물러났느냐?"

등충 曰: "촉군 진영에는 지금 제갈공명이 군사를 지휘하고 있어 급히 달아나 돌아온 것입니다."

등애가 화를 내며 말하기를: "설사 공명이 다시 살아온다 해도 겁날 게 뭐 있느냐? 네놈들이 경솔하게 물러나는 바람에 이처럼 패하고 말았으니 마땅히 너희 목을 베어 군법의 준엄함을 보일 것이다!"

여러 장수들이 모두 적극 말려 등애는 비로소 노여움을 풀고 사람을 보내 정탐을 시켰다.

정탐꾼이 돌아와 보고하기를: "공명의 아들 제갈첨이 촉의 대장이고 그의 아들 제갈상이 선봉이며 수레에 앉아 있던 것은 공명이 살아생전에 사용하던 나무로 세긴 공명의 상(像)입니다."

그 보고를 받은 등애가 사찬과 등충에게 말하기를: "이번 원정에 성공하느냐, 실패하느냐의 분수령은 지금 한판의 싸움에 달려있다. 너희 두 사람이 이번에도 이기지 못한다면 기필코 너희 목을 벨 것이다."

사찬과 등충이 다시 1만 명의 군사를 이끌고 싸우러 나갔다. 정신을 가다듬은 제갈상이 필마단창(匹馬單槍)으로 달려 나와 두 사람을 물리쳤다. 제갈첨이 기세를 몰아 양쪽에서 군사를 지휘하여 위군의 진중으로 휘몰아 들어가 좌충우돌하며 수십 번을 오가며 무찌르니 위군은 크게 패하여 죽은 자가 부지기수였다. 사찬과 등충은 부상을 당해 겨우 도망쳤다. 제갈첨은 군사를 휘몰아 도망치는 위군을 20여 리나 추격하여 그곳에 영채를 세우고 서로 대치했다.

사찬과 등충이 돌아오자 등애는 두 사람 다 크게 부상을 당한 것을 보고 더는 질책하지 못하고 즉시 여러 장수를 불러 대책을 상의하며 말하기를: "촉의 제갈첨은 그의 부친의 뜻을 충실히 이어받아 두 번의 싸움에서 우리 군사를 1만 명이나 죽였다. 더 이상 저들의 기를 살려 주었다가는 큰 화를 당할 것이다. 하루속히 쳐부수어야 한다."

감군(監軍) 구본(丘本)이 말하기를: "서신을 보내 저들에게 항복하도록 유인해보면 어떻겠습니까?"

등애는 그의 의견에 따라 서신 한 통을 작성하여 사자를 촉의 영채로 보냈다. 군영 문을 지키는 장수가 그를 막사로 데려가 서신을 바쳤다. 제갈첨이 그 서신을 읽어 보니 그 내용은:

"정서장군 등애가 행군호위장군 제갈사원(諸葛思遠: 제갈첨) 휘하에 서신을 보내오. 근래의 현명한 인재로써 존귀하신 공의 부친 만한 이가 없었소. 지난날 초가에서 나오실 때 이미 세 나라를 설계하셨고, 형주와 익주를 평정하여 마침내 패업을 이루셨으니, 예나 지금이나 그분을 따를 자가 없소. 후에 여섯 번이나 기산으로 나가셨지만 성공하지 못한 것은 그분의 지력(智力)이 부족해서가 아니라 천수(天數)가 그러했기 때문이오. 지금의 후주는 사리 판단이 어둡고 나약하여 왕의 기운이 이미 다하였으니, 이 등애는 천자의 명을 받들어 대군을 거느리고 촉을 정벌하여 이미 많은 땅을 점령했소. 이제 성도의 운명이 조석(朝夕)에 달렸거늘, 공은 어찌 하늘의 뜻에 순응하고 백성의 뜻에 따라 의롭게 항복하지 않는 것이오. 이 등애는 마땅히 공을 낭야왕(瑯琊王)으로 삼도록 천자께 표문을 올려 공의 가문이 대대로 빛나게 해 드리겠소. 이는 결코 헛된 말이 아니니 깊이 생각해 보기 바라오."

화가 머리끝까지 치민 제갈첨은 그 편지를 갈기갈기 찢어 버리고 무사에게 사자의 목을 베라고 호령했다. 그리고 따라온 자들에게 그의 수급을 위군 영채로 보내 등애에게 보이도록 했다.

매우 화가 난 등애가 곧바로 싸우러 나가려고 했다

구본이 간하기를: "장군께서는 가벼이 나가서는 안 됩니다. 기습 작전을 써야 이길 수 있습니다."

등애는 그의 말에 따라 천수 태수 왕기·농서 태수 견홍(牽弘)에게 뒤에 남아 군사를 매복하고 있게 한 뒤, 자신이 직접 군사를 이끌고 나갔다.

이때 제갈첨도 막 싸움을 걸려고 나오던 참인데 등애가 군사를 이끌고 왔다는 보고를 받고 몹시 화를 내며 군사를 이끌고 곧바로 위군 진중으로 쳐들어갔다. 등애가 패하여 달아나자 제갈첨은 군사를 휘몰아 그 뒤를 추격했다. 바로 그때 매복해 있던 위군들이 양쪽에서 뛰쳐나와 기습 공격을 하자 촉군은 크게 패하여 면죽성(綿竹城)까지 물러갔다.

등애는 면죽성을 포위하라고 명령했다. 그러자 위군들이 일제히 함성을 지르며 면죽성을 철통같이 에워쌌다.

성 안의 상황이 위급함을 느낀 제갈첨은 팽화(彭和)에게 서신을 주어 포위망을 뚫고 나가 동오에 구원병을 요청하게 했다. 어렵게 동오에 도착한 팽화가 오주 손휴(孫休)를 알현하고 위급함을 알리는 서신을 바쳤다.

오주가 그것을 읽어 보고 신하들과 상의하며 말하기를: "촉이 이렇게 위험한 지경에 빠져 있는데 내 어찌 구하지 않고 앉아서 보고만 있을 수 있겠는가!"

곧바로 노장 정봉(丁奉)을 주장(主將)으로, 정봉(丁封)과 손이(孫異)를 부장(副將)으로 각각 삼아, 군사 5만 명을 거느리고 촉을 구하러 가도록 했다.

성지(聖旨)를 받은 정봉은 군사를 세 방면으로 나누어 출병했다. 부장 정봉과 손이에게 군사 2만 명을 주어 면중(沔中)으로 나아가게 하고 자신은 군사 3만 명을 거느리고 수춘(壽春)으로 나아갔다.

한편 제갈첨은 기다리던 구원병이 오지 않자 장수들에게 말하기를: "이렇게 무작정 지키기만 하는 것은 좋은 계책이 아니다."

아들 제갈상과 상서 장준에게 남아서 성을 지키게 하고 자신은 갑옷에 투구를 쓰고 말에 올라 전군을 이끌고 세 곳 성문을 동시에 열고 뛰쳐나갔다.

등에는 성에서 촉군들이 뛰쳐나오자 곧바로 군사를 거두어 물러나기 시작했다. 제갈첨은 힘을 떨치며 그 뒤를 추격하는데 갑자기 한 발의 포성이 울리면서 사방에서 한꺼번에 군사들이 몰려나와 제갈첨을 완전히 포위해 버렸다.

제갈첨은 군사를 이끌고 좌충우돌하며 위군 수백 명을 찔러 죽였다. 이를 본 등애가 군사들에게 일제히 활을 쏘게 하니 촉군들은 사방으로 흩어지고 제갈첨은 화살에 맞아 말에서 떨어지고 말았다.

그는 큰 소리로 외치기를: "내 이제 힘이 다했으니 마땅히 죽음으로 나라에 보답하리라!"

그러고는 칼을 빼들어 스스로 목을 찔러 죽었다.

성 위에서 자신의 부친이 죽는 모습을 바라보던 제갈상은 몹시 화를 내며 즉시 갑옷을 입고 말에 올랐다.

장준이 간하기를: "소장군(小將軍)은 경솔하게 나가지 마시오!"

제갈상이 탄식하며 말하기를: "우리 부자와 조손(祖孫)은 모두 나라의 두터운 은혜를 입었습니다. 지금 부친께서 적과 싸우다 돌아가셨는데 내가 살아서 무엇하리오!"

곧바로 말을 몰아 적진으로 달려가 싸우다 장렬하게 죽었다.

諸葛瞻死戰綿

후세 사람이 제갈첨과 제갈상 부자를 찬탄하여 지은 시가 있으니:

충신에게 지모가 부족해서가 아니라　　　　不是忠臣獨小謀

하늘이 끝내 유씨 왕조 망하게 했네　　　　蒼天有意絕炎劉

그 당시 제갈량은 훌륭한 자손 남겨　　　　當年諸葛留嘉胤

그 의리와 절개 무후 잇기 충분했네　　　　節義眞堪繼武侯

등애는 그들의 충성심을 가상히 여겨 부자를 합장(合葬)해 주었다. 그러고는 그들의 허점을 노려 면죽성을 총공격했다. 장준과 황숭(黃崇)·이구(李球) 세 사람은 각자 한 무리의 군사를 이끌고 뛰쳐나왔다. 하지만 적은 군사로 그 많은 위군을 어찌 감당하겠는가! 결국 세 사람 모두 전사하고 말았다.

면죽을 손에 넣은 등애는 잠시 군사들의 수고를 위로한 다음 곧바로 성도를 취하러 갔다.

이야말로:

위기에 처했을 때 후주를 보아하니　　　　試觀後主臨危日

유장이 핍박받던 때와 다름이 없네　　　　無異劉璋受逼時

성도를 어찌 지켜낼지 궁금하거든 다음 회를 기대하시라.

제 118 회

유심은 선조의 사당에서 통곡하다 죽고
등애와 종회는 서천에서 공적을 다투다

哭祖廟一王死孝

入西川二士爭功

한편 등애가 면죽을 차지하고 제갈첨 부자가 이미 죽었다는 소식을 들은 성도의 후주는 깜짝 놀라 급히 문무 관원들을 불러 놓고 상의했다.

근신이 아뢰기를: "지금 성 밖의 백성들은 늙은이는 부축하고 어린애는 손을 끌고 울며불며 목숨이라도 부지하기 위해 각자 달아나고 있습니다."

질겁한 후주는 어찌할 줄을 몰랐다. 그때 갑자기 정탐꾼이 달려와 보고하기를 적군이 곧 성 아래에 이를 것이라고 했다.

여러 관원들이 의논하여 아뢰기를: "이제 이곳에 남아 있는 장수나 군사가 부족하여 적을 맞아 싸울 수 없으니, 차라리 성도를 버리고 남중(南中) 칠군(七郡)으로 달아나는 것이 나을 듯하옵니다. 그곳은 지세가 험준하여 우리끼리도 지킬 수 있으니, 성도는 나중에 만병(蠻兵)의 힘을 빌려 다시 찾으면 될 것이옵니다."

광록대부 초주(譙周)가 말하기를: "안 되옵니다. 남만인(南蠻人)들은 오랫동안 우리를 배반했던 자들인데다 평소 우리가 은혜를 베푼 적도 없는데 이제 와서 찾아가면 반드시 화를 입을 것이옵니다.”

여러 관원들이 다시 아뢰기를: “우리 촉은 동오와 이미 동맹을 맺고 있는 사이이고 지금 사정이 너무 급하니 그곳으로 찾아가는 것이 좋겠사옵니다.”

초주가 다시 간하기를: “자고로 다른 나라에 가서 천자 노릇을 한 예는 없사옵니다. 신의 생각으로는 위는 동오를 삼킬 수 있지만 동오는 위를 이길 수 없습니다. 만약 폐하께서 동오에 가서 신하를 칭한 뒤, 만일 동오가 위에 망하면 폐하는 또 위의 신하를 칭하셔야 합니다. 이는 결국 두 번이나 욕을 보는 셈이니 폐하께서 차라리 동오로 가시는 것보다 위에 항복하는 것이 낫사옵니다. 그리하시면 위는 틀림없이 폐하께 땅을 나누어 주실 것이니, 위로는 스스로 종묘를 지킬 수 있고 아래로는 백성을 안전하게 보호할 수 있을 것입니다. 부디 폐하께서는 이 점을 잘 유념해 주시옵소서.”

후주는 결단을 내리지 못하고 궁 안으로 들어갔다.

다음 날에도 여러 사람들의 의견이 분분했다. 사태가 더욱 다급해지자 초주는 다시 상소하여 간하니 후주가 초주의 말에 따라 막 항복하러 나가려고 했다.

그때 갑자기 병풍 뒤에서 한 사람이 뛰쳐나오며 날카로운 목소리로 초주를 꾸짖기를: “구차하게 살아남으려는 이 썩어빠진 유생 놈아! 네놈이 어찌 함부로 종묘사직의 대사를 논한단 말이냐! 자고로 항복한 천자도 있다더냐!”

후주가 보니 그는 자신의 다섯째 아들 북지왕(北地王) 유심(劉諶)이었다.

후주에게는 일곱 아들이 있었는데, 첫째 아들은 유선(劉璿)이고, 둘째는 유요(劉瑤), 셋째는 유종(劉琮), 넷째는 유찬(劉瓚), 그리고 다섯째는 바로 북지왕 유심, 여섯째는 유순(劉恂), 일곱째는 유거(劉璩)였다.

일곱 형제 중 유심만이 어려서부터 총명함과 영민함이 남달랐고 나머지 형제들은 모두 나약하고 온순했다.

후주가 유심에게 말하기를: "지금 대신들은 모두 항복하라고 하는데 너는 그저 유독 젊은 혈기의 용맹만 믿고 온 성을 피로 물들이려고 하느냐?"

유심 曰: "옛날 선제께서 살아계실 때 초주는 정사에 관여하지도 못했습니다. 지금 망령되이 국가 대사에 나서서 되지도 않은 말만 지껄이고 있으니, 이는 실로 도리에 맞지 않습니다. 신이 생각하건대 성도에는 아직도 수만 명의 군사가 있고, 또 강유가 거느린 군사가 모두 검각에 있으니 그들은 위군이 대궐을 침범하는 줄 알면 반드시 구출하러 올 것입니다. 그때 안팎으로 공격하면 큰 승리를 거둘 수 있습니다. 그런데 어찌 썩은 선비의 말만 들으시고 선제의 기업을 함부로 버리려 하시옵니까?"

후주가 꾸짖기를: "어린 네놈이 어찌 천시(天時)를 알겠느냐?"

유심이 머리를 조아리고 울면서 말하기를: "만약 사태가 막다른 골목에 이르러 궁지에 몰리고 힘이 다해 화가 닥치고 패망이 눈앞에 있으면 우리 부자(父子)와 군신이 성을 등지고 다 함께 사직을 위해 싸우다 죽어서 선제를 뵈면 그만이지, 어찌 항복한단 말이옵니까?"

후주는 끝내 그의 말을 듣지 않았다.

유심은 대성통곡을 하며 말하기를: "선제께서는 참으로 어렵게 기업을 세우셨는데 이제 하루아침에 이를 버리려 하시니 신은 차라리 목숨을 버릴지언정 그런 치욕은 당하지 않을 것이옵니다!"

후주는 근신들에게 명해 유심을 궁 밖으로 쫓아버리고 즉시 초주로 하여금 항복 문서를 작성하도록 하고 황제의 근시관(近侍官)인 사서시중(私署侍中) 장소(張紹)와 부마도위 등량(鄧良)을 초주와 함께 보내면서 옥새를 가지고 낙성(雒城)으로 가서 항복을 청하도록 했다.

이즈음 등애는 매일 수백 명의 철기병으로 하여금 성도를 정탐하도록 했는데 이날 성도의 성 위에 항복의 깃발이 올랐다는 보고를 받고 매우 기뻐했다.

잠시 뒤 장소 등이 이르자 등애는 사람들을 내보내 그들을 맞아 들였다.

세 사람이 계단 아래 엎드려 절을 하고 항복 문서와 옥새를 바쳤다. 항복 문서를 펼쳐본 등애는 매우 흡족해 하며 옥새를 받아 놓고 장소·초주·등량 등을 극진히 대접했다.

등애는 답서를 써서 세 사람에게 주어 성도로 돌아가서 백성을 안심시키도록 했다. 등애에게 하직 인사를 하고 성도로 돌아온 세 사람은 궁으로 들어가 후주에게 답서를 바치며 등애가 자신들을 후하게 대해 주었다고 자세히 보고했다.

등애의 답서를 펼쳐 본 후주 역시 매우 기뻐하며 즉시 태복(太僕) 장현(蔣顯)에게 칙령을 내려 강유에게 가서 속히 항복하도록 하는 한편 상서랑(尙書郎) 이호(李虎)를 등애에게 보내 문부(文簿)를 바치게 했다.

그 문부의 내용인즉 이러했다. 총 호수는 28만호, 인구는 남녀 합하여 94만 명, 무장 군사 10만 2천 명, 관리는 4만 명이었다. 창고의 양식은 40여만 석, 금과 은이 3천 근, 비단과 채색 비단이 각각 20만 필, 그 밖에 창고에 쌓여 있는 물건 등을 이루다 셀 수 없었다.

그리고 섣달 초하룻날을 택해 임금과 신하가 모두 나가 항복하기로 했다.

이 사실을 전해 들은 복지왕 유심은 노기충천하여 칼을 들고 궁으로 들어갔다.

그의 부인 최씨가 묻기를: "대왕께서 오늘 안색이 좋지 않으십니다. 무슨 일이 있으십니까?"

유심 曰: "위군이 가까이 오자 부황(父皇)께서 이미 항복 문서를 바치고 내일 군신들이 함께 나가 항복한다고 하니 사직은 이제 완전히 궤멸되고 말았소. 나는 그놈들 앞에 무릎을 꿇느니 차라리 먼저 죽어 지하에 계신 선제를 뵈려고 하오!"

최 부인 曰: "현명하십니다. 참으로 현명하십니다. 죽을 때를 아시는군요! 첩이 먼저 죽겠사오니 대왕께서는 제 뒤에 돌아가셔도 늦지 않을 것입니다."

유심 曰: "부인께서는 왜 죽으려고 하시오?"

최 부인 曰: "대왕께서는 부친을 위해서 돌아가시고 첩은 지아비를 위해서 죽으니 그 의(義)는 똑같사옵니다. 지아비가 죽는다기에 첩도 죽으려는 것인데 어찌 이유를 물으십니까?"

말을 마친 최 부인은 기둥에 머리를 부딪쳐 죽고 말았다.

유심은 제 손으로 세 아들을 죽이고 부인의 머리를 베어 들고 소열황제의 사당 안으로 들어가 땅에 엎드려 울면서 말하기를: "신은 조부께서 어렵게 세우신 기업이 다른 사람에게 버려지는 것을 보기가 너무나 부끄러워 먼저 아내와 자식들을 죽여 걱정거리를 없앤 뒤, 신의 목숨을 바쳐 조부님께 조금이나마 사죄드리고자 하나이다. 조부님의 신령이시여! 부디 이 손자의 마음을 굽어살피시옵소서!"

한바탕 피눈물을 흘리며 통곡을 한 뒤 스스로 목을 찔러 죽었다. 촉의 백성 가운데 이 소문을 듣고 애통해하지 않은 자가 어디 있었겠는가!

후세 사람이 그를 찬탄하여 지은 시가 있으니:

임금과 신하 모두 기꺼이 무릎 꿇는데	君臣甘屈膝
오직 한 왕자만 마음 아파 비통해하네	一子獨悲傷
서촉의 모든 기업이 무너져 내리는 날	去矣西川事

장하고 또 장하다 북지의 왕 유심이여 　　　　雄哉北地王

한 목숨 바쳐 소열 선조께 보답하고자 　　　　捐身酬烈祖
머리 부여잡고 하늘 향해 통곡을 하네 　　　　搔首泣穹蒼
늠름한 그 사람 마치 살아있는 듯하니 　　　　凜凜人如在
한나라 이미 망했다 그 누가 말하겠나 　　　　誰云漢已亡

북지왕이 자결했다는 소식을 들은 후주는 사람을 보내 장사를 지내 주도록 했다.

다음 날 위군들이 대거 몰려왔다. 후주는 태자 등 여러 왕자를 대동하고 60여 명의 신하와 함께 면박여친(面縛轝櫬)[24]한 채 북문 밖 10리까지 나가 항복했다.

등애는 후주를 부축해 일으켜 친히 묶은 손을 풀어 주고 관을 실은 수레를 불태운 뒤 수레를 나란히 하여 성으로 들어갔다.

후세 사람이 이를 탄식한 시가 있으니:

수만 명의 위군이 서천으로 쳐들어오자 　　　　魏兵數萬入川來
구차하게 살려는 후주 자결도 못하였네 　　　　後主偷生失自哉
황호는 끝내 나라 속일 속셈 품고 있어 　　　　黃皓終存欺國意
나라 구할 강유 재능 헛것 되고 말았네 　　　　姜維空負濟時才

24　당시 전쟁에 패한 군주가 항복하는 의식으로, 면박(面縛)은 두 손을 등 뒤로 묶고 얼굴은 승리자를 향해 쳐다보는 것을 말하며, 여친(轝櫬)은 수레에 관을 싣고 저항을 포기하고 스스로 죄를 청함을 표시함. 역자 주.

충의지사들의 마음 어찌 그리 열렬하고	全忠義士心何烈
절개 지킨 왕손의 뜻 그 얼마나 애달파	守節王孫志可哀
소열황제가 세운 나라 쉽지 않았었는데	紹烈經營良不易
하루아침에 그 공업 한 줌 재가 되었네	一朝功業頓成灰

성도의 백성들이 향과 꽃을 들고 위군을 맞이했다.

등애는 후주를 표기장군(驃騎將軍)으로 임명하고 문무 관원들에게도 관직의 높낮이에 따라 벼슬을 주었다.

후주에게 궁으로 들어가기를 청한 등애는 방문을 내걸어 백성을 안심시키고 창고의 재물들을 접수했다. 그리고 태상(太常) 장준과 익주별가(益州別駕) 장소로 하여금 모든 군(郡)의 군사들과 백성들에게 투항하도록 하는 한편 사람을 보내 강유에게 투항을 설득시키도록 했다. 이런 일련의 조치를 마친 등애는 사람을 낙양으로 보내 승전보를 알렸다.

등애는 환관 황호가 간사하고 음험하다는 말을 듣고 그를 죽이려고 했으나 미리 눈치를 챈 황호가 금은보화 등으로 등애의 측근들을 매수하여 죽음을 면했다. 이렇게 한나라는 망하고 말았다.

후세 사람이 한의 멸망과 무후를 추념하는 마음으로 지은 시가 있으니:

물고기와 새들도 군령을 두려워하고	魚鳥猶疑畏簡書
바람 구름은 길이 영채를 지켜 주네	風雲長爲護儲胥
상장군이 휘두른 신필도 헛되었구나	徒令上將揮神筆
끝내 항복한 후주 수레에 실려 가네	終見降王走傳車

그 재주 관중 악의에 뒤지지 않지만	管樂有才眞不忝

관우와 장비 명 짧은 걸 어찌하겠나	關張無命欲何如
지난 해 금리의 승상 사당 지나다가	他年錦里經祠廟
양보음 읊었지만 한은 다 안 풀리네	梁父吟成恨有餘

한편 검각으로 간 태복 장현은 강유에게 후주의 칙령을 전하면서 후주가 위에 항복했음을 말했다.

깜짝 놀란 강유는 그만 할 말을 잃었다. 휘하의 모든 장수 역시 원통하고 한스러운 마음에 이를 갈고 눈을 부릅뜨며 수염과 머리카락을 모두 곤두세우고 칼을 빼서 돌을 가르며 큰 소리로 외치기를: "우리는 모두 죽을 각오로 싸우고 있는데 어찌 그리 쉽게 항복할 수 있단 말인가!"

그들의 울부짖는 소리가 수십 리 밖까지 들렸다. 강유는 그들이 아직 한나라를 그리는 마음이 남아 있음을 보고 부드러운 말로 위로하기를: "여러 장수들은 너무 상심하지 마시오. 내게 한 황실을 다시 일으킬 수 있는 계책이 있소."

장수들이 모두 그것이 무엇이냐고 물었다. 강유는 장수들의 귀에다 작은 소리로 그 계책을 말해 주었다.

강유는 즉시 검각관 위에 항복을 표시하는 깃발을 세우게 하고, 사람을 종회의 영채로 보내 강유가 장익·요화·동궐 등을 데리고 항복하러 갈 것이라고 알리게 했다.

종회는 매우 기뻐하며 사람을 보내 강유 일행을 영접하여 막사 안으로 맞아들였다.

종회 曰: "백약은 어찌 이리 늦은 것이오?"

강유는 정색을 하고 눈물을 흘리며 말하기를: "나라의 모든 군사를 내가 지휘하는데 정리해야 할 게 한둘이 아니오. 오늘 온 것도 아주 서두른 것이오!"

종회는 그 말을 매우 가상하게 여기며 자리에서 내려와 서로 절을 하고 그를 아주 귀한 손님으로 대접했다.

강유가 종회에게 말하기를: "내 듣기로 장군은 회남에서 싸운 이래로 계책을 내어 한 번도 실수한 적이 없다고 하더이다. 오늘날 사마씨가 강성하게 된 것도 모두 장군의 덕이 아니겠소. 그래서 이 유(維) 기꺼이 장군에게 고개를 숙이는 것이오. 등사재(鄧士載: 등애)였다면 아마 끝까지 죽기로 싸워 결판을 내지, 어찌 항복하려고 했겠소이까?"

이 말에 감동한 종회는 화살을 꺾어 맹세하며 강유와 의형제를 맺었다. 두 사람의 정이 돈독해지자 종회는 강유에게 예전처럼 자신의 군대를 그대로 거느리게 해 주었다. 강유는 내심 기뻐하면서 태복 장현을 성도로 돌려보냈다.

한편 등애는 사찬을 익주 자사로 봉하고 견홍과 왕기 등으로 하여금 각각 주(州)와 군(郡)을 다스리게 했다. 또한 면죽에는 대(臺)를 쌓아 전공(戰功)을 기리게 하고 촉 땅의 모든 관원들을 불러 모아 성대한 연회를 베풀었다.

술이 거나하게 취한 등애가 손가락으로 여러 관원들을 가리키며 말하기를: "당신들은 나를 만난 것을 다행으로 여기라. 만약 다른 장수가 먼저 이곳에 왔다면 여러분들은 모두 죽임을 당했을 것이니라."

모든 관원들이 자리에서 일어나 고맙다고 절을 했다. 그때 장현이 돌아와서 강유는 스스로 진서장군 종회를 찾아가 투항했다고 알렸다.

이 말을 들은 등애는 종회에 대한 질투심이 끓어올랐다. 곧바로 글을 한 통 써서 사람을 낙양으로 보내 진공 사마소에게 바치도록 했다.

사마소가 그 글을 받아 보니 내용은:

"신 등애 간절히 말하옵니다. 병법에 '먼저 말로써 놀라게 하고 실력은 뒤에 가서 보여 준다(先聲後實).'라고 했습니다. 지금 서촉을 평정한 기세를 타고 동오를 친다면 이는 천하를 통일할 수 있는 절호의 기회입니다. 하지만 지금은 모든 군사들을 대거 투입한 뒤라 장수와 군사들이 너무 지쳐있어 곧바로 움직이기 어려운 실정입니다.

그러니 지금은 농우의 군사 2만 명과 촉의 군사 2만 명으로 소금을 생산하고 병장기를 만들 쇠를 주조하고 또한 배를 만들어서 강을 내려가 동오를 칠 준비를 철저히 한 다음에, 사신을 보내 이해관계로 따진다면 동오는 군사를 내지 않고서도 평정할 수 있을 것입니다.

그러므로 지금은 유선(劉禪)을 후하게 대접하여 오주 손휴의 마음을 끌도록 해야 합니다. 만약 유선을 수도로 올려보내면 동오 사람들은 틀림없이 의심을 품게 되어 귀순하려는 마음을 부추길 수 없고 오히려 끝까지 싸우려 들 것입니다. 그러니 유선을 당분간 서촉에 머물게 한 뒤 내년 겨울쯤 낙양으로 올려보내려 합니다.

지금 곧 유선을 부풍왕(扶風王)으로 봉하고 재물을 하사하시어 주위 신하들에게 나누어 주게 하고 그의 아들을 공후(公侯)로 삼아 귀순한 자에 대해 은총을 베푼다면 동오 사람들은 위엄을 두려워하고 덕에 감화되어 소문만 듣고도 귀순하게 될 것입니다."

글을 다 읽은 사마소는 자신의 눈을 의심했다. 등애가 마치 혼자 제멋대로 권력을 행사하려는 마음을 갖고 있다고 깊이 의심하지 않을 수 없었다.

사마소는 먼저 친필로 글을 써서 감군 위관(衛瓘)에게 준 다음 등애에게 벼슬을 봉하는 조서를 따로 보냈는데 그 조서의 내용은:

"정서장군 등애는 위엄을 빛내고 무위를 떨쳐 적진 깊숙이 들어가서 황제를 참칭하던 자로 하여금 스스로 밧줄로 목을 묶고 항복하도록 하였도다. 군사를 움직임에 있어 계절을 넘기지 않고 싸움에 임하면 하루를 넘기지 않아 마치 구름 걷히듯 말끔히 휩쓸어 서촉을 평정하였도다. 이는 비록 백기(白起: 진秦나라의 명장)가 강한 초(楚)를 쳐부수고, 한신이 굳센 조(趙)나라를 이긴 것도 그대의 공훈에 비하지는 못할 것이다.

이에 그대를 태위로 삼고 2만 호(戶)의 봉읍을 더하노라. 또한 두 아들은 정후(亭侯)에 봉하고 각각 식읍 1천 호를 내리노라."

등애가 조서를 다 읽고 나자 감군 위관은 다시 사마소의 친서를 꺼내 등애에게 주었다. 그 친필 서신은 등애가 말한 일에 대한 것은 황제에게 미리 아뢴 다음에 처리해야 할 사항으로 절대 함부로 행하지 말라는 내용이었다.

등애 曰: " '장수가 전쟁 중에는 임금의 말이라도 듣지 않을 수 있다(將在外, 君命有所不受).'고 했다. 내 이미 조서를 받들어 정벌의 전권을 행사하고 있는데 어찌 막는단 말인가!"

곧바로 다시 글을 써서 조서를 가지고 내려온 사자에게 주어 낙양으로 보냈다.

이때 조정에서 모두들 등애가 틀림없이 반역의 뜻이 있다고 말하고 있었으며 사마소는 더욱 의심하며 꺼리고 있었는데 마침 사자가 돌아와 등애의 글을 바쳤다.

사마소가 봉투를 열고 편지를 읽어 보니 그 내용은:

"등애는 명을 받들어 서촉을 정벌하여 이미 원흉의 항복을 받았습니다. 이럴 때는 마땅히 상황에 맞게 일을 적절히 처리해야 하기 때문에 방금 항복해 온 자들을 안심시킬 필요가 있었습니다. 만약 조정의 명을 기다려 처리한다면 오가느라 시일만 끌게 됩니다. 《춘추(春秋)》의 대의(大義)에 따르면 '대부가 나라 경계 밖에 나가 있을 때는 사직을 안정시키고 나라를 이롭게 할 일은 스스로 처리해도 된다(大夫出疆, 有可以安社稷利國家, 專之可也).'고 하였습니다.

지금 동오는 아직 버티고 있으며 그들은 지금 촉과 손을 잡고 있으니 평소의 예에 얽매어 일을 처리하다 보면 시기를 놓치고 맙니다.

병법에도 이르기를 '공격할 때는 명성을 바라지 않고, 물러날 때는 죄를 피하지 않는다(進不求名, 退不避罪).'고 했습니다. 저는 비록 옛사람과 같은 절개는 없지만 스스로 나라에 해를 끼치는 일은 결코 하지 않을 것입니다. 우선 이런 상황을 아뢰옵고 적절히 알아서 집행하겠습니다."

등애의 서신을 받아본 사마소는 깜짝 놀라며 황급히 가충(賈充)과 계책을 상의하며 말하기를: "등애가 제 공만 믿고 교만에 빠져 제멋대로 일을 처리하려고 하니, 이는 반역의 뜻을 드러낸 것이오."

가충 曰: "주공께서는 어찌하여 종회에게 작위를 주어 등애를 제어하도록 하지 않으시옵니까?"

사마소는 그의 의견에 따라 사자에게 조서를 가지고 가서 종회를 사도(司徒)로 봉하는 한편 위관에게 양 방면의 군사를 감독하도록 했다. 그리고 위관에게 친필 서신을 보내 종회와 함께 등애의 거동을 감시하여 그가 반란을 일으키는 것을 방비하게 했다.

종회가 받은 조서의 내용은:

"진서장군 종회는 그가 가는 곳마다 적수가 없었고 그의 앞에는 강한 적이 없었도다. 여러 성을 지휘 통제하고 흩어져 달아나는 적들을 모조리 잡아들였도다. 그리하여 촉의 가장 용맹한 장수인 강유조차도 스스로 손을 뒤로 묶고 항복하도록 만들었다. 계책을 세우면 실수가 없고 군사를 이끌고 나가면 공을 세우지 못한 적이 없었도다.

이에 그대를 사도로 삼아 현후(縣侯)에 봉하고 1만 호의 봉읍을 더해 주고 두 아들에게도 정후(亭侯)로 봉하고 식읍을 각각 1천 호를 하사하노라."

작위를 받은 종회는 즉시 강유를 청해 계책을 상의하기를: "등애는 나보다 공이 큰데다 그는 태위의 벼슬을 받았는데, 이제 사마의는 등애가 반역할까 의심하여 위관에게 군사 감독관을 맡기고 내게 조서를 내려 그를 제어하도록 하였는데 이에 대해 백약은 무슨 좋은 의견이 있으시오?"

강유 曰: "내가 알기에, 등애는 출신이 미천하여 어릴 적 그는 남의 집에서 송아지를 길렀다고 들었습니다. 이번에 어쩌다 음평의 험준한 샛길을 택해 나무를 붙잡고 낭떠러지를 매달려 내려오는 모험으로 큰 공을 세우긴 했지만, 이는 그의 뛰어난 계책 때문이 아니라 실은 나라의 홍복에 힘입은 것이지요.

만약 장군이 검각에서 나와 대치하고 있지 않았다면 그가 어찌 이런 공을 세울 수 있었겠습니까? 그가 촉주를 부풍왕(扶風王)으로 봉하려는 것도 곧 촉의 인심을 얻기 위한 수작에 불과할 것이니, 그가 반역하리라는 것은 말하지 않아도 뻔히 알 수 있소. 진공이 의심하는 것은 당연하지요"

그 말을 들은 종회는 매우 기뻤다.

강유가 다시 말하기를: "좌우를 잠시 물려주시지요. 이 강유가 은밀히 고해드릴 일이 있소이다."

종회가 좌우에 있는 자들을 모두 내보내자 강유가 소매 속에서 지도

한 장을 꺼내 종회에게 주며 말하기를: "이것은 옛날 무후께서 초려를 나오실 때 선제께 바치신 지도입니다. 그때 무후께서 말씀하시기를 '익주(益州)는 비옥한 땅이 천리나 뻗어 있을 뿐만 아니라 백성도 많고 나라도 부유하여 패업을 이룰 만하다.'라고 하셨지요. 선제께서는 그 말을 듣고 성도에 나라를 세우신 것입니다. 지금 등애가 이런 곳에 이르렀으니 어찌 미쳐 날뛰지 않겠습니까?"

종회는 너무나 기뻐서 산천의 형세를 하나하나 손으로 가리키며 물으니 강유는 그에 일일이 대답해 주었다.

그리고 종회가 다시 묻기를: "등애를 제거하려면 어떤 계책이 좋겠소?"

강유 曰: "지금 진공이 그를 의심하고 꺼려하고 있습니다. 이 틈에 장군께서 급히 표문을 올려 등애가 반란을 일으키고 있다는 구체적 실상을 설명해드리면 진공은 틀림없이 장군께 등애를 토벌하라고 명하실 것입니다. 그때 단번에 사로잡으시면 되지 않겠습니까?"

종회는 그의 말에 따라 즉시 사람을 낙양으로 보내 표문을 올렸다. 지금 등애가 권력을 제멋대로 휘두르고 방자하게 굴면서 촉 사람들과 결탁하고 있으니 머지않아 틀림없이 반란을 일으킬 것이라는 내용이었다.

조정의 모든 문무 관료들이 깜짝 놀랐다. 종회는 또한 등애가 조정에 올리는 표문을 중간에서 가로채 등애의 필체를 흉내 내어 오만한 언사로 고쳤는데, 이는 실은 자신의 생각을 적은 것이었다.

이 표문을 받아 본 사마소는 버럭 화를 내며 즉시 사자를 종회에게 보내 등애를 체포하라고 명했다. 또 가충에게 군사 3만 명을 주어 야곡으로 들어가게 하고 사마소 자신은 위주 조환과 함께 어가를 몰고 친히 정벌에 나섰다.

서조연(西曹掾) 소제(邵悌)가 간하기를: "종회의 군사는 등애의 군사보다 여섯 배나 많으니 종회에게 등애를 잡아들이게 하는 것으로 충분하

온데 어찌 주공께서 직접 가려 하십니까?"

사마소가 웃으며 말하기를: "자네는 전에 내게 했던 말을 잊었는가? (제 115회 참고) 자네는 그때 종회는 훗날 반드시 반란을 일으킬 것이라고 말하지 않았었는가! 이번 나의 행차는 등애 때문이 아니라 종회 때문이네."

소제도 웃으며 말하기를: "저는 명공께서 그 일을 잊으셨을까 염려되어 한번 여쭈어본 것입니다. 뜻이 그러함을 이제 알았으니 마땅히 비밀로 해서 누설되어서는 아니 되옵니다."

사마소는 고개를 끄덕이며 마침내 대군을 거느리고 출정했다.

이때 가충 역시 종회도 반역의 뜻이 있음을 의심하여 은밀히 사마소에게 알렸다.

사마소 曰: "내가 만약 자네를 보냈다면, 자네도 내가 의심해야 되겠는가? 내가 장안에 도착하면 저절로 알게 될 것이네."

이 소식은 이미 첩자에 의해 종회에게 전달되었으며 사마소가 이미 장안에 도착해 있다고 알려왔다. 종회는 황급히 강유를 불러 등애를 잡을 계책을 상의했다.

이야말로:

서촉에서 항복한 장수 막 거두자마자　　　才看西蜀收降將
장안에서 다시 많은 군사가 움직이네　　　又見長安動大兵

강유가 어떤 계책으로 등애를 쳐부술지 궁금하거든 다음 회를 기대하시라.

제 119 회

강유의 거짓투항 계책 실패로 돌아가고
사마염은 다시 선양받을 음모를 꾸미다

假投降巧計成虛話

再受禪依樣畵葫蘆

종회가 강유를 청해 등애를 잡을 계책을 물었다.

강유 曰: "먼저 감군 위관을 시켜 등애를 잡아들이도록 하십시오. 만약 등애가 위관을 죽인다면 그것은 바로 확실한 반역의 증거가 될 것이니 장군께서 그 후에 군사를 움직여 등애를 치시면 됩니다."

종회는 매우 기뻐하며 즉시 위관에게 수십 명의 군사를 데리고 성도로 가서 등애 부자를 체포하라고 명령했다.

위관의 부하가 위관을 말리며 말하기를: "이는 종(鍾) 사도께서 정서장군 등애로 하여금 장군을 죽이게 만들어 등애의 반역 증거를 잡으려는 계책입니다. 절대 가시면 안 됩니다."

위관 曰: "나도 생각해 둔 계책이 있느니라."

그러고는 즉시 격문 2~30통을 성도로 보냈다.

그 격문의 내용은:

"황제의 조서를 받들어 등애를 체포할 것이며 나머지 사람들은 어떠한 죄도 묻지 않을 것이다. 만약 빨리 귀순하여 온 자는 예전처럼 관작을 내리고 포상하겠지만 귀순하지 않은 자는 삼족을 멸할 것이다."

그리고 위관은 함거 두 대를 준비하여 밤을 새워 성도로 달려갔다.

새벽을 알리는 닭이 울 무렵 등애의 부하 장수들 가운데 격문을 본 자는 모두 위관의 말 앞에 와서 절을 했다. 이때 부중에 있던 등애는 아직 잠자리에서 일어나지도 않은 상태였다.

위관은 군사 수십 명을 이끌고 갑자기 부중에 들이닥쳐 큰 소리로 외치기를: "황제의 조서를 받들어 등애 부자를 체포한다!"

등애는 얼마나 놀랐던지 침상에서 그만 굴러떨어졌다. 위관은 무사를 호령하여 등애를 묶어 수레에 실었다. 그의 아들 등충이 무슨 일이냐고 묻다가 역시 묶여서 수레에 실렸다. 깜짝 놀란 등애의 부하 장수들이 달려들어 등애 부자가 탄 함거를 탈취하려는 순간 먼지가 자욱이 일어나는 것을 보았는데 곧바로 정탐꾼이 달려와 종회 사도가 대군을 거느리고 당도했음을 알렸다. 그 말을 들은 부하 장수와 관리들은 모두 사방으로 달아나 버렸다.

종회는 강유와 함께 말에서 내려 부중으로 들어가 보니 등애 부자는 이미 묶여서 함거에 실려 있었다. 종회는 채찍으로 등애의 머리를 후려치며 욕을 하기를: "시골에서 송아지나 키우던 놈이 어찌 감히 이럴 수 있느냐?"

강유 역시 욕하기를: "하찮은 놈이 요행수를 바라고 모험을 하더니, 오늘 참 꼴좋게 되었구나!"

등애 역시 큰 소리로 욕설을 퍼부었다. 종회는 등애 부자를 낙양으로 압송했다.

마침내 성도에 입성한 종회는 등애의 군사들을 모두 자신의 휘하로 편입시키자 그 위세가 대단했다.

종회가 강유에게 말하기를: "내 이제야 평생소원을 풀게 되었구려!"

강유 曰: "옛날 한신은 괴통(蒯通)의 말을 듣지 않아 미앙궁(未央宮)에서 화를 당했고[25], 월(越)의 대부(大夫) 문종(文鍾)은 범려(范蠡)를 따라 오호(五湖)로 가지 않았다가 결국 자결해야만 했습니다.[26] 그들 두 사람 모두 어찌 공명이 빛나지 않았겠습니까? 다만 이해에 어둡고 선견지명이 없었기 때문이지요.

지금 장군은 이미 큰 공을 세워 그 위세가 주인도 떨 정도인데 어찌하여 배를 띄워 종적을 감추고 아미산(峨嵋山)에 올라 적송자(赤松子)를 따라 함께 놀려고[27] 하지 않으시오?"

종회가 웃으며 말하기를: "그대의 말은 틀렸소이다. 내 나이 아직 마흔도 안 되어 이제 막 꿈을 펼치려고 하는데, 어찌 벌써 물러나 한가히 노는 일을 본받을 수 있겠소?"

강유 曰: "만약 물러나 한가히 지낼 생각이 아니시라면 속히 좋은 계책을 세워야 합니다. 이 일은 명공의 지혜와 힘이면 얼마든지 할 수 있을 것이니 더 이상 이 늙은이가 말씀드리지 않겠소이다."

종회가 박장대소를 하며 말하기를: "백약께선 역시 내 마음을 알고 계셨군요!"

이때부터 두 사람은 매일 대사를 논의했다.

---

25 한나라의 개국공신인 한신은 그가 모든 군권을 장악하고 있을 때, 괴통이 그에게 군사를 일으켜 유방을 배반할 것을 권했지만 한신은 그 말을 듣지 않았음. 훗날 정권의 기틀이 잡히자 유방이 한신을 체포하여 군권을 빼앗고 나중에 유방의 아내 여씨가 한신을 속임수로 미앙궁으로 불러들여 죽였음. 역자 주.

26 범려와 문종 두 사람은 모두 전국시대 월나라의 공신으로 왕 구천을 받들어 오나라를 멸망시켰지만, 범려는 구천이 함께 고생은 할 수 있지만 더불어 복을 누릴 수는 없는 사람이라고 판단하여 벼슬을 버리고 조용히 물러났음. 이때 범려는 문종에게 함께 떠나기를 권했으나 문종은 그 말을 듣지 않았다가 뒷날 구천의 핍박에 못 이겨 결국 자살하였음. 역자 주.

27 한의 개국공신 장량은 큰 공을 세웠지만 질투를 피하고 자신을 보전하기 위해 부귀공명을 버리고 전설 속의 신선인 적송자를 따라 도를 배우며 화를 피했음. 역자 주.

강유는 은밀히 후주에게 글을 보내며 말하기를:

"바라옵건대 폐하께서는 며칠만 더 굴욕을 참고 계시옵소서. 이 유
(維)가 반드시 사직을 위험에서 구해 바로 세움으로써 안정시킬 것입니
다. 그래서 어두워진 해와 달을 다시 빛나도록 할 것이며 한나라 황실이
절대로 끊어지지 않도록 하겠사옵니다."

종회가 강유와 함께 한창 모반을 꾸미고 있을 무렵 사마소가 서신을
보내왔다는 보고가 들어왔다.

종회가 그 서신을 받아 보니 그 내용은: "나는 사도가 등애를 붙잡지 못
할까 염려되어 직접 군사를 이끌고 장안에 와서 주둔하고 있소. 가까운 시
일 내에 서로 만나기를 기대하며 먼저 서신으로 알려드리는 바이오."

종회가 깜짝 놀라 말하기를: "나의 군사가 등애보다 몇 배나 많으니
등애를 잡는 일이야 나에게 맡겨도 전혀 문제 될 것이 없다는 것을 진공
은 누구보다 잘 알고 있을 것인데 자신이 직접 군사를 이끌고 온다는 것
은 오히려 나를 의심하고 있기 때문이 아니겠는가!"

즉시 강유와 계책을 상의하는데 강유가 말하기를: "임금이 신하를 의심
하면 그 신하는 반드시 죽게 마련이오. 등애의 경우가 그런 것 아니오?"

종회 曰: "내 뜻은 이미 결정되었소. 이 일에 성공하면 천하를 얻을
것이며 그렇지 못하면 서촉으로 물러가 유비의 땅 정도는 얻을 수 있지
않겠소."

강유 曰: "근자에 들으니 곽(郭) 태후가 돌아가셨다고 하던데, 태후가
죽기 전에 사마소를 쳐서 그가 임금을 시해한 죄를 물으라는 조서를 남
겼다고 둘러대시오. 그리하면 현명하신 공의 능력으로 충분히 중원을 석
권할 수 있을 것이오."

종회 曰: "백약이 선봉이 되어 주시오. 성공한 뒤에 우리 함께 부귀영화를 누립시다."

강유 曰: "부족한 능력이지만 견마지로를 다하겠습니다. 다만 여러 장수들이 복종하지 않을까 그것이 염려될 뿐입니다."

종회 曰: "내일이 마침 정월 대보름 명절(元宵佳節)이니 고궁에 등불을 훤히 밝히고 모든 장수를 불러 모아 연회를 크게 베풀면서 이야기를 할 것이오. 만약 따르지 않겠다는 자는 그 자리에서 목을 베도록 하겠소."

강유는 내심 쾌재를 부르고 있었다.

다음 날 종회와 강유는 모든 장수를 청하여 연회를 베풀었다. 술이 몇 순배 돌자 종회가 갑자기 술잔을 들고 대성통곡을 했다. 깜짝 놀란 장수들이 그 까닭을 물으니 종회가 말하기를: "곽 태후께서 세상을 떠나시기 전에 남기신 유서가 여기 있소. 사마소가 남궐(南闕)에서 황제를 시해하여 대역무도한 죄를 지었으며 조만간 위나라를 찬탈하려고 하니 나에게 사마소를 토벌하라는 명을 내리셨소. 여러분도 각자 여기에 서명하고 마음을 합쳐 함께 이 일을 성사시키도록 합시다."

장수들은 모두 어안이 벙벙하여 서로의 얼굴만 쳐다보고 있었다. 그 모습을 본 종회가 칼을 뽑아 들고 소리치기를: "명을 거스르는 자는 이 자리에서 목을 벨 것이다!"

장수들은 모두 겁을 먹고 어쩔 수 없이 그 말을 따랐다. 서명을 마치자 종회는 그들을 모두 궁중에 감금하고 경비병들에게 엄중히 지키게 했다.

강유 曰: "내가 보기에 저들은 복종하지 않을 것입니다. 모조리 땅속에 파묻어 버립시다."

종회 曰: "내 이미 궁 안에 큰 구덩이를 파 놓고 몽둥이 수천 개도 준비해 놓으라고 지시해 놓았소. 만약 따르지 않는 자는 그 자리에서 때려 죽여 구덩이에 처넣을 것이오."

이때 종회의 심복 장수 구건(丘建)이 옆에 있었다. 그는 바로 호군(護軍) 호열(胡烈)의 옛 부하였는데 호열 역시 궁 안에 갇혀 있어 구건은 몰래 호열에게 종회가 한 말을 알려주었다.

호열은 깜짝 놀라 그에게 울면서 사정하기를: "내 아들 호연(胡淵)이 지금 군사를 거느리고 밖에 나가 있는데 종회가 이런 마음을 품고 있는 줄 그가 어찌 알겠나? 자네가 옛정을 생각해서 이 소식을 그에게 전해 주면 내 죽어도 한이 없겠네."

구건 曰: "은혜로운 주인께서는 걱정하지 마십시오. 제가 방법을 찾아 보겠습니다."

밖으로 나온 구건은 종회에게 고하기를: "감금해 놓은 장수들이 물과 음식을 먹기 불편하다고 호소하는데 사람 하나를 시켜 왕래하면서 음식물 등을 전달해 주도록 하면 어떻겠습니까?"

평소에도 구건이 말하는 것은 무엇이든 들어주던 종회는 그에게 장수들의 감독 임무를 맡기며 분부하기를: "내 중요한 임무를 너에게 맡긴 것이니 이 사실이 절대로 새어 나가서는 안 된다."

구건 曰: "주공께서는 걱정하지 마십시오. 제가 철저히 지키겠습니다."

구건은 호열이 신임하는 사람을 몰래 안으로 들여보내니 호열은 그에게 밀서를 써 주었다. 그 사람이 밀서를 가지고 나가 호연의 영채로 가서 상황을 자세히 설명하며 밀서를 바쳤다. 호연은 깜짝 놀라 즉시 여러 영채에 이 사실을 알렸다.

장수들이 모두 화를 내며 급히 호연의 영채로 달려와 상의하기를: "우리가 죽는 한이 있어도 어찌 역적에게 복종할 수 있겠는가?"

호연 曰: "정월 열여드렛날 궁중으로 쳐들어가 여차여차하게 합시다."

감군 위관은 호연의 계책에 매우 흡족해하며 군사를 정돈하고 구건으로 하여금 호열에게도 이 소식을 전하게 했다. 호열이 다른 장수들에게도 알렸다.

한편 종회는 강유를 청해서 묻기를: "내가 어젯밤 큰 뱀 수천 마리에게 물리는 꿈을 꾸었소이다. 이게 길조일까요, 아니면 흉조일까요?"

강유 曰: "꿈에 용이나 뱀을 보는 것은 모두 길하고 경사스런 징조이지요."

종회는 아주 좋아하며 그 말을 믿으며 강유에게 말하기를: "장비들이 이미 준비되었는데 장수들을 끌어내어 물어보는 게 어떻겠소?"

강유 曰: "그들은 모두 불복하는 마음을 갖고 있으니 오래 두면 반드시 해를 미칠 것입니다. 서둘러 죽여 버리는 것이 좋을 것입니다."

종회는 그 말을 따라 즉시 강유에게 무사들을 데리고 가서 위의 장수를 모두 죽이라고 명령했다. 명을 받은 강유가 막 움직이려고 하는데 갑자기 가슴에 통증을 느끼며 그 자리에 쓰러졌다. 주위의 사람들이 부축해 일으켰지만, 한참이 지나서 비로소 깨어났다. 그때 갑자기 궁궐 밖에서 사람들의 함성이 물 끓듯 한다는 보고가 들어왔다. 종회가 곧 사람을 시켜 알아보니 함성이 크게 진동하며 사방에서 군사들이 끝없이 몰려온다는 것이다.

강유 曰: "이는 틀림없이 여러 장수들이 반기를 든 것입니다. 저들부터 먼저 목을 베야 합니다."

그때 군사들이 이미 궁 안까지 밀고 들어왔다는 보고가 들어왔다. 종회는 급히 궁궐 문을 닫게 하고 군사들에게 궁궐 지붕 위로 올라가서 기왓장을 던져 그들을 공격하라고 지시하자 상호 간에 수십 명이 죽었다.

잠시 후 궁궐 밖 사방에서 불길이 치솟으며 군사들이 궁궐 문을 부수고 쳐들어왔다. 종회가 직접 칼을 빼들고 그 자리에서 여러 명을 죽였으나 어지럽게 날아오는 화살에 맞아 쓰러지고 말았다. 장수들이 달려와 그 목을 베어 높이 매달았다.

강유는 칼을 뽑아들고 전각 위에서 좌충우돌하면서 싸우는데 가슴의 통증이 더욱 심해졌다.

강유는 하늘을 우러러 큰 소리로 외치기를: "내 계책을 이루지 못함은 하늘의 뜻이로다!"

강유는 즉시 자신의 칼로 목을 찔러 자결했으니 이때 그의 나이 59세였다.

궁 안에서 죽은 자가 수백 명이나 되었다.

위관 曰: "모든 군사는 각자 자신의 영채로 돌아가 왕명을 기다리라!"

위군들이 원수를 갚고자 앞다투어 달려들어 강유의 배를 가르자 그 쓸개가 계란만큼 컸다. 장수들은 강유의 가솔들도 모두 잡아들여 모조리 죽여 버렸다.

종회와 강유가 모두 죽자 과거 등애의 부하로 있던 장수들은 함거에 실려 낙양으로 압송되던 등애를 탈취하기 위해 밤낮없이 추격했다. 이런 사실을 누군가 위관에게 알려줬다.

위관 曰: "등애를 붙잡은 것은 바로 나인데 만약 그가 살아 돌아온다면 내가 죽어 묻힐 곳이 없지 않겠는가!"

호군(護軍) 전속(田續)이 말하기를: "전에 등애가 강유성을 취했을 때 저를 죽이려고 했습니다. 여러 사람이 사정하여 겨우 살아났지만 이번에 제가 마땅히 그 원한을 갚아야겠습니다."

위관은 매우 기뻐하며 즉시 전속에게 군사 5백 명을 주며 쫓아가도록 했다. 전속이 면죽에 이르니 마침 함거에서 풀려나 성도로 돌아가려는 등애 부자와 마주쳤다.

假投降巧計成虛話

등애는 그들이 자신의 병사로 착각하여 아무런 방비도 하지 않은 채 말을 물어보려는 순간 전속이 내려치는 한 칼에 그만 죽고 말았다. 등충 역시 양쪽 군사들의 혼전 중에 죽고 말았다.

후세 사람이 등애를 탄식하여 지은 시가 있으니:

어릴 때부터 계책을 낼 줄 알았고	自幼能籌畫
지모가 많아 군사 부리기 잘 했지	多謀善用兵
눈동자를 주시하면 지리를 알았고	凝眸知地理
하늘을 우러러보면 천문을 알았지	仰面知天文

말이 산 절벽에 이르러 길 끊기니	馬到山根斷
군사들이 절벽에 지름길 만들었네	兵來石徑分
공을 이룬 후 자신은 해를 당하니	功成身被害
넋은 한강의 구름으로 떠도는구나	魂遶漢江雲

종회를 탄식한 시도 지었으니

어릴 적부터 지혜롭다는 말을 듣고	髫年稱早慧
젊은 나이에 이미 비서랑이 되었네	曾作秘書郎
신묘한 계책에 사마소도 귀 기울여	妙計傾司馬
당시는 그를 자방이라 불러 주었지	當時號子房

수춘에서 많은 계책으로 공 세우고	壽春多贊畫
검각에서 무위 떨쳐 명성을 날렸지	劍閣顯鷹揚
도주공의 숨는 방법을 배우지 못해	不學陶朱隱

떠도는 넋이 고향 그리며 슬퍼하네 　　　　　　遊魂悲故鄉

또 강유를 탄식한 시도 지었으니

천수군이 자랑하는 빼어난 영재여 　　　　　　天水誇英俊
양주땅에서 기이한 인물 태어났네 　　　　　　凉州産異才
그의 혈통은 강태공을 이어받았고 　　　　　　系從尙父出
그의 계략은 제갈량에게서 배웠지 　　　　　　術奉武侯來

원래 담이 커서 전혀 겁이 없었고 　　　　　　大膽應無懼
장한 그 뜻 맹세코 굽히지 않으니 　　　　　　雄心誓不回
성도에서 그 몸 죽임을 당하던 날 　　　　　　成都身死日
한나라 장수들 슬픔이 그지없어라 　　　　　　漢將有餘哀

한편 강유·종회·등애가 죽자 장익 등 강유의 나머지 부하장수들 역시 혼전 중에 모두 죽었다. 태자 유선(劉璿)·한수정후(漢壽亭侯) 관이(關彝)도 모두 위군들 손에 죽었다.

큰 혼란에 빠진 촉의 군사와 백성들은 서로 짓밟아 죽은 자만도 셀 수 없이 많았다. 열흘 정도 지나 가충이 도착해 전 지역에 방을 내걸고 백성을 안심시킨 후에야 비로소 혼란이 수습되었다.

가충은 위관에게 남아서 성도를 지키게 하고 후주를 낙양으로 보내면서, 단지 상서령 번건·시중 장소·광록대부 초주·비서랑 극정 등 몇 명만 그 뒤를 따르게 했다. 이때 요화와 동궐은 병을 핑계로 자리에서 일어나지도 않았는데 결국 울화병으로 모두 죽었다.

이해에 위는 경원(景元) 5년을 함희(咸熙) 원년(서기 264년)으로 고쳤다. 이해 봄 3월 동오의 장수 정봉은 촉이 이미 망한 것을 알고 군사를 거두어 동오로 돌아갔다.

중서승(中書丞) 화핵(華覈)이 오주 손휴에게 아뢰기를: "동오와 서촉은 지금까지 입술과 이의 관계로 지냈습니다. 입술이 없어지면 이는 시린 법이옵니다(脣亡則齒寒). 신이 생각하기에 사마소는 곧 동오를 치려할 것입니다. 폐하께서는 부디 방비를 더욱 튼튼히 하시옵소서."

손휴는 그의 말에 따라 즉시 육손의 아들 육항(陸抗)을 진동대장군(鎭東大將軍) 겸 형주목(荊州牧)으로 임명하여 강구(江口)를 지키게 했다. 좌장군 손이(孫異)에게는 남서(南徐)의 모든 요충지를 지키도록 했다.

또한 장강 연안 일대에 수백 개의 영채를 세워 군사를 주둔시키고 노장 장봉에게 군사를 총감독하게 함으로써 위군의 침략에 대비했다.

건녕(建寧) 태수 곽익(霍弋)은 성도가 함락되었다는 소식에 상복을 입고 서쪽을 바라보며 사흘 동안이나 통곡을 했다.

장수들이 모두 묻기를: "한나라가 이미 멸망하고 말았는데 어찌하여 빨리 항복하지 않으십니까?"

곽익이 눈물을 흘리며 말하기를: "길이 막혀 우리 주군의 안위를 알 길이 없네. 만약 위주가 우리 주군에게 합당한 예우를 해 주는지 확인 후에 이 성을 내놓고 항복해도 늦지 않을 것이네. 만약 우리 주군에게 위협을 가하거나 모욕을 준다면, 임금이 욕보면 신하는 마땅히 죽어야 하는 법이니(主辱臣死), 어찌 항복할 수 있겠는가?"

장수들은 그 말이 옳다고 여겨 사람을 낙양으로 보내 후주의 소식을 탐문하게 했다.

한편 후주가 낙양에 도착할 무렵 사마소도 이미 조정에 돌아와 있었다.

사마소가 후주를 꾸짖기를: "공은 황음무도하여 어진 신하를 내쫓고 나라를 잘못 다스렸으면 도리상 죽어 마땅하지 않는가!"

사색이 된 후주는 어찌할 바를 몰랐다.

문무 관원들이 모두 아뢰기를: "촉주가 나라의 기강을 잃긴 했지만, 다행히 빨리 항복하여 왔으니 그의 죄를 용서해 주시는 것이 마땅하옵니다."

이에 사마소는 유선을 안락공(安樂公)에 봉하여 살 집과 녹봉을 지급하고 비단 1만 필과 종 1백 명을 내려주었다.

그의 아들 유요와 번건·초주·극정 등 여러 신하에게는 후작 벼슬을 내렸다. 후주는 위주의 은혜에 감사 인사를 하고 궁을 나왔다.

사마소는 황호가 나라를 좀먹고 백성을 해친 죄를 물어 무사들에게 그를 저잣거리로 끌고 가서 능지처참(陵遲處斬)하게 했다. 후주가 작위를 받았다는 소식을 들은 곽익은 수하 군사를 거느리고 가서 항복했다.

다음 날 후주는 직접 사마소의 부중을 찾아가 고맙다고 절을 하며 사례하자 사마소는 연회를 베풀어 그를 대접했다.

사마소는 위의 음악과 춤을 연주하게 했는데 촉 출신의 모든 관원들은 슬픔에 젖어 있었지만 도리어 후주는 태연히 즐기고 있었다.

술기운이 오른 사마소가 가충에게 말하기를: "아무리 생각이 없어도 그렇지 어찌 저럴 수가 있나! 비록 제갈공명이 살아 있어도 저런 자는 온전히 보좌할 수 없을 터인데, 하물며 강유 같은 자야 말할 게 뭐 있겠나!"

그러고는 후주에게 묻기를: "서촉 생각이 많이 나시지요?"

후주 曰: "이렇게 즐거우니 촉 생각은 나지 않습니다."

잠시 후 후주가 일어나 화장실을 가는데 극정이 따라 나와 사랑채 아래에 이르러 말하기를: "폐하께서는 어찌하여 촉 생각이 나지 않는다고 대답하셨습니까? 만약 그가 다시 묻거든 울면서 '조상의 묘가 멀리 촉

땅에 있으니 서쪽을 보면 마음이 비통해 하루도 촉 생각이 나지 않는 날이 없소이다.'라고 하십시오. 그러면 진공은 틀림없이 폐하를 촉으로 돌려 보내줄 것입니다."

후주는 그 말을 외우며 돌아와 자리에 앉았다.

술이 얼근하게 취한 사마소가 다시 묻기를: "촉이 그립지 않으시오?"

후주는 극정이 일러준 대로 겨우 말은 했으나 아무리 울려고 해도 눈물이 나지 않아 그만 눈을 감아버렸다.

사마소 曰: "어쩌면 극정의 말과 그리 똑같소?"

후주가 눈을 뜨고 놀란 듯이 그를 보며 말하기를: "진공은 그것을 어찌 아셨소? 정말 그러하오."

사마소를 비롯한 주위의 사람들은 너무나 어이가 없어 그저 웃음만 나왔다.

이 일이 있고 난 뒤에 사마소는 후주가 거짓말을 할 줄 모른다는 것을 알고 매우 좋아하며 그를 의심하거나 염려하지 않았다.

후세 사람이 이를 탄식하여 지은 시가 있으니:

환락만 즐기며 얼굴에 웃음 가득하니	追歡作樂笑顔開
나라 망한 설움이란 눈곱만큼도 없네	不念危亡半點哀
타향에서 쾌락에 취해 고국도 잊으니	快樂異鄉忘故國
후주 이리 못난 자인 줄 이제 알았네	方知後主是庸才

한편 위나라 조정 대신들은 사마소가 서촉을 손에 넣은 공을 들어 그를 높여 왕으로 삼아야 한다는 표문을 위주 조환에게 올렸다.

이때 조환은 이름만 천자일 뿐 아무런 주장도 하지 못하고 모든 정사는 사마씨가 주관했기 때문에 어찌 감히 따르지 않을 수 있겠는가!

결국 조환은 진공 사마소를 진왕(晉王)으로 봉하고 그의 부친 사마의에게는 선왕(宣王)이라는 시호를, 그의 형 사마사에게는 경왕(景王)이라는 시호를 내렸다.

사마소의 처는 왕숙(王肅)의 여식으로 아들 둘을 낳았다. 맏이인 사마염(司馬炎)은 체구가 크고 훤칠했으며 머리카락을 길러 땅에 드리우며 두 손이 무릎을 지나는데 총명하고 무예에도 능할 뿐만 아니라 담력이 남달랐다.

둘째 아들 사마유(司馬攸)는 천성이 온화하고 공손했으며 검소하고 효성이 지극하고 형제간에 우애도 깊어 사마소는 그를 매우 사랑했다. 사마소는 그의 형 사마사에게 아들이 없어 사마유를 형의 양자로 보내 대를 잇게 했다.

사마소는 늘 말하기를: "천하는 바로 내 형님의 것이다!"

이런 이유로 사마소는 자신이 진왕으로 봉해지자 형의 아들로 입적한 둘째 아들 사마유를 세자로 삼으려 했다.

산도(山濤)가 간하기를: "장자를 폐하고 작은아들을 세우는 것은 예법에도 맞지 않고 상서롭지도 못하옵니다."

가충·하증(何曾)·배수(裵秀) 역시 간하기를: "큰 아드님은 총명하시고 신묘한 무예까지 겸비하시어 당대 사람을 초월하는 재주를 가지셨습니다. 또한 모든 사람들의 신망이 두텁고 타고난 모습도 제왕의 의용을 갖추신 분으로 남의 신하로 있을 상이 아니옵니다."

태위 왕상(王祥)과 사공 순의(荀顗)도 간하기를: "전대(前代)에 작은아들을 세워 나라가 혼란에 빠진 적이 많사옵니다. 부디 전하께서는 이를 잘 유념하시옵소서."

사마소는 결국 맏아들 사마염을 세자로 세웠다.

대신들이 아뢰기를: "올해 양무현(襄武縣)에 하늘에서 한 사람이 내려

왔습니다. 그는 키가 두 길이 넘었고 발자국은 석 자 두 치나 되었으며 머리는 희고 수염은 푸른데, 몸에는 황색 옷을 걸치고 머리에는 황색 두건을 쓰고 명아주 지팡이를 짚고 있었습니다. 그가 말하기를 '나는 백성의 왕이니라. 오늘 너희에게 알리노니 천하의 주인을 바꾸면 당장 태평해지리라.' 하고 사흘 동안 저잣거리를 돌아다니다가 홀연히 어디론가 사라지고 더 이상 보이지 않았다고 하옵니다. 이는 바로 전하께 상서로운 일입니다.

이제 전하께서는 열두 줄의 면류관을 쓰시고 천자의 기치를 세우시고, 출입하실 때 사람들의 통행을 제한하시고 여섯 마리의 말이 끄는 황금 마차(金根車)를 타시고, 왕비를 황후로 올리시고 세자를 태자로 세우시옵소서."

사마소는 속으로 매우 좋아하며 궁으로 돌아와 막 음식을 먹으려는 순간 그만 중풍(中風)이 들어 말조차 하지 못했다.

다음 날 사마소의 병은 더욱 위중해져 태위 왕상·사도 하증·사마 순의 등 몇몇 대신들이 궁에 들어와 병문안을 하는데 사마소는 아무 말도 하지 못한 채 겨우 손으로 태자 사마염을 가리키며 죽고 말았다. 8월 신묘일(辛卯日)이었다.

하증 曰: "천하대사는 모두 진왕께 달렸으니 우선 태자를 진왕으로 세운 다음 장례를 치러야 할 것입니다."

그날로 진왕에 오른 사마염은 하증을 진의 승상으로 삼고, 사마망(司馬望)을 사도로, 석포(石苞)를 표기장군으로, 진건(陳騫)을 거기장군으로 각각 삼고, 부친 사마소에게 문왕(文王)의 시호를 바쳤다.

사마소의 장례를 마친 사마염은 가충과 배수를 궁으로 불러 묻기를: "조조는 일찍이 말하기를 '만약 천명(天命)이 내게 있다면 주문왕(周文王)

처럼 되고 싶다!'라고 했다던데 과연 그런 일이 있었는가?"(제 78회 참고)

가충 曰: "조조는 대대로 한나라의 녹을 먹은 탓에 사람들이 황제의 자리를 빼앗은 자라는 비난을 받는 것이 두려워 그런 말을 한 것이옵니다. 이는 분명 그의 아들 조비에게 천자가 되라고 시킨 것이옵니다."

사마염 曰: "나의 부왕을 조조와 비교하면 어떠하오?"

가충 曰: "조조의 공이 비록 천하를 덮었다지만 사실 백성들은 그의 위엄을 겁냈을 뿐, 그의 덕을 사모하지는 않았사옵니다. 아들 조비는 부친의 기업을 이어받아 과중한 부역에 군사를 이리저리 몰고 다니느라 평안한 세월이 없었사옵니다.

후에 우리의 선왕(宣王: 사마의)과 경왕(景王: 사마사)께서 여러 차례 큰 공을 세우시고 은혜와 덕을 베푸시니 비로소 천하의 인심이 돌아오게 된 것입니다. 문왕(文王: 사마소)께서 마침내 서촉을 멸망시킴으로써 그 공로가 천하를 덮었으니, 어찌 조조와 비교하겠나이까?"

사마염 曰: "조비는 한의 대통을 이었는데, 나는 어찌 위의 대통을 이어받을 수 없단 말인가?"

가충과 배수는 두 번 절하고 말하기를: "전하께서는 마땅히 조비가 한의 대통을 이어받은 옛일을 본받으시어 다시 수선대(受禪臺)를 쌓으시고 천하에 널리 알리시어 대위(大位)에 오르시옵소서."

사마염은 매우 기뻐하며 다음 날 칼을 차고 궁으로 들어갔다. 그동안 위주 조환은 며칠째 조회도 열지 않았고, 정신은 혼미하고 몸의 움직임도 부자연스러웠다

사마염이 불쑥 후궁으로 들어오자 이를 본 조환이 황급히 침상에서 내려와 그를 맞았다.

사마염이 좌정한 뒤 바로 묻기를: "위의 천하가 된 것이 누구의 덕이오?"

조환 曰: "모두 진왕의 부친과 조부께서 내려 주신 것입니다."

사마염이 웃으며 말하기를: "내가 폐하를 보니, 문(文)으로는 도(道)를 논할 수 없고, 무(武)로는 나라를 경영할 능력이 없는데 어찌하여 재주와 덕이 있는 사람에게 그 자리를 물려주지 않는 것이오?"

깜짝 놀란 조환이 입을 다물고 말을 잇지 못했다.

옆에 있던 황문시랑 장절(張節)이 큰 소리로 꾸짖기를: "진왕의 말은 틀렸소이다! 옛날 위(魏)의 무조(武祖: 조조)께서는 동을 소탕하고 서를 평정하며, 남을 정벌하고 북을 토벌하시면서 참으로 어렵게 이 천하를 얻으셨소이다. 지금의 황제께서는 덕이 있으시고 아무런 죄가 없으신데 무슨 까닭으로 다른 사람에게 양보하시겠소이까?"

몹시 화가 난 사마염이 말하기를: "이 사직은 원래 대한(大漢)의 것이 아니었는가! 조조는 천자를 끼고 제후들을 겁박하여 스스로 위왕이 되어 한 황실을 찬탈한 것이 아니더냐?

나의 조부와 부친께서 삼대에 걸쳐 위를 보좌하여 천하를 얻은 것은 조씨의 능력이 아니고 사마씨의 힘이라는 것은 이미 천하가 다 아는 사실인데 내 어찌 위의 천하를 이어받지 못한단 말이냐?"

장절이 또 말하기를: "이런 일을 하려는 것은 나라를 빼앗으려는 역적질이 아니더냐!"

화가 머리끝까지 치민 사마염이 호통치기를: "나는 한나라 황실을 위해 복수하려는 것이다. 뭣이 잘못됐느냐!"

사마염은 무사에게 호령해 장절을 전각 아래로 끌어내서 쇠몽둥이로 사정없이 때려죽이게 했다. 조환은 무릎을 꿇고 울면서 살려 달라고 애원했다.

사마염은 자리에서 벌떡 일어나 전각을 내려가 나가 버렸다.

조환이 가충과 배수에게 말하기를: "일이 이 지경이 되었으니 어찌하면 좋겠는가?"

가충 曰: "위의 천수(天數)는 이미 다 끝났습니다. 폐하께서는 하늘의 뜻을 거스르지 마시고, 한 헌제(獻帝)의 예에 따라 수선대(受禪臺)를 쌓으시고 대례(大禮)를 갖추어 진왕에게 천자의 자리를 넘겨주시는 것이 위로는 하늘의 뜻에 부합하고 아래로는 백성의 마음을 헤아리는 것이 되며 폐하께서도 무사하실 것이옵니다."

조환은 그의 말에 따라 결국 가충에게 수선대를 쌓도록 했다. 그해 12월 갑자일(甲子日), 조환은 친히 전국새(傳國璽)를 받들고 수선대 위에 섰고 문무백관들이 다 모였다.

후세 사람이 이를 탄식하여 지은 시가 있으니:

위는 한조를 삼키고 진은 조씨를 삼키니   魏呑漢室晉呑曹

하늘의 운이 돌고 도는 것 피할 길 없네   天運循環不可逃

딱한 장절 나라에 충성하다 죽임 당하니   張節可憐忠國死

주먹 하나로 높은 태산 어찌 가로막겠나   一拳怎障泰山高

조환은 진왕 사마염을 수선대 위로 올라오기를 청하여 옥새 전달 의식을 거행했다. 조환은 단에서 내려와 관복을 갖춰 입고 반열의 맨 앞자리에 섰다. 사마염이 단 위에 단정히 앉으니 가충·배수가 칼을 들고 좌우에 서서 조환으로 하여금 재배하고 땅에 엎드려 명을 듣도록 했다.

가충 曰: "한(漢) 건안(建安) 25년(서기 220년), 위가 한으로부터 선양을 받은 지 이미 45년이 지났노라. 이제 하늘이 내린 위(魏)의 복이 다 하고 천명은 진(晉)에 있도다. 사마씨의 공덕이 드높아 하늘에 닿고 땅끝까지 퍼져 황제의 자리에 올라 위의 대통을 이어받노라.

이에 그대를 진류왕(陳留王)으로 봉하니 금용성(金墉城)으로 나가 살도록 하라. 지금 당장 떠나 황제의 부르심이 없이는 도성에 들어오지 말라."

370

조환은 울면서 하직 인사를 하고 떠나갔다.

태부 사마부(司馬浮)²⁸가 조환 앞에 다가와 울면서 절을 하며 말하기를: "신은 위의 신하였으니 결코 위를 저버리지 않겠나이다."

사마부의 이런 모습을 본 사마염은 사마부를 안평왕(安平王)으로 봉했으나 그는 작위를 받지 않고 물러가 버렸다.

이날 문무백관들은 수선대 아래에서 머리를 조아리며 황제의 장수를 비는 만세 삼창을 외쳤다. 위를 이은 사마염은 국호를 대진(大晉)이라 하고 연호를 태시(泰始) 원년(서기 265년)으로 바꾸고 천하에 대사면령을 내렸다. 이렇게 결국 위는 멸망하고 말았다.

후세 사람이 이를 탄식하여 지은 시가 있으니:

진나라의 규모가 위나라와 한가지고　　　晉國規模如魏王

진류왕의 발자취는 헌제와 비슷하네　　　陳留踪迹似山陽

수선대 앞에서 이전의 일 또 벌이니　　　重行受禪臺前事

그 시절 돌이켜 보니 슬프기만 하네　　　回首當年止自傷

새 나라의 황제가 된 사마염은 우선 자신의 조상을 챙겼다.

조부인 사마의에게 선제(宣帝)라는 시호를 올리고 백부 사마사는 경제(景帝), 부친 사마소는 문제(文帝)라 각각 칭하고, 조상 일곱 분을 모시는 일곱 사당(七廟)를 세워 조상을 빛냈다.

그 일곱 사당이란 한(漢)의 정서장군 사마균(司馬鈞)과 그의 아들 예장

28　사마부는 사마의의 친 동생이니 사마염의 작은 할아버지임. 그는 형 사마의와 더불어 조비가 왕위에 오르는데 기여한 일등 공신으로 조비의 총애를 받았음. 그는 위주 조모가 사마소를 토벌하려다 피살되자 그의 시신 앞에서 통곡 하였으며 사마염에 의해 위가 완전히 멸망하자 끝내 위의 신하로 남기 위해 사마염이 주는 관작도 받지 않았음. 그때 그의 나이 86세로 그는 92세까지 장수했음. 역자 주.

태수 사마량(司馬亮), 사마량의 아들 영천 태수 사마준(司馬寯), 사마준의 아들 경조윤(京兆尹) 사마방(司馬防), 사마방의 아들 선제 사마의, 사마의의 아들인 경제 사마사, 그리고 마지막으로 자신의 부친 사마소, 이렇게 일곱 명의 사당을 말한다.

이렇게 대사를 정한 사마염은 매일 조회를 열어 동오를 정벌할 계획을 의논했다.

이야말로:

촉한의 성곽은 이미 옛 모습이 아닌데 漢家城郭已非舊
동오의 강산도 다시 주인 바뀌려 하네 吳國江山將復更

어떻게 동오를 정벌할지 궁금하거든 다음 마지막 회를 기대하시라.

제 120 회

양호는 두예를 천거해서 계책을 올리고
손호에게 항복 받아 삼분천하 통일하다

薦杜預老將獻新謀

降孫皓三分歸一統

 사마염이 이미 위를 찬탈했다는 소식을 들은 오주 손휴는 그가 장차 동오도 치러 올 것을 근심하다 그만 병이 나서 드러눕고 말았다.

손휴는 승상 복양흥(濮陽興)을 궁으로 불러들여 태자 손만(孫電)으로 하여금 그에게 절을 하도록 한 뒤, 손으로 복양흥의 팔을 붙잡아 손가락으로 손만을 가리키며 죽었다.

복양흥이 밖으로 나와 여러 대신들에게 태자 손만을 새 임금으로 세우자고 했다.

그때 좌전군(左典軍) 만욱(萬彧)이 말하기를: "손만은 아직 어려 정사(政事)를 감당할 수 없으니 오정후(烏程侯) 손호(孫皓)를 세우는 것이 좋겠습니다."

좌장군 장포 역시 말하기를: "손호는 재능과 식견이 있고 사리에도 밝으며 결단력도 있으니 제왕이 될 자격이 있습니다."

승상 복양흥는 결단을 내리지 못하고 후궁으로 들어가 주(朱) 태후에게 아뢰었다.

태후 曰: "나는 한낱 과부일 뿐인데 어찌 사직의 일을 나에게 물어보시오? 경들이 알아서 세우도록 하시오."

결국 복양흥은 손호를 새 임금으로 세웠다.

손호는 자가 원종(元宗)으로 대제(大帝) 손권의 태자 손화(孫和)[29]의 아들이다.

그해 7월 황제 자리에 오는 손호는 연호를 원흥(元興) 원년(서기 264년)으로 바꾸고 태자 손만을 예장왕(豫章王)으로 봉하고 자신의 부친 손화는 문황제(文皇帝)의 시호를 올리고 모친 하씨(何氏)를 높여 태후로 높였다. 그리고 정봉의 벼슬을 높여 좌우대사마(左右大司馬)로 삼고 이듬해에 연호를 다시 감로(甘露) 원년(서기 265년)으로 바꾸었다.

그런데 손호는 날이 갈수록 흉포해지고 주색에 빠져, 오로지 중상시(中常侍) 잠혼(岑昏)만을 총애했다.

보다 못한 복양흥과 장포가 간하자 손호는 버럭 화를 내며 그 두 사람의 목을 베고 삼족까지 멸해 버렸다. 그때부터 조정의 모든 신하는 입을 다물고 다시는 황제에게 간하지 못했다.

다음 해에 연호를 또 보정(寶鼎) 원년으로 바꾸고 육개(陸凱)와 만욱(萬彧)을 좌우 승상으로 삼았다. 이때 손호는 무창(武昌)에 머물고 있었는데 양주(揚州)의 백성들이 장강을 거슬러 필요한 물자를 공급하느라 고생이 심했다. 더구나 손호의 사치가 끝이 없어 조정이나 백성 모두가 궁핍했다

좌승상 육개가 상소를 했는데 그 내용은:

---

29 오주(吳主) 손권에게는 일찍이 서(徐) 부인 소생의 태자 손등(孫登)이 있었는데 그가 적오(赤烏) 4년(서기 241년)에 죽자 낭야의 왕(王) 부인 소생의 둘째 아들 손화(孫和)를 태자로 삼았음. 그러나 손화는 전공주(全公主)와 사이가 나빠, 공주가 손화 모자를 참소하자 손권이 태자를 폐해 버리니 손화는 이 일로 화병이 생겨 죽고 말았음.(제 108회 참고) 역자 주.

"요즘 재앙도 없으나 백성은 죽어가고, 펼치고 있는 특별한 사업이 없음에도 나라의 곳간은 비어가니, 신은 참으로 비통하옵나이다. 지난날 한 황실이 쇠약해져 세 나라가 솥의 발처럼 세워졌다가 이제 조씨와 유씨가 그 도(道)를 잃어 둘 다 진(晉)의 천하가 되었으니 이는 눈앞에 확실히 드러난 현실이옵니다.

어리석은 신은 그저 폐하를 위하고 나라를 아끼는 마음뿐이옵니다. 무창은 지세가 험하고 메말라 제왕의 도읍지로는 적당하지 않사옵니다. 또한 '건업의 물을 마실지언정 무창의 고기는 먹지 않으리. 차라리 건업으로 돌아가 죽을지언정 무창에 살지는 않으리(寧飮建業水, 不食武昌魚. 寧還建業死, 不止武昌居).'라는 노래가 항간에 어린이들 사이에 널리 퍼지고 있으니, 이로써 민심과 하늘의 뜻이 어떤 것인지 충분히 알 수 있사옵니다.

지금 나라의 창고에는 한 해도 버틸 식량도 없어 그 밑바닥이 점점 드러나고 있는데 관리들은 세금을 가혹하게 거두어들일 생각만 할 뿐, 백성을 불쌍히 여기는 자는 하나도 없사옵니다.

대제(大帝: 손권) 시절에는 궁녀가 1백 명도 되지 않았으나 경제(景帝:손휴)이래 그 숫자가 1천 명이 넘고 있으니 이로 인한 재정의 소모가 극심하옵니다.

또한 폐하의 주위에 있는 자들은 모두 그 자리에 있어서는 안 될 자들로, 서로 무리를 지어 끼고 돌면서 충신은 모해하고 어진 사람들은 숨어 지내게 하고 있으니, 이들은 모두 조정을 좀먹고 백성을 병들게 하는 자들이옵니다.

바라옵건대 폐하께서는 굽어살피시어 백성의 부역을 줄이시고 가혹한 세금 징수를 그만 두게 하시며, 궁녀를 줄여 궁 밖으로 내보내시고 모든 관원을 공정하게 선발하시면, 하늘이 기뻐하고 백성도 따를 것이니 나라가 안정될 것이옵니다."

상소문을 본 손호는 불쾌하기 짝이 없었다. 하지만 그는 또다시 토목 공사를 대대적으로 벌여 소명궁(昭明宮)을 짓느라 문무 관원들에게조차 산에 가서 나무를 베어오도록 했다. 또 술사(術士) 상광(尙廣)을 불러들여 어찌하면 천하를 손에 넣을 수 있는지 시초점(蓍草占)을 쳐보라고 했다.

상광이 대답하기를: "폐하의 점괘는 아주 길하게 나왔습니다. 경자년 (庚子年: 서기 280년)이 되면 푸른 덮개가 있는 수레를 타고 낙양으로 들어 가실 것입니다."

손호는 매우 기뻐하며 중서승(中書丞) 화핵(華覈)에게 말하기를: "선제 (先帝: 손휴)께서 그대의 건의를 받아들여 장수들을 여러 지역으로 나누어 보내, 장강 일대에 수백 개의 영채를 설치하고 군사를 주둔하여 노장 정봉에게 그 총지휘를 맡기셨소. 이제 짐이 옛 한나라의 땅을 되찾아 촉주를 위해 복수해 주려고 하는데 어느 곳부터 치는 것이 좋겠소?"

화핵이 간하기를: "촉은 성도를 지켜내지 못하여 이미 사직이 무너졌 습니다. 사마염은 이제 틀림없이 우리 동오도 삼키고자 할 것이옵니다. 폐하께서는 지금 마땅히 덕을 베푸시어 백성을 편안히 해 주시는 것이 상책이옵니다. 만약 무리해서 강제로 군사를 움직이신다면 그야말로 삼 베옷을 입고 불을 끄는 것과 같아 제 몸만 불사르는 격(猶披麻救火, 必致 自焚)이 되고 말 것이옵니다. 바라옵건대 폐하께서는 이를 굽어살피시옵 소서!"

손호는 버럭 화를 내며 말하기를: "짐이 이때를 틈타 오랜 숙원을 해결하고자 하는데 그대는 어찌 그런 재수 없는 말을 지껄이는가! 그대가 오래된 중신(重臣)만 아니었다면 당장 목을 쳐서 매달아 사람들에게 구경시켰을 것이니라!"

그러고는 무사에게 호령하여 화핵을 끌어내서 궁문 밖으로 쫓아 버렸다.

조정에서 나온 화핵이 탄식하기를: "애석하도다! 금수강산이 머지않
아 남의 손에 넘어가겠구나!"

그 뒤로 화핵은 은거하며 세상 밖으로 나오지 않았다.

손호는 진동장군 육항(陸抗)으로 하여금 강구(江口)에 군사를 주둔하
며 양양(襄陽)을 도모하도록 명령했다.

이런 소식은 이미 낙양에 전해져서 측근 신하들이 진주(晉主) 사마염
에게 보고되었다. 진주는 육항이 양양을 침입할 것이라는 말을 듣고 여
러 신하들과 상의했다.

가충이 반열에서 나와 아뢰기를: "신이 알기로 동오의 손호는 백성들
에게 덕을 베풀기는커녕 무도한 짓만 일삼고 있다고 하옵니다. 폐하께서
는 도독 양호(羊祜)에게 조서를 내리시어 군사를 거느리고 저들을 막도록
하시되, 동오에 변란이 생기기를 기다렸다가 그 틈에 치도록 한다면 동오
는 손바닥 뒤집기처럼 쉽게 얻을 수 있을 것이옵니다."

사마염은 매우 흡족해하며 즉시 조서를 내려 사자를 양양으로 보내
양호에게 황제의 명을 전하게 했다. 조서를 받은 양호는 군사를 정비하
여 적을 맞아 싸울 준비를 했다. 이때 양호는 양양을 굳게 지키고 있으
면서도 군사나 그곳 백성들의 신임을 두텁게 얻고 있었다. 항복해 온 동
오 사람들 가운데 고향으로 돌아가고 싶다는 자들은 모두 돌려보내 주
었고 순찰병의 숫자를 대폭 줄여 그들로 하여금 8백여 경(頃)의 밭을 개
간하니 그가 처음 왔을 때 1백일 먹을 군량미도 없었으나 그해 말에는
십년은 넉넉히 먹을 양식을 비축할 수 있었다.

양호는 군중에 있을 때는 갑옷을 입지 않고 가벼운 털가죽 옷(갓옷)에
넓은 띠를 두르고 다녔으며 막사를 지키는 군사도 10여 명에 불과했다.

하루는 부하 장수가 막사 안으로 들어와 건의하기를: "정탐꾼이 보고

하기를, 동오의 군사들은 모두 기강이 해이해져 있다고 하는데 저들의 방비가 허술한 틈을 타서 기습한다면 틀림없이 대승할 수 있을 것입니다.”

양호가 웃으며 말하기를: “너희는 육항을 우습게 보지 마라. 그는 지모가 뛰어난 사람이다. 얼마 전 육항이 오주의 명으로 서릉(西陵)을 친 적이 있다. 그가 보천(步闡)과 그 부하 장수 수십 명을 베어 죽였는데 나는 그때 보천을 구하려 했지만 구할 수 없었다.

그가 대장으로 있는 한 우리는 그저 지키는 게 상책이다. 그 속에서 변화가 있기를 기다려 공격을 도모해야 한다. 만약 때와 상황을 살피지 않고 가벼이 공격했다가는 바로 실패할 것이다.”

장수들은 그의 말에 더 이상 이의를 제기하지 않고 국경을 단단히 지키고만 있었다.

하루는 양호가 장수들과 함께 사냥을 나갔다가 마침 역시 사냥 나온 육항과 마주쳤다.

양호가 명을 내리기를: “우리 군사는 절대 경계를 넘지 말라!”

그의 명을 들은 장수들은 진(晉)의 땅에서만 사냥하고 결코 동오의 경계를 침범하지 않았다.

이를 본 육항이 탄식하며 말하기를: “양 장군의 군사들이 저렇게 규율이 있으니 침범할 수 없겠구나!”

날이 저물어 각자 진영으로 돌아갔다.

군중으로 돌아온 양호는 잡아온 새와 짐승들을 면밀히 살펴 동오의 군사가 먼저 쏘아서 죽인 것들은 모두 가려내어 돌려보내 주었다. 동오의 군사들이 다들 좋아하며 그 사실을 육항에게 보고하니 육항이 그것을 가져온 자를 불러서 묻기를: “너희 대장은 술을 좋아하느냐?”

그 사람이 대답하기를: “우리 장군님께서는 좋은 술만 골라 드십니다.”

육항이 웃으며 말하기를: “내게 오랫동안 간직해 온 좋은 술이 있으니

라. 이것을 네게 줄 테니 가지고 가서 도독께 올리면서 이렇게 전하거라. '이 술은 육 아무개가 손수 빚어 혼자만 마시는 술인데, 어제 함께 사냥했던 인연을 기념하여 특별히 한 작(勺) 드리는 것이오.'라고 하여라."

그자는 그리하겠다고 대답하고 술을 가지고 돌아갔다.

주위의 장수들이 육항에게 묻기를: "장군께서 양호에게 술을 보내신 것은 무슨 뜻입니까?"

육항 曰: "그가 먼저 내게 덕을 베풀었는데 내 어찌 갚지 않을 수 있겠는가!"

장수들은 모두 놀랐다.

심부름 갔던 군사가 돌아와 양호에게 육항이 했던 말과 술을 준 일을 자세히 보고했다.

양호가 웃으며 말하기를: "그 역시 내가 술을 좋아한다는 사실을 알고 있었구나!"

그러고는 술 항아리를 열어 마시려고 했다.

부장 진원(陳元)이 말하기를: "그 술에 적의 간사한 속임수가 있을 지도 모르니 잠시 기다렸다가 드시지요?"

양호가 웃으며 말하기를: "육항은 술에 독을 타는 그런 행동을 할 사람이 아니니 걱정할 것 없네."

그러고는 술병을 기울여 술을 다 마셨다. 이후 두 장군은 수시로 사람을 보내 서로의 안부를 물었고 왕래하며 지냈다.

어느 날 육항이 사람을 보내 양호의 안부를 물으니 양호 역시 묻기를: "육 장군께서도 잘 계시는가?"

그 사람 曰: "장군께서 병환으로 누워계시는데 며칠째 나오지 못하십니다."

양호 曰: "내 짐작에 그의 증세는 나와 비슷할 것이다. 내 이미 만들어 놓은 약이 있으니 가지고 가서 드셔 보라고 하여라."

그가 약을 가지고 돌아가서 육항에게 드렸다.

장수들이 말하기를: "양호는 우리의 적입니다. 이 약은 장군께 틀림없이 좋은 약이 아닐 것입니다."

육항 曰: "양숙자(羊叔子: 양호)가 어찌 독이 섞인 약을 보냈겠느냐? 자네들은 의심하지 말게."

육항은 조금도 주저하지 않고 그 약을 마셨다. 다음 날 말끔히 병은 나았고 장수들이 모두 와서 축하의 인사를 했다.

육항 曰: "저쪽에서 이처럼 우리를 덕으로 대하는데 우리만 폭력으로 대하면 결국 우리는 싸우기도 전에 저들에게 굴복당하고 말 것이다. 그러니 지금은 각자 경계를 지키면서 사소한 이익을 챙기려고 해서는 안 된다."

장수들은 모두 그 명령을 따랐다.

그때 갑자기 오주가 보낸 사자가 왔다는 보고가 들어왔다.

육항이 그를 맞아들여 무슨 일이냐고 물으니, 사자가 말하기를: "황제께서 장군에게 지시하시기를 급히 진군해서 진의 군사들이 먼저 쳐들어오지 못하게 하라고 하셨습니다."

육항 曰: "그대는 먼저 돌아가시오. 내가 곧 황제께 상소를 올리겠소."

사자가 하직 인사를 하고 돌아가자, 육항은 즉시 상소문을 작성하여 건업으로 보냈다. 근신이 황제에게 이를 바치니 손호가 그 상소문을 뜯어보았다. 내용은 지금 진을 쳐서는 안 되는 이유를 자세히 설명하고, 또 오주에게 덕을 쌓고 처벌을 신중히 하면서 나라를 안정시키는데 신경을 써야지 무력을 남용해서는 안 된다고 간하고 있었다.

상소문을 다 읽고 난 오주가 버럭 화를 내며 말하기를: "짐이 듣기로 육항이 변경에서 적과 내통하고 있다더니, 이제 보니 과연 그렇구나!"

오주는 즉시 사자를 보내 그의 군권을 몰수하고 사마(司馬)로 그의 벼슬을 낮춘 다음, 좌장군 손기(孫冀)로 하여금 육항의 군사를 대신 지휘하도록 했다. 하지만 신하들 가운데 누구 하나 감히 그에 대해 간하지 못했다.

오주 손호는 연호를 건형(建衡)(서기 269년)으로 고친 후부터 봉황(鳳凰) 원년(서기 272년)에 이르기까지 무슨 일이든 제멋대로 처리하였으며, 모든 군사를 동원하여 변방을 지키게 하니 위로는 장수에서 아래로는 순찰을 도는 군졸에 이르기까지 원망을 하지 않는 사람이 없었다.

승상 만욱·장군 유평(留平)·대사농 누현(樓玄) 등 세 사람은 손호의 무도함을 보다 못해 바른말로 간하다가 모두 죽임을 당했다. 손호가 황제에 즉위한 이래 10여 년 동안 손호의 손에 죽임을 당한 충신의 수만도 40여 명이나 되었다.

손호는 어디를 행차할 때면 늘 철갑 기병 5만 명을 데리고 다니니 신하들은 겁에 질려 감히 어쩌지를 못했다.

한편 육항이 군권을 빼앗겼고 손호는 덕을 잃어 인심이 떠났다는 소식을 들은 양호는 이제는 동오를 칠 기회가 왔다고 판단하여 동오를 정벌하자는 표문을 지어 낙양으로 사자를 보냈다.

그 표문의 내용은:

"무릇 운수란 하늘이 정해 주는 것이기는 하지만 그 공을 이루는 것은 반드시 사람에게 달려있사옵니다. 지금 동오의 장강과 회수(淮水)는 그 험하기는 서촉의 검각에 미치지 못하지만 손호의 포악함은 유선보다 더 심하며 동오 백성들의 고단함은 서촉보다 더 심한데 우리 대진(大晉) 군사들의 사기는 예전보다 강성합니다. 이 기회에 천하를 통일하지 않고 군사를 눌러 국경 수비에만 치중한다면 군사들도 지쳐 국력도 쇠약해질 것이니 이런 상태를 오래 지속시킬 수는 없사옵니다.”

표문을 다 읽고 난 사마염이 매우 흡족해하며 곧바로 군사를 일으키라고 명령했다. 그런데 가충·순욱·풍담(馮紞) 등 세 사람이 절대 안 된다고 극력 간하니 사마염은 그 명령을 철회하고 말았다.

양호는 자신의 청이 받아들여지지 않았다는 소식을 듣고 탄식하며 말하기를: “세상에 자신의 뜻대로 되지 않는 것이 열에 여덟아홉이라지만, 이번 하늘이 주신 기회를 취하지 않는 것은 너무나 애석한 일이로다!(天下不如意者,十常八九. 今天與不取, 豈不大可惜哉)”

그로부터 6년이 지난 함녕(咸寧) 4년(서기 278년), 조정에 들어간 양호는 벼슬을 버리고 고향에 돌아가 병을 치료하게 해 달라는 주청을 올렸다.

사마염이 묻기를: “경에게 나라를 안정시킬 계책이 있으면 짐에게 가르쳐주시겠소?”

양호 曰: “이제 손호의 포악함이 극에 달해 지금 같으면 싸우지 않고도 이길 수 있습니다. 그러나 만약 손호가 불행히도 죽고 다른 어진 임금이 세워지면 폐하께서는 동오를 얻을 수 없을 것이옵니다.”

사마염이 크게 깨달으며 말하기를: “경이 이제라도 군사를 이끌고 가서 동오를 치면 어떻겠소?”

양호 曰: “신은 이제 늙고 병도 많아 그 대임을 감당할 수 없사옵니다. 폐하께서는 지모와 용기가 있는 장수를 고르시옵소서.”

사마염에게 하직 인사를 하고 고향으로 돌아간 양호는 그해 11월, 병이 위독해지자 사마염이 친히 어가를 타고 양호의 집으로 병문안을 갔다. 사마염이 침상 앞에 이르자 양호가 눈물을 흘리며 말하기를: “신은

만 번 죽어도 폐하의 은혜에 보답할 수 없을 것이옵니다."

사마염 역시 울면서 말하기를: "짐은 그때 경이 동오를 치자는 계책을 쓰지 않은 것을 지금도 몹시 후회하고 있소. 이제 누가 경의 뜻을 이어 갈 수 있겠소?"

양호는 눈물을 머금고 말하기를: "신이 죽음을 앞두고 감히 한마디 진심을 말씀드리면 우장군 두예(杜預)가 그 일을 감당할 수 있을 것이옵니다. 만약 동오를 치고자 하신다면 마땅히 그를 쓰셔야 하옵니다."

사마염 曰: "착하고 어진 사람을 천거하는 것이야말로 아름다운 일이오. 그런데 경은 어찌하여 조정에 사람을 추천하고 스스로 상주한 초고를 불태워 다른 사람에게 그 추천 사실조차 모르게 하시었소?"

양호 曰: "관직에 임명되는 것은 조정에서 공정하게 심사하여 하는 일이니 사사로이 사례받는 것은 신하로서 취할 바가 아니옵니다."

말을 마친 양호를 마침내 숨을 거두었다.

대성통곡을 하고 궁으로 돌아온 사마염은 양호에게 태부·거평후(鉅平侯)를 추증했다. 남주(南州) 백성들은 양호가 죽었다는 소식에 시장의 모든 가게 문을 닫고 곡을 했다. 강남의 국경을 지키던 장수와 군사들 모두 곡하고 울었다.

양양(襄陽) 사람들은 양호가 생전에 자주 현산(峴山)에 놀러 갔던 일을 회상하며 그곳에 사당을 짓고 비를 세우고 철마다 제사를 지냈다. 그곳을 오가는 사람들 가운데 그 비문을 보고 눈물을 흘리지 않은 자가 없었으니 그 비석을 타루비(墮淚碑)라 불렀다.

후세 사람이 이를 탄식하며 지은 시가 있으니:

새벽에 언덕 올라 진의 신하 생각하니	曉日登臨感晉臣
현산은 봄이 왔는데 옛 비석 초라하네	古碑零落峴山春

솔 사이 이슬방울 맺혀 뚝뚝 떨어지니 松間殘露頻頻滴
그 당시 사람들 흘린 눈물인가 하노라 凝是當年墮淚人

진주는 양호의 말에 따라 두예를 진남대장군으로 봉하여 형주 도독으로 삼았다. 두예는 그 사람됨이 노련하고 경험이 풍부하여 세상 물정에도 밝았으며, 배우기를 좋아하고 게을리하지 않았다.

그가 가장 즐겨 읽은 좌구명(左丘明)의 춘추전(春秋傳)은 앉아 있을 때는 물론이고 잠잘 때도 늘 곁에 두고 있었으며, 특히 밖에 외출할 때는 반드시 사람을 시켜 좌전(左傳)을 들고 말 앞에서 가도록 했으니 당시 사람들은 그를 가리켜 '좌전 중독자(左傳癖)'라고 불렀다.

그는 진주의 명을 받들어 양양에서 백성을 잘 다스리며 군사를 기르면서 동오를 칠 준비를 했다.

이때 동오에서는 그나마 장수다운 정봉이나 육항도 모두 죽었다. 오주 손호는 환관 열 명을 규탄관(糾彈官)으로 임명하고 매일 여러 신하들과 술판을 벌이면서 모두 만취될 때까지 술을 마시게 하고 연회가 끝난 뒤에 규탄관에게 신하들의 허물을 조사하여 아뢰도록 하여 잘못을 범한 자는 낯가죽을 벗기거나 눈알을 뽑기도 했으니 신하들은 물론 온 나라 백성들이 겁에 질려 벌벌 떨었다

진(晉)의 익주자사 왕준(王濬)이 사마염에게 동오를 치자는 상소문을 올렸는데 그 내용은:

"동오의 손호는 지금 주색에 빠져 방탕한 생활을 하고 있을 뿐만 아니라 흉악한 짓만 일삼으며 도리에 어긋난 짓만 하고 있으니 속히 정벌함이 마땅하옵니다. 만약 손호가 죽고 다시 어진 임금이 서면 동오는 아주 강한 적이 될 것이옵니다. 신이 배를 만든 지 이미 7년이 지나 배는 날마

다 썩고 망가지고 있사옵니다. 신의 나이도 이제 일흔이라 죽을 날도 얼마 남지 않았사옵니다. 이 세 가지 중 어느 하나라도 변하면 동오를 치기 어렵사오니, 바라옵건대 폐하께서는 이 시기를 놓치지 마시옵소서."

상소문을 본 진주는 곧바로 신하들과 의논하며 말하기를: "왕공의 의견은 양 도독의 주장과 일치한다. 짐의 뜻은 이미 결정되었다."

시중 왕혼(王渾)이 아뢰기를: "신이 듣기에 손호는 북으로 올라오려고 군사를 모두 북쪽에 배치하고 그 기세가 아주 대단하다고 합니다. 1년만 더 미루어 저들이 지치기를 기다려야 비로소 성공할 수 있습니다."

진주는 그의 말에 따라 아직 군사를 움직이지 말라는 조서를 내리고 후궁으로 들어가 비서승(秘書丞) 장화(張華)와 더불어 바둑을 두면서 시간을 보내고 있었다. 그때 근신이 변경에서 표문이 올라왔다고 아뢰었다. 진주가 펼쳐 보니 두예가 보낸 것이었다. 그 내용은:

"지난날 양호 장군은 조정의 신하들과 공개적으로 의논하지 않고 은밀히 폐하께만 계책을 드려 신하들의 의견이 일치되지 못했습니다. 무릇 모든 일을 할 때는 이로움과 해로움을 서로 비교해 보아야 합니다. 이번에 동오를 치는 것은 이로움을 헤아려보면 열에 여덟아홉이고 그 해로움은 그저 공을 이루지 못할까 하는 한가지 뿐이옵니다.

지난 가을 이래로 적을 치겠다는 의도를 너무 많이 드러낸 상태이기 때문에 이제 와서 더 미룬다면 손호는 겁을 집어먹고 무창으로 도읍을 옮기고 강남의 모든 성을 수리하여 그곳으로 백성을 이주시키면 성을 칠 수도 없을 뿐만 아니라 들판에는 빼앗을 군량도 없어질 것이니 내년에 동오를 칠 계책은 더욱 성공하기 어렵사옵니다."

　진주가 표문을 다 읽고 나자 장호가 두고 있던 바둑판을 밀쳐놓고 자리에서 벌떡 일어나더니 두 손을 공손히 모으고 아뢰기를: "폐하께서는 성스럽고 용맹하시어 나라는 부유하고 군사는 강하지만, 오주는 음탕하고 포악하여 백성은 걱정이 가득하고 나라는 피폐해 있나이다. 지금 만약 저들을 친다면 힘들이지 않고 평정할 수 있을 것이옵니다. 바라옵건대 폐하께서는 의심하지 마시옵소서!"

　진주 曰: "경의 말이 이처럼 이해득실이 분명한데, 짐이 무엇을 더 의심하겠는가!"

　그는 즉시 어전회의를 소집하여 진남대장군 두예를 대도독으로 삼아 군사 10만 명을 거느리고 강릉으로 나아가도록 하고 진동대장군 낭야왕(瑯琊王) 사마주(司馬伷)는 도중(涂中)으로, 정동대장군 왕혼(王渾)은 횡강(橫江)으로, 건위장군 왕융(王戎)은 무창으로, 평남장군 호분(胡奮)은 하구로, 각기 군사 5만 명씩을 이끌고 나아가 모두 두예의 지휘를 받도록 했다.

　또한 용양장군(龍驤將軍) 왕준과 광무장군(廣武將軍) 당빈(唐彬)에게는 배를 타고 장강을 따라 동으로 내려가게 하니 수군과 육군 20여만 명에 전선은 수만 척이 되었다. 게다가 관군장군(冠軍將軍) 양제(楊濟)에게 양양으로 나아가 주둔하면서 각 방면의 군사를 두루 통제하도록 했다.

　이러한 소식은 이미 동오에 전해졌다. 몹시 놀란 손호는 급히 승상 장제(張悌)·사도 하식(何植)·사공 등순(滕循)을 불러 적군을 물리칠 계책을 상의했다.

　장제가 아뢰기를: "거기장군 오연(伍延)을 도독으로 삼아 강릉으로 진격해 두예를 맞서 싸우게 하시고 표기장군 손흠(孫歆)은 하구를 지키게 하십시오. 신은 감히 군사(軍師)가 되어 좌장군 심영(沈瑩)과 우장군 제갈

정(諸葛靚)과 더불어 군사 10만 명을 거느리고 우저(牛渚)로 나가 각 방면의 군사를 지원하겠습니다."

손호는 그의 말에 따라 장제로 하여금 군사를 거느리고 떠나가도록 했다. 조정을 물러 나온 손호가 후궁으로 들어가면서 어딘가 모르게 불안한 기색을 감출 수 없었다. 행신(幸臣) 잠혼(岑昏)이 그 까닭을 물었다.

손호 曰: "진의 대군이 육지로 쳐들어오는 것은 이미 각 방면에 군사를 보내 막도록 했지만, 왕준이 장강을 따라 수만 명의 수군을 거느리고 배를 타고 질풍노도와 같은 기세로 내려온다고 하니 짐은 그것이 걱정되어 그러는 것이다."

잠혼 曰: "신에게 왕준의 배들을 모조리 박살 낼 계책이 있사옵니다."

손호가 매우 기뻐하며 즉시 그 계책이 무엇이냐고 물었다.

잠혼이 아뢰기를: "강남에는 쇠가 많이 있습니다. 길이가 수백 장이 되는 고리를 이은 쇠사슬 1백여 개를 만들되 쇠고리 하나의 무게는 20~30근이 되도록 해서 물길이 빠른 요충지를 골라 가로질러 걸쳐 놓도록 하시옵소서. 그 위에 길이가 한 장(丈)이 넘는 쇠못 수만 개를 만들어 수중에 설치해 놓으면 진의 배들이 바람을 타고 빠른 속도로 내려오다가 쇠못에 부딪히면 배는 바로 박살이 나고 말 것이니 어찌 강을 내려올 수 있겠사옵니까?"

손호는 아주 기뻐하면서 대장장이들을 강변에 배치하여 밤낮으로 쇠사슬과 쇠못을 만들어 설치하게 했다.

한편 군사를 거느리고 강릉으로 나온 진의 도독 두예는 아장(牙將) 주지(周旨)에게 명해 수군 8백 명을 이끌고 작은 배를 타고 은밀히 장강을 건너가서 밤에 낙향(樂鄉)을 기습하게 했다. 그리고 숲속에 기치를 많이 세운 다음, 낮에는 북을 치며 포를 쏘고, 밤에는 여러 곳에 횃불을 올리게 했다.

명을 받은 주지는 군사를 이끌고 강을 건너가서 파산(巴山)에 매복했다. 이튿날 두예가 대군을 거느리고 수륙으로 동시에 나아갔다.

그때 앞서가던 정탐꾼이 알리기를: "오주가 오연은 육로로, 육경(陸景)을 수로로 내보냈으며 손흠을 선봉으로 삼아 세 방면으로 우리를 맞이하러 몰려오고 있습니다."

두예가 군사를 이끌고 앞으로 나아가는데 손흠의 배들이 이미 도착해 있었다. 양쪽의 군사들이 어울려 첫 싸움을 벌이는데 두예가 갑자기 군사를 뒤로 물렸다.

손흠이 군사를 이끌고 강기슭으로 올라가 쫓아가는데 20리를 채 못 갔는데 갑자기 한 발의 포성 소리와 함께 사방에서 진의 군사들이 대거 몰려들었다. 동오의 군사가 급히 돌아가려고 할 때 달아나던 두예가 기세를 타고 덮쳐와 무찌르니 이때 죽은 동오군의 수는 셀 수도 없이 많았다.

손흠이 겨우 도망을 쳐 성 가까이에 이르니 그 속에 섞여 들어간 주지의 군사 8백 명이 먼저 성 위에 올라가 불을 질렀다.

깜짝 놀란 손흠이 말하기를: "북에서 온 진의 군사가 강을 날아서 건넜단 말인가!"

손흠이 급히 물러가려고 하는데 어느새 주지가 버럭 호통을 치며 달려와 그를 베어 말에서 떨어뜨렸다. 육경이 배 위에서 바라보니 강남의 기슭은 온통 불길에 휩싸여 있고 파산 위에서는 커다란 깃발이 바람에 나부끼고 있었는데 그 깃발에는 '진남대장군 두예(鎭南大將軍 杜預)'라고 쓰여 있는 것이 아닌가!

깜짝 놀란 육경이 강기슭으로 올라가 도망치려고 했지만 어느새 진의 장수 장상(張尙)이 말을 몰고 달려와 단칼에 그를 베어 버렸다. 오연은 여러 방면의 군사가 모두 패한 것을 보고 성을 버리고 달아나려다 매복한 진의 군사들에게 잡혀 꽁꽁 묶인 채 두예 앞으로 끌려갔다.

두예 曰: "이런 자를 살려 두어서 무슨 쓸모가 있겠느냐!"

무사에게 호령하여 그를 베어 버리도록 했다.

이리하여 마침내 강릉을 손에 넣었다. 이에 원수(沅水) 상수(湘水) 일대와 광주(廣州)의 여러 군(郡)의 수령들은 그 소문만 듣고 인수를 들고 와서 항복했다. 두예는 사자에게 부절을 가지고 가서 백성을 안심시키고 군사들에게 추호도 백성을 건들지 못하게 했다. 그리고 곧바로 군사를 진격시켜 무창을 공격하니 무창 역시 항복했다.

군사들이 이처럼 위세를 크게 떨치자 두예는 모든 장수들을 모아 놓고 건업을 도모할 계책을 상의했다.

호분 曰: "백년 묵은 도적을 한 번에 굴복시키기는 어렵습니다. 지금은 봄물이 불어나는 시기이니 오래 머물러 있기가 어렵습니다. 내년 겨울을 기다려 대거 군사를 일으키는 것이 좋겠습니다."

두예 曰: "옛날 악의(樂毅)는 제수(濟水) 서쪽에서 단 한 번의 싸움으로 강한 제(齊)를 삼켰소. 지금 우리 군의 위세가 하늘을 찌를 듯, 마치 파죽지세(破竹之勢)[30]와 같아 대나무 마디에 칼날만 닿으면 곧바로 쪼개지는 상황이니 다시 손을 댈 곳이 없지 않은가!"

두예는 즉시 격문을 돌려 여러 장수들과 일제히 진군하여 건업을 치기로 약속했다.

이때 용양장군 왕준이 수군을 거느리고 장강을 따라 내려가는데 앞서가던 정탐선에서 보고하기를: "동오에서 쇠사슬로 강물 속으로 가로질러 설치해 놓았으며 쇠사슬에 쇠못을 꽂아 놓고 방비하고 있습니다."

---

30 대를 쪼개는 기세라는 뜻으로, 적을 거침없이 물리치고 들어가는 기세를 이르는 이 파죽지세라는 말은 두예가 여기서 처음 사용한 것으로 알려짐. 역자 주.

왕준은 껄껄 웃으며 곧바로 큰 뗏목 수십 개를 만들고 풀을 묶어서 인형을 만든 다음, 그 위에 갑옷을 입히고 무기를 들려 뗏목 주위에 둘러 세우고 흐르는 물을 따라 아래로 띄워 보냈다.

그 모습을 본 동오의 군사들은 그들이 모두 진짜 사람인 줄 알고 그 기세에 놀라 모두 달아나 버렸다. 물속에 꽂아 놓았던 쇠못들은 뗏목에 박혀 죄다 뽑혀 버렸다.

왕준은 또 뗏목 위에 커다란 횃불을 만들어 실었는데 그 길이는 10여 장(丈)에 크기는 10여 아름(圍)이나 되게 크게 만들고 그 위에 마유(麻油)를 잔뜩 부어 쇠사슬을 만나면 횃에 불을 붙여 태우면 잠시 후 쇠사슬은 녹아내려 전부 끊어져 버렸다.

이처럼 진의 군사가 기세등등하게 두 방면으로 장강을 따라 내려가니 이르는 곳마다 승리를 거두지 않는 곳이 없었다.

한편 동오의 승상 장제는 좌장군 심영(沈瑩)과 우장군 제갈정(諸葛靚)으로 하여금 진의 군사를 맞아 싸우라고 명했다.

심영이 제갈정에게 말하기를: "상류에 있는 군사들이 막아내지 못했으니 진의 군사들은 틀림없이 이곳으로 올 것이오. 우리가 최선을 다해 적을 막아 다행히 적을 물리치면 강남은 안정되겠지만 지금 강을 건너가 적과 싸우다 불행히도 패한다면 대사는 끝장나고 말 것입니다."

제갈정 曰: "장군의 말이 맞습니다."

말이 미처 끝나기도 전에 보고가 들어왔는데 진의 군사가 강을 따라 내려오는데 그 기세를 당할 수가 없다는 것이다.

두 사람은 깜짝 놀라 황급히 장제에게 달려가 상의했다.

제갈정이 장제에게 말하기를: "지금 동오가 위험합니다. 어찌하여 달아나려 하지 않으십니까?"

　　장제가 울면서 말하기를: "이제 동오가 망하게 되리라는 것은 현명한 자든, 어리석은 자든 모두 알고 있는 사실이오. 그런데 이런 국난을 맞아 임금과 신하가 모두 항복해 버리고 죽는 자가 한 사람도 없다면 그런 굴욕이 또 어디 있겠소?"

　　제갈정 역시 눈물을 흘리며 돌아갔다.

　　장제는 심영과 함께 군사를 지휘하여 적을 맞아 싸웠다. 진의 군사들이 일제히 그들을 포위했다. 주지가 앞장서서 동오의 영채를 쳐들어가니 장제는 홀로 힘을 다해 적을 맞아 싸우다 혼전 중에 죽었다. 심영이 주지의 칼에 죽으니 동오군은 사방으로 흩어져 도망쳤다.

　　후세 사람이 장제를 칭찬하여 지은 시가 있으니:

두예의 장수 깃발 파산 위에 보이니	杜預巴山見大旗
강동의 장제 충성 다해 죽을 때로다	江東張悌死忠時
동오의 왕기 강남땅에서 사라졌지만	已拼王氣南中盡
차마 염치없이 구차히 살 수 없었네	不忍偷生負所知

　　우저를 함락시킨 진의 군사들은 동오의 경계 깊숙이 쳐들어갔다.

　　왕준이 낙양으로 사람을 보내 승전보를 전하니 진주 사마염이 몹시 기뻐했다.

　　가충이 아뢰기를: "우리 군사들이 오랫동안 먼 외지에서 고생하고 있는데, 그곳 물과 풍토가 몸에 맞지 않아 틀림없이 병이 났을 것이옵니다. 군사를 불러들였다가 나중에 다시 도모하시옵소서."

　　장화 曰: "지금 우리 대군은 이미 적의 소굴로 깊숙이 들어갔으니 동오 사람들은 간담이 다 떨어졌을 것이며 손호는 한 달도 못가 반드시 사로잡힐 것이옵니다. 만약 경솔하게 군사를 불러들이면 지금까지 세운 공이 다 허사가 되고 말 터이니 실로 애석한 일이 될 것이옵니다."

진주가 미처 대답할 틈도 없이 가충이 장화를 꾸짖으며 말하기를: "그대는 천시(天時)와 지리(地理)도 살필 줄 모르면서 망령되이 공훈만 앞세우며 군사들을 곤경에 빠뜨리려고 작정을 하고 있으니 네 놈의 목을 베더라도 천하에 다 사죄할 수 없을 것이다."

사마염 曰: "이는 곧 짐의 뜻이다. 장화의 말은 곧 짐의 뜻과 같으니 그대들은 더 이상 이 일로 논쟁하지 말라!"

그때 두예가 보낸 표문이 당도했다는 보고가 들어왔다. 진주가 그 표문을 열어보니 역시 속히 군사를 진군해야 한다는 내용이었다. 마침내 진주는 다시는 의심하지 않고 계속 진군하라는 명을 내렸다. 왕준 등은 진주의 명을 받들어 수륙 양쪽으로 동시에 진군하는데 그 형세가 마치 폭풍우가 몰아치는 듯하니, 동오 사람들은 그 깃발만 보고도 항복해 왔다.

그 소식을 들은 오주 손호는 대경실색했다.

신하들이 아뢰기를: "북의 군사들이 점점 가까이 오고 있지만 강남의 군사와 백성은 싸워보지도 않고 항복하고 있으니 장차 이 일을 어찌하면 좋겠사옵니까?"

손호 曰: "우리 군사들이 왜 싸우지 않는가?"

신하들이 대답하기를: "오늘의 화는 모두 잠혼의 죄입니다. 부디 폐하께서는 그의 목을 베시옵소서. 그러면 신들은 나가서 죽기로 싸울 것이옵니다."

손호 曰: "그깟 환관 하나가 어찌 나라를 망칠 수 있겠는가?"

신하들이 큰 소리로 외치기를: "폐하께서는 어찌하여 서촉의 황호의 일을 보지 못하시옵니까?"

신하들은 마침내 오주의 명령도 기다리지 않고 일제히 궁으로 몰려가 잠혼을 붙잡아 쳐 죽인 뒤 갈기갈기 찢어 그 살점을 씹어 먹었다.

도준(陶濬)이 아뢰기를: "신이 거느린 배들은 모두 작은 것뿐이옵니다. 원컨대 군사 2만 명과 큰 배만 주시면 제가 직접 나가서 적을 무찌르겠습니다."

손호는 그의 말에 따라 곧바로 어림군을 내어 주며 강을 거슬러 올라가 적을 맞아 싸우도록 하고 전장군 장상(張象)에게 수군을 이끌고 강을 내려가 적을 막으라고 명령했다."

두 사람이 막 떠나려고 하는데 뜻밖에 서북풍이 한바탕 휘몰아치면서 동오군의 깃발이 모두 바로 서지 못하고 배 안에 처박히고 말았다. 이를 본 군사들은 배를 타려 하지 않고 사방으로 흩어져 달아나고 단지 장상의 군사 수십 명만이 적을 기다렸다.

한편 진의 장수 왕준이 돛을 올리고 빠르게 강을 내려가는데, 삼산(三山)을 지날 무렵 노를 젓는 군사가 말하기를: "바람과 파도가 너무 거세 위험합니다. 바람이 잠시 잠잠해지기를 기다렸다가 나아가는 것이 좋겠습니다."

왕준이 버럭 화를 내며 칼을 뽑아들고 소리치기를: "내 지금 석두성(石頭城) 점령을 눈앞에 두고 있는데 무슨 소리를 지껄이는 것이냐!"

그러고는 북을 치며 힘차게 나아가는데 동오의 장상이 군사를 이끌고 와서 항복을 청하는 것이 아닌가!

왕준 曰: "만약 진정으로 항복하려 한다면 앞장서서 공을 세우시오."

자신의 배로 돌아간 장상은 곧바로 석두성 아래로 갔다. 그가 성문을 열라고 소리치자 성문이 열리고 진의 군사를 맞아들였다. 진의 군사가 이미 성 안으로 진입했다는 소식을 들은 손호는 자결하려고 했다.

중서령 호충(胡沖)과 광록훈(光祿勳) 설령(薛瑩)이 아뢰기를: "폐하께서는 어찌하여 안락공 유선을 본받으려 하지 않으십니까?"

손호는 그 말에 따라 자신의 몸을 결박한 다음 수레에 관을 싣고 문무백관을 데리고 왕준의 군사들 앞에 가서 항복했다.

왕준은 손수 결박을 풀어 주고 관을 태워 버린 뒤, 왕을 대하는 예로써 손호를 예우했다.

뒤에 당나라 사람이 이를 한탄한 시를 지었으니:

왕준의 전선들이 익주에서 내려오니	西晉樓船下益州
금릉의 왕기는 어둠속으로 사라지네	金陵王氣黯然收
천 길 쇠사슬은 강 밑으로 가라앉고	天尋鐵鎖沈江底
항복의 흰 깃발 석두 위에 걸렸구나	一片降旗出石頭

인간사 지난 일 몇 번이나 슬퍼하나	人世幾回傷往事
산세는 여전히 찬 강물 베고 누웠네	山形依舊枕寒流
이제는 천하가 한 나라로 통일된 날	今逢四海爲家日
옛 보루는 가을 갈대 속에 쓸쓸하네	故壘蕭蕭蘆荻秋

이리하여 동오의 4개 주(州), 43개 군(郡), 313개 현(縣), 52만 3천 호(戶), 3만 2천 명의 관리, 23만 명의 군사, 230만 명의 백성, 280만 곡(斛)의 미곡, 5천여 척의 배, 5천여 명의 후궁이 모두 대진(大晉)에 귀속되었다.

대사가 이렇게 정해지자 왕준은 동오의 모든 지역에 방을 내걸어 백성을 안심시키고 모든 문서 창고와 재물 창고는 봉해 놓았다. 다음 날 도준의 군사는 싸우지도 않았는데 스스로 무너졌다.

낭야왕 사마주와 왕융도 대군을 거느리고 도착하여 왕준이 큰 공을 세운 것을 보고 모두 기뻐했다.

다음 날 두예 역시 도착하여 전군을 위로하고 곡식 창고를 열어 동오

백성들을 구휼하니 동오의 백성들도 안정을 되찾았다.

끝까지 성을 지키며 항복하지 않았던 건평(建平) 태수 오언(吾彦)도 동오가 망했다는 소식을 듣고 항복하고 말았다.

왕준이 표문을 올려 승전을 보고하니 임금과 조정의 신하들이 모두 축하의 술잔을 들었다.

진주 사마염이 술잔을 들고 눈물을 흘리며 말하기를: "이는 모두 양태부(羊太夫: 양호)의 공이로다. 그가 이를 직접 보지 못한 것이 한이로다!"

표기장군 손수(孫秀)는 조정에서 물러나와 남쪽을 바라보며 곡을 하며 말하기를: "옛적 토역장군(討逆將軍: 손책)께서는 젊은 시절 일개 교위(校尉) 신분으로 나라를 세웠는데, 이제 손호가 강남 전부를 말아먹고 말았구나! 유유한 하늘이시여, 어찌 이런 사람을 내었단 말입니까!"

한편 완전한 승리를 거두고 개선하는 왕준은 오주 손호를 낙양으로 데려와 진주를 뵙도록 했다. 어전 위로 올라간 손호가 머리를 조아리며 황제를 뵈었다.

진 황제는 그에게 자리에 내어 주며 말하기를: "짐이 이 자리를 마련해 놓고 경을 기다린 지 오래요!"

손호가 대답하기를: "신도 역시 남방에서 이런 자리를 마련해 놓고 폐하를 기다렸나이다."

진 황제는 껄껄 웃었다.

가충이 손호에게 묻기를: "내 듣기에 그대는 남방에 있을 때 늘 사람의 눈알을 뽑고 낯가죽도 벗기고 했다던데 그것은 도대체 어떤 형벌이오?"

손호 曰: "남의 신하된 자로서 자신의 임금을 시해한 자와 간사하고 불충한 자들에 대해 그런 형벌을 가한 것이오."

뜻밖의 이런 대답에 가충은 할 말을 잃고 매우 부끄러워했다.

진제(晋帝)는 손호를 귀명후(歸命侯)에 봉하고 그 자손들은 중랑(中郎)으로, 그를 따라온 재상들은 모두 열후(列侯)에 각각 봉했다.

싸우다 죽은 승상 장제는 그 자손을 열후로 봉해 주었다.

그리고 왕준은 보국대장군(輔國大將軍)으로 봉하고 다른 장수들에게도 모두 벼슬을 올리고 후한 상을 내렸다.

이로써 삼국이 모두 진제 사마염에게 돌아갔으니 마침내 삼분 천하가 다시 하나로 통일되었다. 이는 바로 '천하대세는 합친 지 오래면 반드시 나뉘고, 나뉜 지 오래면 반드시 합쳐진다(天下大勢 合久必分 分久必合).'는 것이다.

훗날 삼국의 마지막 황제들의 최후를 살펴보면, 먼저 후한 황제 유선은 진 태시(泰始) 7년(서기 271년)에 65세로 세상을 떠났으며, 두 번째 오주 손호는 태강(太康) 4년(서기 283년) 42세에 죽었고, 마지막 위주 조환은 태안(太安) 원년(서기 302년) 58세에 세상을 떠났으니, 이들 모두 천수를 누렸다고 할 수 있다.

후세 사람이 고풍(古風)의 시 한 수[31]로 그들의 사적을 그렸으니:

한 고조 칼을 들고 함양으로 들어갈 때	高祖提劍入咸陽
이글거리는 붉은 해 부상에서 떠올랐네	炎炎紅日升扶桑
광무제가 용처럼 일어나 대통을 이으니	光武龍興成大統
금빛 까마귀 하늘 가운데로 날아올랐네	金烏飛上天中央
애달프도다 헌제가 제위를 이어받은 후	哀哉獻帝紹海宇

---

31   삼국지연의의 대미를 장식하는 한시(漢詩) 364자의 의미만 잘 이해한다면 삼국지연의는 제대로 읽었다고 할 수 있을 것임. 마지막 장문의 시까지 모두 정형시로 번역하게 되어 너무나 다행으로 생각하며 끝까지 읽어 준 독자들께 깊은 감사를 드림. 역자 주.

붉은 태양 서쪽의 함지로 떨어지는구나	紅輪西墜咸池傍
하진이 무모하여 환관들이 난 일으키니	何進無謀中貴亂
양주의 동탁이 조정을 차지해 버렸구나	凉州董卓居朝堂

왕윤이 계책 세워 역당들을 주살했지만	王允定計誅逆黨
이각과 곽사가 다시 무장하고 날뛰더니	李催郭汜興刀槍
사방에서 도적들이 벌 떼처럼 모여들고	四方盜賊如蟻聚
천지의 간웅들 모두 매처럼 날아올랐네	六合奸雄皆鷹揚

손견과 손책은 강의 왼쪽에서 일어나고	孫堅孫策起江左
원소와 원술은 하량에서 크게 흥했었지	袁紹袁術興河梁
유언의 부자는 파촉에서 터전을 잡았고	劉焉父子據巴蜀
유표는 군사를 형주와 양양에 주둔했지	劉表軍旅屯荊襄

장료와 장로는 남정에서 패권을 잡았고	張遼張魯覇南鄭
마등과 한수는 서량을 지키고 있었으며	馬騰韓遂守西凉
도겸과 장수 및 북쪽 땅의 공손찬 등은	陶謙張繡公孫瓚
각기 지역을 차지하고 무위를 뽐냈었지	各逞雄才占一方

조조는 상부에 기거하며 권력 틀어쥐고	曹操專權居相府
뛰어난 영재들 구슬려 문무에 기용했지	牢籠英俊用文武
천자를 끼고 위협하며 제후들 호령하며	威挾天子令諸侯
용맹한 군사 거느리고 중원을 제압했네	總領貔貅鎭中土

누상촌 유현덕은 본래 한나라 종친으로	樓桑玄德本皇孫

관우 장비 형제 맺어 천자 도우려 했지 義結關張願扶主
동분서주 해봤지만 터전 없음 한이었고 東西奔走恨無家
장수와 군사 적었으니 타향만 떠돌았네 將寡兵微作羈旅

남양의 삼고초려 정성 얼마나 깊었기에 南陽三顧情何深
와룡은 한 번 보고 천하삼분 계책 세워 臥龍一見分寰宇
먼저 형주 취하고 이어 서천 손에 넣어 先取荊州後取川
서촉에서 패업과 왕도 건설하려 했었지 霸業圖王在天府

아 슬프도다 삼 년 만에 선주가 죽으며 嗚呼三載逝升遐
백제성에서 후사 부탁 참으로 비통하다 白帝托孤堪痛楚
공명은 여섯 번이나 기산으로 출정하며 孔明六出祁山前
무너지는 하늘 빈손으로 받치려 했었네 願以隻手將天補

어이하랴 천운이 이에 이르러 끝나면서 何期歷數到此終
장군별 밤중에 오장원에 떨어지는 것을 長星半夜落山塢
강유는 오로지 자신의 기력만 의지하고 姜維獨憑氣力高
중원 치러 아홉 번 갔지만 헛수고 했네 九伐中原空劬勞

종회와 등애가 군사 나누어 쳐들어오니 鍾會鄧艾分兵進
한나라 강산은 모두 조씨에게 돌아갔네 漢室江山盡屬曹
조비 조예 조방 조모 또 조환에 이르러 丕叡芳髦纔及奐
천하는 다시 사마씨의 손으로 넘어갔지 司馬又將天下交

수선대 앞에는 구름과 안개 일어났지만 受禪臺前雲霧起

석두성 아래서는 파도조차 일지 않았네 　　　　石頭城下無波濤
진류 귀명 안락 세 명의 최후 황제들은 　　　　陳留歸命與安樂
왕후공작들의 싹이 나온 뿌리가 되었네 　　　　王侯公爵從根苗

어지러운 세상사 어디 끝이 있겠냐마는 　　　　紛紛世事無窮盡
하늘의 운수는 아득하여 피하지 못하고 　　　　天數茫茫不可逃
솥발처럼 갈라진 삼국 이제는 꿈이거늘 　　　　鼎足三分已成夢
후세 사람들 부질없이 푸념만 늘어놓네 　　　　後人憑弔空牢騷

삼국지연의 6 _천하통일

초판 인쇄 2022년 8월 23일
초판 발행 2022년 8월 29일

지 은 이 나관중
옮 긴 이 김민수
펴 낸 이 김재광
펴 낸 곳 솔과학
등   록 제10-140호 1997년 2월 22일
주   소 서울특별시 마포구 독막로 295번지 302호(염리동 삼부골든타워)
전   화 02-714-8655
팩   스 02-711-4656
E-mail solkwahak@hanmail.net

I S B N 979-11-92404-13-4 (04820)